ジャン-ポール・サルトル

Jean-Paul Sartre

［新訳］

嘔吐

La nausée

鈴木道彦訳

人文書院

嘔吐［新訳］

カストール（1）に

「集団のなかではとるに足りない男だ。せいぜい一個人といったところだ」

（ルイ＝フェルディナン・セリーヌ『教会』(1)）

刊行者の言葉(1)

このノートは、アントワーヌ・ロカンタンの書類のなかから発見された。われわれはいっさい手を加えることなく、これを刊行する。

最初のページには日付がないが、日記本体の書き出しより数週間前のものと見なす充分な理由がある。つまりこれはどんなに遅くとも、一九三二年一月の初め頃には書かれたものであろう。

この時期のアントワーヌ・ロカンタンは、中部ヨーロッパ、北アフリカ、極東などを旅行した後に、三年前からブーヴィル(2)に居を定めて、ロルボン侯爵にかんする歴史研究の完成を目指していた。

刊行者記す

日付のないページ⑴

一番いいのは、その日その日の出来事を書くことだろう。はっきり見極めるために日記をつけること。たとえ何でもないようでも、微妙なニュアンスや小さな事実を落とさないこと、とりわけそれを分類すること。このテーブル、通り、人びと、刻みタバコ入れが、どんなふうに見えるのかを言わなければならない。なぜなら変化したのはそれだからだ。この変化の範囲と性質を、正確に決定する必要がある。たとえば、ここにインク瓶の入った厚紙の箱がある。それを以前どんなふうに見ていたか、今はどんなふうに□□□□*を言おうとすべきだろう。よろしい！　この箱は直方体で、それが浮かび上がっているのは――ばかばかしい、これについて何も言うことなどありはしない。避けるべきはこういうことで、何もないのに奇妙だと考えてはならないのだ。日記をつけるとすれば、危険はそれだと思う。つまりすべてを誇張し、鵜の目鷹の目で、絶えず真実をねじ曲げてしまうことだ。そうは言ってもごく近いうちに――それもまさしくこの箱について、または他のどんな対象についてでも――一昨日の印象をまた感

*原注　一字空白。

じることになるのは確実である。私はいつも身構えていなければならない。さもないと、印象がまたもや指のあいだからこぼれ落ちてしまうだろう。何ひとつ□□□□*せずに、起こったすべてのことを念入りに、ごく些細な点に至るまで記録しなければならない。

むろん私はあの土曜日と一昨日の件について、もう何も明確に書くことができない。すでに余りにも遠くなってしまったのだ。ただ言えるのは、いずれの場合にも、普通に出来事と呼ばれるようなものは一つもなかったということだ。土曜日には、悪童たちが水切りをしており、私も彼らの真似をして海に石ころを投げようとした。その瞬間に私は動作を中止して、石ころをぽとりと落とすと、そこを離れた。たぶん取り乱した様子をしていたのだろう。というのは、悪童たちが背後で笑っていたからだ。

外部にあらわれたのはそれだけだ。私の内部に起こったことは、はっきりした痕跡を残していない。私は何かを見て気持が悪くなったのだが、眺めていたのが海だったのか小石だったのか、もう判然としない。小石は平べったく、一方の側はすっかり乾いており、反対側は濡れて泥がついていた。私は手を汚さないように、指をうんと開いて小石の縁をつまむように持っていたのだ[1]。

一昨日はそれよりはるかに複雑だった。そのときもまた私には説明のつかない一連のことがたまたま同時に起こり、勘違いがあった。しかし、暇つぶしにそうしたすべてを紙に書くような真似はするまい。要するに、私が恐怖を感じたこと、ないしはそれに似た感情を覚えたことは、確実である。もし何に恐怖を感じたのか分かりさえすれば、すでに大きな一歩を踏み出したことになるのだが。

奇妙なことに、自分が狂ったとは一向に思えない。むしろ、狂ってなどいないことが明瞭に見てとれ

---

*原注　一語削除（おそらく「誇張」forcer か「捏造」forger）。あとから一語書き加えられているが、判読不可能。

る。こうしたすべての変化は、物に関係している。せめてそれくらいのことは確実にしたいものだ。

十時半*

結局のところ、あれはおそらく、ちょっとした狂気の発作だったのだろう。今はもうその痕跡もない。先週感じたおかしな気持は、今日になるとひどく滑稽に見える。もうあんなことにはならないだろう。今夜の私はこの世界のなかで、ブルジョワ的にすっかりくつろいでいる。ここは私の部屋で、北東に面している。下はミュティレ街と、新駅の建設現場だ。窓からは、ヴィクトール・ノワール大通りの角に、「鉄道員の溜まり場」の赤と白の明かりが見える。パリ発の汽車が、いま着いたばかりだ。人びとは旧駅から出てきて、通りに散っていく。その足音や声が聞こえる。大勢の者が最終の電車を待っているのだ。彼らは、私の窓のすぐ下にあるガス灯のまわりで、侘びしい小さな集団を形成しているに違いない。でも、まだ数分は待たなければならないだろう。電車は十時四十五分にならなければ通らないからだ。せめて今夜はセールスマンたちが来なければいいが。私は本当に眠りたいし、遅まきながら眠くて仕方ないのだ。ひと晩だけ、ほんのひと晩だけでもぐっすり眠れば、例のさまざまなわだかまりも一掃されるだろう。

十一時十五分前だ。もう何も恐れることはない。もし彼らが来るなら、すでに着いているはずだから。ただし、ルーアンの男が来る日でなければの話だ。彼は毎週やって来る。彼には二階の二号室、ビデの

＊原注　むろん夜の十時半。以下のパラグラフは、先立つ部分よりずっと後のものである。最も早くても、翌日に書かれたものと考えたい。

ある部屋が予約されている。これからやって来ないともかぎらない。彼はよく寝る前に、「鉄道員の溜まり場」で小ジョッキを引っかけているからだ。もっとも、そんなにうるさい音をたてる男ではない。ごく小柄な、非常にさっぱりとした身なりの、黒い口髭をぴんと生やして鬘《かつら》をつけた男だ。ほら、やって来た。

ところで階段を上がる彼の足音が聞こえたとき、私は少しほっとした。それほどに、これは安心感を与えるものだった。かくも規則正しい世界を、なんの恐れることがあるだろう？　私はどうやら治ったようだ。

そして今度は、「屠畜場―大ドック」線の七番電車だ。金属のやかましい響きをたててやって来る。それからまた出てゆく。今はスーツケースや眠りこんだ子供たちを満載して、「大ドック」の方へ、「工場」の方へ、暗い「東部」へと突き進んで行くところだ。これは最終の前の電車である。最終は一時間後に通るだろう。

寝ることにしよう。私は治ったのだ。まるで小娘がやるように、真新しいきれいなノートにその日その日の印象を書くのはやめにしよう。

ただある場合にのみ、日記をつけるのは興味深いことかもしれない。それは実に*

---

*原注　日付のないページの文章は、ここで終わっている。

日記

一九三二年一月二十五日　月曜日(1)

何かが私に起こった。もはや疑いの余地はない。そいつはありふれた確信や、明白な事実とは違って、まるで病気のようにやって来た。そしてこっそりと、少しずつ、私のなかにいすわってしまった。私はいくらか気分がおかしく、いくぶん窮屈な感じがした。それだけの話である。ひとたび場所を占めると、そいつはもう動かず、おとなしくしていた。そして私は、自分をこう納得させることができた、何事もなかったのだ、あれは余計な心配だったのだ、と。ところが今や、それがくっきりとあらわれた。

歴史家という職業は、心理分析に向いていないように思われる。われわれの分野では、さまざまな感情を全体としてしか問題にせず、それをひっくるめて、〈野心〉とか〈打算〉といった包括的な名前を与えているのだ。しかし、もし私が自分自身を少しでも知っているとすれば、今こそそれを活用すべきだろう。

たとえば私の手のなかには、何か新しいものがある。パイプなりフォークなりの、ある種の握り方、といったものだ。あるいはむしろそのフォークが、今ではある種の握られ方をする、とでも言ったらいいだろうか。今しがた部屋に入ろうとしたときに、私ははたと立ち止まった。というのは、手のなかに冷たい物を感じて、それがまるで何か特別な個性のように注意を惹いたからだ。私は手を開いて眺めた。単にドアの掛け金を握っていたにすぎない。今朝は図書館で、〈独学者〉*が近づいてきて挨拶したとき、私は十秒間ほど彼が誰だか分からなかった。私は知らない顔を、ほとんど顔とも言えないものを見ていた。ついで私の手のなかには、巨大な白い芋虫のような彼の手があった。私はすぐそれを放し、腕はだらんと下がった。

街の通りにも、うさんくさい多くの物音が漂《ただよ》っている。したがって、この数週間のあいだに、ある変化が起こったのだ。だが、どこで？　それはどこにあるとも特定できない抽象的な変化だ。変わったのは私だろうか？　もし私でないとしたら、この部屋、この町、この自然が変わったのだ。どちらかを選ばなければならない。

＊

変わったのは私だと思う。それがいちばん簡単な解答だ。いちばん不愉快な解答でもある。だが結局のところ、自分がそのように急激な変化をしやすいたちであることは、認めなければならない。というのも、私はごく稀にしかものを考えないからだ。それで、たくさんの小さな変化が私の内部に蓄積され

＊原注　オジエ・P…。彼についてはこの日記のなかで、たびたび問題になるだろう。執行吏の代行書記で、ロカンタンは一九三〇年にブーヴィルの図書館で彼と知り合った。

ても気にとめないでいるうちに、ある日、文字通りの大変動が起こる。そのために私の人生には、ぎくしゃくした辻褄の合わないところが生じるのだ。たとえば私がフランスを離れたときは、衝動的に出発したと言う者が多かった。また六年間の旅の後にとつぜんフランスに舞い戻ってきたときも、やはり衝動的だと言われかねないところだった。今でも私には、メルシエといっしょに彼の事務所にいる自分の姿が目に浮かぶ。去年ペトルー事件のあとで辞職した、例のフランスの役人である(1)。メルシエは考古学の調査団とともに、ベンガルに行くところだった。私はかねがねベンガルに行きたいと考えており、彼はしきりに同行を勧めていた。今になってみると不思議なことだ。たぶん彼はポルタルに不信感を抱いており、私に監視役を期待していたのだろう。断る謂《い》われは何も見あたらなかった。たとえ当時、ポルタルにかんするこの些細なからくりに感づいていたとしても、それはかえって提案を大喜びで受け容れる理由にしかならなかっただろう。ところが私は金縛りになったように、ひと言も発することができなかった。私は電話のわきの、緑の布《クロス》の上におかれたクメールの小さな彫像に、じっと目を凝らしていた。まるで自分がリンパ液か、生ぬるいミルクで満たされたようだった。メルシエは、多少の苛立ちを見事な辛抱強さで押し隠しながら、私にこう言った。

「そうなんです、正式に決めていただく必要があるんです。分かっていますよ、しまいには承知してくださるとね。だったら、今すぐ引き受けてくださる方がいいんですが」

彼はいくぶん赤みがかった黒い顎髭に、強い香水をつけていた。彼が顔を動かすたびに、香水の匂いがぷんと鼻をつく。それから不意に、私は六年間の眠りから醒めた。

彫像は不快で愚劣なものに見えた。そして私は、自分がうんざりしきっているのを感じた。なぜインドシナなどにいるのか、どうしても理解できなかった。いったいここで何をしているのだ？　なぜこんな手合いと話をしているのだ？　どうしてこのようにおかしなものを着ているのだ？　私の情熱は死んでいた。その情熱が何年ものあいだ私を圧倒し、私を引きずり回してきたのだった。今では自分が空っぽになったと感じていた。だがそれ以上にひどいものがある。私の前にはだらんとした恰好で、かさばった無味乾燥な一つの観念がおかれていた。何だったのかはよく分からないが、私はそれを見つめることができなかった。それほどに、その観念は私をむかむかさせたのだ。そういったすべてのことが、私にとって、メルシエの顎髭の発する香水の匂いと混じり合っていた。

彼に対する怒りで腹の虫のおさまらない私は、気をとりなおして冷ややかに答えた。

「それはどうも。でも、私はもう充分に旅をしたと思います。いまはフランスに帰らなければなりません」

その翌々日、私はマルセイユ行きの船に乗った。

もし思い違いでないならば、もし積み上げられるすべての徴候が私の人生の新たな変動の前触れなら、そうだとすれば私は怖いのだ。何も私の人生が豊かなものだからではない、それが重いものだからでも、貴重なものだからでもない。ただ私は怖いのだ、これから何が生まれ、何が私を捉えるのか——そしてどこへ連れて行くのか？　研究や、書くべき本や、すべてを未完のまま放り出して、私はまたしても去って行かねばならないのだろうか？　数カ月後、数年後に、へとへとになって、がっかりして、新たな廃墟のなかで目覚めるのだろうか？　手遅れにならないうちに、自分の内部を見定めたいものだ。

一月二十六日　火曜日(1)

新しいことは何もない。

九時から一時まで、図書館で仕事をした。第十二章と、パーヴェル一世[1]の死に至るまでのロルボンのロシア滞在にかんするすべての記述を整えた。これでひと仕事完了。あとは清書まで、この部分は問題にならないだろう。

一時半だ。私はカフェ・マブリでサンドイッチを食べている。すべてはほぼ正常だ。もっともカフェならどこに行っても、いつでもすべては正常だが、とりわけカフェ・マブリがそうなのはマスターのファスケル氏のためで、彼の顔に浮かぶ一種のいかがわしい雰囲気は実に捨てがたく、人をほっとさせる。もう間もなく昼寝の時刻で、彼の目はすでに充血しているが、動作はきびきびしていて迷いがない。彼はテーブルのあいだを歩き回り、客に近づいてそっと話しかける。

「ご気分はいかがですか、お客さま?」

こんなにきびきびしている彼を見ると、私には微笑が浮かんでくる。というのも店が空っぽになる時刻が来ると、彼の頭も空っぽになるからだ。二時から四時まで、このカフェには客がいなくなる。するとファスケル氏は惚《ほう》けたような様子で何歩か足を運ぶ。ボーイたちが明かりを消す。そして彼は無意識のなかに滑りこむ。この男は独《ひと》りになると眠るのだ。

今はまだ、二十人ほどの客がいる。独身の者たち、つまらぬ技師たち、どこかの従業員たちだ。彼らは、自分たちの賄《まかな》いと呼んでいる下宿屋で昼食をかきこむと、それでも多少の贅沢が欲しいので、食後にここへやって来てコーヒーをすすり、ポーカーダイスをやる。彼らは少しざわざわするが、その雑然とした物音は私にとって気にならない。彼らもまた生きていくのに、数人で集まる必要があるのだ。

私は独りきりの生活をしている。完全に独りだ。だれともけっして話をすることがない。何も受け取らないし、何も与えることはない。独学者はものの数にも入らない。たしかに、「鉄道員の溜まり場」

のマダムであるフランソワーズはいる。しかし、私は彼女と話をしているのだろうか？　ときおり夕食後に、小ジョッキのビールを出す彼女に向かって私は訊《たず》ねる。

「今夜はひま？」

彼女はけっして、ひまがないとは言わない。そして私は彼女のあとから、二階の大きな寝室のひとつに上がって行く。彼女が一時間いくら、ないしは一日いくらで貸している部屋だ。私は金を払わない。私たちは持ちつ持たれつで、性行為が部屋代がわりなのだ。(1)彼女は快感を味わう（彼女には毎日一人の男が必要で、私以外にも多くの男がいる）。私の方ではこうして、原因が分かりすぎるくらいに分かっているある種の憂愁《メランコリー》(2)を振り払う。だが私たちは、ほんの二言か三言交わすだけだ。話をしたところで何になろう？　銘々が自分のためにしているのだ。だいいち彼女の目に映る私は、まず何よりもカフェの客にすぎない。服を脱ぎながら、彼女は言う。

「ねえ、知ってるかしら、ブリコっていう食前酒《アペリティフ》？　だって、今週二人のお客さんから注文されたんだもの。女の子が分からなかったので、わたしに知らせに来たのよ。旅行中の人だったわ、きっとパリで飲んだんでしょう。でも、知らないものを買いたくないしね。もし構わなかったら、靴下はいたままでいいかしら」

以前は——アニーが私の許を去ってから随分経ったときでさえ——私はアニーのためにものを考えた。今はもう誰のためにも考えない。言葉を探そうとさえ思わない。言葉は私の内部をそれなりの速さで流れてゆく。私は何ひとつ定着させずに、ほったらかしておく。多くの場合、私の思考は言葉に結びつかないので、もやもやしたままだ。それは曖昧でおかしな形を描いて、呑み込まれていく。そしてたちまち私はそれを忘れてしまう。

この若者たちには驚嘆する。彼らはコーヒーを飲みながら、はっきりとした、いかにも本当らしい話を物語っている。もし昨日何をしたかと訊ねられたら、彼らは戸惑うことなく、たちどころに相手にそれを知らせるだろう。私だったら口ごもってしまうところだ。たしかにずっと前から、もう誰も私の日々の暮らしを気にする者はない。独りきりの生活をしていると、物語るということさえ、どういうことなのか分からなくなる。本当らしさは友人とともに消えてしまう。出来事だって同様に、流れて行くがままだ。不意に人びとがあらわれ、話しかけ、去って行く。そしてこちらは脈絡のない話のなかにどっぷり沈みこむ。証言でもするとなったら最低の証人だろう。だがその埋め合わせに、すべての本当らしくないもの、カフェではとても信じられないようなものには、事欠かない。たとえば土曜日の午後四時ごろ、駅の工事現場におかれた板張りの歩道の端で、スカイブルーの服を着た小柄な女が一人、笑ってハンカチを振りながら、ちょこちょこと後ずさりをしていた。同時に、クリーム色のレインコートを着て、黄色い靴をはき、緑色の帽子をかぶった一人の黒人が、口笛を吹きながら道の角を曲がってきた。相変わらず後ずさりを続けていた女は、板塀に吊されていて夜になると人が明かりをつけにくる角灯《ランタン》の下で、その黒人とぶつかった。つまりそこには夕焼けの燃えるような空の下に、湿った木の臭いを強烈に放っているこの板塀、この角灯《ランタン》、黒人の腕に抱かれたこの金髪の小柄なお人好しの女が、同時にいたことになる。もし四、五人でそれを見ていたら、おそらくこの衝突、これらすべての優しい色の取り合わせ、まるで羽根布団のような青いきれいなコート、明るい色のレインコート、角灯《ランタン》の赤いガラスに気づいたことだろう。そしてわれわれは、この二人の顔にあらわれたぎょっとした子供のような表情を笑ったことだろう。

独りきりの男が笑いたくなることは稀である。その情景全体は私にとって、非常に強烈で、残忍とすら言えるような、ただし純粋な意味を与えられていた。ついで、それはばらばらになり、あとには角灯《ランタン》と板塀と空しか残らなかったが、それもまだかなり美しいものだった。一時間後になると、角灯《ランタン》は点されており、風が吹き、空は暗かった。もはや何も残ってはいなかった。

こんなことは、とくに新しいわけではない。こうした無害な感動を、私は一度も拒んだことがない。その逆である。それを感じるためには、ほんの少しだけ独りであれば充分だ。然るべきときに本当らしさを厄介払いできる程度の孤立である。けれども私は人びとのごく近いところで、孤独の上っ面に留まっており、いざとなったら彼らのあいだに逃げこむ決心だった。要するに、これまで私は単なる孤独のアマチュアにすぎなかったのだ。

今は至るところに物がある。そこのテーブルの上の、このビールのジョッキのように。それを見ると、私は言いたくなる、「やめた、もうゲームはしないよ」と。よく分かっている、私はあまりに深入りしすぎたのだ。おそらく、孤独の「限界をきめる」ことは不可能だろう。と言っても、それは寝る前にベッドの下を覗きこむという意味ではないし、真夜中にとつぜん部屋のドアが開くのではないかとびくびくすることでもない。ただやはり、私は不安なのだ。それでもう三十分ほど前から、このビールのジョッキを見ないようにしている。私はその上を、下を、右を、左を眺める。しかしそれは見たくないのだ。おまけに私は、周囲にいるすべての独身者たちが何の助けにもならないことをよく知っている。もう手遅れだ。私は彼らのあいだに逃げこむこともできない。彼らは私の肩を軽くたたいて言うだろう、「はてさて、このビールのジョッキがどうしたんです？　ほかのとおんなじですよ。角張っていて、取っ手があって、シャベルを描いた小さなラベルがついていて、その上には《シュパーテンブロイ》(1)って書いてある」。そんなことは百も承知だ。しかし私は別なものもあることを知っている。ほとんど何でもないようなものだ。しかし私にはもう、自分が何を見ているのか説明することもできない。誰に対しても説明できない。そんなわけで、私はゆっくりと水底へ、恐怖の方へと、滑り落ちて行く。

　陽気で物分かりのよい周囲の声に包まれながら、私は独りきりだ。この連中はみんな話し合いをして、幸いにも互いが同意見であると認めることに時を費やしている。みんなが一斉に同じ考えを持つということを、彼らはなんと重視しているのだろう。もしも魚のような目をして、心の内部を見すえているような男、絶対に意見の一致することなどあり得ないような男が一人、彼らのあいだを通って行ったら、彼らはどんな顔をするか、それを見るだけで充分だ。私が八歳でリュクサンブール公園で遊んでいた頃、オーギュスト・コント街に沿って続く柵を背にした守衛小屋に、よく腰をおろしにくる一人の男がいた。彼は口をきかなかったが、ときどき足を伸ばして、怯えたような様子で足先を見つめていた。その足は半長靴をはいていたが、もう一方の足はスリッパを引っかけていた。番人が私の叔父に言ったところによると、彼は以前に高等中学《リセ》の教頭だったそうだ。アカデミー会員の服装で教室にやって来て学期ごとの成績を読み上げたので、退職になったのだという。私たちは彼をひどく恐れていたが、それは彼が独りきりなのを感じていたからだ。ある日、彼は遠くからロベールの方に手を伸ばして微笑《ほほえ》みかけた。ロベールは危うく卒倒するところだった。私たちを怖がらせたのは、この男の惨めったらしい風体でもないし、カラーの端とこすれている首もとの吹き出物でもない。ただ私たちは感じたのだ、彼がその頭のなかで、蟹か海老(1)のような考えを作り上げていることを。私たちを戦慄させたのはそのことだった、守衛小屋や、私たちの遊ぶ輪回しの輪や、灌木の茂みなどについて、海老のような考えを持てるということだった。

　してみると、私を待ち受けているのはそれだろうか？　初めて私は、独りきりでいるのが心配になった。手遅れにならないうちに、子供たちに恐怖感を与えないうちに、自分の身に起こったことを誰かに話したい。アニーがそばにいてくれればよいのだが。

　奇妙なことだ。十ページほど埋めたのに、私は真実を言わなかった――少なくとも、真実のすべてを言わなかった。日付の次に「新しいことは何もない」と書いたとき、私は後ろめたさを感じていたのだ。実は、ある小さな話、恥ずかしくもなければ異常でもない話が、現れるのを拒んでいたのである。「新しいことは何もない」。どんなに人は勝手な理屈をつけて嘘をつけるものかと思うと、私は感心してしまう。もちろん、新しいことは何も起こらなかった、と言ってもいい。つまり今朝、八時十五分に、プランタニア・ホテル[1]を出て図書館に行こうとしたとき、私は地面に落ちている一枚の紙を拾おうとして拾えなかったのだ。それだけのことで、これは出来事とすら言えない。そう、しかし真実をすべて言ってしまえば、私はそのことに心底から動揺したのである。自分がもう自由でない、と考えたからだ。図書館ではこの観念を振り払おうとつとめたが、うまく行かなかった。私はそれから逃れようと、カフェ・マブリに行った。明るい光の下に行けばその観念が消えるだろうと期待したのだ。しかしそれはここ、私の内部に、重苦しくつらいものとして残っている。以上の文章を書かせたのはその観念だ。

　どうして私はそれを語らなかったのか？　きっと自尊心のためだろう。それからまた、いくぶん不器用さのためでもあるだろう。私には、わが身に起こることを自分に物語るという習慣がない。だから出来事がどんな順番で起こったのかもよく思い出せないし、重要なことも見分けられないのだ。しかし、今はそれもお終いだ。私はカフェ・マブリで書いたことを読み直して、恥ずかしくなった。私は秘密も、感傷も、曰く言い難いものも、ご免こうむりたい。内面生活とたわむれるほど、私はうぶでもなければ司祭でもないのだ。

大して言うべきことがあるわけではない。私は紙が拾えなかった。それだけのことだ。

私は栗の実や、古いぼろ切れや、とりわけ紙片を拾うのがとても好きだ。それを取り上げて、手でにぎると気持がいい。子供たちのやるように、すんでのところで口に持っていきたくなるくらいだ。重々しい立派な紙、だがおそらくは糞で汚れた紙の端を私が持ち上げると、アニーは怒りのあまり顔色を変えるのだった。夏または秋の初めに、公園などで見つける太陽に焼かれた新聞の切れ端は、枯れ葉のように乾いてかさかさになり、すっかり黄ばんで、まるでピクリン酸をかけたかのようだ。冬にはまた別な紙片が、踏みつぶされ、細かくちぎられ、汚れて土に帰ろうとしている。ほかにも光沢さえある真新しい真っ白な紙片が、まるで白鳥がとまったようにぴくぴくしているが、すでに大地は下側から鳥黐《とりもち》のようにその紙片を捉えている。紙片は身をよじり、泥から身を引き離すが、少し先でまたぺたりと決定的に地面に貼りついてしまう。こういったものはみんな、手に取るのにふさわしい。私はときによると、それをしげしげと眺めながら、ただ手でさわってみるだけにするが、またそれをびりびりと引き裂いて、どんな音をたてるのかゆっくり聴いてみることもある。あるいはまた紙があまり湿っていると、火をつけてみることもあるが、これはなかなかうまくいかない。それから私は泥だらけになった手のひらを、塀か木の幹にこすりつける。

そんなわけで今日、私は兵営から出てくる一人の騎兵将校の黄褐色の長靴を眺めていたのだ。それを目で追っていると、水たまりのわきに落ちている一枚の紙が見えた。私は将校が踵《かかと》で、紙を泥のなかに押し潰すだろうと思った。ところが違った。彼は紙と水たまりをぴょんと跨いだのだ。私は近づいてみた。それは罫のある、たぶん学校のノートの一ページを破ったものだろう。雨に濡れてよじれた紙は、火傷をした手のように、一面に皺や火ぶくれができていた。欄外の赤い線は変色して、薔薇色の湯気になっている。ところどころでインクが流れ出していた。ページの下の方は泥に埋まって隠れている。私は身を屈めた。やわらかく新鮮なこのペースト状のものが指の下で灰色の小さな球になって転がるだろうと、早くもその感触を楽しみながら……。ところが私はそれができなかった。

私は一瞬、身体を曲げたままでいた。「書取。白い木菟《みみずく》」という字が読めた。それから私は、何も取らずに立ち上がった。私はもう自由ではない。自分のしたいことがもうできないのだ。

物、それが人にさわる、ということはないはずだろう。なぜなら物は生きていないから。人は物を使用し、それをまたもとに戻す。人は物にかこまれて生きている。物は役に立つ。それ以上ではない。ところが私には、物の方からさわりにくるのだ。それは耐え難い。私は物と接触するのを怖がっているのだ。まるで物が生きた動物であるかのように。

今や私には分かった。このあいだ海辺で例の小石を手にしていたときに感じたことを、私はもっとよく思い出すことができる。それは一種の甘ったるいむかむかした気持だった。何とそれは不快なものだったか！　それは小石から来ていた。間違いない。それは小石から私の手に伝わってきたのだ。そう、それだ、まさしくそれだ。それは手のなかの一種の嘔吐感だった。

木曜日朝、図書館にて

ついさっき、ホテルの階段を降りながら、私はリュシーの声を耳にした。彼女は階段にワックスをかけながら、またしても女将《パトロンヌ》に不平をこぼしていた。女将《パトロンヌ》は難儀そうに、口数少なくしゃべっていたが、それはまだ入れ歯をはめていなかったからだ。彼女はほとんど裸のままで、じかにピンクの部屋着を羽織り、室内履きをつっかけていた。リュシーの方はいつも通り、汚らしい恰好だった。ときおり彼女は拭く手をとめると、膝をついたまま身を起こして女将《パトロンヌ》を見る。リュシーは尤《もっと》もらしい顔で、とめどもなく喋るのだった。

「女遊びでもしてくれた方がずっといいですよ」と彼女は言う、「身体さえ悪くしてくれなければ、あたしにはどうでもいいんです」

彼女は夫の話をしているのだった。四十間近になって、赤黒い肌をしたこの小柄な女は、貯金をためて、ルコワント工場の仕上げ工をしている魅力的な若い男を手に入れたのだ。家庭での彼女は不幸せだ。夫は彼女を殴るわけでもなく、騙すわけでもない。ただ毎晩飲んで、ぐでんぐでんになって帰ってくる。彼は健康を損ねている。三カ月のあいだに、見る見る肌が黄色くなり、痩せてきた。リュシーは酒のせいだと考えている。私はむしろ結核なのだと思う。

「なんとか立ち直ってくれなくちゃ」とリュシーは言う。

それが彼女の心をむしばんでいるに違いない。だがゆっくりと、じわじわとむしばむのである。彼女はそれに負けまいとしている。諦めることも、不幸に身を委ねることもできないのだ。彼女は少しばかり、ほんの少しばかり、そのことを考える。あちこちで不幸をこぼす。とくに他の人たちといっしょのときがそうだ。それはみなが慰めてくれるからであり、また静かな口調で、まるで人に助言でも与えるように不幸を語ると、いくらか気持が軽くなるからだ。ひとりで客室を整えているときには、ものを考えないように鼻歌を歌っているのが聞こえる。だが彼女は一日中暗い顔をしており、すぐに疲れて仏頂面をする。

「ここなんですよ」と彼女は喉にさわりながら言う、「ここがつかえているんです」

彼女はけちけちと苦しんでいる。きっと、快楽に対してもけちけちしているのだろう。この単調な苦悩、鼻歌をやめるとすぐさま彼女にとりつくこの愚痴、いったい彼女はときとして、それから解放されたいと思わなかったのだろうか、思い切り苦しみ、絶望に溺れきろうとは願わなかったのだろうか。だがいずれにしても、それは不可能だろう。彼女はがんじがらめになっているのだ。

木曜日午後[1]

「ロルボン氏はたいそう醜かった。王妃マリー・アントワネットは好んで彼のことを、わたしの《大事なお猿さん》と呼んだ。にもかかわらず、彼は宮廷のすべての婦人たちをものにした。きわめつきの醜男《ぶおとこ》ヴォワズノン[2]のように道化を演じてそうしたのではなく、強烈な磁力で彼女たちを惹きつけたので、征服された美女たちは途轍もない情熱に身を焦がすことになった。彼は策謀をめぐらし、首飾り事件[3]ではかなりいかがわしい役割を演じ、酒樽ミラボーおよびネルシア[4]との交流を続けた後に、一七九〇年に忽然と姿を消した。その後ロシアにあらわれて、パーヴェル一世の暗殺にいくらか関わっている。そこから彼は、はるかに遠いインド、シナ、トルキスタンといった国々に旅行した。密売をしたり、陰謀に加担したり、スパイをはたらいたりした。一八一三年にパリに舞い戻り、一八一六年には絶対的な権力に到達する。アングーレーム公爵夫人[5]の唯一無二の腹心になったためだ。少女時代の恐ろしい思い出にこだわりつづけるこの気紛れな老婦人も、彼の姿を見かけると心が安まり、微笑みを浮かべるのだった。彼女を通して、彼は宮廷で絶大な影響力を発揮する。一八二〇年三月に、ロックロール嬢と結婚。芳紀十八歳のたいへんな美女で、このときロルボンは七十歳だった。彼は栄誉をきわめ、その生涯の頂点に達した。七カ月後に反逆罪の告発を受けて逮捕、投獄され、五年間の囚われの身となった後に、審理も行なわれずに獄中で死去した」

私は憂鬱な気分で、ジェルマン・ベルジェ*(1)のこの注をあらためて読んだ。私が最初にロルボン氏のことを知ったのは、この数行の文章によってである。なんと彼は魅力的に見えたことか！　またこのわずかばかりの文字を読んだだけで、すぐさま私はなんと彼が好きになったことか！　私が今ここにいるのも彼のため、この男のためだ。旅から帰って来たときに、私はパリかマルセイユに身を落ち着けることだってできただろう。しかしロルボン侯爵の長い(2)フランス滞在に関係する大部分の資料は、ブーヴィルの市立図書館にあるのだった。彼はマロンムの城主だったのである。大戦前にはまだこの村に、彼の子孫が一人いた。ロルボン＝カンプイレという名前の建築家で、この人が一九一二年に死んだとき、ブーヴィルの図書館に重要な寄贈をしたのである。すなわち侯爵の書簡や、日記の断片や、さまざまな書類などだ。私はまだすべてを調べきったわけではない。

このメモを見つけたのは嬉しい。もう十年も読み返したことがなかったのだ。私の筆跡は変わったように見える。以前はもっと字の間隔を詰めた書き方をしていた。あの年、どんなに私はロルボンが好きだったことか！　今でもある夕方のことを思い出す――それは火曜日の夕方だった。私は終日マザリーヌ図書館(3)で仕事をしたあとで、一七八九年から九〇年にかけての書簡によって、彼がネルシアにいっぱ

＊原注　ジェルマン・ベルジェ著『酒樽ミラボーとその友人たち』四〇六ページ、注二。シャンピオン版、一九〇六年。（刊行者の注）

い食わせた鮮やかな手口を察したところだった。外はすでに暗くなっており、私はメーヌ通りを下りながら、ラ・ゲテ街の角で焼き栗を買った。なんと私は浮き浮きとしていたことか！　ドイツから戻って来たネルシアがさぞ苦い顔をしたろうと思うと、誰もいないのに笑いがこみ上げてきた。侯爵の人物像もこのメモのインクのようだ。私が彼にかかわるようになってから、すっかり色が薄れてしまった。

　まず初めに一八〇一年以後の彼の行動が、私にはさっぱり分からない。べつに資料がないわけではない。書簡、断片的な回想録、秘密報告、警察の記録など、逆にほとんど多すぎるくらいだ。ただしこうしたすべての証言には、確実性、一貫性が欠けている。証言が矛盾しているわけではないが、さりとて一致しているわけでもない。まるで同一人物にかんするものではないかのようだ。それでも他の歴史家たちは、同じような種類の情報にもとづいて仕事をしている。彼らはどうやっているのだろう？　私の方が綿密なのか、それとも頭が悪いのか？　もっとも、こんな問題は私にまったくどうでもいい。結局、私は何を求めているのだろう？　それすらさっぱり分からない。長いあいだ人間ロルボンは、書くべき本以上に私の興味を惹いていた。だが今では、人間が……人間ロルボンが私を退屈させ始めている。私が執着しているのは本なのだ。それを書きたいという欲求が、ますます強くなるのを感じる――老いるにつれて、とでも言えようか。

　もちろん、ロルボンがパーヴェル一世暗殺に積極的に加担したこと、そのあとでロシア皇帝のために東方で重要なスパイ活動の使命を引き受けながら、絶えずナポレオンに味方してアレクサンドル[1]を裏切っていたことは、認めることができる。同時に彼はアルトワ伯爵[2]と積極的に連絡をとって、自分の忠誠を信じさせるために、大して重要でもない情報を彼に流し続けるということもやってのけた。そうしたことは、どれもこれも本当らしい。同じ時代にフーシェ[3]も、はるかに複雑で危険な芝居を打っていた。

おそらく侯爵はまた自分自身のために、アジアの諸公国と銃の取り引きもやっていたのだろう。

そう、まさにその通り。彼はそういったことをやっていた可能性がある。だがそれは証明されていないのだ。人は何も証明できないとさえ、私は思い始めている。こういったことはまずまず妥当な仮説で、それらが事実を説明してくれる。しかし私ははっきり感じるのだが、これらは私の出した仮説であって、単に自分の知識をあるやり方でまとめたにすぎない。ロルボンの方からは、ひと筋の光すら射してこないのだ。さまざまな事実は、のろのろと、怠惰に、不機嫌に、私の与えようと思う厳密な順序に従って並んでいく。だがロルボンはその外部に取り残されたままだ。私は純粋に想像力だけの仕事をしているような気がする。まだしも小説の人物であればもっと真実らしく見えようし、いずれにしてももっと面白い人物になるのは確実なのだが。

金曜日

三時。この三時というのは、何をしようと思っても、常に遅すぎるか、または早すぎる時刻だ。午後の奇妙なひととき。今日はそれが耐えがたい。

寒々とした太陽で、ガラス窓の埃が白っぽい。色の薄れた白濁した空。今朝は排水溝の水も凍っていた。

私は暖房のそばで、食べたものを重い気分で消化している。今日は無駄な一日に終わることが、あらかじめ分かっている。日暮れになればべつかもしれないが、そのときまで何一つろくなことはできないだろう。それは太陽のためだ。太陽はぼんやりと、工事現場の空中に漂う白っぽく汚れた靄《もや》を金色に染め、私の部屋のなかに、すっかり薄れたブロンド色になって流れ込んでくる。そしてテーブルの上に、鈍く不自然な四つの照り返しを作り出す。

私のパイプには金色の塗料が塗られて、それが最初は明るく見えて目を惹く。ところが眺めているうちに塗料は溶け始め、あとには木片の上に長く帯状になった色褪せた跡しか残らない。すべてがこんなふうだ。すべてが、私の手にいたるまでがそうだ。このような陽射《ひざ》しになると、いちばんいいのは寝に行くことだろう。ただ私は昨夜《ゆうべ》ぐっすり眠ったので、今は眠気もない。

私は昨日の空がとても好きだった。雨で黒く閉ざされた空は、まるで涙ぐましくなるほど滑稽な顔を、窓ガラスにぴったりとくっつけてくるようだった。ところが現在の太陽は、滑稽であるどころか、正反対だ。私の好きなすべてのもの、工事現場の赤錆や、囲いの腐った板塀などの上に、けちけちした尤もらしい光が落ちてくる。それはまるで、まんじりともせずに過ごしたひと晩のあとで、前の日の熱に浮かされたような決断や、一語も削らず一気に書き上げた文章に、じっと注がれている翌朝の視線のようだ。ヴィクトール・ノワール大通りの四つのカフェは、夜になると軒を並べて燦然と輝き出し、カフェという以上のもの——水族館、船、星、あるいは白い巨大な目——になるのだが、それも今は謎めいた優雅さを失っている。

自分を振り返るためには完璧な一日だ。太陽が容赦のない裁きのように被造物の上に投げかけるこの寒々とした明るさ——それが目を通して私のなかに入りこんでくる。私は滅入るような光で、内部を照らし出されている。十五分もすれば確実に、この上もない自己嫌悪に到達するだろう。まっぴらだ、そんなことはご免こうむる。昨日書いたロルボンのサンクト＝ペテルブルク滞在にかんする文章も、あらためて読み直すことはないだろう。腰掛けたままで、私は腕をだらんと垂らしている。あるいは気乗りもせずに、いくつかの言葉を書きつける。欠伸《あくび》をする。そして夜になるのを待つ。暗くなったら物も私も、このあやふやな状態から抜け出せるだろう。

ロルボンは、いったいパーヴェル一世の暗殺に参加したのか、しなかったのか？　それが今日の課題だ。調べはここまで来たけれども、これを決めずに先を続けることはできない。

チェルコフ[1]によると、彼はパーレン伯爵[2]に買収されていたという。陰謀に加担した大部分の者は、皇帝《ツァー》を退位させて幽閉すれば、それで満足しただろう、とチェルコフは言う。（事実アレクサンドルは、この解決の賛同者だったようだ）。だがパーレンは、どうやらパーヴェルを完全に片づけてしまいたかったらしい。そこでロルボン氏が、個々の陰謀加担者を暗殺へと駆り立てる役を負わされた、というのだ。

「彼は加担者の一人ひとりを訪ね、類い稀な迫力で、起こるはずの情景を身ぶり手ぶりで演じてみせた。こうして彼らの心に、殺害という血迷った考えを生じさせた、ないしはそれを広めたのだ」

しかし私はチェルコフを信用しない。彼は理性的な証人ではなく、サディックな魔術師であり、半ば狂気の人である。彼はすべてを悪魔的なものにしてしまう。ロルボン氏がこのようなメロドラマ的役割を演じるとは、とても思えない。彼が暗殺の情景を身ぶり手ぶりで演じたというのか？　とんでもない！　彼は冷静で、普段は他人をそそのかすような人物ではない。彼は誇示するよりも、ほのめかす。そして地味でぱっとしない彼の方法は、同じような考え方の人物、理屈の分かる陰謀家や政治家にしか通用しないのだ。

「アデマール・ド・ロルボンは」とシャリエール夫人[3]は書いている、「話をするとき、何かを描写するということがまったくなかった。身ぶりもまじえず、抑揚を変えることもいっさいなかった。目は半ば閉じたままで、睫毛のあいだから、かすかにその灰色の瞳のほんの一端が見えるくらいだった。あえて言ってしまえば、ごく最近まで、彼は信じられないほどわたしを退屈させた。彼の話し方は、いくらかマブリー神父(1)の文章のようだった」

それなのにこの男が、その物まね《マイム》の才能を発揮したというのか……。だがそうなると、彼はどうやって女たちを誘惑したのだろう？　おまけにセギュール(2)の伝えるこんな奇妙な話があり、それが私には本当に起こったことに見えるのだ。

「一七八七年のこと、ムーラン(3)に程近い旅籠屋で、一人の老人が死に瀕していた。ディドロ(4)の友人で、啓蒙哲学者たちによって思想形成をされた人物である。近在の司祭たちは、くたびれ果てていた。あらゆる手を尽くしたが無駄だったからだ。男は臨終の秘蹟を拒んでいた。汎神論者だったのである。そこへ通りかかったロルボン氏は、なんの信仰も持ってはいなかったが、ムーランの司祭と賭をして、二時間以内に病人をキリスト教徒の感情に引き戻してみせようと請け合った。司祭は賭に応じたが負けた。朝の三時から取りかかったが、病人は五時に告解をして、七時に死んだ。《あなたはそんなに論争術に長けておいでなのですか？》と司祭は訊ねた、《われわれの仲間も、あなたにはとても敵《かな》いません！》——ロルボン氏は答えた、《私は論争をしたのではありません。地獄の恐怖を感じさせたのです》と」

今や問題は、彼が実際に暗殺に加わったのか、ということだ。その晩の八時ごろ、友人のさる将校が彼を自宅の門まで送って行った。もしふたたび外出したとすれば、どうやって彼は誰にも咎められることなく、サンクト＝ペテルブルクの町を横切ることができたのだろう？　半狂乱になったパーヴェルは、夜の九時を過ぎたら産婆と医者を除くすべての通行人を逮捕せよ、と命令を出していた。ロルボンは宮殿へ辿り着くために、産婆に変装していたはずだといわれるが、このばかげた伝説を信じるべきなのか？　だが考えてみれば、彼はそんなことも充分にやりかねなかった。いずれにせよ、暗殺の行なわれた夜、彼は自宅にいなかったし、それは証明されているようだ。アレクサンドルは彼に強く嫌疑をかけたに違いない。というのも、彼の統治で最初に行なったことの一つは、極東への派遣という曖昧な口実で、侯爵を遠ざけることだったからだ。

ロルボン氏にはうんざりする。私は立ち上がって、この蒼白い光のなかで身体を動かす。光が私の手の上で、またジャケットの袖の上で、変化するのが見える。その光が起こす嫌悪感は、いくら強調しても足りることはない。私は欠伸をする。テーブルの上のランプを点ける。おそらくランプの明かりが、太陽の明るさに打ち克ってくれるのではないか。だがそうはいかない。ランプはわずかにその足許に、見るも哀れな光の小さい水たまりを作るだけだ。私はランプを消す。立ち上がる。壁には白い穴がある。鏡だ。これは罠だ。私がそれに引っかかるのは分かっている。さあ、引っかかった。灰色のものが今しがた、鏡のなかにあらわれた。私は近づき、それを見つめる。もう私はそこを離れられない。

私の顔が映っているのだ。こんなふうに無駄に過ごした一日のあとで、しばしば私は、いつまでもこれを眺めていることがある。この顔が、私にはさっぱり理解できない。他人の顔は意味を持っているが、自分の顔はそうでない。私には、それが美しいのか醜いのかさえ決められない。たぶん醜いのだろう。人にそう言われたことがあるから。しかしそれも私にはあまり響かない。結局のところ、そんな種類の性質をこれに与えられることに、ショックを覚えるくらいだ。まるで土くれか岩の塊を美しいとか醜いとか言うように。

それでも、頬のやわらかい部分の上の方、額の上に、見ていて楽しいものが一つある。私の頭部を飾るこの赤い美しい焔だ。それは私の髪の毛だ。これは快く眺められる。少なくとも、それは色鮮やかだ。私は赤毛であってよかったと思う。それはそこにある、鏡のなかに。それは目立って、輝いている。私はこれでも運がよかった。もしも額の髪の毛が栗色とも金髪ともつかないくすんだ色だったら、顔はぼんやりしたもののなかに紛れこんで、私に目眩《めまい》を起こさせたことだろう。

私の視線はゆっくりと、憂鬱に、この額へ、この頬へと下がっていく。視線は何も固いものに出会わずに、ずぶずぶと砂のなかに埋もれる。もちろんそこには鼻があり、目があり、口がある。だがそういったものはみな意味がないし、人間的な表情すら持っていない。それでもアニーやヴェリーヌは、私が生き生きしていると言っていた。私はあまりに自分の顔に慣れすぎてしまったのかもしれない。叔母のビジョワは私が幼かったころにこう言った、「あんまり鏡で長いこと自分を眺めていると、猿に見えてくるよ」と。私はきっと、叔母が言うよりもっと長く自分を眺めていたのだろう。いま見ているものは猿よりずっと下等で、植物界とすれすれの、腔腸動物《ポリープ》か何かのレベルにあるからだ。それは生きている。そのことは否定しない。けれどもアニーが考えたのは、このような生き方ではないだろう。私には微かな震えが見える。生気のない肉が活気づいて、無造作にぴくぴくと動くのが見える。とくに目は、こんなに近くから眺めるとぞっとする。それはガラスのようで、やわらかく、何も見えそうになく、まわりが赤くなっている。まるで魚の鱗のようだ。

私は陶器の縁に全身の重みでよりかかり、顔を鏡に触れんばかりに近づける。目、鼻、口が見えなくなる。人間らしいものはもう何もない。熱を帯びて膨れた唇の両側の褐色の皺、亀裂、モグラ塚だ。頬の広い勾配の上に、絹のような白い産毛が一本走っており、二本の毛が鼻の穴から飛び出している。これは浮き彫りをつけた地質図だ。そのくせこの月の世界は私にとって、やはり馴染みのものだ。その細部を憶えているとは言えないが、全体は、既に見たもの《デジャ・ヴュ》という印象を与えて、私をけだるい気分にさせる。そして私は静かに眠りのなかに滑りこんでゆく。

できれば私は自分を取り戻したい。はっきりした強い感覚があれば解放されるだろう。私は左手を頰にあてて、皮膚を引っぱってみる。鏡の自分にしかめ面をしてみる。顔のそっくり半分はそれに応じて、口の左半分がひん曲がって膨れ、一本の歯をのぞかせる。眼窩の奥には白い球体があり、その先は血の出るようなピンクの肉に通じている。私が求めていたのはこんなものではない。そこには力強く、新しいものなど、何ひとつない。やわらかな、ぼんやりした、既に見たもの《デジャ・ヴュ》ばかりだ！　私は目を開いたまま眠りこむ。すでに顔が鏡のなかで、大きく、大きくなっていく。それは光のなかを滑ってゆく巨大な薄ぼんやりと輝く光輪《ハロー》だ……。

　不意に私が目を醒ましたのは、身体の平衡を失ったためだ。気がつくと、私は椅子に跨って、まだぼかんとしている。他の者も自分の顔について判断を下すのに、これほど苦労するのだろうか？　私は鈍い生体感覚で自分の身体を感じるのと同じように、自分の顔を見ているような気がする。だが、他の者たちは？　たとえばロルボンはどうだろう？　ジャンリス夫人[1]が次のように書いているものを鏡のなかで見るとき、彼も眠くなっただろうか？　「皺の寄った、清潔でくっきりした彼の小さな顔は、疱瘡のあばただらけであるが、そこには独特の意地悪さがあらわれていて、どんなに隠そうとしてもそれがすぐ人目につくのだった」。夫人はさらにつけ加えて言う、「彼はその髪型に入念な注意を払った。わたしは一度も鬘なしの彼を見たことがない。だが彼の頰は黒ずんだ青い色をしていた。それは髭が濃いのに、自分で剃ろうとしたからで、しかも剃り方がたいそう下手だったためだ。彼はグリム[2]と同じ流儀で、白い顔料をべたべたと塗る習慣があった。ダンジュヴィル氏[3]は、この白い顔料と皮膚の青さのために、彼のことをロックフォール・チーズそっくりだった、と言っている」

　どうやら彼は、なかなか面白い人物だったにちがいない。しかし結局のところ、シャリエール夫人の目に映る彼は、そんなふうではなかった。彼女はロルボンのことを、どちらかというと影の薄い人と見なしていたと思う。おそらく、人が自分自身の顔を理解するのは不可能かもしれない。あるいは、私が独りきりの人間だからそうなのか？　仲間のいる暮らしをしている人たちは、友人たちの目に映る自分のように、鏡のなかに映る自分を眺めることを覚えたのだ。ところが私には友人がいない。私の肉体がこれほどむき出しになるのは、そのためだろうか？　これはまるで――そうだ、まるで人間なき自然のようだ。

私はもう仕事をする気にならない。夜を待つ以外に、もう何もできないだろう。

五時半

だめだ！　まったくだめだ。私はあれを感じている、汚いもの、〈吐き気〉を。おまけに今回はいままでと違っている。そいつがカフェで私を捉えたのだ。これまでのところ、カフェは私の唯一の避難所だった。いつも人が大勢いて、煌々と照らされているからだ。これからは、それさえなくなるだろう。自分の部屋で追いつめられても、もうどこへ逃げたものか分からなくなるだろう。

私はセックスが目的で来たのだ。ところがドアを開けたとたんに、ウェイトレスのマドレーヌから大声でこう言われた。

「マダムはいませんよ。街へ買い物に行ったんです」

私は性器に強い失望感を、長く続く不快なむずがゆさを覚えた。同時に、シャツが乳首の先端をこするのを感じていた。さまざまな色のついたものがゆっくりと旋回して私を取り囲み、私を捉えた。立ちこめる煙のなかで、また鏡のなかで、霧のようなものや光が旋回しており、奥の方には腰掛けが輝いているのだが、私にはなぜそれがそこにあるのか、なぜこんなふうなのかも分からない。私は入口でためらっていた。ついで一つの渦ができ、一つの影が天井を過《よ》ぎり、私は前方に押し出されるような気がした。私はふわふわと漂い、至るところから同時に私のなかに入りこんでくる光った靄にくらくらした。マドレーヌがふわふわ漂いながらやって来て、コートを脱がせてくれた。彼女が髪を後ろにひっつめにして、イヤリングをしているのに気づいたが、私には見憶えのない彼女だった。私は彼女の広い頬が、どこまでも耳の方へと伸びていくのを眺めていた。頬骨の下の窪みには、離ればなれに二つの薔薇色の染みがあり、この哀れな肉の上で退屈しているように見えた。頬は耳の方へと伸びていく、伸びていく。そしてマドレーヌは微笑んだ。

「何になさいますか、アントワーヌさん?」

そのとき、〈吐き気〉が私を捉えた。私は崩れるように、腰掛けに座りこんだ。自分がどこにいるのかも、もう分からない。さまざまな色が私のまわりでゆっくりと回っているのが見え、私は吐きたくてたまらなかった。というわけで、それ以来〈吐き気〉は私から離れず、私にとりついている。

私は金を払った。マドレーヌは、釣りの小皿を持ち去った。私のコップは大理石の上で、泡の浮いた黄色いビールの水たまりを押し潰している。腰掛けは、私が座っている部分が凹んでおり、滑り落ちないために、靴の裏で強く床を踏みつけなければならない。寒かった。右手の連中は、ウールの布《クロス》の上でトランプをしている。入って来たとき、私は彼らが見えなかった。ただ、なま温かいかたまりが、なかば腰掛けの上に、なかば奥のテーブルの上にあって、何本もの腕が動いているのを感じただけだ。それからマドレーヌが彼らに、カードと、布《クロス》と、椀に入った点数札《コイン》を持ってきた。彼らは三人か、五人か、分からない。私には彼らを眺めるだけの気力がない。バネが一本壊れてしまい、目は動かせるが、頭を動かすことができないのだ。頭はゴムのようにすっかり柔らかくなり、かろうじて首の上に載っているだけみたいだ。もし頭を回したら、床に落としてしまうだろう。それでも短い呼吸が聞こえ、ときおりちらりと、白い毛で覆われている赤みがかった煌めきが目の端に入る。それは手だ。

　マダムが買い物に行くときは、代わりに従弟がカウンターに立っている。彼はアドルフという。私は腰を掛けるときに彼のことを眺め始めたが、頭を回すことができないので、そのまま彼を眺め続けていた。彼はワイシャツ姿で、葵色《モーヴ》のサスペンダーをしている。袖は肘の上までまくり上げている。サスペンダーは青いワイシャツの上で、やっと見分けられるくらいだ。青のなかに埋もれて、かき消されているが、しかしそれは偽りの謙遜である。実を言うと、サスペンダーは自分を忘れさせることがない。それは羊のようなしつこさで、私をいらいらさせる。まるで、紫色になりかけながら、その狙いを捨てることなしに、中途でやめたみたいだ。だから、サスペンダーにこう言ってやりたくなる、「さあどうぞ。紫色におなり。それで一件落着だよ」。だがだめだ。サスペンダーは宙ぶらりんのまま、いつまでも未完の努力を続けている。ときにはまわりを取りまくワイシャツの青がサスペンダーの上に滑りこんできて、これをすっかり覆ってしまう。私には一瞬、サスペンダーが見えなくなる。だがそれは一つの波にすぎず、やがてあちこちで青が薄れ、葵色《モーヴ》の小島がふたたびためらいがちに姿をあらわす。それは徐々に大きくなり、つながって、再度サスペンダーを作り上げる。マダムの従弟のアドルフは、目らしいものを持っていない。腫れてまくれ上がった瞼が、ほんの少し白目の上に開いているだけだ。彼は眠りこんだような様子で、薄笑いを浮かべる。ときどきぶるっと身体を震わせると、奇妙な声を発して弱々しく身をもがく。まるで夢を見ている犬のようだ。

青い木綿の彼のワイシャツは、チョコレート色の壁を背景にして陽気に浮かび上がる。そいつもまた〈吐き気〉をもよおさせる。と言うよりも、むしろそれが〈吐き気〉である。〈吐き気〉は、私のなかにはない。私はそれをあそこの壁に、サスペンダーに、私の周囲のいたるところに感じる。〈吐き気〉はカフェと一体をなしており、そのなかに私がいるのだ。

私の右手では、なま温かいかたまりが音をたてて、その腕を動かし始めた。

「おや、それだな、お前さんの切り札は」「切り札はなんだっけ？」大きな黒い背中が、ゲームの上に屈みこむ。「はっはっはっ！」「なんだと？　それが切り札だ、やつは切ったんだ」「さあね、俺は見なかった……」「見たとも、いま俺が切り札を出したんだ」「ああそうか、そんなら切り札はハートだ」。彼は鼻歌を歌う、「切り札ハート、切り札ハート、切ーりー札ハート」。しゃべる調子で、「なんですか、ムッシュー、なんですか、ムッシュー？　私いただきますぞ！」

ふたたび沈黙——私の喉の奥に、砂糖のような空気の味。さまざまな匂い。サスペンダー。

従弟のアドルフは立ち上がって、何歩か足を運ぶと、両手を背中に回した。そして薄笑いを浮かべ、頭を上げると、身体を後ろにのけぞらせて、踵の端に体重をかける。この姿勢で彼は眠るのだ。彼はその場で、ぐらぐらしながら、相変わらず薄笑いを浮かべており、頰が震えている。今にも倒れそうだ。彼は後ろに反り返る、なお反り返る、反り返る、顔はすっかり天井の方を向いている。ついで、あわや倒れるという瞬間に、巧みにカウンターの縁をつかみ、平衡を取り戻す。それから、またぞろ始める。もうたくさんだ、私はウェイトレスを呼ぶ。

「マドレーヌ、お願いだからレコードで、一曲かけてくれないか。ぼくの好きなやつを。ほら、Some of these days（いつか近いうちに）[1]だよ」

「ええ、でもあのかたたちがお嫌じゃないかしら。トランプをするときは音楽がお好きじゃないのでね。ちょっと訊《き》いてきますわね」

私は懸命の努力で、頭を回らせる。彼らは四人だ。赤ら顔で鼻先に黒いフレームの鼻眼鏡をかけた老人の方へと、マドレーヌは身を屈めている。老人は自分のトランプを胸元に隠しながら、上目遣いに私に視線を投げる。

「おやんなさい、どうぞ」

微笑。彼の歯はぼろぼろだ。赤い手は彼ではなく、その隣にいる黒い口髭を生やした男のものだった。この口髭の男は巨大な鼻孔を所有しており、それは一家族全員の空気を吸い込むこともできそうで、顔の半分を占めているが、そのくせ彼は少しはあはあ言いながら口で呼吸をしている。彼らとともに、犬のような顔をした若い男が一人いる。四人目はよく見えない。

カードがくるくるまわりながら、ウールの布《クロス》の上に落ちる。それから指輪をはめた手がのびてきて、爪で布《クロス》を引っかきながらカードを集める。手は布《クロス》の上に、白い斑点を作る。むくんで埃だらけのように見える手だ。絶えず別なカードが降ってきて、手が行ったり来たりする。なんと奇妙な仕事だろう。ゲームらしくもないし、儀式や習慣のようにも見えない。彼らはただ単に、時間を埋めるためにこれをしているのだと私は思う。しかし時間は広大すぎて、埋められない。そこへ突っこまれるすべてのものが、柔らかくなって伸びてしまう。たとえばつっかえながらカードを集める赤い手のこの動作だが、それはまったくぶよぶよしている。縫い目をほどいて、なかを切開する必要があるだろう。

マドレーヌが蓄音器のハンドルをまわしている。彼女が間違えないといい、いつかのように『カヴァレリア・ルスティカーナ（1）』の仰々しい歌などかけないでくれればいいのだが。大丈夫。まさしくこれだ。

出だしから、私にはあの曲だと分かる。それはルフランの歌がついている古いラグタイムだ。[1] 一九一七年にラ・ロッシェル[2]の町中で、アメリカの兵隊が口笛で吹いていたのを聞いたことがある。きっと大戦前に作られたのだろう。だが録音はずっと最近のものだ。ともあれそれはコレクションのなかのいちばん古いもので、サファイアの針で聴くパテ社[3]のレコードだ。

もうすぐルフランがやってくる。私がとくに好きなのはこのルフランで、まるで海に突き出た断崖のように、唐突に前方に飛び出していくのがいい。今のところはまだジャズが演奏されている。メロディはなくて、響くのはただ音だけ、無数の小さな震動だけだ。それは休むということを知らない。一つの厳しい秩序がそれらの震動を生みだし、立ち直る余裕も自分自身のために存在する余裕も与えずに、それを破壊する。それらは互いに押し合いながら駆け抜けていき、通りがかりに素早く私を打って消滅していく。私はできればそれを引き留めておきたいが、たとえそのなかの一つを押さえても、指のなかにはいやしくだらけた音が残るばかりなのは分かっている。私はそれらの死を受け入れなければならない。この死、それを私は望みさえすべきだ。これ以上に激しく強烈な印象を私はほとんど知らない。

私はふたたび活気を取り戻し、自分を幸福に感じ始めた。とはいえ、まだとくに素晴らしいことでも何でもなく、〈吐き気〉の持つごくささやかな幸福にすぎない。それはねばねばした水たまりの底の方に、われわれの時間——すなわち葵色《モーヴ》のサスペンダーと凹んだ腰掛けの時間——の底の方に広がっている。その幸福は、広く柔らかな瞬間、油染みのようにじわじわと端から拡大する瞬間でできている。生まれたばかりなのに、それはもう年老いている。私はこれを二十年も前から知っているような気がする。

だがもう一つの別な幸福がある。外部にこの鋼鉄の帯が、音楽の厳格な持続があり、それがわれわれの時間を端から端まで貫き、その時間を拒否し、乾いた小さないくつもの切っ先でそれを引き裂いている。ここにはもう一つの別な時間があるのだ。

「ランデュさんがハートを出す。お前はエースをぶっつける」

声は滑って消える。ドアが開かれても、私の膝に冷たい空気が流れこんできても、幼い娘を連れた獣医がやって来ても、何物もこの帯状の鋼鉄に食いこむことはない。音楽はそうしたものの曖昧な形に突き刺さり、それらを通過してゆく。幼い娘は座った途端に、この音楽に捉えられた。彼女は身を固くし、目を大きく見開き、握った拳でテーブルをこすりながら耳を傾けている。

何秒かすると、黒人の女歌手が歌い始めるだろう。それは避けられないものに見える。そのくらいにこの音楽は強力な必然性を持っている。何物も、日常世界がはまりこんだあの時間から来るものは、音楽を中断させることができない。音楽は自分自身で、秩序にしたがって終息するだろう。私がこの美しい声を愛するのは、とりわけそのためだ。その声の豊かさのためでも悲しさのためでもない。それが無数の音符によって遠くから準備されてきた出来事であり、しかも音符はこの出来事が生まれるために死んでゆくからだ。にもかかわらず、私は不安である。ほんの些細なこと、一本のバネが壊れるとか、従弟のアドルフが気紛れを起こすとかいったことがあっただけで、レコードは停止してしまうだろう。この厳しさがかくも脆いものであるというのは、なんと奇妙な、なんと感動的なことだろう。何物もこれを中断させることはできないが、どんなものもこれを壊すことができるのだ。

最後の和音は消滅した。それに続く短い休止に包まれて、私は強く感じる、いよいよだ、何かが起こったのだ、と。

沈黙。

Some of these days
You'll miss me honey.

（いつか近いうちに、いとしい人よ、
わたしの不在を寂しく思うでしょう）

いったい何が起こったのか。〈吐き気〉が消えたのだ。沈黙のなかから声が沸き上がってきたときに、私は自分の身体がこわばるのを感じたが、そのとき〈吐き気〉が消え去った。一気に、である。こんなふうに身体がすっかりこわばり、きらきら輝くのは、ほとんど苦痛でさえあった。同時に音楽の持続は広がり、まるで竜巻のように膨張した。それはわれわれの惨めな時間を壁際に押し潰しながら、金属的な透明さでカフェを満たした。私は今や音楽のなかにいる。鏡のなかでは、火の球が転げ回っている。それを取り囲んで煙の輪が、光の固い微笑を隠したり暴いたりしながら回っている。私のビールのコップは小さくなって、テーブルの上に身を縮めている。それは緻密で不可欠なものに見える。私はそれを取り上げて、重さを量りたい。私は手を伸ばす……。何ということか！　変化したのはとりわけそれだ、私の動作だ。私の腕のこの動きは、あたかも荘重なテーマのように展開された。それは黒人の女の歌に添って滑っていった。まるで自分が踊っているように思われた。

　アドルフの顔がそこに、チョコレート色の壁際にある。それはすぐそばにあるように見える。私の手がふたたび閉じられる瞬間に、私は彼の顔を見た。その顔は一つの結論が持つ明白さ、必然性を備えていた。私は指をコップに押しつける。アドルフを眺める。私は幸福だ。

「どうだ！」

　ざわつきのなかから一つの声がほとばしり出る。口をきいたのは私のすぐ隣にいる日焼けした老人だ。彼の頬は、腰掛けの茶色の革の上で紫色の斑点を作っている。彼は一枚のカードを手荒にテーブルに叩きつける。ダイヤの10だ。

しかし犬のような顔をした若い男はにやりと笑う。赤ら顔の男はテーブルに屈みこみ、今にも飛びかかりそうな恰好で、上目遣いに相手を窺う。

「そんならこうだ！」

若い男の手が暗いところからあらわれ、一瞬、白くけだるそうに宙に浮かび、ついでとつぜん鳶《とび》が襲いかかるように、一枚のカードを布《クロス》に押しつける。肥った赤ら顔は飛び上がる。

「くそっ！　切りやがった」

ハートのキングのシルエットが、引きつった指のあいだにあらわれる。ついでそれは裏返しにされ、ゲームは継続する。美男のキングよ、これほど多くの組み合わせや、これほど多くの消え去った動作によって準備されて、かくも遠くからやってきた美男のキングよ。今度はお前が消え去る番だ。他の組み合わせや、他の動作が生まれるために、攻撃や反撃、好運《つき》の戻りや、さまざまの小さな冒険が生まれるために。

私は感動した。自分の身体が、休息中の精密機械であるように感じられる。この私は、本当の冒険を体験したのだった。細かいことはまったく思い出せないが、いろいろな状況の厳密な繋がりが目に浮かぶ。私はいくつもの海を渡り、いくつもの町を後にした。さまざまな川を遡り、さまざまな森に分け入った。そして常に別な町へと進んで行った。何人もの女たちをものにし、何人もの男たちと殴り合った。そして一度も後戻りすることができなかったが、それはレコードが逆回転できないのと同じことだ。そうしたすべてのことが、私をどこへ連れて来たのか？　今のこの瞬間に、この腰掛けに、音楽が響きわたるこの光の泡のなかへと連れて来たのだ。

And when you leave me.　（あなたが去っていくときに）

そうだ、ローマではテヴェレ川の岸辺に腰をおろすのをこの上もなく愛したし、バルセロナでは夕方、何度も好んでランブラス通りを上ったり下ったりした私だった。アンコール遺跡の近くでは、プラ＝カーンのバライの小島で、一本のベンガル菩提樹がナーガの礼拝堂のまわりにその根をはりめぐらせているのを見た(1)。その私が今ここにいて、トランプでマニラ(2)に興じている人たちと同じ瞬間を生き、黒人の女の歌に耳を傾けているのだが、一方そのあいだに外では、かすかに夜がさまよっている。

レコードは止まった。

夜がいかにも優しげに、ためらいがちに入って来た。姿は見えないが、それでも夜はそこにいて、明かりにヴェールをかける。呼吸する空気のなかには、何か分厚いものがある。それが夜だ。寒くなった。トランプをしている者の一人がごた混ぜのカードをもう一人の方へ押しやると、相手はそれを集める。一枚のカードが取り残されている。連中には見えないのだろうか？　それはハートの9だ。ようやく誰かがそれを拾って、犬のような顔をした若い男に渡す。

「おや！　ハートの9だ！」

よろしい、私は出かけよう。紫がかった色の肌をした老人は、鉛筆の先を舐めながら、一枚の紙の上に屈みこんでいる。マドレーヌは明るく虚ろな目つきでその老人を眺めている。若い男は指のあいだでハートの9のカードをしきりにひっくり返している。もはやこれまでだ！……

私はやっとのことで立ち上がる。鏡のなかには、獣医の頭の上の方を滑って行く非人間的な一つの顔が見える。

あとで私は映画を観に行こう。

外の空気は気持がよい。砂糖のような味もしないし、ヴェルモットのようなアルコールくささもない。だがそれにしても、なんという寒さだ。

七時半だ。腹も空いていないし、映画館は九時にならなければ始まらない。何をしたらよかろうか？身体を温めるためには早足で歩く必要がある。私は躊躇する。私の背後の大通りは、町の中心へ、繁華街を彩る盛大な光の装いへ、パレ・パラマウント座へ、インペリアル座へ、ジャアン・デパートへと通じている。それはまったく私の気を惹かない。ちょうど食前酒《アペリティフ》の時間だ。生きたもの、犬どもや人間ども、自然に動くすべてのぶよぶよしたものは、今のところもうたっぷり見飽きている。

私は左に向きを変える。あそこへ、並んだガス灯のはずれにあるあの穴のなかへと踏み出して行こう。ノワール大通りを、ガルヴァニ通りまで行くことにしよう。穴のなかには、凍るような風が吹いている。あそこには、石と土しかないだろう。石、そいつは固いし、動くことがない。

少しのあいだ退屈な道がある。右側の歩道沿いに灰色のガス状のかたまりがあり、点々と明かりがともされて、貝殻の鳴るような音を発している。これが〈旧駅〉だ。この駅の存在が、ノワール大通りの最初の百メートルほど――ラ・ルドゥート大通りからパラディ街まで――の部分を受胎させて、十本ほどの街灯と、軒を連ねた四つのカフェを産ませたのである。「鉄道員の溜まり場」と他の三つのカフェで、昼間は一日中くすぶっているが、夜になると明かりがついて、道路に長方形の光を投げかける。私はさらに三度にわたって黄色い光の放列に浴した。乾物屋兼雑貨屋のラバシュからは一人の老女が出てくるのを見かけたが、彼女はスカーフを頭の方まで引き上げて駆けだした。そして今はそれもお終いだ。私はパラディ街の歩道の端、最後の街灯の横に立っている。アスファルトの帯はそこでぴたりと終わる。パラディ街の反対側からは、暗闇と泥が始まる。私はパラディ街を横切る。右足は水たまりのなかに踏みこみ、靴下はびしょ濡れだ。散歩が始まる。

ノワール大通りのこの一帯は、人の住むところではない。生活をここに定着し、発展させるには、気候があまりに厳しく、土地があまりに不毛なのだ。ソレイユ兄弟商会の三つの製材所は（ソレイユ兄弟商会は聖女セシル＝ド＝ラ＝メール教会の板張り円天井を納入したが、その費用は十万フランだった）西に向かって開かれ、そのすべてのドアやすべての窓は、穏やかなジャンヌ＝ベルト＝クーロワ街に面しており、機械のうなる音でこの通りを満たしている。ヴィクトール・ノワール大通りには背を向けており、その三つの背は壁で繋がっている。この製材所の建物が左側の歩道に沿って四百メートルも続くが、そのあいだ、ちっぽけな窓もなければ、天窓さえ一つもない。

今度は歩きながら、私は両足とも側溝に入れてしまった。車道を横切る。反対側の歩道には、まるで岬の最先端にある灯台のように、一つだけガス灯があって、傷んであちこちが壊れた板塀を照らし出している。

ポスターの切れ端が、まだその板に貼られている。星の形に破られた背景の緑色の地の上で、美しい顔が憎々しげにゆがんでいる。鼻の下には誰かが鉛筆でカイゼル髭を描き加えている。別の断片の上には、まだ白い文字で、《purâtre》[1]という言葉が読みとれる。そこからは赤い滴《しずく》が落ちているが、おそらくこれは血の滴《したた》りだろう。この顔とこの言葉は、同じポスターの一部だったのかもしれない。今はポスターが引き裂かれて、それらを意図的に結びつけていた単純な絆は消え去ったが、そのかわりに、ゆがんだ口許と、血の滴りと、白い文字と、《âtre》という語尾とのあいだに、おのずから別な統一ができあがった。まるで休むことのない犯罪の情熱が、これらの神秘的な記号で自分を表現しようとつとめているかのようだ。板と板のあいだからは、線路の上に明かりの輝くのが見える。板塀のあとには、長い壁が続く。穴もあいておらず、ドアも窓もない長い壁で、これが終わるのは二百メートル先で一軒の家にぶつかるところだ。私はもはや街灯の光の届く範囲を越えた。今は黒い穴に入りこんでいる。足許の自分の影が闇に溶けこむのを見ながら、私は氷の水に浸かるような気がする。前方には、分厚い暗闇を越えたそのずっと先に、ぼんやりと薔薇色のものが認められる。それがガルヴァニ通りだ。後ろを振り返ると、はるか彼方のガス灯の向こうに、ほんのわずかばかりの明るいものがある。そいつは駅と四軒のカフェだ。私の後方にも、前方にも、ブラッスリーで飲んだり、トランプに興じたりしている者がいる。ここには暗闇しかない。ときおり風がはるかに遠くから、かすかな寂しいベルのような音をもたらす。家庭の物音、車のたてる騒音、人の叫び声や犬の鳴き声は、明るく照らされた通りからほとんど遠ざかることがない。そういったものは、暖かい場所に残っている。だがこの風のたてる音は、闇を突き抜けてここにまで達している。それは他の物音よりも厳しく、他の物音のように人間的でない。

私は立ち止まって耳をすます。寒くて、耳が痛い。きっと耳は真っ赤になっているだろう。だが私は自分を純粋だと感じる。周囲のものの純粋さに私は支配されている。何物も生きていない。風はひゅーひゅーと音をたてて吹き、固い何本もの線が夜のなかに遁走する。ノワール大通りは、通行人に愛嬌を振りまくブルジョワ的な街のように慎みのない様子はしていない。誰もこの大通りを飾ろうなどと気を使いはしなかった。これはせいぜい裏側の道といったところだ。ジャンヌ＝ベルト＝クーロワ街の裏側、ガルヴァニ通りの裏側である。それでも駅の付近では、ブーヴィルの人たちもこの大通りをいくらか監視している。旅行者がいるので、ときどきは清掃もする。しかしその先になるとたちまちこの道を放り出してしまい、ノワール大通りはがむしゃらに真っ直ぐ突っ走って、ガルヴァニ通りにぶつかる。町はこの道を忘れてしまったのだ。ときどき土色をした大きなトラックが、雷のような音をたてて全速力で通り過ぎる。ここでは殺人さえ起こらない。人殺しも犠牲者もいないからだ。ノワール大通りは非人間的である。まるで鉱物のよう、三角形のようだ。ブーヴィルにこんな大通りがあるのは幸いである。普通、このような場所は首都にしかない。ベルリンならノイケルンの方か、フリードリヒスハインのあたり――ロンドンならグリニッジ(1)の裏側などだ。それらは吹きさらしの真っ直ぐのびた汚い通路で、歩道は広いが並木はない。そしてほとんど必ずと言っていいほど、都心部をとりまく囲いの外側の奇妙な界隈にあり、そこでは貨物駅や、電車の車庫や、屠畜場や、ガスタンクなどの近くに市街が作られている。にわか雨から二日経って、町全体が太陽に照らされ、まだ湿っぽくはあるが、しっとりした熱で輝いているときに、ここだけは依然としてひどく寒く、泥や水たまりが残っている。そればかりか、一年に八月のひと月を除いてけっして乾くことのない水たまりさえあるのだ。

〈吐き気〉はあそこに、黄色の光のなかに留まっている。私は幸福だ。この寒さは実に純粋だし、この夜も実に純粋だ。私自身が、凍てついた空気の一つの波ではなかろうか？　血もリンパ液も肉体も持たず、この長い運河のなかで、向こうに見えるあの薄明かりに向かって流れて行くのではないか？　私自身が寒さにすぎないのではなかろうか？

人がいる。二つの影。何の必要があって、こんなところにやって来たのだろう？

小柄な女が、しきりに男に懇願している。彼女は早口に、小声でしゃべっている。風の音に消されて、その言葉は聞きとれない。

「黙れよ、黙れってば」と男が言う。

彼女はそれでもしゃべりつづける。不意に男が彼女を押しのける。二人は心を決めかねた様子で、互いに相手をじっと見る。それから男は、両手をポケットに突っこんで、振り向きもせずに去って行く。男の姿は消えた。女と私は、今やものの三メートルも離れていない。とつぜん、しゃがれた沈痛な音が彼女を引き裂き、彼女から自分を引き離すと、異様な激しさであたり一帯を満たす。

「シャルル、お願い、あたしの言ったこと、分かってるでしょ？　シャルル、戻って来て。もういや、あんまりひどすぎるわ！」

私は彼女の身体にふれるくらいに、そのすぐそばを通る。それは……だが信じられようか？　この火のように燃える肉体、この苦悩に輝く顔が？……しかし、私には見憶えがあった、このスカーフ、このコート、右手の赤紫色の大きな痣《あざ》、それは彼女だ、家政婦のリュシーだ。私は自分から彼女を助けようとは言い出しかねた。だが必要なら、彼女はそれを求めることができるはずだ。私は彼女の顔を見ながら、ゆっくりとその前を通る。彼女の目は私に注がれているが、私を見ているとは思われない。苦痛のあまり、我れを忘れているようだ。私は何歩か進んで、振り返る……。

そうだ、彼女だ、リュシーだ。だが変貌して、すっかり取り乱し、途方もない気前のよさで惜しげもなく苦しんでいるリュシーだ。私は彼女が羨ましい。彼女はそこにいて、ぴんと背筋を伸ばし、両腕を広げている。まるで、キリストの聖痕を待ち受けている信者のように。彼女は口をあけて息をつまらせている。私は道の両側の壁が大きくなって接近し、彼女が井戸の底に取り残されたような気がする。私はなおしばらくのあいだ待つ。彼女がばったり倒れてしまうのではないかと心配だ。彼女はあまりにひ弱で、この異様な苦痛に耐えられるとは思われない。しかし彼女は身動きもせず、周囲のすべてのものと同様に鉱物化したように見える。一瞬、私は考えた、彼女にかんして思い違いをしていたのではないか、とつぜん私に暴露されたものこそ、彼女の本性ではないのか……。

リュシーはかすかなうめき声をもらす。驚いたように両目を見開きながら、手を喉のところに持っていく。違う、彼女のこれほどまで苦しむ力は、彼女のなかから汲み出されたのではない。それは外部から来たのだ……この大通りからだ。彼女の両肩をとらえて、光の方へ、穏やかな薔薇色の街に住む人びとのあいだへと、連れて行く必要があるだろう。あそこでは、誰もこれほど激しく苦しむことはできない。彼女も柔らかくなり、前向きの態度と、彼女の普通のレベルの苦しみをふたたび見出すだろう。

私は彼女に背を向ける。結局のところ、彼女は運がいいのだ。私の方はこの三年来、あまりに平穏でありすぎた。だからもうこの悲劇的な孤独から、空転する少しばかりの純粋さ以外に何も受けとることができないのだ。私はここを立ち去ろう。

木曜日、十一時半

閲覧室で二時間仕事をした。それからパイプをふかすために、登記所の中庭に降りた。そこは薔薇色の煉瓦で舗装された広場である。ブーヴィルの人たちはこの広場を誇りに思っている。これが十八世紀に作られたからだ。シャマード街とシュスペダール街の入口には古い鎖がはられていて、車の進入を遮断している。犬を散歩させに来た黒い服の婦人たちが、壁に沿ってアーケードの下へ滑りこむ。陽の当たるところまで出てくることは滅多にないが、それでも彼女たちは横目で、若い娘のように素早く満足げな視線をギュスターヴ・アンペトラ(1)の銅像に投げかける。この青銅の巨人の名前を知っているはずはないが、それでも彼女たちは銅像のフロックコートやシルクハットで、上流社会の人だったことを見抜いている。彼は左手で帽子を持ち、右手は積み上げられた二つ折り本の上においている。いくぶん彼女たちの祖父が銅像に鋳造されて、台座の上にいるかのようだ。長いあいだ眺めるまでもなく、彼女たちはこの人物がすべての事柄について、自分たちのように、まさに自分たちのように考えていたことを理解している。彼女たちの持つ狭く揺るぎないちっぽけな観念のために、この人物は、彼の権威とその重い手が押さえつけている二つ折り本から汲み出した該博な知識とを奉仕させたのだ。黒い服の婦人たちはほっとして、心安らかに家事にいそしみ、犬を散歩させることができる。自分たちの父親から引き継いだ神聖な観念や善良な観念、それを守るという責任を、彼女たちはもう負わなくてもよくなった。青銅の一人の男が、その観念の番人になってくれたからだ。

『大百科事典』はこの人物に数行を割いている。私は去年それを読んだ。私はその巻を窓の棚の上にのせていたので、窓ガラス越しにアンペトラの緑色の脳天を見ることができた。私は彼が一八九〇年頃にもてはやされていたことを知った。彼は視学官だった。つまらない絵を軽妙に描き、三冊の本を書いた。『古代ギリシャ人における人気について』（一八八七年）、『ロランの教育学』[1]（一八九一年）、そして一八九九年の詩的遺言である。彼は一九〇二年に、関係者たちや趣味人たちに深く哀惜されながら他界した。

私は図書館正面の壁によりかかって、消えそうになっているパイプを吸う。年取った一人の婦人が、アーケードの形をした回廊から恐る恐る出てきて、気むずかしい顔でしげしげとアンペトラを眺めているのが見える。とつぜん彼女は大胆になって、ちょこちょこと大急ぎで中庭を横切ると、下顎をもぐもぐさせながら、少しのあいだ銅像の前で立ち止まる。それから彼女は逃げ出し、薔薇色の舗装の上の黒い姿となって、壁の一つの亀裂に消えてゆく。

おそらく一八〇〇年前後のこの広場は、薔薇色の煉瓦と周囲の家々のために、陽気な場所だったのだろう。現在では、広場は何かかさかさした悪趣味なもの、ほんのわずかばかり嫌悪感を与えるものを備えている。それは、目の前の高い台座の上にいるこの男から来る。この大学人の銅像を鋳造して、人びとは彼を魔術師に作り上げたのだ。

私はアンペトラを正面から眺める。彼には目がない。鼻もほとんどない。髭は、ときおり一区域のすべての銅像に伝染病のように襲いかかるあの奇妙な染みに侵食されている。彼は会釈をしている。チョッキには胸のところに、明るい緑色の大きな汚れがついている。どこか病身で、気分が悪そうな様子だ。彼は生きているわけではない。そうだ。しかし生命がないとも言えない。彼からは、ある鈍い力が発散されている。まるで私を押し返す風のようだ。アンペトラは私を登記所の中庭から追い払いたいらしい。だが私はこのパイプを吸い終わるまで、ここから出て行かないだろう。

一つの大きな痩せた影が、とつぜん私の背後にあらわれる。私はぎょっとする。

「失礼しました。お邪魔をするつもりではなかったんですが。実はあなたの唇が動いているのを見ましてね。たぶん、お書きになるご本の文章を繰り返していらしたんでしょう」。そして笑う。「十二音綴を探していらっしゃったのでしょう」

私は呆気にとられて独学者を見つめる。しかし彼は、私が驚いたことに驚いている様子だ。

「散文では、十二音綴を注意深く避けるべきではないでしょうか？」

私に対する彼の評価が、いくぶん下がったのである。私は、このような時刻にここで何をしているのかと訊ねる。彼は、主人《パトロン》が休みをくれたので、まっすぐ図書館に来たのだと説明する。これから昼食は抜きにして、閉館まで本を読むことになるだろう、と。私はもう彼の言うことを聴いていなかった。だがそのあいだに彼の話は最初の話題から逸《そ》れたに違いない。というのも、不意にこうしゃべっているのが聞こえたからだ。

「……あなたのように、一冊の本が書けるという幸せをお持ちのかたは……」

私は何か言わなければならない。

「幸せですって……」と私は疑わしげに言う。

彼は私の答えの意味を取り違えて、あわてて修正する。

「これはどうも。才能と言うべきでした」

私たちは階段を上がる。私は仕事をする気にならない。誰かが机の上に『ウジェニー・グランデ』(1)を置き放しにしていた。本は二十七ページのところで開かれている。私は何気なくその本を手にとって、二十七ページを読み出す。それから二十八ページを。冒頭から読み始める気力はない。独学者は元気な足どりで壁際の本棚の方へ向かった。そして、二冊の本を取ってきて、骨を見つけた犬のように、いそいそと机におく。

「なにをお読みですか?」

彼は言いたくないらしい。少しばかり躊躇して、迷ったようにその大きな目をうろうろさせる。それから、やむを得ないといった様子で、その本を差し出す。それはラルバレトリエの『泥炭と泥炭層』(2)と、ラステックスの『ヒトーパデーシャまたは有益な教え』(3)である。それで? 私にはどうして彼がもじもじするのか分からない。こうした読書は、きわめてまっとうなもののように思われる。私は気休めに、『ヒトーパデーシャ』をぱらぱらとめくってみるが、そこには高尚なものしか見あたらない。

三時

私は『ウジェニー・グランデ』を放り出した。仕事にとりかかったが、気力が湧かない。私が書いているのを見て独学者は、尊敬のこもった貪欲な表情を浮かべながら私を観察している。ときどき私が少し顔を上げると、巨大なスタンドカラーから彼の若鶏のような首の出ているのが目に入る。身につけている服は着古したものだが、シャツはまぶしいばかりに白い。彼は同じ本棚から、もう一冊の本を取ってきたところだ。私は逆向きになったそのタイトルを読む。ジュリ・ラヴェルニュ嬢の書いたノルマンディ年代記『コードベックの矢』(1)。独学者の読むものは、いつも私を戸惑わせる。

不意に彼が最近に参照した本の著者名が頭に浮かんだ。ランベール、ラングロワ、ラルバレトリエ、ラステックス、ラヴェルニュ。それは閃きだった。独学者の方法が分かった。彼はアルファベット順に知識を身につけているのだ。

私は一種の感嘆の念を覚えながら、彼を見つめた。かくも広大な規模の計画をゆっくりと執拗に実現するためには、どれほどの意志が必要であろうか？　七年前のある日（彼は七年前から勉強していると私に語っていた）、彼は意気揚々とこの読書室に入って来たのだ。壁を飾る無数の本に視線を走らせて、ほぼラスティニャック(2)のようにつぶやいたに違いない、「さあ、お前と一騎打ちだ、人類の学問よ」と。それから一番右側の最初の書棚にある最初の本を取りに行った。不動の決意に、尊敬と畏怖の感情を交えながら、彼はその本の第一ページを開いた。現在の彼はLまで来ている。JのあとがK、KのあとがLだ。彼は甲虫目の研究から一足飛びに量子論の研究に移り、ティムールにかんする著書から、ダーウィニズムを攻撃するカトリックのパンフレットに移行した。一瞬たりともまごつかなかった。彼はすべてを読んだ。単為生殖について知られていることの半分を頭に蓄積し、生体解剖を非難する論拠の半分をためこんだ。彼の背後に、彼の前方に、ひとつの宇宙がある。そして彼が、一番左の最後の本棚にある最後の本を閉じながら、「さて、それで?」とつぶやく日は近づいているのである。

今はお八つの時間だ。彼は無邪気な態度で、パンとガラ・ピーター(1)の板チョコを食べる。彼の瞼が下を向いてさがっているので、私はカールしたような彼の美しい睫毛をゆっくり眺めることができる――それは女の睫毛だ。彼は古いタバコの匂いを発散させているが、ふっと息を吐き出すときは、それに甘いチョコレートの香りが混じる。

金曜日、三時

もう少しで、鏡の罠にはまるところだった。私は危うくそれを避けるが、今度は窓ガラスの罠に落ちこむことになる。暇つぶしに、私は腕をぶらぶらさせながら窓に近づく。工事現場、板塀、旧駅――旧駅、板塀、工事現場。大きな欠伸をしたので、目に涙が浮かぶ。私は右手にパイプを、左手に刻みタバコ入れを持っている。パイプにタバコをつめなければならないだろう。しかしその気力がない。腕をだらんと下げて、額を窓ガラスに押しつける。そこに見える老婆が私を苛々させる。彼女は虚ろな目つきで、意固地に、小刻みな足どりで歩いている。ときおりまるで見えない危険がかすめて行ったように、怯えた様子で立ち止まる。私の窓の下に来た。風で彼女のスカートは膝にぴったりとはりつく。彼女は立ち止まって、スカーフを直す。手が震えている。ふたたび歩き始める。今は背中が見えている。老いぼれワラジムシめ! きっと彼女は右に曲がってノワール大通りに入るのだろう。そうなるとまだ百メートルほど歩くことになる。あの調子なら、たっぷり十分はかかるだろう。その十分ほどのあいだ、私はこうして額を窓ガラスにつけたまま、彼女を眺めつづけるだろう。彼女は何度となく立ち止まり、また歩き出し、また立ち止まるだろう……。

私は未来を見ている。未来はそこに、通りにおかれており、現在よりも心持ち色が薄いだけだ。どうしてその未来の実現される必要があるのか？　それは何をつけ加えるのだろう？　老婆は足を引きずりながら遠ざかって行く。立ち止まる。スカーフからはみ出している灰色の髪の毛をかき上げる。彼女は歩く。彼女がいたのはそこだ。今はここにいる……私にはもう自分がどうなったのか分からない。彼女の動作を見ているのだろうか、予測しているのだろうか？　もう現在と未来を区別できない。にもかかわらず、それは続き、少しずつ実現されてゆく。老婆は人気《ひとけ》のない通りを進んでゆく。男物の大きな靴を移動させてゆく。これが時間だ。むき出しにされた時間だ。それはゆっくりと存在に到達する。それは待たれている。そしてそれがやって来ると、われわれはうんざりする。それがずっと前からすでにそこにあったことに気づくからだ。老婆は通りの角に近づく。今では小さな黒い布のかたまりにすぎない。なるほど、そうだ、たしかにそれは新しいことだ。ついさっきまで、彼女はここにいなかったのだから。しかし新しいことだが、どんよりと色褪せており、けっして人を驚かせるようなことはあり得ない。彼女は通りの角を曲がるだろう。いま曲がる――ずっと永遠に。

私は窓から身を引き離して、ふらふらと部屋のなかを歩き回る。鳥糯《とりもち》にかかるように、鏡の罠にかかる。自分を見つめる。その自分が嫌悪感を与える。これもまた一つの永遠だ。ようやく私は自分のイメージから逃れて、ベッドに倒れこむ。天井を眺める。眠りたい。

静かだ。静かだ。もう時間が滑っていくのも、時間が軽くふれるのも感じない。天井にはいろいろなイメージが見える。最初はいくつかの光の輪。それから十字架だ。それらがひらひら飛び回る。それから、別なイメージが形成される。今度のものは、私の目の奥にあらわれる。それは跪いている大きな動物だ。その動物の前脚と、鞍が見える。あとのものは靄がかかってぼんやりしている。にもかかわらず、私には見憶えがある。これはマラケシュ(1)で見かけた石につながれている駱駝《らくだ》だ。この駱駝は六度も続けて跪いたり立ち上がったりした。悪童どもが笑いながら、声でけしかけていた。

二年前は素晴らしかった。目を閉じさえすれば、たちまち頭が蜂の巣のようにぶんぶんと音をたてはじめて、私はさまざまな顔や木や家を思い出すのだった。盥《たらい》で裸の身体を洗っていた日本の釜石(2)の女を、ぱっくり口をあけた大きな傷のために全身の血を失って、その血の海のかたわらで死んでいたロシア人の男を。私はふたたび見出すのだった、クスクスの味を、正午にブルゴス(3)の街を満たしていた油の匂いを、テツアン(4)の街に漂う茴香《ういきょう》の匂いを、ギリシャの羊飼いの口笛の音を。そうして私は感動した。しかしこの喜びがすり減ってしまってから長い時がたつ。今日、はたして喜びは蘇るのだろうか?

酷熱の太陽は頭のなかで、幻灯のスライドのようにぎごちなく滑る。太陽のあとには一片の青空が続く。何度かガタガタした後に、太陽は動かなくなり、私は内側からこんがり小麦色に焼き上げられる。モロッコの(またはアルジェリアの? ないしはシリアの?)いつの日から、この輝きがとつぜんこぼれ落ちたのだろうか? 私は過去のなかに自分を滑りこませる。

メクネス(5)。ベルダン回教寺院と一本の桑の木が影を落とすあの魅力的な広場のあいだの狭い路地で、私たちを脅した山男は、いったいどんな風体だったか? 彼は私たちに向かってきた。アニーは私の右側にいた。あるいは左側だったか?

だがこの太陽と青空は、ごまかしにすぎない。私は数えきれないほどたびたびそれに引っかかった。私の思い出は、悪魔の財布に入れられた金貨のようなものだ。財布を開けると、見つかったのは枯れ葉ばかりだ。

山男にかんしては、潰れた乳白色の大きな片目しかもう思い出せない。だがこの目は、はたして彼のものだったろうか？　バクー[1]で国営堕胎施設の方針を説明してくれた医者も、やはり片目だった。そしてこの医者の顔を思い浮かべようとすると、あらわれてくるのはやはりあの白っぽい球体である。この二人の男はノルヌ[2]のように、たった一つの目しか持っておらず、それを順番に渡しあっている。

　メクネスの広場については、毎日そこへ足を運んだにもかかわらず、ことはいっそう単純である。つまり、さっぱり目に浮かんでこないのだ。これが魅力的な広場だったという曖昧な感情と、「メクネスの魅力的な広場」という分かちがたく結びついた言葉だけが残っている。なるほど目を閉じるか、ぼんやり天井を見ていれば、その場の情景をふたたび構成することはできる。すなわち遠くに一本の木があり、黒っぽいずんぐりした形のものが、私に駆け寄ってくる。しかしそういったことはすべて、私が自分の都合に合わせてでっち上げたものだ。このモロッコ人は背が高くて痩せていた。もっとも、私はただ彼がぶつかってきたときに、その姿を見たにすぎない。こうして、私は今も、彼は背が高くて痩せていたことを知っている。ある種の簡略化された知識が記憶に残っているのだ。しかし、私にはもう何も見えない。いくら過去を探っても、そこからは切れ切れのイメージしか引き出せないし、そのイメージが何を示しているのか、それが思い出なのか虚構なのかさえ、私にはよく分からない。

　もっとも、こうした切れ切れの思い出自体が消滅してしまったようなケースもたくさんある。あとにはもう言葉しか残っていないのだ。私は今でもさまざまな話を、それも巧みすぎるくらいに物語ることができるだろう（体験談をさせれば、海軍将校とその道のプロを除くと、誰にもひけをとりはしない）。しかしそんなものは残骸にすぎない。その話に出てくるのは、あれこれのことをやった男だが、しかしそれは私ではない。私はその男と何の共通点もないのだ。彼はさまざまな国を歩き回るが、現在の私はそうした国について、一度もそこへ行ったことがないかのように、何の情報も持っていない。ときには話のなかで、アランフェスとかカンタベリー(1)といったように、世界地図で見かける美しい地名を発音することもある。するとそうした名前が私の心に、まったく新しいイメージを生む。ちょうど、一度も旅行をしたことのない人たちが本を読んで作り出すイメージのように。私は言葉にしたがって夢を見ているのだ。それだけのことにすぎない。

無数の死んでしまった話に対して、それでも一つか二つは生きた話がある。この生きた話をすり減らすのが怖いので、あまり頻繁ではないけれども、それでも私はたまに用心深くそれを思い起こすことがある。私はその一つを拾い上げて、背景や、登場人物や、彼らの態度などを思い出す。だがとつぜん中止する。それが摩滅するのを感じたためだ。私は感覚のつながりの下に、一つの言葉があらわれるのを見たのである。その言葉が、やがて私の好きなさまざまなイメージに取って代わるに違いない。私は直ちに中止して、あわてて別なことを考え始める。思い出を疲労させたくないのだ。しかし無駄である。次に思い出すときには、多くの部分が凍りついているだろう。

私はどっちつかずの身振りをする。起き上がってテーブルの下に押しこんであった箱のなかのメクネスの写真を探そうか。しかしそれが何の役に立つだろう?　こうした催淫剤も、記憶にはもうほとんど効果がない。このあいだも私は吸取紙の下から、色褪せた一枚の小さな写真を見つけた。池のわきで一人の婦人が微笑んでいる。私はちょっとのあいだこの人物を眺めたが、誰だか分からなかった。それから裏を返すと、「アニー、ポーツマスにて、一九二七年四月七日」と書かれていた。

自分が肉体と、そこから泡のように立ち上がる軽い思考のみに限定されていて、それ以外に秘密の次元を持っていないという感覚、それを今日ほど強烈に感じたことは一度もない。私は自分の現在によって思い出を作り上げる。私は現在のなかに投げ出され、遺棄されている。過去には、いくら合流しようとしても無駄だ。私は自分から逃れることができない。

誰かがドアをノックする。独学者だ。すっかり忘れていた。彼に旅の写真を見せると約束したのである。こんなやつ、悪魔にでもさらわれるがいい！

彼は椅子に腰掛ける。突き出した尻が背もたれにふれ、こわばった上半身は前に傾く。私はベッドから飛び下りて明かりを点ける。

「でも、どうしてです？　結構明るかったのに」

「写真を見るのには暗いでしょう……」

彼が始末に困っている帽子を私はその手から受けとる。

「本当ですか？　写真を見せてくださるのですか？」

「もちろんですよ」

これは計算づくである。写真を見ているあいだは、彼も黙っていてくれるだろうから。私はテーブルの下に潜りこみ、箱を彼のエナメル靴の方へ押しやる。そして彼の膝に、一抱えの絵はがきと写真をおく。スペインと、スペイン領モロッコのものだ。

しかし、にこにこと開けっぴろげな彼の様子から、彼を黙らせようと目論んだ私はひどい思い違いをしていたことが分かる。彼はモンテ・イゲルドから撮られたサン＝セバスティアン(1)の全景にちらりと目をやると、それをふたたびテーブルの上に注意深くおき、一瞬口をつぐむ。それからため息をつきながら、

「ああ！　あなたは実に運のいいお方だ。もし人の言うことが真実なら、旅は最良の学校です。この

意見にあなたも賛成でいらっしゃいますか？」

　私はどっちつかずの仕草をする。幸いにも、彼の言葉はまだ続いている。

「きっと、何もかもひっくり返ってしまうようなことなんでしょうね。もしも万一、この私が旅に出かけるようなことになったら、出発の前に、自分の性格のどんな小さな特徴でも書きとめておきたいと思うでしょう。戻って来たときに、以前の自分と新しく変わった自分を比較できるようにするためです。前に読んだことがありますが、旅行者のなかには肉体的にも精神的にもあまり変わってしまったので、ごく身近な肉親も本人だと分からなかった人がいたそうですよ」

　彼は写真の分厚い束を、上の空でこねくりまわす。そのなかの一枚を抜いて、眺めもせずにテーブルにおく。それから次の写真を熱心に見つめる。それはブルゴスの大聖堂の説教壇に刻まれた聖ヒエロニムス[1]の写真だ。

「あなたはブルゴスにある例の動物の皮で作られたキリスト像をご覧になりましたか？　こうした動物の皮で作った像にかんする実に奇妙な本がありましてね、なかには人間の皮膚で作られた像さえあるんです。それから〈黒い聖母〉はご覧になりました？　あれはブルゴスじゃなくて、サラゴサ[2]でしたか？　でもたぶん、ブルゴスにも一つあったのではありませんか？　巡礼の人たちが接吻するんでしたね？――つまりそれはサラゴサの聖母のことですが。それから敷石に聖母の足跡がついているんでしたか？　母親たちが、自分たちの子供を押しこむ穴があって、そのなかには誰がいるんでしたっけ？」

　すっかり身体をこわばらせて、彼は両手で想像上の子供を押しこもうとする。まるでアルタクセルクセス[3]の贈り物を拒んでいるかのようだ。

「まったく！　習慣とは、実に……実に不思議なものですなあ」

少しばかり息をきらせながら、彼は驢馬《ろば》のように大きな顎を私の方に向ける。タバコと腐った水のような匂いがする。美しい目はきょろきょろして火の球のように輝いており、まばらな髪の毛は彼の頭に湯気のような後光をつけている。この頭蓋骨の下では、サモイェード人、ニアン・ニアン族、マダガスカル人、フエゴ島民[1]が、奇妙きわまる儀式を執行しており、年老いた自分の父親や子供たちを食べたり、タムタムの音につれて失神するまでぐるぐる一つところを回り続けたり、興奮状態で殺人を犯すアモク[2]の狂気に身を委ねたり、死者を燃やしてそれを屋根の上にさらしたり、松明で照らされた小舟にのせて川に流したり、行き当たりばったりに母と息子、父と娘、兄と妹が交わったり、自分の手足を傷つけたり、去勢したり、唇を板で挟んで前に突き出したり、腰に怪物のような獣の入れ墨をしたりしている。

「パスカルに従って、習慣は第二の天性だ、と言うことができるでしょうか?」

彼は黒い目で、私の目を見つめる。答えを求めているのだ。

「それは場合によるでしょう」と私は言う。

彼はほっと息をつく。

「私もそう考えました。でも、まるで自信がないのです。すべてを読んでしまわないと」

しかし次の写真を見たとたんに、彼は有頂天になって喜びの叫びを上げる。

「セゴビア[3]だ!　セゴビアだ!　私はセゴビアにかんする本を読んだんですよ」

そして一種の高邁さを漂わせながらつけ加える。

「その作者の名前が思い出せないのです。ときどき物忘れが起こりましてね。ええと、ナ……、ノ……、ノド……」

「そんなはずはありませんよ」と私ははっきり言う、「だって、あなたはまだラヴェルニュまでしか来ていないんだから」

すぐさま私は、こんなことを言わなければよかったと思った。考えてみると、彼は一度もこうした読書法の話をしたことがなかったのだし、それは彼が秘かに温めていた妄想にちがいない。果たして彼はうろたえて、その大きな唇が泣き出しそうに前にせり出す。それから下を向いて、何も言わずに十枚ばかりの絵はがきを眺めている。

けれども三十秒もたつと、強烈な歓喜が彼を満たして、口をきかなければ破裂しそうになっているのが見てとれる。

「私の勉強が終わりましたら（それにはまだ六年かかると思いますが）、できれば学生や教授たちが毎年行なっている近東諸国の周遊旅行に参加するつもりです。若干の知識を明確にしたいと思いましてね」と彼はしんみりした調子で言う、「それにまた、思いがけないもの、新しいもの、要するにいろいろな冒険も、わが身に起こってほしいですから」

彼は声をひそめて、いたずらそうな顔つきをした。

「どんな種類の冒険ですか?」と私は驚いて訊ねる。

「あらゆる種類の冒険ですよ。汽車を間違えるとか、知らない町で下車するとか、財布をなくす、間違って逮捕される、ひと晩を牢獄で過ごす、といったような。私は冒険をこう定義できると考えたのです。通常のものを逸脱する事件、ただし必ずしも異常とはかぎらない事件、とね。冒険の魔力ということが言われます。この表現は正当だと思われますか?　ところで、ひとつご質問したいのですが」

「何でしょう?」

彼は顔を赤らめて、微笑する。

「ぶしつけな質問かもしれませんが……」

「まあ言ってごらんなさい」

彼は私の方に身を屈めて、半ば目を閉じたままで訊ねる。

「あなたはたくさんの冒険を経験されましたか？」

私は機械的に、「いくつかはね」と答えながら、彼のくさい息を避けるために身体をうしろに反らせる。そうだ、私は意味も考えずに、機械的にそう言ったのだ。じっさい普段なら、私はこれほど多くの冒険を経験したのがむしろ得意だった。けれども今日は、この言葉を発すると同時に、自分自身に対する強い怒りに襲われる。自分が嘘をついており、これまでの生涯でどんなにちっぽけな冒険も経験したことがなかったように思われる。あるいはむしろ、この冒険という言葉の意味すら私には分からないような気がする。それと同時に、今から四年近く前、ハノイでメルシエからしきりに同行を勧められたのに、彼に答えもせずにクメールの小さな影像を見つめていたときに私を捉えたのと同じ失望感が、両肩に重くのしかかってくる。その〈観念〉、あのときあれほどの嫌悪感を私に与えたあの大きな白いかたまりは、いまここにある。私は四年前からこれに再会したことがなかった。

「お願いできましょうか……？」と独学者は言う。

なんということだ！　物語ってくれというのか、例の冒険の一つを。しかし私はもうこの問題について、ただのひと言も口にする気はない。

「そこですよ」と私は、彼の痩せた肩越しに身を屈めて、一枚の写真を指で押さえながら言う、「それがサンチラーナ、スペインで一番(1)美しい村です」

「ジル・ブラースのサンチラーナですか？　それが本当に存在しているなんて思っていませんでした。

ああ！　あなたのお話はなんて役に立つんだろう。旅をされたっていうことが、よく分かりますよ」

私は独学者のポケットに、絵はがきや版画や写真を詰めこんでから、彼を追い返した。彼は大喜びで帰って行き、私は明かりを消した。いま、私は独りきりだ。しかし完全に独りではない。依然として私の前にはあの観念があって、待ちかまえているからだ。それは丸くなって、まるで大きな猫のように、そこにじっとしている。それは何も説明しない。そして動かない。ただ、「違う《ノン》」と言うだけだ。そうだ、私は冒険を経験しなかった。

私はパイプにタバコをつめて、火をつける。足の上にコートをかけて、ベッドに横になる。驚くのは、自分がひどく惨めで、疲れているように感じることだ。たとえ一度も冒険を経験しなかったというのが本当だとしても、それがどうしたのだ？　まず、それは純粋に言葉の問題だと思われる。たとえば、さっき考えていたメクネスの事件だ。一人のモロッコ人が私に襲いかかって、大きなナイフで切りつけてきた。しかし私は彼に拳固の一撃を加え、それがこめかみの下に当たった……。すると彼はアラブ語でわめきだし、虱《しらみ》のたかったようなむさくるしい連中が大勢あらわれて、私たちをアタラン市場まで追いかけて来た。よろしい、これをどんな名前で呼んでもいいだろう。しかしいずれにしても、これは私の身に起こった出来事なのだ。

すっかり暗くなったが、パイプに火がついているのかどうかは、よく分からない。電車が一台通っていく。天井に赤い光が反映する。それから一台の重い大型車が、建物を震わせる。六時くらいになったはずだ。

私は冒険を経験しなかった。私の身にはいろいろな問題や、出来事や、もめ事など、どんなことでも起こったが、しかし冒険はなかった。これは言葉の問題ではない。私はようやく分かり始めた。私には――自分でもはっきり気づかずに――他のどんなものよりも執着していた何かがあったのだ。それは恋愛ではなかった。とんでもない。栄光でも、富でもなかった。それは……。要するに、私はある瞬間に自分の人生が、稀に見る貴重な質を帯びることがあると想像していたのだ。そのために異常な状況を必要とするわけではなかった。ただ私はほんの少しばかりの厳密さを求めただけだ。私の現在の生活には、とくに輝かしいものなど一つもない。けれどもときどき、たとえばカフェで音楽がかけられるようなとき、私は昔に遡って自分にこう言いきかせるのだった、かつてロンドンで、メクネスで、東京で、私には素晴らしい瞬間があった、私は冒険を経験したのだ、と。いま、私から取り上げられようとしているのはそのことだ。私はとつぜん、はっきりした理由もなしに、十年間も自分に嘘をついていたのを知ったところなのだ。冒険は本のなかにある。そしてもちろん、本のなかで物語られるすべてのことは実際に起こり得るのだが、しかし同じように起こるわけではない。私があんなに強く執着していたのは、この起こり方だった。

まず発端が、本当の発端である必要があっただろう。ああ！　私にはいま、自分の欲していたものが実によく分かる。本当の発端とは、トランペットの音のように、ジャズの旋律の出だしのように、とつぜんに出現し、一気に倦怠に終止符を打ち、持続を安定させるものだ。さまざまな夜のなかでも、あとから、「私は散歩していた。それは五月のある夜だった」と言えるような夜だ。散歩している。月は上ったばかりだ。用もなく、暇で、いくぶん虚ろな状態である。そのとき不意に考える、「何かが起こった」と。何でもいい。闇のなかに聞こえる微かなきしむ音でも、軽く道を横切るシルエットでもいい。だがこの取るに足りない出来事は、他の出来事と似ていない。それが靄に包まれて形の見えない大きなものの先駆けであることは、直ちに見てとれる。そこで人はやはり自分に言いきかせる、「何かが始まるぞ」と。

何かが始まるのは終わるためだ。冒険は引き延ばされるものではない。冒険は自らの死によってのみ意味を持つ。それはおそらく私の死でもあるのだろうが、その死に向かって、私は戻ることもできずに引きずられて行く。各々の瞬間は、それに続く瞬間を導くためにのみあらわれる。その各々の瞬間に、私は心から執着する。私はそれがユニークなものであり、取り替えのきかないものであることを知っている――にもかかわらず、私はその消滅を妨げるような行為はいっさいしないだろう。私が前々日に出会ったこの女の腕のなかで――ベルリンで、またロンドンで――過ごす最後の短い時間――私はその時間を熱烈に愛し、その女をほとんど愛しかけているのだが――それも今や終わるだろう。そのことを私は知っている。もうすぐ私は別の国に出発するだろう。この女に再会することはないだろうし、この夜をふたたび見出すことも絶対にあり得ないだろう。私は一刻一刻の上に屈みこんで、それを汲み尽くそうとする。何物も、私がそれを捉えて永遠に私の内部に定着することなしには、過ぎ去るべきでない。何物もだ、この美しい目の束の間の優しさも、通りの物音も、明け方の微かな光も。にもかかわらず時は流れ、私はそれを引き留めない。私は時が過ぎて行くのを愛しているのだ。

ついで一気に何かが壊れる。冒険は終わった。時間は日々の無気力なやわらかさを取り戻す。私は振り返る。背後ではこの旋律的な美しい形のものが、すっかり過去のなかにのめりこんでいる。それは徐々に小さくなり、衰えながら収縮していく。今では、結末と発端が一体になっている。この貴重な黄金の点を目で追いながら、私は考える――たとえ死に損なおうとも、財産や友人を失おうとも――私は同じ状況で、一方の端から他方の端まですべてをふたたび生きることを受け入れるだろう、と。しかし冒険はふたたび始まることもなく、引き延ばされることもない。

そうだ、それが私の欲したことだった——ああ！ しかも今なお私はそれを欲しているのだ。黒人の女歌手が歌うとき、私は大きな幸福感を覚える。もし私自身の生がメロディの素材になるなら、私の到達する幸福の絶頂はどれほどのものになるだろうか。


〈観念〉は相変わらず、名づけようのないものとしてそこにある。観念は静かに待っている。いま、それはこう言っているようだ。

「そうなのか？ お前の欲したのはそれなのか？ とすれば、それこそまさしくお前がこれまで一度も経験しなかったことだ（思い出すがいい、お前は言葉で自分自身を騙してきた。お前が冒険と呼んだのは、旅で得た粗悪な模造品であり、街で拾った女たちとの情事であり、殴り合いであり、ガラス細工にすぎなかった）。またこれからも、お前は絶対にそれを経験できないだろう——お前以外の誰であろうと同じことだ」

しかしなぜか？ 〈何故なのか？〉

土曜正午
独学者は、私が閲覧室に入って行ったのに気がつかなかった。彼は奥の机のいちばん端の方に座っていた。自分の前に一冊の本をおいていたが、それを読んではいなかった。薄笑いを浮かべながら、よく図書館に来る右隣の薄汚い中学生を眺めていたのだ。相手はしばらく見られるままになっていたが、不意に独学者に向かってぞっとするようなしかめ面をしながら、ぺろりと舌を出した。独学者は顔を赤くして急に本に鼻を突っこむと、読書に没頭し始めた。

　私は昨日考えたことを思い返した。私の心はすっかり冷め切っていたので、冒険がなくてもちっとも構わなかった。ただ、冒険があり得ないものかどうかを知りたかったのである。

　私が考えたのは次のようなことだ。ごく平凡な出来事が冒険になるためには、それを物語り始めることが必要であり、またそれだけで充分である。人びとはこのことに騙されている。というのも、ひとりの人間は常に話を語る人で、自分の話や他人の話に取りまかれて生きており、自分に起こるすべてのことをそうした話を通して見ているからだ。そのために彼は自分の生を、まるで物語るように生きようとするのである。

　しかし選ばなければならない。生きるか、物語るかだ。たとえば私がハンブルクで、あのエルナという信用のならない女、向こうも私のことを怖がっていた女と同棲していたとき、私は実に奇妙な生活をしていた。しかし私はその内部にいたのであって、それを考えていたわけではない。そうしたある晩、ザンクト・パウリ(1)の小さなカフェで、彼女が手洗いに行くために私のそばを離れたことがある。私は独りきりで席にいたが、そのカフェには蓄音器があって、「青空《ブルー・スカイ》」がかかっていた。そのとき私は、下船してから起こったことを自分に物語り始めた。私はこう自分につぶやいた、「三日目の晩、《青い洞窟《グロット・ブルー》》と呼ばれるダンス・ホールに入って行ったときに、私は半ば酔っぱらった大柄な女に目をとめた。それこそ、いま私が『青空《ブルー・スカイ》』を聴きながら待っている女であり、間もなく戻って来て私の右側に座り、私の首に両腕をまきつける女である」と。そのとき私は、自分が冒険を体験していることを激しく感じた。けれどもエルナが戻って来て私の横に座り、私の首に両腕をまきつけると、私はなぜかよく分からないが彼女が厭わしくなった。いまはその理由が理解できる。それはふたたび生きることを再開しなければならず、冒険の印象が消えてしまったからなのだ。

　人が生きているときには、何も起こらない。舞台装置が変わり、人びとが出たり入ったりする。それだけだ。絶対に発端のあった試しはない。日々は何の理由もなく日々につけ加えられる。これは終わることのない単調な足し算だ。ときどき、部分的な合計をして、こうつぶやく、旅を始めてから三年になる、ブーヴィルに来て三年だ、と。結末というものもない。一人の女、一人の友人、一つの町との訣別が、たった一度ですむことは絶対にない。それに、すべてが互いに似ているのだ。上海、モスクワ、アルジェは、二週間もいるとどれもこれも同じになる。ときおり――それもごく稀にだが――現在の位置を確認して、自分は一人の女と同棲しているとか、厄介な話に巻きこまれた、などと気づくことがある。それもほんの一瞬のことだ。そのあとには行列が再開し、何時間、何日、という足し算を人はふたたびやり始める。月曜、火曜、水曜。四月、五月、六月。一九二四年、一九二五年、一九二六年。

　これが生きるということだ。けれども生を物語るとなると、いっさいが変わる。ただし、それは誰も気づかない変化だ。その証拠に、人びとは真実の話を語っているからだ。あたかも真実の話というものがあり得るかのように。出来事はある方向を向いて起こり、われわれは逆の方向に向かって物語る。たしかに、発端から始めているようには見える。「それは一九二二年秋のある美しい夕方のことだった。私はマロンムで公証人の見習いをしていた」と。しかし実は結末から始めているのだ。結末はそこにあり、目には見えないが現にその場に存在している。このいくつかの言葉に発端の持つ厳めしさと価値とを与えるのは、結末である。「私は散歩していた。それと気づかずに村からすでに出ていた。私は金銭上の悩み事を考えていた」。この文章は、ただありのままに受けとれば、男が鬱々と、冒険とはかけ離れたところで、まさに出来事を見ることもなくやり過ごすような気分に浸っていることを意味しているにすぎない。しかし結末はすでにそこにあって、すべてを変貌させている。われわれにとって、男はすでに物語の主人公だ。彼の沈鬱な気分や金銭上の悩みは、われわれのそうしたものよりはるかに貴重で、将来の情熱の光によってすっかり黄金に染まっている。そして話は逆方向に進行する。各瞬間は互いに行き当たりばったりに積み上げられることをやめて、それらを引き寄せる物語の結末によってくわえこまれる。そして今度はそれぞれが先立つ瞬間を引き寄せる。「夜だった。街には誰もいなかった」。この文は無造作に投げ捨てられていて、余計なもののように見える。しかしわれわれはそれに騙されることなく、この文をわきに取っておく。これは、あとからその価値が理解される情報なのだ。そしてわれわれは、主人公がこの夜のすべての細部を、まるで冒険の予告か約束のように経験したと感じる。あるいはむしろ、冒険の約束となる瞬間のみを経験したのであって、冒険を予告しないすべてのものは目にも見えず耳にも聞こえていないとすら感じる。われわれは、未来がまだそこにないことを忘れているのだ。男は何の前触れもない夜のなかを散歩しているのであり、夜がその単調な富をごたごたと提供しているのに、彼の方は何も選ばなかったのである。

私は自分の人生の各瞬間が、回想の人生のように、秩序正しく継起することを望んでいた。まるで時間を尻尾から摑まえようとするようなものだ。

日曜日

今朝、私は今日が日曜日なのを忘れていた。外出して、いつものように通りを歩いた。『ウジェニー・グランデ』を持って行った。それから、公園の鉄柵を開けようとしたときに、とつぜん何かが私に合図をしているような気がした。公園は人っ子一人おらず、むき出しだった。しかし……どう言ったらいいだろう？　普段と様子が違って、公園は私に微笑みかけていた。私はしばし鉄柵によりかかっていたが、それからだしぬけに、今日は日曜日だと悟った。目の前の木々や芝生の上には、軽い微笑みのようなものが浮かんでいた。とてもそれは描写できないが、せめて非常な早口でこんなふうに発音してみるべきだったろう、「ここは公園だ、冬、日曜日の朝だ」と。

私は鉄柵から手を放した。市民《ブルジョワ》たちの住む家々や街の方を振り返って、小声で言った、「日曜日だ」。

日曜日だ。ドックの背後でも、海沿いでも、貨物駅の近くでも、町の周囲のどこへ行っても、倉庫は空っぽで、暗がりにおかれた機械はじっと動かない。すべての家では男どもが、窓のうしろで髭を剃っている。彼らは顔を仰向けて、ときには鏡を見たかと思うと、ときにはよい天気になるかどうかを確かめるために寒空に目を移す。売春宿は田舎者や兵士たちなど、真っ先にやって来る客たちのために店を開ける。教会では大蠟燭の光に照らされて、跪いた婦人たちの前で一人の男が葡萄酒を飲む。周辺地域では至るところで、どこまでも続く工場の壁と壁のあいだに、黒く長い人の列が歩き始めて、ゆっくりと町の中心へと進んでゆく。彼らを迎えるために、街々は暴動の起こる日のような外観を見せる。トゥールヌブリド街の商店を除いて、すべての店は鉄のシャッターを下ろしてしまう。やがて、ものも言わずに黒い隊列が、死んだ振りをしているこれらの通りに侵入してくるだろう。真っ先にやって来るのはトゥールヴィルの鉄道員たちと、サン＝サンフォランの石鹸工場で働くその妻たちで、ついでジュクストブーヴィルの小市民《プチ・ブルジョワ》たち、それからピノ製糸工場の労働者たち、そしてサン＝マクサンス区域のすべての便利屋たちだろう。ティエラッシュの男たちは十一時の電車で最後にやって来るだろう。間もなく、軒並みに錠をかけた店と、閉ざされたドアのあいだに、日曜日の群衆が生まれるだろう。

どこかの時計が十時半を打つ。私は歩き出す。日曜日のこの時刻にはブーヴィルで、上質のスペクタクルを観ることができる。ただしあまり遅くなって、聖式ミサの終わったあとになってはいけない。
狭いジョゼファン＝スーラリ街は死んだようだ。この通りには地下倉《カーヴ》の匂いが漂っている。しかしすべての日曜日と同様に、豪華な響きがこの道を満たしている。汐が満ちては引いていくような響きだ。私はプレジダン＝シャマール街に曲がる。この通りの家は四階建てで、白い色の長いシャッターがついている。公証人たちの住むこの通りは、日曜日の膨れあがったざわめきによって、すっかり占められている。パッサージュ・ジレでは、騒音がいっそう大きくなる。聞き憶えのあるその音は、人びとのたてる騒音だ。それから不意に左手に、光と音の炸裂のようなものが発生する。いよいよ着いた。ここがトゥールヌブリド街だ。あとはただ自分の同類たちの列に加わればよい。こうして私は、立派な紳士たちがさかんに帽子の挨拶を交わすのを見ることになるだろう。

現在のトゥールヌブリド街は、ブーヴィルの住民たちから小プラード[1]と呼ばれているが、ほんの六十年前には、誰もその奇跡的な運命をあえて予見できなかったことだろう。私は一八四七年という日付の入った地図を見たが、そこにはこの道が記載されてもいなかった。それは当時、暗く悪臭を放つ見すぼらしい通路で、敷石のあいだに設けられた溝は、魚の頭や内臓を運んでいたにちがいない。しかし一八七三年の末に国民議会は、パリのモンマルトルの丘に教会[2]を建築することが公益に叶うと宣言した。それから何カ月も経たないうちに、ブーヴィル市長夫人が幻を見た。彼女の守護聖人である聖女セシルがあらわれて、忠告したのである。エリートたちが日曜日ごとに、泥まみれになって聖ルネ教会か聖クローディアン教会まで出かけて行き、小売りの店主たちと一緒にミサを聴くというのは、我慢できることなのか？　国民議会は、よい手本を示してくれたのではないか？　ブーヴィルは今や天の加護のおかげで、第一級の経済的地位を獲得している。主に感謝するために教会を建立するのが望ましいのではないか、というのであった。

この幻覚は受け入れられた。市議会は歴史的な会議を開き、司教は寄付金を集めることを承認した。あとは場所を選ぶだけだった。卸売り業者や船主などの旧家の人びとは、「イエスのサクレ＝クール寺院がパリを見守って下さるように、聖女セシルさまにブーヴィルを見守っていただくために」、自分たちの住んでいる〈緑の丘〉の天辺に教会を建築したいという意見だった。海岸大通りに住む新興階級の旦那衆は、まだ数は少ないがたいそう金持ちの連中で、この意見に容易に屈しなかった。必要なものは差し上げるが、教会はマリニャン広場に建築してほしい、というのだった。教会のために金を出すのなら、それを利用できるようにしようと考えたのである。彼らは自分たちを成り上がり者扱いする高慢ちきなブルジョワたちに、自分たちの力を感じさせるのが満更ではなかった。司教が妥協案を考えついた。教会は、〈緑の丘〉と海岸大通りの中間点の、鱈市場の広場に建設され、これは聖女セシル＝ド＝ラ＝メール広場と改称された。この途轍もない建物は一八八七年に完成したが、費用は千四百万フランを下らなかった。

幅は広いが汚くて悪評高かったトゥールヌブリド街は、全面的に改造されなければならず、そこの住人たちは強引に聖女セシル広場の裏に追いやられた。小プラードは――とくに日曜日の朝になると――エレガントな人びとや有名人たちの出会いの場となった。一つまた一つと、きれいな店がエリートたちの通り道に開店した。これらの店は、復活祭の月曜日も開いていたし、クリスマスにはひと晩じゅう、日曜日にはかならず正午まで店を開けている。豚肉屋のジュリヤンは、温かいパテが評判だが、その隣では菓子屋のフーロンが、砂糖でできた菫をのせて葵色《モーヴ》のバターを使った円錐形の見事なプチ・フールなど、話題になった特製品を並べている。デュパティ書店のショーウィンドーには、プロン社から出た新刊書、船舶理論や帆船論といった数冊の技術書、挿絵入りのブーヴィルの大きな歴史書、上品に並べられた数点の豪華本、たとえば青い革で装幀された『ケーニヒスマルク』(1)、ベージュ色の革で装幀されて緋色の花をあしらったポール・ドゥーメル(2)の『わが息子たちへの書』などが見かけられる。「オート・クーチュール、パリモデル」と書かれたギレーヌの店が、花屋のピエジョワと古美術商のパカンを隔てている。四人のマニキュア師を使っている理髪師のギュスターヴは、黄色に塗られた真新しい建物の二階を占めている。

今から二年前には、ムーラン＝ジェモー袋小路とトゥールヌブリド街の角にある小さな店が、まだ臆面もなく殺虫剤〈チュ＝ピュ＝ネ〉の広告を掲げていた。聖女セシル広場で鱈が呼び売りされていた時代に栄えた店で、創業百年だった。店先のガラスはごくたまにしか掃除されなかった。真っ赤な胴衣をつけた小さな蠟人形の群が、鼠や二十日鼠を表していたが、埃だらけの曇ったガラスを通してそれを見分けるのは、かなりの努力が必要だった。これらの動物たちは杖にすがりながら、遠洋航海の船から降りてくる。彼らが陸にふれるや否や、洒落た身なりをしているが顔色が悪く垢で汚れた一人の農婦が、〈チュ＝ピュ＝ネ〉を振りかけて彼らを退散させてしまうのだった。私はこの店がとても好きだった。臍曲がりで頑固なところがあったし、フランスで最も高くついた教会のすぐ近くで不遜にも蚤や虱と垢の権利を思い出させていたからだ。

年取った女の薬草売りは去年死に、彼女の甥が店を売却した。何カ所かの壁を壊すだけで充分だった。今ではそこが「ラ・ボンボニエール」(3)と呼ばれる小さな講堂になっている。アンリ・ボルドー(4)が、去年ここで登山にかんする話をした。

トゥールヌブリド街では、急いではならない。家族連れはゆっくり歩くからだ。ときには一家族全員がフーロンかピエジョワの店に入るので、一列分だけ前につめることがある。けれども別のときには、一方は上りの縦列、他方は下りの縦列に属する二つの家族が出会って、しっかり手を握りあっているので、足踏みをして待たなければならない。私は小刻みに歩いてゆく。上りと下りの二つの列より頭一つ分だけ飛び出しているので、私には帽子が見える、帽子の海だ。大部分は黒く固い帽子である。ときおりそのなかの一つが腕の先に舞い上がって、禿げた頭の優しい輝きを露わにすることがある。それから帽子はおもむろに、重そうに宙を飛んでもとに戻る。トゥールヌブリド街十六番地の帽子屋ユルバンは、ひさしのついたケピ帽が専門だが、店のしるしに巨大な赤い大司教の帽子を吊るしており、その金色の総《ふさ》が地面から二メートルの高さまで垂れ下がっている。

人びとは立ち止まる。ちょうど総の下で一つのグループができたところだ。私の隣にいる男は苛立ちもせずに、腕をぶらんと下げて待っている。まるで陶器のように色白で脆いこの小柄な老人は、きっと商工会議所会頭のコフィエだろう。彼はひと言も口をきかないので、とても威厳のある人物と思われているらしい。〈緑の丘〉の頂上にある煉瓦造りの大邸宅に住んでおり、その窓はいつもいっぱいに開けられている。さあ終わった。グループはばらばらに散り、行列はまた歩き始める。別なグループが形成されたが、これはあまり邪魔にならない。グループができるや否や、彼らはギレーヌの店先の方に身をよけたからだ。行列は止まりもしない。ほんの心持ち遠回りをするだけだ。われわれの進んで行くすぐうしろには、六人の人が手と手をとりあっている。「こんにちは。おやこんにちは、いかがですか。まあ帽子をお被《かむ》りください、お風邪を召しますよ。これはどうも、奥さま、まったく暖かくありませんなあ。お前、このかたがルフランソワ先生だよ。先生、お近づきになれて嬉しゅうございますわ。とてもよく診てくださったそうで、主人はしょっちゅう、ルフランソワ先生のお噂をしておりますの。でも、お祓りあそばせ、先生、この寒さではお身体にさわりますわ。それでもお医者さまなら、すぐご自分を治しておしまいになれますわね。ところがどっこい！　奥さま、いちばん不養生なのは医者なのですよ。先生は素晴らしい音楽家なんだよ。まあ、先生、存じませんでしたわ。ヴァイオリンをお弾きになりますの？　先生はね、たいへんな才能をお持ちなんだよ」

私の横にいるこの小柄な老人は、たしかにコフィエだ。グループのなかには褐色の髪をした女がいて、医者に向かって微笑みながら、食い入るようにコフィエを見つめている。まるでこんなふうに考えているみたいだ、「これが商工会議所会頭のコフィエさんだわ。なんて威厳があるんでしょう。ずいぶん冷たそうな人に見えるわ」。しかしコフィエ氏は何にも目をくれようとしない。まわりにいるのが海岸大通りの連中で、上流の人たちではないからだ。私はこのトゥールヌブリド街に来て日曜日の帽子の挨拶を眺めるようになってから、〈大通り〉の人たちと〈丘〉の人たちを区別することを覚えた。一人の男が真新しいコートと、やわらかいソフト帽と、眩しいほど白いワイシャツを身につけて、風を切って歩いていれば、間違いなく彼は〈海岸大通り〉の人間である。〈緑の丘〉の人たちは、なんとなくうらぶれた、崩れたところがあるので見分けがつく。彼らは痩せた肩をして、やつれた顔に他人を見下すような表情を浮かべている。子供の手を引いているあそこの肥った紳士は、誓ってもいいが〈丘〉の人間だ。顔色はまったく冴えず、ネクタイは紐のようにきつく締められている。

肥った紳士はこちらに近づいてくる。彼はじっとコフィエ氏を見つめる。しかし、すれ違う前に顔をそらせて、いかにも父親らしく男の子とふざけ始める。彼はさらに数歩進むあいだ、息子の方に身を屈めて、その目を覗きこみながらパパになりきっている。ついで、不意に素早くこちらを振り向くと、小柄な老人にさっとその視線を投げ、ゆったりと片手で弧を描いて素っ気ない挨拶をする。少年はまごまごして、帽子も脱がなかった。これは大人にしか関係のないことである。

バス＝ド＝ヴィエイユ街の角で、われわれの列は、ミサから出て来た信者たちの列に衝突する。十人ほどの者がぶつかって、ぐるぐると渦になりながら挨拶を交わしあう。しかし帽子がたいへんな速さで飛び出すので、とても一つひとつを描くことはできない。このよく肥った色白の群衆の頭上には、聖女セシル教会が途轍もない白い塊となってそびえている。どんよりした空を背景にした白亜の建物の白。輝くばかりの壁のうしろで、教会はその側面にいくらか夜の暗さを保ち続けている。行列はまた歩き始めるが、順番は多少変わっている。コフィエ氏は私のうしろに押しやられた。ネイヴィー・ブルーの服を着た一人の婦人が、私の左脇腹にぴったりついている。ミサから出てきたのだ。彼女はふたたび朝の光を見出して、いくぶん眩しげに目をぱちぱちさせる。彼女の前を歩いているとても襟首の細いあの紳士が、彼女の夫である。

反対側の歩道では、細君の腕をとっている一人の紳士が、ちょうど彼女の耳に二言三言ささやいて微笑を浮かべたところである。たちまち細君は、そのクリームを塗ったつるつるした顔から、注意深くいっさいの表情を消して、闇雲に二、三歩進む。この合図は間違えようがない。彼らはこれから挨拶をするのだ。はたしてそのすぐあとで、紳士はその手を宙に上げる。指はソフト帽に近いところまで来ると、一瞬ためらってから、被っているものの上にしなやかに下ろされる。彼が帽子を静かに持ち上げながら、脱ぐのを助けるためにいくぶん頭を下げ気味にしているときに、細君は顔に若い微笑を刻みながら、ぴょんと小さく跳び上がる。一つの影がお辞儀をしながら彼らを追い越して行く。しかし双生児《ふたご》のような彼らの微笑は、すぐに消えるわけではない。それは一種の残像となって、しばらく二人の唇に残っている。私とすれ違うとき、紳士と婦人はすでに平静さを取り戻していたが、それでも口許にはまだ浮き浮きとした気配が残っている。

お終いだ。群衆はまばらになり、帽子の挨拶も稀になった。店のショーウィンドーも何かぱっとしない。私はトゥールヌブリド街のはずれに来たのだ。道を渡って反対側の歩道をもう一度逆に上ろうか？それもたくさんだという気がする。私はもう充分に、ピンクの禿げ頭や、小さな顔、立派な顔、目立たない顔を見た。いまはマリニャン広場を横切って行こう。ちょうど私が用心深く行列から抜け出そうとしたときに、紛れもない紳士の顔がすぐ近くで黒い帽子からあらわれる。例のネイヴィー・ブルーの服を着た婦人の夫である。ああ！　短く硬い髪の毛が生えそろった長頭人独特の美しく長い頭よ、アメリカふうの美しい髭には、ちらほらと銀のものが混じっている。そして微笑だ、とりわけ、教養のある素晴らしい微笑だ。鼻の上のどこかには鼻眼鏡も乗っかっている。

彼は細君の方を振り返って、こう言う。

「あれは今度工場に来たデザイナーだよ。いったい奴さん、こんなところへ来て何をしようっていうんだろう。人のいいかわいい子だが、ひどく気が小さくてね。おかしなやつだよ」

豚肉屋のジュリヤンの店のガラスに向かって帽子を被り直した若いデザイナーは、まだすっかり上気したまま、目を伏せて思いつめたような様子をしており、見るからに強烈な官能に酔いしれているらしい。疑いもなく、この日は彼が思いきってトゥールヌブリド街を渡ることにした最初の日曜日なのだ。彼は初めて聖体拝領をする者のようだ。両手を背中で交叉させ、顔を恥ずかしそうにショーウィンドーの方に向けているのは、実に胸の躍る光景である。彼は、ジュレで光る四本の腸詰めが、付け合わせのパセリの上で花のように広がっているのを、見るともなく眺めている。

一人の女が豚肉屋から出て来て彼の腕をとる。彼の妻だ。荒れた肌をしているが、まだごく若い。彼女がトゥールヌブリド街の周辺をうろつきまわっても、誰も上流婦人とは思うまい。その目の冷笑的な輝きや、小賢しく抜け目なさそうな様子で、彼女の正体が暴露されている。真の上流婦人はものの値段を知らず、目の玉が飛び出るほどでも美しいものを好む。彼女たちの目は無邪気な美しい花、温室咲きの花なのだ。

一時ちょうどに私はブラッスリー・ヴェズリーズに着く。いつものように老人たちが来ている。なかの二人はもう食事を始めている。四人の者は食前酒《アペリティフ》を飲みながら、トランプのマニラをしている。他の者は立ったまま、食器が並べられているあいだはトランプを見物している。いちばん背が高く、長い髭を生やしているのは、株式仲買人である。もう一人は退職した海員登録所の元役員だ。彼らは二十歳のときのようによく食べ、かつ飲む。日曜日になると、シュークルートを食べる。最後に着いた者たちが、すでに食べ始めている者に声をかける。

「それで？　相変わらず日曜日のシュークルートかね？」

彼らは腰をおろして、満足げに息をつく。

「マリエット、生《なま》ビールを一つ、泡のないのを。それとシュークルートだ」

このマリエットはたくましい女だ。私が奥のテーブルに座ろうとしたとき、彼女はある老人にヴェルモットを注いでいる最中だったが、相手は腹を立てて、真っ赤になって咳きこみ始めた。

「もっと注いでおくれよ、さあ」と彼は咳をしながら言う。

けれども今度は彼女の方が気を悪くする。まだ注ぎ終わっていなかったのだ。

「ちょっとあたしに注がせておくれったら。いったいどこの誰だい、あんたにものを言ったのは？あんたは言われる前にむくれる人だね」

ほかの者は笑い出した。

「まったくだ！」

株式仲買人は席に座りに行くときに、マリエットの肩をつかんで言う。

「日曜だからな、マリエット。午後はいい人と一緒に映画かね？」

「何さ！　今日はアントワネットの日だよ。いい人だなんて、あたしは今日一日、仕事なんだから」

株式仲買人は、つるつるに顔を剃った寂しそうな老人の前に腰を下ろした。つるつる老人は、すぐさま勢いこんで話しかける。仲買人は聴いていない。顔をしかめて、顎髭をしごいている。老人たちはけっして互いに相手の話に耳を傾けない。

私は隣の二人の客を知っている。近所の小さな商店主だ。日曜日になると、彼らの召使いが「休み」をとる。それで彼らはここへ来て、いつも同じテーブルに座るのだ。夫は、桃色の素晴らしい牛の骨付きあばら肉を食べている。彼はそれをしげしげと眺め、ときどき匂いを嗅ぐ。妻はちびちびとまずそうに皿の料理をつつく。がっしりとした金髪の四十女で、うぶ毛におおわれた赤い頬をしている。繻子のブラウスの下には、固い見事な乳房がある。彼女は男のように、食事のたびにボルドーをひと瓶飲み干す。

私は『ウジェニー・グランデ』を読むことにする。それがたいそう楽しいからではなくて、何かをしなければならないからだ。私は当てずっぽうに本を開く。母と娘が、ウジェニーの芽生えかけた恋について語っている。

ウジェニーはこう言いながら母親の手に接吻した。

「なんて優しいんでしょう、お母さまは！」

この言葉は、老いた母親の長い苦悩で生気を失った額を輝かせた。

「あのかたを立派なかただと思う？」とウジェニーは訊ねる。

グランデ夫人は、ただ微笑みで答えただけだった。それから、しばらく黙っていた後に、低い声でこう言った。

「それじゃ、お前はもうあの人が好きになってしまったの？ それはよくないね」

「よくないですって」とウジェニーは答えた、「なぜなの？ お母さまはあのかたが気に入ってるんでしょう。ナノンだってそうよ。どうしてわたしが好きにならないことがありましょう？ そうだわ、お母さま、あのかたのお昼の準備をしておきましょう」

彼女は編み物を放りだした。母親も同じようにしながら、こう言う。

「おばかさんね！」

しかし彼女は、常軌を逸した娘の気持を分け持って、それを正当化してやるのが楽しかった。

ウジェニーはナノンを呼んだ。

「なんでございます。何かまだご用で、お嬢さま？」

「ナノン、お昼には、クリームがちゃんと間にあって？」

「はいはい！ お昼には間にあいます」と召使いの老女は答えた。

「そんなら、あのかたには、うんと濃いコーヒーを差し上げてね。デ・グラサンさんのお話だと、パリではとても濃いコーヒーを淹れるようだから」

「でも、どこからコーヒーを持ってくるのでございますか?」

「買ってきてよ」

「もし旦那さまにお会いでもしたら?」

「お父さまは牧場よ……」


隣の二人は、私が来てからずっと口をきかなかったが、不意に夫の声が、私を本から引き離した。

夫は面白そうに、謎めいた言い方をする。

「なあ、お前、見たかね?」

妻ははっとして夢想から醒め、夫を眺める。夫の方は食べたり飲んだりしてから、ふたたび同じ意地悪そうな顔で口を開く。

「はっ、はっ、はっ!」

沈黙。妻はふたたび夢想のなかに落ちこんだ。

不意に彼女はびくっとして訊ねる。

「なんですって?」

「シュザンヌだよ、昨日の」

「ああ、そうね!」と妻は言う、「あの娘はヴィクトールに会いに行ったわ」

「俺がお前になんて言った?」

女はじれた様子で自分の皿を押し返す。

「これ、美味しくないわ」

皿の縁には、彼女が口から出した灰色の肉が、いくつも小さな団子のようについている。夫は自分の考えを追っている。

「あの女ときたら……」

彼は口をつぐみ、曖昧な薄笑いを浮かべる。私たちの正面では、年老いた株式仲買人が、少し息をはあはあさせながら、マリエットの腕を愛撫している。しばらくして、

「そのことは、前に言ったよ」

「何を言ったんですって？」

「ヴィクトールのことさ、彼女が会いに行くだろうって。おや、どうしたんだ？」ととつぜん彼は愕然としたように訊ねる、「それ、嫌いなのか？」

「美味しくないんですもの」

「ここはもう以前と違うね」と彼は勿体をつけて言う、「もうエカールのいた時のようじゃないよ。知ってるかい、どこにエカールがいるか？」

「ドンレミ（1）よ、違う？」

「そう、そう。誰から聞いた？」

「あなたからよ、日曜日にそう言ったわ」

彼女は紙のテーブルクロスの上に転がっているパンの身を食べる。それから手でテーブルの縁《ふち》の紙を平らに伸ばしながら、ためらいがちに言う。

「ねえ、あんた間違えてるわ、シュザンヌはむしろ……」

「そうかもしれん。ほんとにそうかもしれんぞ」と彼は上の空で答える。目はマリエットを探して、彼女に合図をする。

「暑いね」

マリエットは馴れ馴れしくテーブルの縁によりかかる。

「ほんと！　そうね、暑いわ」と女は呻くように言う、「ここじゃ息が詰まりそう。それにお肉はまずかったし。あたし、主人《パトロン》に言ってやろう。もう以前と違うって。ねえ、ちょっと換気窓を開けてくださいな。マリエットさん」

夫はふたたび面白そうな顔をする。

「なあ、お前、あいつの目を見なかったか？」

「でもいつのこと、ねえあんた？」

夫はじれったそうにその口真似をする。

「でもいつのこと、ねえあんた？　まったくお前らしいな。夏に雪が降るときのことさ」

「つまり、昨日ってこと？　ああ、そうか！」

彼は笑う。遠くに目をやる。そして非常な早口で、一種の熱意をこめて暗誦する。

「檻《おき》のなかでやる猫みたいな目」

彼はすっかり悦に入って、言おうとしたことも忘れてしまったようだ。彼女の方も、思わず陽気になる。

「おっほっほ、悪い人ね」

彼女は夫の肩を軽く何度か叩く。

「ほんとに、悪い人ったらないわ」

彼はいっそう自信ありげに繰り返す。

「熾《おき》のなかでやる猫」

しかし彼女はもう笑わない。

「およしなさいよ、本当に。あの娘、真剣なのよ」

彼は身を屈め、妻の耳許で長い話をささやく。彼女は一瞬、口をぽかんと開けて、思わず噴き出しかねない人のように、いくらか緊張しながら可笑しそうな顔をしているが、とつぜん身体を後ろへ反らせると、彼の手を引っ掻いて言う。

「嘘よ、嘘よ、そんなこと」

彼は落ちついた理性的な調子で言う。

「お聞きよ、そうなんだ。彼が言ったんだから。もし本当でなかったら、どうして彼がそんなことを言うだろう?」

「いいえ、違うわ」

「だって、彼がそう言ったんだから。な、ちょっと考えてごらん……」

彼女は笑い出す。

「笑ったのはね、ルネのことを考えたからなの」

「なるほど」

彼も笑う。彼女は声をひそめて、さも重大そうにふたたび言う。

「そうすると、彼が気づいたのは火曜日ね」

「木曜日だよ」

「違うわ、火曜日よ。よく知ってるじゃないの、ほら……」

彼女は空中に楕円形のようなものを描く。

長い沈黙。夫はパンの身をソースに漬けている。マリエットが皿を取り替えて、二人にタルトを持ってくる。あとで私もタルトを食べることにしよう。いくらか夢見がちの妻は、得意げで少し気を悪くしたような微笑みを唇に浮かべながら、だしぬけにゆっくり引きずるような声で言う。

「いやよ、いや。知ってるじゃないの！」

その声がひどく官能的なので、彼は心を動かし、脂ぎった手で彼女の項《うなじ》を撫でる。

「シャルル、やめて。あたし、ぞくぞくしちゃうわ」と彼女は口にいっぱいほうばったままで、微笑みながらささやく。

私はふたたび本を読もうとする。


「でも、どこからコーヒーを持ってくるのでございますか？」

「買ってきてよ」

「もし旦那さまにお会いでもしたら？」

しかし私の耳には、まだ女の声が聞こえてくる。

「ねえ、マルトをあたし、笑わせてやるわ。彼女に話してみよう……」

隣の二人は口をつぐんだ。タルトのあとで、マリエットは彼らに乾したスモモを出し、女は種をスプーンのなかに上品に吐き出そうと懸命になっている。夫は目を天井に上げ、テーブルでこつこつと行進曲を叩いている。まるで彼らの正常の状態は沈黙で、言葉はときおり彼らを捉えるちょっとした熱狂のようだ。

「でも、どこからコーヒーを持ってくるのでございますか?」

「買ってきてよ」

私は本を閉じる。散歩することにしよう。

ブラッスリー・ヴェズリーズを出たときは、三時に近かった。私はけだるい全身に、午後を感じていた。私の午後ではない。彼らの午後、十万のブーヴィル市民がともに体験しようとしている午後だ。この同じ時刻に、彼らは長い時間をかけた日曜日の盛りだくさんの昼食をすませて、テーブルから立ち上がる。その彼らにとって、何かが死んだのだ。日曜日は、その軽やかな青春をすり減らした。今は若鶏とタルトを消化して、外出のためによそゆきに着替えなければならない。

映画館シネ＝エルドラドのベルが、澄んだ空気のなかに鳴りわたった。この真っ昼間のベルは、日曜日につきものの音だ。百人以上の人びとが、緑色の壁に沿って列を作っていた。彼らは今やおそしと、快い暗闇の時間、くつろぎと無心の時間、水の底の白い小石のように光るスクリーンが自分たちのために喋ったり夢見たりしてくれる時間を、待ち望んでいる。空しい欲望だ。彼らの心のなかでは何かがこわばったまま残るだろう。彼らは自分たちの素晴らしい日曜日が台無しになりはしないかと、びくびくしすぎているのだ。間もなくいつもの日曜日のように、彼らは失望を覚えるだろう。映画はくだらないだろうし、隣の客はパイプを吸ったり、足のあいだに唾を吐いたりするだろう。あるいはまた、リュシヤンの態度が実に不愉快で、ひと言も優しい言葉をささやかないだろう。ないしはまた、たまたま映画を観に行くことにした今日に限って、よりによって肋間神経痛が再発するだろう。こうしていつもの日曜日と同じように、間もなく内にこもった小さな怒りが暗い映画館のなかで膨らむだろう。

私は静かなブレサン街を歩いた。太陽は雲を散らせて、よい天気になっていた。「波」と名づけられた別荘から、ひと組の家族が出てきたところだ。娘は歩道で手袋のボタンをはめている。三十歳くらいになるだろうか。母親は玄関前の階段のいちばん上の段に立って、ゆったりと息をしながら、自信ありげにまっすぐ前方を見ていた。父親は大きな背中しか見えなかった。鍵穴の上に屈みこんで、ドアの鍵をかけているところだ。家は彼らが帰るまで、空っぽで真っ暗になるだろう。すでに錠がかけられて人気もなくなった近所の家々では、家具や寄せ木の床が静かにきしんでいるだろう。外出に先立って、食堂の暖炉の火は消されていた。父親は二人の女に追いつき、一家はひと言も交わさずに歩き始めた。どこへ行くのだろう？　日曜日には大きな墓地に行くか、親戚を訪問するか、ないしはまったく自由な人なら、防波堤に散歩に行くものだ。私は自由だ。だから私は防波堤の散歩道に通じるブレサン街を進んで行った。

空は淡い青色だった。幾筋かの煙と軽く刷毛ではいたような雲。ときおり、一つだけ離れて浮かぶ雲が太陽の前を過ぎて行く。遠くに、防波堤の散歩道に沿って走っている白いセメント造りの手すりが見える。海が手すりの隙間を通して輝いている。例の家族は右の方へ、オーモニエ＝イレール街に出た。〈緑の丘〉の方に登って行く道である。彼らがゆっくりした足どりで坂を上がって行くのが見えた。アスファルトのきらめく道の上で、彼らは三つの黒い斑点を形作っている。私は左へ曲がって、ぞろぞろと海岸を練り歩く群衆のなかに入った。

この人たちは朝と違って雑多だった。彼らは一人残らず、昼食前には見事な社会的序列《ヒエラルヒー》をあれほど誇っていたのに、もはやそれを維持する力も失ったように見えた。卸売業者と役人が肩を並べて歩いている。彼らは貧相などこかの従業員たちとすれ違ったり、身体がぶつかって押しのけられることさえある。特権階級も、エリートも、職業的な集団も、このぬるま湯のような群衆のなかに溶けこんでしまった。彼らはもはや何も代表していないほとんど孤立した人たちになっていた。

遠くで光っている水たまりは、汐の引いた海だった。水面すれすれのところにあるいくつかの暗礁が、頭を出して明るい水の表面に穴を開けていた。砂の上には何隻かの漁船が横たわり、そこからあまり遠くないところには、防波堤の足許に波消し用の大きな石が密着するようにごたごたと放り出されていたが、石のあいだのあちこちに残った隙間では海がしきりにうごめき騒いでいた。外港の入口には、太陽で白っぽくなった空を背景に、一隻の浚渫船《しゅんせつせん》の影がくっきりと浮き上がっていた。毎晩、真夜中まで、浚渫船は吼えたり呻いたりして大騒ぎを演じる。しかし日曜日になると、労働者は陸を散歩しており、船には警備員が一人残っているだけだ。だから船は静まりかえっている。

太陽は明るく、透き通るようだった。それはグラスの白ワインだ。その光は微かに身体をかすめるだけで、影も凹凸もつけない。顔や手は、淡い金色の斑点になっていた。コートを着たこれらの人たちは誰も彼も、静かに地上数インチのところに浮いているように見えた。ときおり風がわれわれの上に、水のように震える影を押しつける。そのとき顔は一瞬消えて、白っぽくなるのだった。

これが日曜日だった。散歩道の手すりと別荘の柵のあいだに挟まれて、群衆は少しずつ流れ、大西洋横断航路会社の大きなホテルの裏手に、無数の小川となって消えて行く。なんと大勢の子供がいることか！　乳母車に乗せられ、腕に抱かれ、手を引かれた子供、あるいは二人、三人と連れだって、取り澄ました様子で両親の前を歩いている子供たち。ほんの数時間前に見たこの人たちは、日曜日の朝の若さのなかで、みなほとんど勝ち誇ったような顔をしていた。今はしたたるほどの太陽を浴びて、ただ落ち着きと、くつろぎと、一種のこだわり以外に何ものも表現していなかった。

　動作もわずかである。たしかにまだときおり帽子の挨拶は交わされるが、朝と違って大げさなものでもなく、勢いこんだ陽気さもない。コートを膨らませて吹きつける風にさらされて、誰もがいくぶん仰向きになり、遠方に視線を投げながらよろよろと少し後ずさりする。ときどき乾いた笑い声がもれるが、それもたちまち押し殺される。一人の母親の叫ぶ声。ジャノ、ジャノ、ちゃんとおやりってば。それから沈黙。ブロンド色の軽いタバコの微かな匂い。吸っているのは店員たちだ。サランボー、アイシャ、[1]日曜日用のシガレット。いっそう投げやりないくつかの顔の上に、私は多少の悲哀を読みとったような気がした。だが違った。この人たちは悲しいのでも、陽気なのでもなかった。彼らは休息していたのである。大きく見開かれて動かない彼らの目は、受け身に海と空を反映していた。もうじき彼らは家に帰り、家族だけで食卓を囲んでお茶を飲むだろう。今のところ彼らはできるだけ費用をかけずに生きようと、動作も言葉も思考も節約して、力を抜いて浮き身をしているのだ。一週間の労働が与える皺や、目尻の小皺、つらい皮膚のたるみを消すのに、彼らはたった一日しか持っていない。たったの一日だ。彼らは時が指のあいだから刻々と流れ去っていくのを感じていた。月曜日の朝に気分一新して再スタートするべく、充分な若さを蓄えるだけの時間があるだろうか？　彼らは胸一杯に呼吸する。海の空気が活力を与えるからだ。眠っている人たちと同じような規則正しく深い呼吸のみが、いまだに彼らの生きていることを証明している。私は足音を忍ばせて歩いた。休息中のこの悲劇的な群衆に囲まれて、私は自分の強靱で新鮮な肉体を扱いかねていたのである。

海は今やスレートのような色になった。そしてゆっくりと高まってくる。夜になったら満潮になるだろう。今夜、防波堤の散歩道は、ヴィクトール・ノワール大通り以上に人通りが稀になるだろう。前方の左手には、航路に一つの赤い火が輝くだろう。

太陽がゆっくりと海に落ちて行くところだった。沈みながら太陽は、ノルマンディ風山小屋のような家の窓を真っ赤に燃え上がらせた。それに目の眩んだ一人の女は、物憂い仕草で片手を目にあて、頭を振った。

「ガストン、眩しいわ」と彼女はためらいがちな笑いを浮かべながら言う。

「なんだ！　かわいい太陽じゃないか」と夫は言う、「温めてはくれないけれど、これはこれでやっぱり楽しいものだよ」

彼女は海の方を見ながら、なお言う。

「あれが見えるかと思ったのに」

「そりゃ無理だ」と男は言う、「逆光だからね」

話はカイユボット島(1)のことに違いなかった。その南端が、浚渫船と外港の堤防のあいだに見えるはずなのである。

光は和らいだ。この不安定な時刻には、何かが夜を予告していた。すでに今日の日曜日は一つの過去を持ったのだ。立ち並ぶ別荘や防波堤の灰色の手すりは、直前の思い出のように見えた。顔からは次々とゆとりが失われていき、いくつもの顔がほとんど優しくなった。

身ごもった一人の女が、粗野な様子の若い金髪の男にもたれかかっていた。

「ほら、ほら、見て」と彼女は言う。

「何を？」

「ほら、ほら、カモメよ」

男は肩をすくめた。カモメなどいはしない。空はほとんど純粋とも言えるものになり、水平線のところがいくらか薔薇色に染まっていた。

「声が聞こえたのよ。ほら、カモメが啼《な》いてるわ」

彼は答えた。

「何かがきしんだんだよ」

ガス灯が一つ、きらりと光った。私は点灯夫が通って行ったのだろうと思った。子供たちは彼を見張っている。家に帰れと言われるからだ。しかしそれは太陽の最後の反映にすぎなかった。空はまだ明るかったが、地上は薄暗がりに浸されている。群衆はまばらになり、海のざわめきがはっきり聞こえてきた。手すりに両手でよりかかっていた一人の若い女が、空の方に顔を上げたが、青く見えるその顔には、口紅が黒い線となって引かれていた。私は一瞬、自分がこれから人間を愛し始めるのではないかと疑った。しかし結局のところそれは彼らの日曜日であって、私の日曜日ではなかったのだ。

最初に点灯された明かりは、カイユボット灯台だった。一人の少年が私のそばで立ち止まり、恍惚とした表情でつぶやいた、「ああ！　灯台だ！」

そのとき私は自分の心が大いなる冒険の感情で膨れあがるのを感じた。

＊

私は左に折れ、ヴォワリエ街を通って小プラードに着く。ショーウィンドーにはすでに鉄のシャッターが下ろされていた。トゥールヌブリド街は明るかったが、人通りは絶えて、今朝の束の間の栄光を失っていた。この時刻になると、周囲の道からこの通りを区別するものはもう何もない。かなり強い風が吹いてきた。鉄板でできた大司教の帽子のきしむ音がする。

私は独りきりだ。大部分の人たちは家庭に戻って、ラジオを聴きながら夕刊を読んでいる。終わりかった日曜日は、彼らに苦い味を残したが、すでに彼らの心は月曜日を向いている。だが私には月曜日も日曜日もない。あるのは無秩序にひしめき合う日々と、そこへとつぜん訪れるこのような閃光ばかりだ。

何も変わりはしなかったが、にもかかわらずすべては普段と違った形で存在している。私にはそれを描くことができない。まるで〈吐き気〉のようで、しかもそれとは正反対だ。要するに一つの冒険が私の身に起こっているのであり、自分自身に問いかけてみると、起こっているのは、私がまさに私であって今ここにいる、ということであるのが分かる。夜をかき分けて進んでいるのはこの私だ。私は小説の主人公のように幸福である。

何かが発生しようとしている。バス＝ド＝ヴィエイユ街の暗闇には、私を待ちかまえている何かがある。あそこで、この静かな通りのちょうど角のところで、私の人生が始まろうとしているのだ。私は宿命的な感情を抱きながら、自分が前進するのを見ている。その通りの隅には、一種の白い標識がある。

それは遠くからだと真っ黒に見えていたが、一歩ごとにいくらか白くなっていく。少しずつ明るくなっていくこの暗い色の物体は、異常な印象を与える。それがすっかり明るく、白くなったら、私はそのすぐ横で足を止めよう。そしてそのとき、冒険が始まるだろう。この闇のなかから浮かび上がる白い灯台、それが今はすぐ間近に迫ったので、私はほとんど恐怖に近い感情を抱く。ふと引っ返そうかと考える。しかしこの魔法を解くのは不可能だ。私は進む。手を延ばす。標識に触れる。

ここがバス＝ド＝ヴィエイユ街だ。暗闇に聖女セシル教会の巨大な塊が潜んでおり、そのステンドグラスが光っている。鉄板の帽子がきしむ。分からない、いったい世界がとつぜん引き締まったのか、それとも音と形のあいだにこれほど強力な統一を与えたのはこの私なのか。私をとりまく周囲のものがどれもこれも、今あるものと違うことがあり得るなどとは考えることもできない。

私は一瞬、足を止める。そして待つ。心臓の鼓動を感じる。人気《ひとけ》のない広場を目で探る。何も見えない。かなり強い風が出てきた。私は間違っていた。バス＝ド＝ヴィエイユ街は中継ぎの場所にすぎなかった。私を待っているものは、デュコトン広場の奥にあるのだ。

私は急いでまた歩き出そうとはしなかった。すでに自分が幸福の頂点にふれたような気がする。マルセイユで、上海で、メクネスで、これほど充実した感情に到達するために、私はどんなことでもやってみたのではないか？　今日の私はもう何も待っていない。空虚な日曜日の終わりに、私は帰宅しようとしている。充実感はそこにある。

私はふたたび歩き始める。風がサイレンの叫びを運んで来る。私はまったく独りきりだ。しかし、一つの都市に殺到する軍隊のように行進している。この瞬間に、海上では幾隻もの船が音楽を響かせている。ヨーロッパのすべての都市で明かりが点灯される。ベルリンの街中では共産党員とナチとが発砲しあい、ニューヨークでは失業者たちがほっつき歩き、女たちは暖かい部屋で鏡台に向かって睫毛にマスカラをつけている。そして私はここに、この無人の通りにいる。ノイケルンのある窓から飛び出す一発一発の銃火、運ばれてゆく負傷者がもらす一つ一つの血にまみれたしゃっくり、化粧中の女たちの正確で細かな一つ一つの動作、それらが、私の踏み出す一歩一歩に、私の心臓の鼓動の一つ一つに応えているのだ。

パッサージュ・ジレの前に来たが、私はもう何をすべきか分からない。このパッサージュの奥で、誰かが私を待っていないだろうか？　けれどもトゥールヌブリド街のはずれにあるデュコトン広場にも何かがあって、生まれ出るために私を必要としている。私は苦悩に満たされる。どんな些細な動作も私を拘束する《アンガジェ》のだ。自分が何を求められているのか、私には見抜くことができない。にもかかわらず、選ばなければならない。私はパッサージュ・ジレを犠牲にする。このパッサージュが何をとっておいてくれたのか、私は永久に知ることがないだろう。

デュコトン広場はがらんとしていた。私が間違えたのだろうか？　そうだとしたら、とても耐えられそうにない。本当に何も起こらないのだろうか？　私はカフェ・マブリの明かりに近づいてゆく。私は途方に暮れている。そこに入るかどうかも分からない。曇った大きなガラス越しに、私は内部にちらりと目をやる。

カフェは人でいっぱいである。タバコの煙と、湿気を含んだ衣類から発散される水蒸気のために、室内の空気は青く見える。レジ係の女がカウンターにいる。私は彼女をよく知っている。私と同じ赤毛だ。内臓に病気を持っている。腐乱する肉体からときおり発散する菫のような匂いにも似た憂鬱《メランコリック》な微笑を浮かべながら、彼女は静かにスカートのなかで腐っていくのだ。私の頭から足先まで、戦慄が走る。私を待っていたもの、それは……彼女なのだ。彼女はそこにおり、上半身をカウンターの上に立てたまま、動かず、微笑していた。このカフェの奥の方から何かが、今日の日曜日のばらばらな瞬間に戻って来て、それらを互いに結びつけ、それに一つの意味を与えるのだ。私がこの一日を過ごしたのは、ここへ到達するためだった。額をガラスに押しつけ、深紅のカーテンを背景にして花開いているこの繊細な顔を凝視するためだった。いっさいは停止した。私の生は停止した。この大きなガラス、水のように重たく青いこの空気、水底にある脂肪質の白いこの植物、そして私自身も含め、われわれは不動で充実した一つの全体を形成している。私は幸福だ。

ラ・ルドゥート大通りにふたたび出たとき、私には苦い悔恨しか残っていなかった。私は自分に言いきかせた、「この冒険の感情、おそらく私がこれ以上に執着しているものは、この世のなかにないだろう。だがそれは、来たいときにやって来る。そしてたちまち去って行く。それが去ったとき、なんと私はひからびていることか！　その感情は、私が人生に失敗したことを示すために、このように皮肉な短い訪問をするのだろうか？」

私の背後では、町のなかで、まっすぐな広い多くの通りで、街灯の寒々とした光に照らし出されて、素晴らしい一つの社会的な出来事が死に瀕していた。それが日曜日の終わりだった。

月曜日

どうして昨日は、こんなばかげた大げさな文章が書けたのだろう。

「私はまったく独りきりだ。しかし、一つの都市に殺到する軍隊のように行進している」

美文を作る必要はない。ただある種の状況を明らかにするために書くのだ。文学を警戒すること。言葉をあれこれと探すのではなく、ペンの赴くままにすらすらと書くべきだ。

結局うんざりするのは、昨夜の私が舞い上がっていたことだ。二十歳のころ、私はよく酔っぱらった。そして、自分がデカルトのような男なのだと釈明した。自分がヒロイズムで膨れあがっているのをはっきり感じたが、そのままにしておいた。それが気に入っていたのだ。その揚げ句に翌日は、反吐だらけのベッドのなかで目が醒めたように嫌な気分になるのだった。私は酒に酔っても吐くということがない。しかし吐いた方がまだましだろう。昨日は酔いを言い訳にすることさえできなかった。私は馬鹿みたいに興奮していた。抽象的な思考、水のように透明な思考で、自分を清める必要がある。

あの冒険の感情は、絶対に出来事から来るのではない。そのことは証明された。あれはむしろさまざまな瞬間が鎖のようにつながる仕方なのだ。これこそ起こったことなのだと思う。つまり人は不意に感じるのだ、時が流れており、一つひとつの瞬間は別の瞬間へと導き、別な瞬間はさらに違う瞬間へと導き、こんなふうにどこまでも続いていくということを。また各瞬間は消滅するし、それを引き留めようとつとめる必要もない、といったことを感じるのだ。そのとき人は、それらの瞬間のなかにあらわれる出来事に、この特性を付与する。つまり形式に属するものを内容に振り向けるのである。結局のところ例の時の流れについて、人は多くのことを語るが、ほとんどそれを見ることはないのだ。一人の女を見ると、彼女も老いるだろうと考える。ただ、彼女が老いていくのを見るわけではない。だがときには、彼女が老いていくのを見ているような、自分が彼女と一緒に老いていくのを感じるような気がする。これが冒険の感情だ。

もし私の記憶違いでなければ、これは時間の不可逆性と呼ばれているものだ。冒険の感情とは、何のことはない、時間の不可逆性の感情なのだろう。だがどうしてこの感情を、人は常に持っていないのだろう？　時間は常に不可逆的ではないのだろうか？　ときとして、人は自分のしたいことが何でもできるような印象を持つことがある。進むも退くも自由自在で、大したことではなさそうな気がする。だがまた逆に、網目が詰まったような感じのすることがあり、その場合は失敗が禁物になる。なぜならもうやり直しがきかないだろうから。

アニーは時間に、可能なすべてのものを表現させた。彼女がジブチに、私がアデン(1)にいた時期に、私が二十四時間だけ暇ができて会いに行くと、彼女は巧みに次から次へと二人のあいだに誤解を作り出して、私の出発まできっかり六十分しか残らないようにしてしまう。六十分、それはまさに時が一秒一秒と過ぎて行くのを感じるのに必要な時間だ。そうした残酷なある夜のことを、私は思い出す。私は夜中の十二時に出発することになっていた。私たちは野外で上映された映画を観に行った。彼女も私も絶望しきっていた。ただし筋書きを進めたのは彼女だった。十一時に長い映画が始まると、彼女は私の手をとって、ひと言も言わずに両手で握りしめた。私は刺すような喜びに浸されるのを感じ、時計を見るまでもなく、いまが十一時なのだと悟った。この瞬間から、私たちは時が流れるのを感じ始めた。このときは三カ月の別離になるのだった。一瞬スクリーン上に真っ白な画面が映し出されると、暗闇が薄らぎ、私はアニーが泣いているのを見た。ついで夜中の十二時になると、彼女は私の手をぎゅっと握りしめてから、それを放した。私は立ち上がって、ひと言も声をかけずにそこを発った。それは上々の出来栄えだった。

午後七時

仕事の一日。まずまずの進捗だった。私はかなり楽しい気分で六ページ書いた。ましてそれがパーヴェル一世の統治にかんする抽象的な考察だっただけに、なおさらだった。昨日は浮かれすぎたので、今日は一日中しっかりと気を引き締めていた。自分の心情などに頼る必要はなかったのだ！　逆にロシア的専制政治の発条《ぜんまい》仕掛を分解しながら、私は実にくつろいだ気分だった。

ただこのロルボンには苛々する。彼はごく些細なことにも思わせぶりな態度をとるのだ。いったい一八〇四年八月にウクライナで、彼は何をしたのだろう？　彼はその旅行を、曖昧な言葉で語っている。

「私の努力は成功によって報いられることこそなかったが、私に下された容赦なき否認や侮辱以上の価値がなかったかどうかは、後世が判断するだろう。私は嘲笑する者どもを黙らせ、彼らを恐怖の底に突き落とすものを胸に秘めながら、彼らの否認や侮辱を黙って耐えなければならなかった」

一度だけ私は引っかかった。彼は一七九〇年に行なったブーヴィルへの小旅行について、勿体をつけて口をつぐんでいたのだ。その事実や行動を調べるのに私はひと月を費やした。結局のところ、彼は自分の小作人の娘を孕ませただけだった。彼は単なる大根役者ではないのだろうか？

この嘘で塗り固めたけちな自惚れ男が、癪に障って仕方ない。おそらくそれは悔しさのせいだ。私は彼が他人に嘘をつくと有頂天になったが、私だけは例外にして欲しかったのだ。彼と私の二人だけがぐるになって、これらすべての死者の頭越しに理解しあい、彼がいずれ私に、この私に対しては、真実を言うだろうと思っていたのだ！　だが彼は何も言わなかった。何一つ言わなかった。彼がまんまとだましおおせたアレクサンドルやルイ十八世に対する以上のことは、何も言わなかったのだ。ロルボンがなかなかの人間であったということは、私にとってきわめて重要である。たぶん彼は悪《わる》だろう。だが悪でちらつかせながら、それをすぐさま押し殺したかもしれない。だが彼は死んでしまった。残されたのは立てたりしたかもしれない。あるいはまたときによると、如才ない言葉でつく嘘と嘘のあいだに凄味をことによると、彼は魅力的な仕草で肩の方に頭を傾けたり、抜け目ない表情で長い人差し指を鼻の横に仰々しいものでなければ……。まったくだ！　彼がどんな目つきだったかを知ることが必要だったのだ。ともできないが、しかし果たして彼はそんな生涯を送ったのだろうか？　せめて彼の書簡が、これほど る気がないのだ。彼について、私は何を知っているのだろう？　彼の生涯以上の見事な一生は夢見るこ んなに評価していないので、生きていたらその手にもふれたくないような死者のために、時間を浪費す ない者がいるだろうか？　それにしても、大悪《おおわる》か、小悪《こわる》か？　あいにく私は歴史的研究というものをそ

『戦略論』と『美徳にかんする考察』だけである。

もしも想像の赴くままに任せれば、私にはこんな彼がはっきり浮かんでくるだろう。すなわち多くの犠牲者を出した華々しい皮肉の陰に隠れた、単純で、ほとんど無邪気《ナイーヴ》とも言える人物である。その人物はあまりものを考えない。しかしあらゆる場面で、深い天賦の才能により、正確になすべきことを行なう。彼の悪党ぶりは、純真で自然でごく寛容なものであり、美徳に対する愛情と同じように真摯なものだ。たしかに恩人や友人を裏切ったが、そのときも重々しく事件の方を振り返って、そこから教訓を引き出してくる。けっして、他人に対して自分が僅かなりとも権利を持っているとは考えないし、他人が自分に対して権利を持っていると思ったこともない。人生が与えてくれた贈り物を、正当化されないもの、根拠のないものと見なしている。すべてに強く執着するが、また簡単にそこから自由になる。そして彼の手紙や著作で、彼自身が書いたものは一つもない。彼はそれらを代書人に書かせたのだ。

ただし、こういう想像に到達するためなら、私はむしろロルボン侯爵について、一篇の小説を書くべ

きだっただろう。

午後十一時

「鉄道員の溜まり場」で夕食をした。マダムがいたので、彼女と寝なければならなかったが、それはまったく儀礼的なことだった。彼女には少し嫌悪感を覚える。肌が白すぎるし、それに赤ん坊のような匂いがするのだ。彼女は興奮のあまり、私の顔を自分の胸に抱き締めた。これが作法だと思っているのだ。私の方は毛布の下で、何となく彼女のセックスをいつまでももてあそんでいた。それから、腕が痺れてしまった。私はロルボン氏のことを考えていた。結局のところ、どうして彼の生涯について一篇の小説を書いてはいけないのか？　私はマダムの脇腹に沿って腕を滑らせた。すると不意に小さな庭が見えた。背の低い、枝を横に広げた木々が生えていて、そこから毛に覆われた巨大な葉が垂れ下がっている。至るところに蟻や百足《むかで》や蛾が這い回っている。もっと恐ろしい獣もいる。その身体は、鳩肉をのせたカナッペのようなトーストパンでできていて、蟹の脚で横に歩くのだ。大きな葉にはこうした獣がびっしりと黒くはりついている。各種のサボテンの背後では、公園にあるウェレダ[1]の像が、自分のセックスを指している。「この公園は反吐のにおいがする」と私は叫んだ。

「起こしたくはなかったのよ」とマダムが言う、「でも、シーツがお尻の下で皺になっているし、それに、パリから汽車で来るお客さんたちのために、階下《した》へ降りて行かなくちゃならないの」

謝肉の火曜日[2]

私はモーリス・バレス[3]の尻をひっぱたいた。われわれは三人の兵隊で、なかの一人は顔の真ん中に穴があいていた。モーリス・バレスが近づいてきて、われわれに「よろしい！」と言い、各人に小さな菫の花束をくれた。「どこへ挿したらいいか分からん」と、顔に穴のあいた兵隊が言う。するとモーリス・バレスが言った、「あんたの顔の穴の真ん中に入れたらいい」。兵隊が答えた、「お前の尻《けつ》の穴に入れてやらあ」。そしてわれわれはモーリス・バレスを後ろ向きにして、ズボンを脱がせた。彼はズボンの下に、枢機卿の赤いガウンを着ていた。われわれがガウンをまくり上げると、モーリス・バレスは大声でわめきだした、「気をつけろ！　おれのズボンは足紐つきだぞ」。しかしわれわれは血の出るまで彼の尻をたたき、その上に菫の花びらでデルレード(1)の顔を描いた。

しばらく前から自分の見た夢を頻々と思い出す。それに、眠っているあいだに大分ごそごそ動くらしい。というのも、毎朝毛布が床に落ちているからだ。今日は謝肉の火曜日だが、ブーヴィルでは大したことがあるわけでもない。町全体で、仮装にくりだす人はせいぜい百人いるかいないかだろう。

階段を降りていったときに、女将《パトロンヌ》に呼びとめられた。

「手紙が来てますよ」

手紙といえば、私が最後に受けとったのは、去年の五月にルーアンの図書館上級司書からきたものだった。女将《パトロンヌ》は私を事務所に連れて行き、黄色いふくらんだ一通の細長い封筒を差し出す。アニーが手紙をよこしたのだ。もう五年も音沙汰なしだった。手紙はパリの私の旧住所から転送されてきたもので、二月一日の消印である。

私は外に出る。封筒は指に挟んでいるが、思い切って開ける気にならない。アニーは前と同じ便箋を使っている。相変わらずピカデリーの小さな文房具屋で買うのだろうか。髪型も同じだろう、と私は考える。彼女はあの豊かな金髪を切りたがらなかったものだ。きっと今でも鏡の前で、顔を作るために辛抱強く格闘しているにちがいない。それはお洒落のためでもなく、老いるのを恐れるからでもない。あるがままの彼女、ただ単にあるがままの彼女であろうとしているのだ。たぶん彼女のなかで私に好ましく思われたのは、このように自分のイメージの些細な特徴にも飽くまで厳密に忠実であろうとするところだろう。

宛名の紫色で記されたしっかりした文字が（彼女はインクも変えなかった）、まだ少し光っている。

「アントワーヌ・ロカンタン様」

自分の名前をこうした封筒の上に読むというのは、なんと楽しいことだろう。霧のなかから、彼女の微笑みがふたたび目に浮かぶ。彼女の目つきや、傾けた頭は見当がつく。私が腰掛けていると、彼女はよく微笑みながらやって来て、私の前に立ちはだかったものだ。そして上から見下ろすようにして、伸ばした腕で私の肩をつかんで揺すぶるのだった。

封筒は重く、少なくとも便箋六枚くらいは入っているだろう。以前の私の管理人の女が書いた読みにくい小さな文字が、アニーの見事な筆跡に重なっている。

「プランタニア・ホテル――ブーヴィル」

このちっぽけな文字は光っていない。

手紙を開封したときの幻滅は、私を六年前[1]に引き戻す。

「どうやってアニーは、こんなに封筒をふくらませることができるんだろう。中味はあった試しがないのに」

私は一九二四年の春、ちょうど今日のように、碁盤目に罫の入った用紙を二重封筒から引っ張り出そうと悪戦苦闘しながら、数えきれないほどたびたびこの文句を呟いたものだ。二重封筒の裏地はすばらしいもので、暗い緑色に金の星が散りばめられている。まるで糊をつけた重たい布のようだ。それだけで、封筒の目方の四分の三はあるだろう。

アニーは鉛筆で書いていた。

「数日後にパリに寄ります。二月二十日にスペイン・ホテルへ会いに来て下さい。お願いですから（彼女は《お願いですから》という言葉を行の上につけ加えて、奇妙な曲線でそれを《会いに来て》に繋いでいた）。あなたに会う必要があるのです。アニー」

メクネスやタンジェで[1]、私が夜帰宅すると、ときどきベッドの上に置き手紙があった。「すぐお会いしたい」と書かれている。私が駆けつけると、アニーは眉をつり上げて、驚いた様子でドアを開ける。彼女にはもう何も言いたいことがなくなって、私が来たのを少し恨めしく思っているのだった。それでも私はパリに行くだろう。ことによると彼女は私を部屋に入れないかもしれない。あるいはホテルのフロントの者が、「そのお名前のかたは、私どものところにお泊まりになっていらっしゃいません」と言うかもしれない。まさか彼女もそんなことはしないだろうが、ただ一週間後に、考えが変わったので会うのはまたの機会にしたい、と手紙をよこすことはあり得るだろう。

人びとは仕事に就いている。ごく平凡な〈謝肉の火曜日〉の始まりだ。これから雨になるというときはいつもそうだが、ミュティレ街は湿った材木の匂いを強く発散させる。こんな奇妙な昼間を私は好まない。映画館は午後早くから上映しているし、学校に行く子供たちは休みなのだ。街には曖昧なお祭り気分がほんの少し漂っていて、しきりに注意をうながすが、それに注目すると消えてしまう。

私はおそらくアニーに再会するだろう。しかしそう考えてもはっきり嬉しさがこみ上げてくるとは言いきれない。彼女の手紙を受け取ってから、なにか手持ち無沙汰な感じである。幸い昼の十二時だ。腹は空いていないが、暇つぶしに食事に行こう。私は時計屋街《オルロジェ》の「シェ・カミーユ」[1]に入る。そこはぴったり閉ざされた店で、夜通しシュークルートかカスレ[2]を出している。人びとは芝居のあとで、ここへ夜食をとりに来る。巡査は、夜中に着いて腹を空かせている旅行者たちをここへ送りこむ。大理石のテーブルが八つ。壁沿いに革張りの腰掛けがおかれている。赤茶色の錆が出ている二枚の鏡。二つの窓とドアには、曇りガラスが入っている。カウンターは引っ込んだところにある。わきの方に別室があるが、私は一度も入ったことがない。そこは二人連れのための部屋だ。

「ハム入りのオムレツを」

ウェイトレスは赤い頬をした大女で、男に話しかけるときはどうしても笑いが止まらない。

「あたしじゃ、できないんですよ。ポテト入りのオムレツはいかが？　ハムはしまってあってね。マスターしか切れないんです」

私はカスレを注文する。マスターはカミーユという名前の一徹親父だ。

ウェイトレスは遠ざかる。私はこの薄暗い古ぼけた部屋に独りで取り残される。鞄のなかにはアニーの手紙がある。しかしなぜか恥ずかしくて、それを読み返すことができない。私は書かれていた文句を一つひとつ思い出そうとする。

「いとしいアントワーヌ」

私は苦笑する。まさか。アニーはけっして「いとしいアントワーヌ」などと書きはしなかった。

六年前――私たちはちょうど合意で別れたばかりだったが――私は東京に行こうと決心した。そこで彼女に簡単な手紙を書いた。私はもう「愛する人へ」とは書けなかった。それで何の気もなしに、冒頭に「いとしいアニー」と書いたのである。

「あなたの厚かましさには感心します」とアニーは返事をよこした、「わたしはこれまで一度だってあなたのいとしいアニーだったことはないし、今もそうです。またあなたも、わたしのいとしいアントワーヌだなんて、どうか思わないように。もしどう呼んだらよいか分からなかったら、何も書かないこと。その方がまだましでしょう」

私は鞄のなかの彼女の手紙を手に取る。彼女は「いとしいアントワーヌ」とは書いていなかった。手紙の最後にも、挨拶の決まり文句はない。「あなたに会う必要があるのです。アニー」だけだ。彼女の気持を知らせるような言葉は一つもない。それに苦情を言うことはできない。そこに彼女の完璧さへの愛情が認められるからだ。彼女はいつも「完璧な瞬間」を実現したがっていた。もしも機が熟していなければ、たちまち彼女はすべてに興味を失って、その目からは生気が消えてしまう。そして思春期の大きな娘といった恰好で、だらだらと無為に時を過ごし始める。さもなければ私に当たり散らすのだった。「あなたって、ブルジョワみたいに重々しく洟《はな》をかむのね。そしてさも嬉しそうにハンカチのなかで咳払いをするのね」

答えてはならなかった。待たなければならない。不意に私には分からない何かのきっかけで、彼女はぶるっと身体を震わせると、切なげな美しい表情をこわばらせて、根気のいる細かな仕事にとりかかる。彼女には、高圧的で、そのくせ魅力のある魔術が備わっていた。彼女は周囲を見回しながら、小声で何かを口ずさむ。それから微笑を浮かべて立ち上がると、私のそばへ来て肩をつかんで揺すぶる。するとしばらくのあいだ、まわりにある物に命令を下しているように見えるのだった。そして彼女は低い声で早口に、何を私に期待しているのかを説明する。

「ねえ、あなたも努力してみるでしょ。この前のあなたったら、本当に気がきかなかったんだもの。今この瞬間がどんなに素敵なものになるか、分かるでしょ？　この空を見てよ、このカーペットの上の太陽の色を。わたしはちょうど緑色の服を着ているし、白粉もつけていないから、まるで冴えない顔をしてるのよ。さあ、後ろに下がって、陰になったところに腰掛けなさいよ。何をしたらいいか、分かるでしょう？　さあ、どうなのよ！　なんて気がきかないんだろう！　何か言いなさいってば」

私はこの企ての成否が自分の手のなかにあるのを感じていた。この瞬間は曖昧な意味を含んでいる。それを解きほごし、完璧なものにしなければならない。なんらかの仕草がなされ、なんらかの言葉が発せられなければならない。私は責任の重さに押しつぶされそうだった。かっと目を見開くが、何も見えない。アニーがその瞬間のために作り出したさまざまな儀式に囲まれて、私はじたばたしており、蜘蛛の巣を払うように、長い両手でその儀式をめちゃめちゃに引き裂いてしまったのだ。こんなとき、アニーは私を憎んでいた。

私は間違いなく彼女に会いに行くだろう。彼女のことは高く評価しているし、今でも心から愛している。できれば別な男がもっと幸運《つき》に恵まれて、完璧な瞬間のゲームを器用にこなしてくれているとよいのだが。

「あなたのひどい髪で何もかも台なしよ」と彼女は言ったものだ、「赤毛の男って、どうしようもないわね」

彼女は微笑んでいた。私はまず彼女の目が思い出せなくなった。次にすらりとした身体も。最も長いあいだ憶えていたのは彼女の微笑だが、それも三年前に思い出せなくなった。ところがつい先刻、女将《パトロンヌ》の手から手紙を受け取ったときに、とつぜんそれが戻ってきたのだ。私は微笑んでいるアニーの顔を見たような気がした。私はそれをもう一度蘇らせようとする。アニーに吹きこまれたすべての愛情を感じたいのだ。その愛情は、そこにある。すぐそばに。それは今にも生まれようとしている。しかし微笑は戻ってこない。だめだ。私は虚ろで、乾ききったままである。

一人の男が寒そうな恰好で入って来た。

「みなさん、こんにちは」

彼は着古して色の褪せたコートを脱ぎもせずに腰をおろす。長い両手を、指をからませてこすりあわせる。

「何にいたしましょう?」

彼はぎょっとしたように、不安そうな目をする。

「ええと、ビルー(1)の水割りを」

ウェイトレスは動こうとしない。鏡に映る彼女の顔は、まるで眠っているようだ。じっさい、彼女の目は開いているが、それは割れ目にすぎない。彼女はいつもこうだ。急いでお客に給仕しようとせず、必ずしばらく間をとって、注文の品に思いをはせる。きっと、ちょっとした想像の快楽に耽っているにちがいない。たぶんカウンターから取ってくる瓶や、赤い文字の入った白いラベルや、コップに注ぐ黒っぽいとろりとしたシロップを考えているのだろう。まるでいくぶん彼女自身がそれを飲むみたいだ。

私は鞄のなかにアニーの手紙を滑りこませる。手紙は可能なかぎりのものを与えてくれた。しかし、それを手に取って、畳んで封筒に入れた女のところにまで、私は遡ることができない。せめて過去にいた人を考えるくらいは可能だろうか？　愛しあっていたときの私たちは、二人で過ごすどんなに僅かな瞬間も、ごく些細な苦労も、自分たちから離れてあとに残ることを許さなかった。音も、匂いも、微妙な陽の光も、互いが腹の中で考えていることも、私たちは残らず持って行き、すべてはむき出しのままだった。私たちは絶えず現在の瞬間においてそれを楽しみ、またそのために苦しんだ。思い出などは一つもなかった。ただ、有無を言わせない焼き尽くすような愛、影もなく、隔たりもなく、避難所もない愛だけだった。すべてが同時に現存する三年の歳月。私たちが別れたのはそのためだ。私たちには、もはやこの重荷を支えるだけの力がなかったのだ。ついでアニーが私から離れて行ったとき、いちどきに、ひとかたまりになって、三年の歳月が過去のなかに流れ去った。私はつらいとさえ思わなかった。ただ自分が空っぽになったような気がしただけだ。それから時はふたたび流れ始め、空虚は広がった。さらにサイゴンで[1]、私がフランスに帰る決心をしたとき、まだ残っていたすべてのものが――異国の人びとの顔や、広場や、長い川のほとりの河岸などが――ことごとく消え去った。こうして私の過去はもはや巨大な一つの穴にすぎなくなった。私の現在は、カウンターのそばで夢想にふけっているこの黒いブラウスのウェイトレスであり、この小柄な男だ。自分の人生について知っているすべてのことが、私にはまるで本で学んだことのように思われる。ベナレスの宮殿、ライ王のテラス[2]、壊れた大きな石段のあるジャワの寺院などは、私の目に一瞬映ったけれども、そのまま同じ場所に残っている。夜になってプランタニア・ホテルの前を通る電車は、窓ガラスに反射する看板のネオンの輝きを持ち去るわけではない。電車は一瞬赤く染まった後に、暗い窓ガラスのままで遠ざかって行くのである。

　例の男はいつまでも私を見つめている。それにはうんざりする。彼は小柄なくせに勿体ぶって背伸びをしているのだ。ウェイトレスはようやく彼の注文したものを運ぶ気になったらしい。大儀そうに黒い袖の太い腕を持ち上げ、瓶をつかむと、コップとそれを運んで行く。

「はい、お客さま」

「アシルというんだがね」と彼は気取った調子で言う。

ウェイトレスは答えずにコップに注ぐ。すると男は素早く鼻から指を離して、両の手のひらを平らにテーブルの上におく。頭を後ろにのけ反らせると、その目がきらりと光る。そして彼は冷ややかな声で言う。

「哀れな娘だ」

ウェイトレスはぎょっとする。私もぎょっとする。男は何とも形容できない表情を浮かべる。おそらく自分でも驚いたのだ、まるで誰か別の者がしゃべったかのように。私たちは三人とも気詰まりを感じている。

最初に気を取り直したのは肥ったウェイトレスである。彼女は想像力に乏しいのだ。見下すように、アシル氏をじろじろと眺める。彼を席からつまみ出して外へ放り出すくらいのことなら、片手ですむことをよく知っているのだ。

「いったいなんでまた、あたしが哀れな娘なんですか?」

相手はためらう。狼狽して彼女を見つめ、それから笑い出す。顔にはくしゃくしゃに皺がよる。彼は手先を軽くぶらぶらさせる。

「癇にさわったかな。そんなふうに言うんだよ。ほら、哀れな娘だ、ってね。べつに悪気があるわけじゃないのさ」

しかし彼女はくるりと背中を向けて、カウンターの向こうに行ってしまう。本気で腹を立てているのだ。彼はまだ笑っている。

「はっ！　はっ！　つい口が滑っただけさ。怒ったのかい？　怒っちまった」と彼は、何となく私に話しかけるように言う。

私は顔をそらす。彼はコップを少し持ち上げるが、飲もうとはしない。びっくりして怯えたように目をぱちぱちさせている。まるで何かを思い出そうとしているみたいだ。ウェイトレスはレジの椅子に座った。そして縫い物を取り上げる。すべてはもとの静けさに戻った。しかしそれはもはや同じ静けさではない。ほら、雨だ。雨は軽く曇りガラスの窓を叩く。もしもまだ仮装した子供たちが街にいたら、彼らのボール紙のお面は雨でふやけて汚れるだろう。

ウェイトレスが電気を点ける。まだ二時になったばかりだが、空は真っ暗で、縫い物の手先がよく見えないのだ。穏やかな光。人びとは家にいる。彼らもおそらく電気を点けたことだろう。彼らは本を読んだり、窓から空を見上げたりしている。この人たちにとって……それは別なことだ。彼らは違うやり方で歳をとった。遺産や贈り物に囲まれて暮らしており、家具の一つひとつが思い出である。置き時計、メダル、肖像画、貝殻、ペーパーウエイト、屏風、肩掛け。戸棚には、瓶や、布や、古着や、新聞などが、ぎっしり詰まっている。彼らは何もかも保存している。過去、それは所有者の贅沢だ。

いったいどこに私は過去をとっておくことができようか？　過去はポケットに入らない。過去を仕舞っておくためには一軒の家を持つ必要がある。私が所有しているのは自分の肉体だけだ。まったく独りぼっちの男、ただその肉体しか持っていない男は、思い出を固定することができない。思い出は彼を通り過ぎてしまう。それを嘆くべきではないだろう。私はただ自由であることのみを欲したのだから。

小男はせわしなく身体を動かして溜息をつく。彼はオーバーのなかで身体を丸くしているが、ときどき身を起こして威張った顔つきをする。彼もまた過去を持っていないのだ。よく探してみれば、もうつきあっていない親戚の家に、誰かの結婚式で撮った彼の写真が見つかるかもしれない。折り襟で、胸当て《プラストロン》のついたワイシャツ姿で、青年らしくぴんと口髭を生やした彼の写真だ。私にかんしては、そんなものすら残っていないだろう。

　またしても、彼は私を見つめている。今度は話しかけてくるだろう。私は自分の身体がすっかりこわばるのを感じる。私たちのあいだにあるのは共感ではない。私たちは似た者同士である、というだけの話だ。彼は私と同じように独りぼっちだが、私以上に孤独のなかにはまりこんでいる。彼も〈吐き気〉か、それに類したものを待っているにちがいない。つまり今では私のことを見破って、顔をしげしげと見てから、こう考える人たちがいるのだ、「あいつはわれわれの同類だ」と。それで？　彼はどうしようというのだ？　私たちが互いに相手に何もしてやれないことは、向こうもよく知っているに違いない。家族持ちは思い出に囲まれて、それぞれの家にいる。そして私たちはここにいる。記憶を持たない二人の落伍者だ。もしも彼が不意に立ち上がって言葉をかけてきたら、私は驚いて跳び上がるだろう。

　ドアががたんと乱暴に開けられる。ロジェ医師だ。

「こんにちは、みなさん」

　彼は荒々しく、疑い深そうに、少しふらふらしながら入ってくる。その長い脚は、上体をやっと支えているにすぎない。私は日曜日によくブラッスリー・ヴェズリーズで彼の姿を見かけるが、彼は私のことを憶えていない。まるでジョワンヴィル(1)の元インストラクターのような体格をしている。腕は腿のような太さだし、胸囲は一メートル十センチもある。これでは真っ直ぐ立っていられない。

「ジャンヌ、ジャンヌちゃん」

彼は小刻みな足どりでコート掛けまで行き、大きなソフトをかけようとする。ウェイトレスは縫い物を畳んで、夢遊病者のようにのろのろと、医者のレインコートを脱がせにやって来る。

「何を召し上がりますか、先生」

医者は彼女を重々しい態度で凝視する。これこそ私が見事な男の顔と呼ぶものだ。人生と情熱にすり切れ、えぐられた顔だ。けれども医師は人生を理解し、情熱を克服したのである。

「何が飲みたいのか、さっぱり分からんよ」と彼は深みのある声で言う。

彼は私の正面の腰掛けにどさりと腰を下ろすと、額を拭う。脚で立っているのをやめるや否や、彼はすっかり気楽になる。彼の目は人を威嚇する。大きな黒い高圧的な目だ。

「ええと……ええと、ええと、ええと――オールド・カルヴァにしよう」

ウェイトレスは身動きもせずに、皺の刻まれたこの大きな顔を眺める。彼女は夢を見ているような表情だ。例の小男は、ほっとしたような微笑を浮かべて顔を上げた。本当だ。この巨人が私たちを解放したのだ。さっきまで、ここには何か恐ろしいものがあって、私たちを捉えようとしていた。私は力をこめて息を吸いこむ。今ではお互いが人間同士だ。

「それで？ 私のカルヴァドスはいつ来るの？」

ウェイトレスははっとして、向こうへ行く。医師は太い腕を広げて、テーブルをいっぱいに摑んだ。アシル氏はすっかり浮き浮きしている。彼は医師の注意を惹きたくて仕方がない。しかしどんなに脚をぶらぶらさせても、腰掛けの上で跳び上がっても、無駄である。彼があまりにちっぽけなので、音もしないのだ。

ウェイトレスがカルヴァドスを持ってくる。彼女は頭で隣の客を医師に指し示す。ロジェ医師は、その上体をゆっくりと回転させる。首がまわらないのである。

「おや、お前か、糞じじい」と彼は大声を上げる、「へえ、まだお陀仏してなかったのか？」

そしてウェイトレスに言う。

「こんな奴も店に入れてるのかね？」

彼は凶暴な目つきで小柄な男を見つめる。すべてのものを然るべきところに置き直す単刀直入な視線だ。そして説明を加える。

「こいつはね、気がふれた爺さんだ。間違いなくそうさ」

彼はこれが冗談だということを示そうとさえしない。彼は知っているのだ、気がふれた爺さんは腹を立てるどころか、にやにやするだろうということを。その通り。相手は卑屈に薄笑いを浮かべる。気がふれた爺さん。そう言われて、相手は気持がなごみ、自分自身から守られているように感ずる。もう今日のところは何も彼に起こりはしないだろう。最も驚くべきことは、この私までもが安心したということだ。気がふれた爺さん。つまりはそれだったのだ。それだけのことにすぎなかったのだ。

医師は笑う。私に同意を求めるような、共犯者的な目配せをする。おそらく私の背が高いので――おまけに私はさっぱりしたワイシャツを身につけている――冗談の仲間入りをさせたいのだろう。

私は笑わない。彼の誘いには応じない。すると相変わらず笑いながら、彼は私に、その瞳の恐ろしい砲火を浴びせる。私たちは数秒のあいだ、黙って見つめあう。彼は近視の人がやるような目つきで、私をじろじろと値踏みして分類する。気がふれた者のカテゴリーにか？　ならず者のカテゴリーか？

それでも顔をそむけるのは彼の方だ。独りぼっちの男、社会的にはとるに足りない男を前にして、ちょっとばかり怖じ気づいたのだ。話題にするほどのことでもない。すぐに忘れられるだろう。彼はタバコを巻いて火をつける。ついで老人のように、険しい目をじっとひと所に据えたまま動こうともしない。立派な皺だ。それをみな備えている。額には横皺、目尻の小皺、口の両側には苦いたるみ、さらに顎の下には黄色い皮膚がいく筋ものロープのようにだらりと垂れ下がっている。これこそ運のいい男だ。どんなに遠くから見ても、誰もが考える、きっとこの人は苦しんだに違いない、これこそ人生経験の豊富な人だ、と。それに、彼はその顔にふさわしい。なぜなら自分の過去をどうやって保持し、どうやって利用するかという点について、一瞬も間違えなかったからだ。彼は単に過去を剝製にして、ご婦人たちや青年たちの役に立つ経験に作り上げたのである。

アシル氏は幸福だ。これほどの幸福は長いあいだ感じたことがなかったに違いない。感嘆のあまり、口をぽかんと開けている。頰を膨らませて、ビルーをちびちびと飲む。そうなのだ！　医師はこの男の首根っこを押さえたのだ！　いまにも発作を起こしかねない気がふれた爺さんなどに幻惑される医師ではない。鋭い叱責と、寸鉄人を刺す二、三の毒舌、これこそ必要なのだ。医師には経験がある。彼は経験のプロなのだ。医者、司祭、法曹、そして将校たちは、まるで自分で作ったかのように人間をよく知っている。

私はアシル氏のために恥ずかしい。私たちは同じ世界の人間なのだから、やつらに対抗して結束すべきだったろう。けれどもアシル氏は私を捨てて、あちら側に行ってしまった。彼は本心から〈経験〉を信じているのだ。自分の経験でも、私の経験でもない。ロジェ医師の経験だ。少し前までアシル氏は妙な気分だった。自分がまったく独りぼっちであるような印象を感じていたのだ。今は、他にも似た者がいた、それも大勢いた、ということを知っている。というのも、ロジェ医師はその連中に会ったからだ。医師は彼ら一人ひとりの話をアシル氏に語って、それがどんなふうに終わったかを告げることもできるるだろう。アシル氏自身も単にそうした一つの症例にすぎないし、容易にいくつかの共通概念に還元されるだろう。

どんなに私は彼に言ってやりたかったことだろう、きみは騙されている、勿体ぶった連中の思うつぼだぞ、と。経験のプロだって？　彼らは無気力にだらだらと半ば眠ったような暮らしをしながら、待ちきれなくなって唐突に結婚し、行き当たりばったりに子供を作ったのだ。カフェで、結婚式で、葬式で、他の人たちに出会った。ときどき渦に巻きこまれて、何がどうなったのかも分からずにあっぷあっぷした。彼らの周囲で起こったすべてのことは、彼らの目の届かないところで始まり、届かないところで終わった。長く形も定まらないさまざまな出来事が遠くからやって来て、さっと彼らを掠めて行ったが、目を凝らして見ようとしたときには、すべてがもう終わっていた。それから四十歳くらいになると、自分たちの些細なこだわりやいくつかのモットーに経験という名前を与えて、その自動販売機を作り始める。左の投入口に二スーを入れると、銀紙にくるまれた挿話が出てくる。右の投入口に二スーを入れると、やわらかいキャラメルのように歯にくっつく貴重な忠告を受けとる。この伝でいけば、私も人びとに招待されないとも限らないし、みなは私が〈永遠〉を前にした偉大な旅行者だとささやきあうだろう。そうなのだ。イスラム教徒は蹲《うずくま》って小用をする。ヒンズー教の産婆は、エルゴチン(1)の代わりに牝牛の糞のなかで粉々にしたガラスを使う。ボルネオでは娘が月のものを見ると、三日三晩を屋根の上で過ごす。ヴェネツィアではゴンドラでの葬式を見た。セビリヤでは聖週間の祭りも見た。オーバーアマガウの受難劇(2)も見た。もちろんこういったものは、私の知識のわずかばかりの見本にすぎない。私は椅子の背にゆったりと凭《もた》れて、面白そうにこう切り出すこともできよう。

「イフラヴァをご存じですか、奥さま？　モラヴィア地方(3)の奇妙な小さい町ですが、一九二四年に私はそこに滞在していましてね……」

すると、数多くの事件に接してきた裁判所長は、私の話が終わると口を開いて、

「なんて真実のこもったお話でしょう。なんて人間的なんでしょう。私も法曹の職に就いた当初に、似たような事件に遭遇しました。一九〇二年のことです。私はリモージュ[1]で代理判事をしておりましたが……」

ただ、私は若い頃に、こういうことをいやというほど聞かされたのだ。もっとも、私が経験のプロの家系だったわけではない。しかし話の好きなアマチュアもいる。秘書やサラリーマンや商人たち、カフェで他人の話に耳を傾ける連中だ。彼らは四十歳に近づくと、外に吐き出すこともできない経験で、自分たちが膨れあがるように感じる。幸いなことに彼らは子供を作ったので、その場で子供たちに経験を消化させるのだ。彼らは自分たちの過去が失われていないこと、思い出が凝縮してふんわりと〈叡智〉に変わったことを、信じさせたいのである。なんと便利な過去だろう！　ポケット版の過去、見事な箴言が詰めこまれている天金の小型本となった過去だ。「そうなんだよ、経験について話しているんだ。わしは知る限りのすべてのことを人生から得たのだ」。いったい〈人生〉が、彼らのために考えてくれたのだろうか？　彼らは新しいことを昔のことで説明する――そして昔のことは、それよりさらに昔の出来事で説明する。ちょうど、レーニンをロシアのロベスピエールに、ロベスピエールをフランスのクロムウェルにする歴史家のようなものだ。結局のところ、彼らは何一つまったく理解したことがなかった……。勿体ぶった彼らの態度の裏に、もの悲しい怠惰さが見てとれる。彼らは次々と実体のない仮象が過ぎていくのを見ている。そして欠伸をしながら考える、この世に新しいものは何一つない、と。

「気がふれた爺さんだよ」――あのときロジェ医師はぼんやりと、気がふれたほかの爺さんのことを考

えていたのだが、そのなかの誰一人として個別に思い出せるわけではない。今になれば、アシル氏が何をやっても、私たちは驚かないだろう。何しろ、彼は気がふれた爺さんなのだから。

　彼は気がふれた爺さんなどではない。ただ恐れているだけだ。何を恐れているのか？　ひとつのものを理解しようとするとき、人はたった独りで、何の助けもなく、それと向き合うものだ。世界の過去をすべて集めても、何の役にも立ちはしないだろう。それから向き合っていたものは消える。そして理解したこともそれと一緒に消えるのだ。

　一般的な概念は、もっと人を喜ばせる。おまけに経験のプロだけでなく、アマチュアの連中さえも、必ず最後には理があることになる。彼らの叡智が勧めるのは、できるだけひっそりと、できるだけ遠慮しながら生きること、忘れられることだ。彼らの好む最高の物語は、無鉄砲な者や変わり種が懲らしめられた話である。そうなのだ、物事はそんなふうに過ぎていくのであり、誰もこれに異を唱えはしないだろう。おそらくアシル氏は、いくぶん心に咎めるものがあるのだろう。彼はたぶん考えているのだ、もしも父や姉の忠告に耳を傾けていれば、こんなふうにはならなかったろう、と。ロジェ医師にはものを言う権利がある。彼は人生に失敗せず、有用な人間になれたのだから。彼は平然と力強く、このけちな落伍者の上にそびえ立っている。彼は巨大な岩なのだ。

　ロジェ医師はカルヴァドスを飲んだ。その大きな身体が屈みこみ、瞼が重たげに垂れる。私は初めて目のない彼の顔を見た。まるで今日あちこちの店で売っているボール紙のお面のようだ。彼の頬は、ぞっとするようなピンク色をしている……。とつぜん私には真実が見えた。この男は間もなく死ぬだろう。自分でもそのことを知っているに違いない。それを知るには、鏡に顔を映すだけで充分だ。毎日彼は少しずつ、いずれそうなる死体に似ていく。これが彼らの経験というものであり、だからこそ私はたびたび、経験には死の匂いが付きまとっていると考えたのである。これは彼らの最後の砦なのだ。ロジェ医師はきっと経験を信じたいのだろう。とても我慢できない現実に目を覆いたいのだろう。それは自分が独りきりであり、なんの成果も過去もなく、知性はぶくぶくと肥っていくが、肉体は崩壊するという現実だ。そこで彼は、それを埋め合わせるささやかな世迷い言を作り上げ、それにしっかり詰め物をして整えた。彼は考えたのだ、自分は進歩しているぞ、と。しかし彼の思考にはときどき穴があき、頭が空回りする瞬間があるのではないか？　それは彼の判断が、もはや若いときのように性急なものではないからだ。本のなかで読むことが、よく理解できなくなっているのではないか？　今では本などからすっかり遠ざかっているからだ。もうセックスもできないのではないか？　しかし、かつてはやったのだ。かつてやったということは、今なおそれをするということより、ずっといい。距離をおけば、判断を下し、比較し、反省することができるからだ。そして、鏡に映るこの死体となったすさまじい顔の眺めに耐えるために、彼は経験の教訓が顔に刻みこまれていると信じるべく努力しているのである。

医師は少しばかり頭をめぐらせる。瞼がなかば開き、眠気で充血した目で私を眺める。私は彼に微笑みかける。彼が自分自身に隠そうとつとめているすべてのことを、この微笑で暴いてやれればいいのだが。もしも彼が、「ここに一人いるぞ、おれがくたばろうとしているのを知っている奴が」と考えることができたら、彼も目が醒めるだろうに。しかし彼の瞼はまた閉じる。眠ってしまったのだ。私は出て行こう。彼の眠りはアシル氏に見張ってもらおう。

雨は止んでいる。空気は心地よく、空はゆっくりと黒く美しい雲の影を移動させる。完璧な瞬間の枠組としては、願ったり叶ったりだ。このような影を映し出すために、アニーだったら二人の心にちょっとした暗い潮の流れを生じさせたことだろう。ところが私はこの機会を利用する術を知らない。だから私は、活かされなかったこの空の下を、虚ろな気持のまま心穏やかに、ただ当てずっぽうに進んで行くばかりだ。

水曜日

いい、いい、いい。恐れてはならない。

木曜日

四ページ書いた。それから、長い幸福の瞬間。〈歴史〉の価値についてあまり考えすぎないこと。〈歴史〉に嫌気がさす危険がある。現在の時点では、ロルボン氏こそ私の存在を正当化する唯一のものであるのを忘れないこと。

今日から一週間後に、私はアニーに会いに行くのだ。

金曜日

ラ・ルドゥート大通りには濃い霧が立ちこめていたので、私は兵営の壁伝いに行くのが用心深いやり方だと思った。右側には自動車のヘッドライトが前方の湿り気を帯びた光を追っており、どこまでが歩道なのか見当のつけようもなかった。周囲には何人もの人がいた。彼らの足音や、ときどきぼそぼそとしゃべる声が耳に入る。けれども姿は一人も見えない。一度だけ、私の肩の高さに女の顔が浮かび上がったが、霧が直ちにそれを飲みこんでしまった。もう一度は、誰かがひどくはあはあ言いながら、私のすぐそばをかすめて行った。自分でもどこへ行くのか分からない。余りに気をとられていたからだ。慎重に進まなければならなかったし、爪先で地面を探ったり、手を前方に突き出す必要さえあった。もともと、こんな努力は面白くも何ともない。にもかかわらず、帰ろうとは思わなかった。私はすっかり夢中になっていたのだ。揚げ句のはてに三十分ほどすると、遠方にぼおっと青みがかった靄のようなものが見えた。その方向へ進んで行くと、間もなくぼんやりした大きな光の縁《へり》に辿り着いた。その真ん中に、明かりで霧を突き破っているカフェ・マブリが認められた。

カフェ・マブリには十二個の電灯がある。しかし点いているのは二個だけだった。一つはレジの上、もう一つは天井の明かりである。一人きりのボーイが、私を無理矢理、薄暗い隅の方へと追いやった。

「こちらはだめです。掃除中ですから」

彼は上着を羽織っていたが、チョッキもカラーもつけず、紫色の縞の入った白いシャツを着ていた。欠伸をして、髪の毛をかきながら、無愛想に私を眺めた。

「ブラック・コーヒーとクロワッサン」

彼は答えもせずに目をこすると、遠ざかって行った。陰影が私の目のなかまで入りこんできた。凍るような汚い陰影である。暖房がきっと点いていないのだ。

客は私ひとりではなかった。蠟のような顔色の女が、私の正面に座っていたが、その両手はしきりに動いて、ブラウスを撫でたかと思うと、黒い帽子を真っ直ぐにかぶり直したりしている。連れはのっぽの金髪の男で、ひと言も口をきかずにブリオッシュを食べていた。沈黙が重苦しく思われた。パイプに火を点けたかったが、マッチを擦る音で彼らの注意を惹いてしまうのも不快だった。

電話のベルの音。手の動きは止まった。ブラウスにふれたままになっている。ボーイは慌てない。悠々と掃除をしてから、おもむろに受話器を取りに行く。「もしもし、ジョルジュさんですか？　お早うございます、ジョルジュさん……。はい、ジョルジュさん……。マスターはおりません……。はい、もう降りてきていてもいいんですが……。そりゃあ！　こんな霧の日ですと……。いつもは八時頃降りてきます……。はい、ジョルジュさん、マスターに伝えておきます。ご免ください、ジョルジュさん」

霧は灰色をした分厚いビロードのカーテンのように、窓に重くのしかかっていた。一瞬、誰かの顔がガラスに貼りつき、そして消えた。

女は哀れっぽい声で言う。

「靴の紐を結んでよ」

「解けてないよ」と男は見もしないで言う。女は苛立った。巨大な蜘蛛が這うように、手がブラウスに沿って首のところまで滑っていく。

「解けてるわよ、靴の紐、結んでよ」

男はうんざりしたような様子で身を屈め、テーブルの下で軽く女の足に触った。

「できたよ」

女は満足そうに微笑んだ。男はボーイを呼ぶ。

「ボーイさん、いくら？」

「ブリオッシュはいくつでした？」とボーイが言う。

私はあまりじろじろ眺めているように見せないために、目を伏せていた。少しすると、カツ、カツと音がして、スカートの裾と、泥がこびりついて乾いているハーフブーツのあらわれるのが見えた。先の尖った男のエナメル靴が続いた。それは私の方へ進んで来て止まると、くるりと向きを変えた。男はオーバーを着ようとしているのだ。その瞬間にスカートに沿って、こわばった腕のさきに手が降りて来た。

手は少しためらってから、スカートをこすっていた。

「用意はいい？」と男が言う。

手は開き、右のハーフブーツに大きな星の形についていた泥のはねに触れた。そして視界から消えた。

「よいしょ！」と男が言った。

彼はコート掛けのそばにあったスーツケースを持ち上げたのだ。二人は出て行った。彼らが霧のなかに入りこんでいくのが見えた。

「あれは芸人ですよ」と、コーヒーを持って来たボーイが言う、「シネ・パレスで幕間の出し物をやっていた連中です。女が目隠しをして、観客の名前と歳を当てるんです。今日、よそへ出発するんです。金曜日で、プログラムが変わりますからね」

彼は、今まで二人の芸人がいたテーブルにあるクロワッサンの皿を取りに行った。

「それ、結構ですよ」

そのクロワッサンは、食べる気にならない。

「電気を消さなくちゃあ。朝の九時だというのに、たった一人のお客に二つも明かりを点けていると、マスターにくどくど言われますからね」

薄暗がりがカフェに侵入してきた。今では灰褐色の汚れた弱い光が、上の方のガラス窓から落ちてくる。

「ファスケルさんにお会いしたいのですが」

その老婆が入ってくるのを、私は見ていなかった。凍るような風がさっと吹きつけて、私を震え上がらせた。

「ファスケルさんは、まだ降りて来ないんですよ」

「マダム・フロランに頼まれたんです」と老婆は続けた、「身体の具合が悪くて、今日は来られないんです」

マダム・フロランというのは、レジ係をしている赤毛の女性である。

「こんな天気だと、お腹に響くんです」と老婆は言う。

ボーイは重大そうな顔つきになった。

「霧のせいだよ」と彼は答えた、「ファスケルさんとおんなじだ。まだ降りて来ないんですよ。変だなあ。電話もかかってきたのに。いつもなら、八時に降りて来るんだけれど」

思わず老婆は天井の方を見上げた。

「あの階上《うえ》にいるんですか?」

「そう、あそこが寝室なんだ」

老婆はまるで独り言をつぶやくように、ぼそっとした声で言う。

「ひょっとして、死んでいるのでは……」

「よせやい!」そう言うボーイの顔には、激しい怒りがあらわれた、「よしてくれよ! 縁起でもない」

ひょっとして死んでいるのでは……。この想像は私の頭もかすめた。このような霧の日になると、人はそうしたことを考えるものだ。

老婆は出て行った。私もそうすべきだったろう。ここは寒くて暗い。霧がドアの下から入りこんで来た。ゆっくりとせり上がって、すべてを浸してしまうだろう。市立図書館に行けば、明かりと火の気にありつけただろう。

またしても一つの顔がガラス窓に押しつけられた。それがしかめ面をしている。

「やい、ちょっと待て」とボーイが怒ってどなると、走って飛び出した。

顔は消えた。私は一人だけ残った。私は苦い気持で、自分の部屋を出たことを後悔した。今では霧が部屋中に侵入してしまったに違いない。戻るのもぞっとすることだろう。

レジのうしろの暗がりで、何かがきしんだ。音は私用階段の方からだ。いよいよマスターが降りてきたのか？　違った。誰もあらわれない。階段がひとりでにきしんだのだ。ファスケル氏はまだ眠っている。あるいは私の頭上で死んでいるのかもしれない。霧の日の朝、ベッドで遺体発見――サブタイトルで、カフェの客たちは何も気づかずに飲食中……。

それにしても、彼はまだベッドのなかにいるのだろうか？　シーツごと転げ落ちて、床に頭をぶつけているのではないか？

私はファスケル氏をとてもよく知っている。彼はときどき、身体具合はどうかと訊ねてくれた。肥った陽気な男で、いつも顎髭がよく手入れされている。死んだとすれば卒中だろう。きっと顔が茄子のような色になって、舌は口の外に垂れているだろう。髭を上に向け、その縮れた毛の下で首が紫色になっているだろう。

私用階段は暗がりで見えない。やっと手すりの球の形をした飾りが見分けられるくらいだ。この暗闇を通り抜けなければならない。階段がきしむだろう。上の階には、寝室のドアがあるだろう……。

遺体はそこにある。私の頭上だ。私はスイッチをまわすだろう。試しにあのなま温かい皮膚にさわってみるだろう。――もう我慢できなくなって、私は立ち上がる。階段のところにいるのをボーイに見つかったら、音が聞こえたのだと言ってやろう。

だしぬけにボーイが息を切らしながら戻って来た。

「はい、どうも！」と彼は大声で言う。

馬鹿め！　彼は私の方にやって来た。

「二フランです」

「階上《うえ》で何か音が聞こえたけどね」と彼に言う。

「もう時間ですからね！」

「うん、でも具合が悪いんだと思うよ。まるでぜいぜい言ってるみたいだったし、それに鈍い音がしたからね」

窓ガラスの向こうに深い霧の迫るこの薄暗いカフェのなかで、私の言葉はごく自然に聞こえた。そのときの彼の目つきを、私は忘れないだろう。

「見に行くべきじゃないかな」と私は意地悪くつけ加えた。

「とんでもない！」と彼は言う、「それに、どなりつけられるかもしれないし。いま何時です？」

「十時だよ」

「十時半になったら行ってみますよ。もし降りて来なかったら」

私は一歩、ドアの方に踏みだした。

「お帰りですか？　もっといらっしゃらないんですか？」

「いや、もう行くよ」

「本当にぜいぜい言ってました？」

「どうだろう」と私は帰りかけながら彼に言った、「ことによると、気のせいだったかもしれない」

霧はいくらか晴れかけていた。私はトゥールヌブリド街に行こうと足を早めた。あの辺りの光が欲しかったのだ。ところが、がっかりだった。たしかに光があるにはあった。それは店のガラスの上に溢れていた。しかし陽気な光ではない。霧のためにそれは真っ白だった。そしてまるでシャワーのように、肩に落ちてくるのだった。

人が大勢いる。とりわけ女たちだ。召使いたち、家政婦たち、奥さまたちもいる。「自分で買いにいきます。その方が確かですから」と言うようなご婦人たちだ。彼女たちは少しばかりショーウィンドーを嗅ぎまわってから、最後にそこへ入って行く。

私は豚肉屋ジュリヤンの店の前で足を止めた。ときどきガラス越しに一本の手が、トリュフ入りの豚の足や、小さな腸詰め《アンドウイエット》を指しているのが見えた。すると肥った金髪の娘が胸元を見せながら身を屈めて、死んだ肉の切れ端を指でつかみ上げる。そこから五分も行ったところでは、寝室でファスケル氏が死んでいるのだ。

私はあたりを見回して、自分の雑念から身を守る堅固な支えを探し求めたが、そんなものは一つもなかった。少しずつ霧は散り始めていたが、何か不安をかきたてるものが、いつまでも街に漂っていた。おそらく、これは真の脅威ではない。色も薄れて、透き通るものになっているのだから。しかし、それがまさに私に恐怖を与えたのである。私は額をガラスに押しつけた。ロシア料理ふうの卵にかけたマヨネーズに、ぽつんとどす黒い赤い滴がついているのに気がついた。それは血だった。黄色の上についたこの赤が、私をぞっとさせた。

不意に一つの光景が浮かんだ。誰かが前のめりに倒れて頭を突っこみ、料理の上に血がついたのだ。

卵は血のなかを転がった。飾りに添えた輪切りのトマトは、卵から離れてぺたりと落ち、赤に赤が重なった。マヨネーズが少し流れた。血の小川を二方向に分ける黄色いクリームのかたまり。

「あんまり馬鹿げている。気持を切り替えなければ。図書館に行って仕事をしよう」

仕事？　だが一行も書けないだろうということは、よく承知していた。またしても、ふいにした一日だ。公園を横切ったとき、いつも私が座るベンチにじっと腰掛けている大きな青いケープを羽織った男を見かけた。寒さをものともしない人がいるのだ。

私が閲覧室に入って行ったときに、ちょうど独学者がそこから出ようとするところだった。彼は私に飛びついた。

「お礼を申し上げなければなりません。あなたのお写真のおかげで、忘れられない数時間を過ごさせていただきました」

彼を認めて、私は一瞬希望を持った。二人なら、ことによるとこの一日を乗りきるのも容易かもしれない。もっとも独学者とでは、ただ二人に見えるだけの話である。

彼は手にした四つ折り本を軽く叩いた。それは『諸宗教の歴史』だった。

「何者もヌーサピエ[1]以上に、この広汎な総合研究を試みる能力を備えてはいなかった、というのは真実でしょうか？」

彼は疲れたような顔をしており、手が震えていた。

「お顔色がよくないですよ」と私は彼に言った。

「はい、そうでしょう。というのは、実に嫌なことが私に起こりまして[2]ね」

警備員が私たちの方へ近づいて来た。小柄な怒りっぽいコルシカ人で、鼓笛隊の隊長でも生やしそうな口髭をたくわえている。彼は何時間でも、踵をコツコツと鳴らしながら机のあいだをまわって歩く。冬はハンカチに痰を吐き、それからそのハンカチをストーブで乾かすのである。

独学者は、私の顔に息がかかるほど身を寄せた。

「あの男の前では何も申しませんよ」と彼は打ち明け話をするように言った、「もしもよろしかったら……」

「いったい何のお話ですか？」

彼は顔を赤らめた。その腰が美しくしなやかに波打った。

「ああ！　思い切って申し上げましょう。水曜日に私と昼食を共にして下さるわけにはいかないでしょうか？」

「いいですとも」

彼と一緒に昼食をする気になるのは、首をくくるようなものだった。

「なんという幸せでしょう」と独学者は言う。そして早口に「よろしかったら、お宅までお迎えに上がります」とつけ加えると、すぐ姿を消した。おそらくはぐずぐずしていて、私が考えを変えるといけないと思ったのだろう。

十一時半だった。私は二時十五分前まで仕事をした。出来は芳しくない。一冊の本を目の前においていたが、頭は絶えずカフェ・マブリに戻るのだった。ファスケル氏はもう降りて来たろうか？　実を言うと、私はそれほど彼の死を信じていたわけではない。そのことがまさに私を苛立たせたのだ。これはふわふわと漂っている観念で、私はそれを信じることも、切り捨てることもできなかった。コルシカ人の靴がコツコツと床板に鳴っていた。何度も彼は私の前に立ち止まって、話しかけたいような様子をする。しかし、思い直して遠ざかって行くのだった。

一時頃には、最後の閲覧者たちも立ち去った。私は腹が空かなかったし、何よりもここから出て行きたくなかった。それからなおしばらく仕事をした。そして、はっとした。自分が沈黙のなかに埋没したように感じたのだ。

頭を上げると、私は独りきりだった。コルシカ人は、図書館の門番をしている細君のところへ降りて行ったに違いない。彼の足音が欲しかった。聞こえてきたのは、ストーブのなかで石炭が落ちるかすかな音くらいだ。霧はすでに部屋のなかに侵入していた。本物の霧ではない。本物はとうに晴れていた——これはもう一つの霧、壁や敷石から忍び出て来て、今なお街に充満している霧である。いわば物の堅牢さの喪失といったものだ。もちろん本は相変わらずそこにあり、アルファベット順に棚に並べられていて、黒か褐色の背には、UP lf. 七九九六（一般書 Usage public —フランス文学 Littérature française）とか、UP sn（一般書 Usage public —自然科学 Sciences naturelles）などと記されたラベルが貼られている。だが……どう言ったらいいだろう？　普段なら力強くずんぐりとしたこれらの本が、ストーブや緑色のランプや大きな窓や梯子とともに、未来をせき止めているはずだった。この壁に囲まれている限り、未来に起こることは必ずストーブの右か左に起こるのだった。たとえ聖ドゥニ(1)本人が自分の首を手に持って入って来るとしても、彼は右手からやって来て、フランス文学にあてられた棚と女性閲覧者専用の机のあいだを歩かなければならないだろう。またたとえ彼の足が地にふれておらず、床から二十センチのところに浮いていても、血の滴るその首は、ちょうど本棚の三段目の高さにくるだろう。こんなふうに、これらの物は少なくとも、本当らしいものの限界を固定する役に立っていたのだ。

ところが今日はどうだろう。それらの物はもう何も固定していなかった。物の存在自体が危うくなり、一つの瞬間から別の瞬間へと移行するのにひどく難儀をしているように思われた。私は読んでいた本を両手でしっかり握りしめた。しかしどんなに激しい感覚もすっかり鈍くなってしまった。何一つ真実らしいものはない。まるで不意に取り払うことも可能な厚紙の書き割りに囲まれているような感じだ。世界は息をこらし、身を小さくして待っていた――世界は発作を、〈吐き気〉を待っていたのだ、このあいだのアシル氏のように。

私は立ち上がった。この弱々しくなった物に囲まれてそこにいることには、もはや耐えられない。窓越しに、アンペトラの脳天にちらりと目をやった。そしてつぶやいた、どんなことでも発生し得る、どんなことでも起こり得る、と。もちろん、人びとがでっち上げたような類《たぐい》の恐ろしいことが起こるという意味ではない。アンペトラが台座の上で踊り始めるわけではない。それはまた別の話だろう。

これらの不安定な存在、おそらく一時間後、一分後には崩壊する存在を、私はぞっとしながら眺めた。そうなのだ、私はそこにいた、知識のいっぱい詰めこまれたこれらの本に囲まれて生きていた。ある書物は、さまざまな種類の動物の不動の形を描いていたし、別な書物は、宇宙のエネルギー量がそっくり保存されることを説明していた。私はそこにいた、窓の前に立っており、その窓ガラスは一定の屈折率を持っていた。だがそれにしても、なんと脆い障害だろう！　世界が毎日似たような姿をしているのは、思うに怠惰さのためだ。ところが今日の世界は変わりたがっているように見えた。とすれば、どんなことでも起こり得るだろう、どんなことでもだ。

無駄にする時間はない。この不安の発端にはカフェ・マブリのことがある。あそこに引っ返して、ファスケル氏が生きているのを確かめ、必要とあれば彼の髭か手にさわってみなければならない。そうすれば私は解放されるだろう。

私は大急ぎでコートを取り上げ、袖に手を通さずにそれを肩にかついだ。そして逃げ出した。公園を横切ったとき、ケープをまとった男が前と同じ場所にいるのが見えた。寒さで真っ赤になった両耳のあいだに、蒼白な大きな顔があった。

カフェ・マブリは遠くからでも輝いていた。きっと今では十二個の電球が全部点灯されているのだろう。私は歩を早めた。こんなことは終わりにする必要がある。まず大きなガラス窓から一瞥した。なかには誰もいない。レジの女もいなかった。ボーイも——ファスケル氏も。

入っていくのは、たいへんな勇気が要った。私は椅子に掛けることなく、大声で「おーい！」とボーイを呼んだ。誰も答えない。テーブルにはからになった茶碗。受け皿には角砂糖が一個。

「誰かいませんか？」

オーバーが一着、洋服掛けに吊してあった。円テーブルの上には、黒い整理箱のなかにグラフ雑誌が積み上げられていた。私は息をこらして、どんな小さな物音も聞き漏らすまいと窺った。私用階段が軽くきしんだ。外ではどこかの船の鳴らす汽笛。私は階段から目を離さずに、後ずさりでカフェを出た。よく知っている。午後の二時には客が稀なのだ。ファスケル氏はきっと流感にかかったのだろう。ボーイを使いに出さなければならなかったのだ——たぶん医者を呼びに行かせたのだろう。そうだ。しかし、私はファスケル氏の顔を見る必要があった。トゥールヌブリド街の入口で私は後ろを振り返り、輝いている無人のカフェを嫌悪感とともに眺めた。二階の鎧戸は閉ざされたままだった。

私は正真正銘のパニックに襲われた。もはや自分がどこに行くのかも分からない。私はドック沿いに走った。ボーヴォワジ地区の人気のない通りに曲がった。家々は陰気な目で、逃げて行く私を眺めていた。私は激しい不安にかられて繰り返し自分に問うた、どこへ行くべきか、どこへ行くべきか、と。どんなことでも起こり得る。ときどき私は、胸をどきつかせながら、ぱっと後ろを振り向いた。背後で何が起こっているだろう？　たぶん、それは私の後ろで始まるのだろうし、とつぜん振り返っても、もはや遅すぎるだろう。しかし私が物をじっと見つめることができるかぎりは、何も発生しないだろう。だから私はできる限り多くの物を眺めた。敷石を、家々を、ガス灯を。私の目は、変身途中のそれらの不意を襲って、変身を停止させようと、一つの物から別な物へと素早く移動した。それらの物はあまり自然な様子ではなかったが、私は力をこめて自分にこう言いきかせた、これはガス灯だぞ、これは給水栓だぞ、と。そして自分の視線の力で、それらの物を日常的な姿に戻そうとつとめた。道々、私は何度かバーに出くわした。「カフェ・デ・ブルトン」とか、「バー・ド・ラ・マルヌ」などだ[1]。私は足を止めた。薔薇色のチュールのカーテンの前でためらった。たぶんこれらのぴったり閉めきられた酒場は、難を免れたことだろう。たぶんそこには、孤立して忘れられた昨日の世界のわずかな部分が隠されているだろう。しかしドアを押して、なかに入らなければならない。それが私にはできなかった。私はふたたびそこを離れた。家々のドアは、とくに恐怖を起こさせる。それがひとりでに開くのではないかと心配だった。とうとうしまいに、私は車道の真ん中を歩き始めた。

とつぜん私は北側ドックの船着き場に出た。何隻かの小型漁船や小さなヨット。私は石に固定された係留用の鉄の環に片足を載せた。ここなら家々からもドアからも遠く離れて、一瞬の休息を得られるだろう。黒い粒々の斑点が見える静まりかえった水の上には、コルクの栓が一つ浮いていた。

「でも、水の下はどうだろう？　お前は水の下にあるかもしれないものを考えなかったのか？」

獣がいるだろうか？　巨大な甲殻類が、泥のなかに半ば埋まっているだろうか？　十二対の脚がゆっくりと泥を掘り返す。獣はときどき、少しだけ身体を持ち上げる。水の底でだ。私はちょっとした渦や、かすかな波の立つのを待ち受けながら近づいた。コルクの栓は、黒い斑点のあいだにじっと浮かんだままだ。

そのとき人声が聞こえた。いよいよだ。私はくるりと一回転して、ふたたび足早に歩き始めた。カスティグリオヌ街で、立ち話をしている二人の男に追いついた。私の足音を耳にすると、彼らは激しく身を震わせて、いっせいに振り返った。私は見た、彼らの不安そうな目がまず私に注がれ、それからなお別な物が来はしないかと、私の背後に注がれるのを。つまり彼らも私と同じなのだろうか？　彼らも恐怖を抱いていたのだろうか？　彼らを追い越すときに、私たちは互いに見合った。もう少しで言葉を交わすところだった。しかし、視線はとつぜん不信感を示した。今日のような日には、誰かれかまわず話しかけるものではない。

息を切らせながら、私はふたたびブーリベ街に出た。となると、運命は決まった。私は図書館に引っ返し、一冊の小説を取り上げて読もうとつとめるだろう。公園の鉄柵に沿って進みながら、私はケープをまとった例の男の姿を認めた。彼は相変わらずそこにいた、人気のない公園に。彼の鼻は耳と同じに真っ赤になっていた。

鉄柵を押そうとしたけれども、男の顔の表情が私を立ちすくませた。彼は目を細め、惚《ほう》けたような、しかもおべっかを使うような様子で、にやにやと薄笑いを浮かべていた。しかも同時に、目の前の何かをじっと見つめていた。私の方からはそれが見えなかったが、彼の目つきがあまりに険しく、あまりに強烈なので、私はぱっと振り向いた。

彼の正面には十歳くらいの女の子が一人、片足を宙に浮かせ、口を半ば開け、神経質にスカーフを引っ張りながら、魅入られたように彼を見つめ、そのとがった顔を前に突きだしていた。

男はまるでとっておきの悪戯をしかけてやろうとするように、ひとりでにたにた笑っていた。だしぬけに彼は立ち上がった。両手をポケットに入れたままのケープは足まで達している。二歩ほど前に進み出たとき、目がまわったようにぐらぐらした。私は彼が倒れるのではないかと思った。しかし彼は相変わらず、夢うつつの様子でにたにたと笑いを浮かべていた。

私は不意に理解した。このケープの役割を！　できれば止めたかった。それには咳払いをするか、鉄柵を押し開けるかするだけで充分だったろう。ところが今度は私が少女の顔に魅入られてしまったのだ。彼女は恐怖のあまり、こわばったような顔つきだった。心臓も恐ろしいばかりに動悸を打っていたことだろう。ただ私は同時に、この鼠の鼻面を思わせる顔に、何か力強く卑《いや》しいものが浮かぶのを読みとった。それは好奇心というよりも、むしろ一種の確かな期待感だった。私は自分が無力なのを感じた。私は外部に、公園の縁に、彼らのささやかな劇《ドラマ》の縁にいるのだ。一方彼ら二人は欲望の暗い力で互いに結びつけられ、一つのカップルを形成していた。私は息をこらして、自分の背後にいる男がケープの裾を左右に広げて見せるときに、女の子の年寄りじみた顔にどんな表情が描かれるのかを見たいと思った。

けれどもとつぜん少女は解放されて、頭を振ると駆けだした。ケープの男が私に気づいたのだ。それが彼を中止させたのである。一瞬、彼は小径の真ん中でじっとしていたが、それから背を丸めて去って行った。ケープがふくらはぎにひらひらと当たっていた。

私は鉄柵を押して、一足飛びに彼に追いついた。

「おい、おい！」と私は大声を上げた。

彼はぶるぶる震え始めた。

「たいへんな脅威がこの町に重くのしかかっているよ」と私は通りがかりに丁寧な口調で彼に言った。

私は閲覧室に入って、机の上の『パルムの僧院』を取り上げた。読書に没頭して、スタンダールの明るいイタリアに避難所を見出そうと試みたのだ。ときおり思い出したようにそれに成功したが、幻想は長続きせず、やがて私はふたたび脅威をはらんだこの一日のなかに落ちこむのだった。目の前の席では、小柄な一人の老人がしきりに咳払いをしており、一人の青年が椅子にふんぞり返るような姿勢で夢想に耽っていた。

時間は過ぎていき、ガラス窓はすっかり暗くなっていた。コルシカ人は自分の事務机で、図書館が最近購入したものにスタンプを押していたが、彼を除くとわれわれは四人だった。その小柄な老人と、金髪の青年、学士号を準備中の若い女——そして私だ。ときどき誰かが顔を上げて、まるで恐れてでもいるように、他の三人を素早く疑い深そうにちらりと眺めた。そのうちに、小柄な老人が急に笑い出した。若い女の身体が頭から足先まで、戦慄するのが見えた。だが私は前もって老人の読んでいる本の題を裏から判読していた。それは娯楽小説だった。

七時十分前だ。だしぬけに私は、図書館が七時に閉まることを思い出した。またしても街のなかに放り出されることになる。どこへ行こうか？　何をしたらよかろうか？

老人はもう小説を読み終えていた。しかしそこを立ち去るわけではない。彼は机をコツコツと、指で規則正しく叩いていた。

「みなさん、間もなく閉館です」とコルシカ人が言った。

青年はびくっとして、私の方をちらりと見た。若い女はコルシカ人の方を振り向いたが、ふたたび本を取り上げると、そこに没頭しているように見えた。

「閉館です」とコルシカ人が、五分後に言った。

老人は、決めかねるような様子で、頭を振った。若い女は本を押しやったが、立ち上がろうとはしなかった。

コルシカ人はあきれ顔だ。彼はためらいがちに二、三歩進むと、それからスイッチをひねった。読書机のランプは消えた。ただ部屋の中央の電球だけが点いていた。

「出なければいかんのかな?」と穏やかな声で老人が訊ねた。

青年はのろのろと、未練がましく立ち上がった。みなが競争で、できるだけ時間をかけてオーバーに手を通すのだった。私が部屋を出たとき、女はまだ座ったまま、本の上に一方の手を平らにおいていた。階下では、入口のドアが夜に向かって大きく開かれていた。真っ先に歩いていた青年は、振り返り、ゆっくり階段を降りると、入口の広間を横切った。戸口で一瞬立ち止まったが、それから身を翻して夜のなかへ消えた。

私は階段の下まで着くと、頭を上げた。少しして、老人がコートのボタンをはめながら閲覧室を出て来た。彼が三段ほど降りたときに、私はえいとばかり、目をつぶって飛びこんだ。

新鮮な空気が軽く顔を愛撫するのが感じられた。遠くで誰かが口笛を吹いている。私はふたたび目を上げた。雨が降っている。やさしい穏やかな雨だ。広場は四つの街灯で平穏無事に照らされている。雨の降る地方都市の広場。青年は大股に遠ざかって行く。口笛を吹いているのは彼だった。まだ知らずに残っている二人に、私は大声で呼ばわりたかった、外へ出ても大丈夫だぞ、脅威は過ぎたぞ、と。

小柄な老人が戸口のところにあらわれた。彼は困ったように頬を手で掻き、それからゆったりと微笑んで、その傘を開いた。

土曜日朝

気持のよい太陽だ。かすかにかかる靄も、今日一日の好天を予告している。カフェ・マブリで朝食をとった。

レジ係のマダム・フロランが、私に愛想よく微笑みかけた。私は自分のテーブルから大きな声で訊ねた。

「ファスケルさんはご病気ですか？」

「そうなんです。ひどい流感でして。何日かは起きられないでしょう。今朝、娘さんがダンケルクから着きました。ここに残って看病なさるんです」

アニーの手紙を受け取って以来、私は初めて、彼女にふたたび会えるのを心から嬉しいと感じている。六年このかた、彼女は何をしてきたのだろうか？　再会のときには、互いに気まずい思いをするだろうか？　アニーは、気まずさというものを知らない人間だ。きっと、昨日別れたように私を迎えるだろう。私がのっけからへまをしたり、彼女の感情を害したりしなければいいのだが。よく憶えていよう、着いたときには手を差し出さないことだ。彼女はこれが大嫌いだから。

私たちは、何日間いっしょにいるのだろう？　ことによると、彼女をブーヴィルに連れて帰るかもしれない。何時間かでも、彼女がここで生活するだけでいい。彼女がプランタニア・ホテルにひと晩泊まるだけで充分だろう。そうなればもう以前のようではなくなるだろう。私はもう恐れることもなくなるだろう。

午後

去年、初めてブーヴィル美術館に行ったとき、オリヴィエ・ブレヴィーニュの肖像画にショックを受けた。釣り合い《プロポーション》が悪いのか？　遠近法の誤りか？　うまく言えそうもないが、何か私を当惑させるものがあった。絵のなかで、この代議士がどうも安定を欠いているように見えたのだ。

それ以来、私は何度かこの肖像画を見に行った。しかし当惑は消えなかった。まさか、ローマ賞の受賞者で六度もメダルに輝いたボルデュランが、デッサンを間違えたはずはあるまい、と私は考えていた。ところで今日の午後、『ブーヴィルの風刺作家』という無頼新聞、戦争中に社主が反逆罪で告発されたこの新聞の古いバックナンバーを繙いていたときに、私は真相を垣間見た。それで直ちに図書館を出て、美術館を一巡しに行った。

入口の薄暗い部屋を、私は足早に通り過ぎた。白と黒のタイルの上を歩いても、足音はいっこうに響かない。周囲には、たくさんの石膏の彫像が腕をよじっていた。通りがかりに、二つの大きな通路から、亀裂の入った壺や、いくつもの皿、台座の上にのっている青と黄のサチュロス(1)の像などがちらりと見えた。それは、陶芸や装飾美術にあてられたベルナール＝パリシー室(2)だった。しかし、陶芸は私にとって面白くない。喪服を着た一人の紳士と婦人が、ありがたそうにこれらの焼き物に見入っていた。

大広間――またはボルデュラン＝ルノーダ室――の入口の上に、たぶんごく最近に掛けたのだろうが、私の知らなかった大きな絵があった。リシャール・セヴランという署名で、『独身者の死』と題されていた。国家からの寄贈である。

腰まで裸で、上半身は死者にふさわしく、いくらか緑色がかった独身者が、乱れたベッドの上に横たわっている。くしゃくしゃになったシーツと毛布が、長かった臨終の苦しみを示している。私はファスケル氏のことを思い出して微笑んだ。彼は独りではない。娘が看病しているのだから。絵のなかでは、手伝いの女が早くも箪笥の引き出しを開けて金を勘定しているが、これも見るからにこすからい顔つきの奥さま召使い[1]の一人だろう。開いたドア越しの薄暗がりに、ハンチングをかぶった一人の男が見えるが、彼は下唇にタバコをくわえたまま待ち受けている。壁のそばでは一匹の猫が、われ関せずとミルクを飲んでいる。

この独身男は、自分自身のためにしか生きなかった。そのために、厳しい当然の罰によって、彼の死の床には誰一人、目を閉じてやるために来る者はいなかった。この絵は私に最後の警告を発していた。まだ間に合うぞ、引っ返すことは可能だぞ、と。だが、もしこの警告を無視するなら、次のことをよく心得ておかねばならない。すなわち、これから私が入って行く大広間には、百五十点以上の肖像画が壁に掛けられているが、余りに早く家族の手から奪われた何人かの若者と、孤児院の院長だった女性を除けば、ここに描かれた人たちのうちに誰一人として独身で死んだ者はなく、誰一人として子供もおらず遺言もせずに死んだ者はなく、誰一人として臨終の秘蹟を受けずに死んだ者はいない、ということだ。この人たちはその日も他の日々と同様に、神や世間の作法に則って、自分たちの権利である永遠の生命の分け前を要求するために、静かに死のなかに滑りこんで行ったのである。

というのも、彼らはすべてに権利を持っていたからだ。人生に、仕事に、富に、指揮をとることに、尊敬を集めることに、そして最後には不死に対しても。

私はちょっとのあいだ心を集中してから、大広間に入った。窓のそばで警備員が眠っていた。淡い金色の光が窓から落ちて来て、絵の上に斑を作っていた。この長方形の大きな部屋には、生きているものが一つもいない。わずかに一匹の猫が、私の入って来たのに怯えて逃げ出しただけである。しかし私は自分に百五十対の目が注がれるのを感じた。

一八七五年から一九一〇年までのあいだ、ブーヴィルのエリートに属していたすべての者がそこにいた。彼らは男も女も、ルノーダとボルデュランによって入念に描かれていた。

男たちは聖女セシル＝ド＝ラ＝メール教会を建立した。彼らは一八八二年に、「すべての善意を強力な一つの束にまとめ、国家復興の事業に寄与し、秩序に反する諸政党を挫折させるべく……」、ブーヴィル海運・貿易協会を設立した。彼らはブーヴィルを、石炭と材木の陸揚げのためにフランスで最も設備の整った商業港に作り上げた。波止場の延長と拡大は、彼らの成し遂げた事業だった。彼らは港湾駅を思う存分に拡張し、たゆまぬ浚渫を行なって、干潮時における停泊地点の水深は十メートル七十に達した。一八六九年に五千トンだった漁船のトン数は、彼らのおかげで、二十年のあいだに一万八千トンにまで引き上げられた。労働階級の最良の代表者の昇進を容易にするためなら、どんな犠牲があろうと尻込みすることのない彼らは、進んでさまざまな技術的・職業的な教育センターを作り、それは彼らの強い庇護のもとに繁栄した。一八九八年には、港湾労働者の有名なストライキを粉砕したし、一九一四年の世界大戦には、自分たちの息子を祖国に差し出した。

これら闘う人たちにふさわしい伴侶であった婦人たちは、大部分の青少年クラブ、託児所、作業所などを設立した。しかし彼女たちは何よりも先に妻であり母であった。彼女たちは立派な子供たちを育て上げ、彼らに義務と権利を、宗教と、フランスを作り上げた伝統の尊重を教えた。

肖像画の一般的な色調は、暗い褐色を帯びていた。慎みへの配慮から、派手な色は排除されていた。しかしながら、好んで老人たちを描いたルノーダの肖像画では、雪のような頭髪と頬髭が黒い地の色の上に際だっていた。彼は手を巧みに描いた。ボルデュランの場合はそれほど技巧を凝らすこともなく、手はいくらか犠牲にされていたが、シャツの替えカラーはまるで白い大理石のように輝いていた。非常な暑さで、警備員は静かにいびきをかいていた。私は四方の壁をぐるりと一瞥した。たくさんの手や目が見えた。ところどころで、光の斑点が顔にかかっている。オリヴィエ・ブレヴィーニュの肖像画の方へ歩き始めたとき、何かが私を引き留めた。目の高さに掛けられた貿易商パコームが、澄んだ視線を私に注いでいたのだ。

彼は頭をいくらか後ろに反らせて立っていた。片手にシルクハットと手袋を持ち、その手をパールグレーのズボンに添えている。私は一種の賛嘆の念を禁じ得なかった。彼には凡庸なところも批判を招くようなものも、何一つなかった。小さな足、繊細な手、レスラーのようにがっしりした肩、控え目で、ほんの少しだけ奇抜な優雅さ《エレガンス》。彼は来館者に礼儀正しく、皺のないさっぱりしたその顔を示していた。唇には、微笑の影さえ漂っている。しかし灰色の目は笑っていなかった。五十歳くらいだろうか。だが、三十歳のように若々しく、潑剌としていた。美男だった。

私は彼のあらを探すのを諦めた。しかし彼の方は私を放さなかった。私は彼の目のなかに、穏やかな、しかし容赦ない判断を読みとった。

そのとき私は、われわれを隔てているすべてのものを理解した。彼について私が何を考えても、彼はびくともしなかった。それはせいぜい、小説のなかで作り上げる心理みたいなものだ。ところが彼の判断は私を剣のように貫き、私の存在する権利までを問題にしていた。そして、それは本当だった。私はずっと前からそのことに気づいていた。私は存在する権利を持っていなかったのだ。私はたまたまこの世界にあらわれて、石のように、植物のように、微生物のように、存在していた。私の生は行き当たりばったりに、あらゆる方向へ伸びていく。ときおりそれは私に曖昧な合図を送ってよこすが、別なときには、どうでもいいようなざわつきしか聞こえてこなかった。

しかしこの欠点のない美貌の男、国防で名を馳せたパコームの息子である今は死んでしまったジャン・パコームにとって、事情はまったく異なっていた。彼の心臓の鼓動と、さまざまな器官の発する鈍いざわめきは、ささやかながら即座に純粋な権利の形で彼に到達した。六十年にわたって、彼はしっかりと生きる権利を行使した。見事な灰色の目！　どんな些細な疑惑も決してその目を横切りはしなかった。またパコームは決して間違うということがなかった。

彼は常におのれの義務を果たした。すべての義務、息子として、夫として、父として、指導者としての義務を。彼はまた怯《ひる》むことなく、おのれの権利を要求した。子供のときは、仲むつまじい家庭のなかで立派な躾を与えられる権利、汚れのない家名と繁栄した事業の後継者である権利を。夫としては、優しい愛情に包まれて世話をされる権利を。父としては、尊敬される権利を。指導者としては、文句も言わずに服従される権利を。それというのも、一つの権利は、一つの義務の別な局面にすぎないからだ。彼の並はずれた成功も（パコーム家は今日のブーヴィルで最も裕福な家庭である）、決して彼を驚かせはしなかったはずだ。彼は一度も自分が幸福だと思ったことはなかったし、快楽を味わうときも、「これは疲れを癒しているんだ」と言いながら、節度を持って快楽に耽ったに違いない。こうして快楽もまた義務と同等になり、そのどぎつい軽佻浮薄な性格を失った。絵の左側の、青みがかった灰色の髪の少し上には、棚に本が並んでいるのに私は気がついた。見事な装幀である。きっとこれは古典だろう。おそらくパコームは、毎晩眠りに就く前に、「長年の友人モンテーニュ」の数ページを、あるいはラテン語のテクストでホラティウスのオード(1)を読み返したことだろう。ときにはまた情報を得るために、同時代人の作品も読んだに違いない。こうして彼はバレスを知り、ブールジェ(2)を知ったのだ。やがて彼は本をおいて、微笑する。彼の視線は、隙のない警戒心を解いて、ほとんど夢見るようなものになる。そしてつぶやくのだ、「自分の義務を果たす方がはるかに簡単だが、またはるかに困難だ！」と。

彼はこれ以外に、決して自分を振り返ることはなかった。彼は指導者だったのだ。

壁にはまた他の指導者たちの肖像も掛けられていた。指導者しかいないほどだった。肘掛け椅子に座っている緑青《ろくしょう》のような色のこの大柄な老人、これも一人の指導者だ。彼の白いチョッキは、その銀髪を鮮やかに反復していた。（これらの肖像画は、何よりも道徳教育の目的で描かれ、細心の注意で正確さを追求しているが、芸術的な配慮もまた排除されてはいなかったのである）。彼は長いほっそりとした手を、一人の幼い男の子の頭においていた。毛布に包まれた膝の上には、一冊の本が開かれている。しかし彼の視線は遠方をさまよっていた。若い者には見えないすべてのものを見ているのだ。肖像画の下にある金色をした木製の菱形のものには、彼の名前が書かれていた。パコームとか、パロタンとか、シエーニョーとかいうのだろう。それを見に行く気にもならなかった。近親者にとって、この少年にとって、彼自身にとって、彼は単に祖父だった。いずれ、孫に広汎な未来の義務について知らせる時期が来たと判断したら、彼は自分自身のことを三人称で語ることだろう。

「お前はお祖父さんの言うことをよく聴いて、来年はうんと勉強するって約束するんだよ。ことによると来年は、もうお祖父さんはいないかもしれないからね」

人生の黄昏《たそがれ》に達した彼は、一人ひとりに惜しみなくその好意を振りまいた。私自身も、もし彼に会ったらば——もっとも彼の視線の前では私のすべてが見通しだろうが——気に入られたかもしれない。彼は考えるだろう、この男もかつては祖父母を持っていたのだ、と。彼は何も求めなかった。この年齢になると、もう欲望はなくなるのだ。せいぜい、彼が部屋に入って来たときにはいくらか声を低めてほしいとか、通って行くときに、人びとの微笑に愛情と尊敬の表情が浮かんでほしい、といったことくらいだ。せいぜい、息子の嫁がたまに、「お父さまはすごいわ。わたしたちの誰よりも若いんですもの」と言ってくれればよい。せいぜい自分だけが孫の頭に手をおいて、その怒りを鎮めることができ、それから、「お前のひどい悲しみは、お祖父さんだけが慰めてあげられるんだよ」と言えればよい。せいぜい息子が、年に何度か微妙な問題にかんする忠告を求めに来てくれれば、またせいぜい自分自身が心静かに落ちついていて、このうえもなく賢明だと感じられればよい。老紳士の手は孫の巻き毛の上にごく軽くおかれていた。それはほとんど祝福を与えているかのようだった。いったい彼は何を考えているのだろう？　自分の名誉ある過去のことだ。それがすべてのものについて語る権利、すべてのものについて最終の決定を下す権利を彼に与えたのである。このあいだの私はまだそこまで考えていなかった。〈経験〉は死に対する砦どころではなかった[1]。それは一つの権利だった。老人たちの権利である。

目の高さに掛かっている長いサーベルを下げたオーブリ将軍も指導者だ。さらにもう一人、指導者がいた。洗練された文学通で、アンペトラの友人であるエベール会長だ。彼の顔は面長で、左右が整い、顎はどこまでも伸び、唇のすぐ下の尖った顎髭が際だっている。彼はいくらか下顎を突きだしているが、それはまるで軽いおくびのように、面白がって異をとなえ、原則的な反論を考えているような様子だった。彼は鵞鳥ペンを手にして夢想していた。何たることか。彼もまた疲れを癒していた、それも詩を作りながらだ。しかしその目つきは鷲のような指導者のものだった。

すると兵隊たちはどこにいるのか？　私は部屋の真ん中で、これらすべての重々しい視線の注目の的だった。私は祖父でもなく、父でもなく、夫でさえなかった。投票にも行かなかった。払う税金だって申し訳程度のものだ。納税者の権利を鼻にかけることもできず、選挙民の権利も、二十年間の服従が会社員に与える信望へのささやかな権利さえも、誇ることができなかった。私には自分の存在がひどく異様になり始めていた。私は実体のない単なる仮象ではなかったろうか？

「へえ！」ととつぜん私は考えた、「俺のことなんだ、兵隊というのは！」それが私を笑わせたが、恨む気持もなかった。

肥った五十がらみの男が、鄭重に素晴らしい微笑を送ってきた。ルノーダは愛情をこめてこの人物を描いていた。分厚いはっきりした小さな耳や、とりわけほっそりした指を持つ長く神経質そうな手に対しては、どんなにやさしいタッチでもやさしすぎることはなかった。まさしく学者ないしは芸術家の手である。この人物の顔には見憶えがなかった。何度もこの絵に気づかずに、その前を通りすぎたに違いない。私は近づいて読んだ、「レミ・パロタン。一八四九年ブーヴィル生まれ。パリ医科大学教授」。

パロタン。私はウェイクフィールド博士から、彼の話を聞いたことがある。「私は生涯で一度だけ、偉大な人物に出会ったことがあります。それはレミ・パロタンです。一九〇四年の冬に、彼の講義に出席していたのです（ご存じのように、私はパリで二年間、産科学を勉強しましたので）。彼は私に、指導者とはどんなものかを理解させました。間違いなく、あの人には不思議な力があったのですよ。彼は私たちを熱狂させました。あの人なら、世界のはてまでも私たちを連れて行けたでしょう。それに加えて、あれはジェントルマンです。たいへんな財産の持ち主ですが、そのかなりの部分を貧しい学生の援助に当てていたのです」

こうして最初に彼の話を聞いたときから、この科学の帝王は、私に何か強烈な感情を引きおこした。いま私は彼の前におり、彼は私に微笑みかけている。なんと多くの知性と親切心が、その微笑のなかにこめられていることか！　彼のずんぐりした身体は、ゆったりと革の大きな肘掛け椅子の窪みに落ちついている。この街《てら》いのない学者は、直ちに人を気楽にさせるのだった。その視線に宿る精神的なものがなかったら、ただのお人好しとさえ思われたことだろう。

彼の威光の拠って来《きた》るところを見抜くのに、長い時間は必要なかった。彼が人びとに好かれたのは、すべてを理解していたからだ。彼には何でも言うことができた。つまるところ彼はいくらかルナン(1)に似ていたが、もっと気品があった。彼はこんな言い方をする人びとに属していた。

「社会主義者ですって？　いいですか、この私は彼らより先を行っているんですよ！」この危険な道を彼に従って行くと、やがて人びとは震えながら、家族や、祖国や、所有権や、最も神聖な価値まで捨てなければならなくなる。一瞬、ブルジョワ・エリートの命令する権利まで疑わしくなる。だがさらに一歩進むと、不意にすべてが再建されて、昔のように堅牢な論拠の上に見事に基礎づけられている。振り返って見ると、背後のすでに遠い彼方で、豆粒のように小さくなった社会主義者たちが、「待ってくれ！」と大声を上げながら、ハンカチを振っている姿が見えるのだった。

やはりウェイクフィールドから聞いて、私はこの〈大家〉が、みずから微笑を浮かべて言うように、「魂の助産婦になる」(2)のが好きなことを知っていた。いつまでも若々しい彼は、若い人たちに囲まれていた。そしてしばしば、医学を目指す良家の子弟たちを自宅に招いた。ウェイクフィールドは何度も彼の自宅での昼食会に参加した。食事が終わると、みなは喫煙室へと移動する。〈教授《パトロン》〉は、初めての夕バコからまだ日も浅いこれらの学生たちを、一人前のおとな扱いする。つまり彼らに葉巻を勧めるのだった。彼は長椅子に身を休めて、目をなかば閉じ、むさぼるように耳を傾ける大勢の弟子たちに囲まれて、長々と話をする。思い出を呼び起こし、逸話を語り、そこから刺激的で深遠な教訓を引き出してくる。そしてもしこの育ちのよい若者たちのなかに、一人だけいくらか反抗的になりそうな者が混じっていると、パロタンはとりわけその男に関心を持つのだった。彼は相手にしゃべらせ、注意深く耳を傾け、さまざまなアイディアや、熟慮すべき主題を与える。こうなると、その青年は高潔な思想を詰めこまれ、身内の者の示す敵意に激昂し、独りきりですべての者に抵抗して考えるのに疲れ果てて、必然的にある日、自分と一対一で会っていただきたい、と〈教授《パトロン》〉に頼みこむことになる。そして彼は怖ず怖ずと口ごもりながら、自分の心秘かに考えていることや、憤慨や希望を打ち明ける。パロタンは彼を胸に抱き締めて、こう言う、「分かるとも。最初の日から、きみのことは分かっていたんだ」。二人は話し合う。パロタンは、さらに先へ、先へと進んで行き、あまりに遠くまで行くので、若者は容易について行けなくなる。こんな対話が何度かあって、若い反逆者には目に見えて改善が確認される。彼には自分自身の内面がはっきり見え、自分を家族や周囲に結びつけている深い絆を知ることができるようになる。彼はようやく、エリートの素晴らしい役割を理解したのだ。そして最後に、まるで魔法にかかったように、パロタンに一歩一歩ついてきた迷える子羊は、すっかり迷いから醒めて、改悟しながら古巣に戻って行く。「彼は、私が治した身体よりも、もっと多くの魂を治しました」とウェイクフィールドは結論するのだった。

レミ・パロタンは愛想よく私に微笑みかけていた。彼はためらっていた。私の立場を理解して、おもむろに方向を逆転させ、私を羊小屋に連れ戻そうとしていた。しかし、私は彼を恐れない。私は子羊ではないのだ。私は皺のない彼の穏やかな美しい額を、小さな腹を、膝に平らにおかれた手を眺めた。私は彼に微笑を返して、そこを離れた。

彼の弟で、S.A.B.(1)の社長だったジャン・パロタンは、書類の積まれたテーブルの縁に両手でよりかかっていた。彼はその態度全体で、訪問者に面会はもう終わったことを示していた。彼の視線は異常なものだった。まるで抽象的な視線のように、純粋な権利に輝いていた。彼のぎらぎらした目は、顔全体を覆い尽くしていた。この煌々たる輝きの下に、狂信家らしい薄い唇が固く閉ざされているのを私は認めた。「おかしいな。彼はレミ・パロタンに似ているぞ」と私は考えた。私は〈偉大な教授《パトロン》〉の方を振り返った。このように二人が似ているという光に照らして仔細に眺めると、とつぜんレミ・パロタンの穏やかな顔に、何とも言えない干からびて荒涼としたもの、一族の相貌が浮かび上がった。私はふたたびジャン・パロタンに戻った。

この男には、一つの観念のような単純さがあった。彼のなかに残っているのは、もはや骨と死んだ肉と〈純粋権利〉のみだった。これこそ正真正銘の取り憑かれたケースだ、と私は考えた。〈権利〉がいったん人間を捉えると、どんな悪魔祓いもそれを追放することができない。ジャン・パロタンは全生涯を彼の〈権利〉の思考に、ただそれだけに捧げた。いつも美術館を訪れるたびにそうなるように、私は軽い頭痛を感じ始めたが、彼だったらそのかわりに、両のこめかみに治療される権利を痛いほど感じたことだろう。彼をあまり考えさせてはならなかった。不快な現実や、彼の死の可能性や、他人の苦しみなどについて、決して彼の注意を喚起してはならなかった。おそらく死の床で、ソクラテス以来人が高貴な言葉を発するはずになっているその瞬間が来たとき、ちょうど私の叔父の一人がその妻に言ったように、彼は十二日間も夜通し自分を介護してくれた妻に向かって言っただろう、「テレーズや、ありがとうとは言わないよ、お前は義務を果たしたにすぎないのだから」。一人の男がその域にまで達すると、脱帽しないわけにいかない。

私が呆然として見つめた彼の目は、もう帰れと告げていた。しかし私は立ち去らなかった。断固として不謹慎に徹していたのだ。私はエル・エスコリアル宮殿[1]の図書館で、フェリペ二世のある肖像画を長いあいだ眺めた経験から、権利に輝いている顔を正面から見つめていると、やがてその輝きは消え、灰《はい》滓《かす》のようなものだけが残ることを知っていたからだ。私の興味をそそるのはその滓だった。

パロタンは見事な抵抗を示した。けれどもとつぜん彼の視線は消え、絵は色褪せた。何が残ったか？見えない目、死んだ蛇のような薄い口、それに頬だ。青ざめて丸くふくらんだ子供のような頬。それが画布の上に広がっている。S.A.B.の社員たちは、社長がこんな頬をしているなどとついぞ思わなかった。彼らはそう長いことパロタンの執務室にいたことがなかったからだ。そこに入って行くと、彼らは壁のように立ちはだかるあの恐ろしい視線に出会うのだった。おそらく、白くぶよぶよした頬は、その背後に隠れていたのだろう。彼の妻は何年後にそれに気づいたであろうか？二年後か？五年後か？想像するに、ある日、夫が彼女の横で眠っていて、月光が彼の鼻先を愛撫していたときか、あるいは暑い時刻に彼が消化に苦しんで、目を半ば閉じ、顎に少しばかり太陽を浴びながら、肘掛け椅子にひっくり返っているときに、彼女は思いきって彼の顔を直視したのだろう。すると、むくんで涎《よだれ》を垂らしたいくぶん猥褻な肉体のすべてが、無防備にあらわれたのだ。おそらくこの日から、パロタン夫人は夫を尻に敷いたのである。

私は何歩か後ろに下がった。そしてこれらすべての偉大な人物たちをひと目で見渡した。パコーム、エベール会長、パロタン兄弟、オーブリ将軍。彼らも以前はシルクハットを被《かぶ》っていたのである。そして日曜日ごとにトゥールヌブリド街で、夢に聖女セシルを見たという市長の妻グラシヤン夫人に会ったのだ。彼らは夫人に勿体ぶった大げさな挨拶を送ったが、その秘密も今では失われてしまった。

彼らは非常に正確に描かれていた。にもかかわらず、彼らの顔は絵筆の下で、人間の顔に特有の不思議な弱さを捨て去っていた。彼らの顔面は、最も精彩を欠いた者でも、陶器のようにつるつるしていた。

私はそこに何か木や獣と似かよったもの、大地または水についての思考と類似したものを探し求めたが、無駄だった。たしかに生前の彼らはこのように必然的なものなど持っていなかっただろう、と私は考えた。しかし後世に名を残すにあたって、ちょうど自分たちがブーヴィルの周辺全体に浚渫や掘削や灌漑を行ない、それによって海や畑を改造したように、自分たちの顔にもひそかに同じことをほどこしてくれるよう、著名な画家に依頼したのだ。こうしてルノーダとボルデュランの協力を得た彼らは、〈全自然〉を屈服させた。彼らの外部でも、また彼ら自身の内部でも。これらの暗い画布が私の視線に提供しているものは、人間によって再考された人間であり、その唯一の装飾は、人間の最も美しい征服物、すなわち〈人間と市民の権利[1]〉という花束である。私は何の下心もなく、人間界に感嘆した。

一人の男と連れの婦人が部屋に入って来ていた。二人は黒ずくめの服装で、畏まって身を縮めていた。入口のところで、彼らははっとして立ち止まった。男は機械的に帽子をとった。

「あら!　まあ!」と婦人はすっかり感動して声を上げた。

男の方が先に冷静さを取りもどした。彼は恭しい調子で言う。

「これは一つの時代全体だ!」

「そうね」と婦人が言う、「お祖母さまの時代だわ」

彼らは数歩進んだときに、ジャン・パロタンの視線に出くわした。婦人はぽかんと口を開けたままだが、男の方は出鼻を挫かれた。へりくだった様子である。この威嚇するような視線や、面会打ち切りの態度を、よく知っているに違いない。彼はそっと妻の腕を引っ張った。

「こっちをご覧よ」と言う。

レミ・パロタンの微笑は、いつもへりくだった者たちを気楽にさせたものだった。婦人は近寄って、熱心に読んだ。

「レミ・パロタンの肖像。一八四九年ブーヴィル生まれ。パリ医科大学教授。ルノーダ作」

「科学アカデミーのパロタンだよ」と夫が言う、「芸術院のルノーダ作だ。まさに〈歴史〉だね！」

婦人は頭を振って、それから〈偉大な教授《パトロン》〉を見つめた。

「なんて立派なんでしょう！」と言う、「とても頭がよさそうだわ！」

夫はゆったりとした仕草をした。

「この人たちがブーヴィルを作ったんだ」とさりげなく言う。

「そういう人たちをみんな一緒にここに掛けたのはいいことだわ」と、婦人は感動して言う。

私たちは、この大広間で演習をする三人の兵隊だった。夫は黙って尊敬の笑いを浮かべていたが、私に不安そうな一瞥をくれると、不意に笑うのをやめた。私は顔をそむけて、オリヴィエ・ブレヴィーニュの肖像画の正面に行った。快い満足感が私のうちに入りこんできた。案の定だ！　思った通りだった。これはまったく可笑しすぎる！

女が私に近づいてきた。

「ガストン」と不意に大胆になった彼女は言う、「ちょっと来てごらんなさいよ！」

夫がこちらへやって来た。

「ねえ」と彼女は続ける、「この人、道の名前になってるわ。このオリヴィエ・ブレヴィーニュって人。ほら、〈緑の丘〉に登っていく狭い道、ジュクストブーヴィルに着くすぐ手前のところよ」

少し間をおいて彼女はつけ加えた。

「難しい顔をしてたのね」

「そうだとも！　文句を言いに行った連中も、どんな相手か思い知ったはずだ」

この言葉は私に向けられていた。男は私を横目で見て、今回はいくらか騒々しく声に出して笑い出したが、それはまるで彼自身がオリヴィエ・ブレヴィーニュになったかのように、思い上がったせかせかした態度だった。

オリヴィエ・ブレヴィーニュは笑っていなかった。彼は私たちの方へ、こわばった顎を向けていた。喉仏がとび出している。

沈黙と陶酔の一瞬があった。

「まるで今にも動き出しそうね」と婦人が言う。

夫が親切に説明を加えた。

「彼は綿花の大貿易商だった。それから政治に手を出して、代議士になったんだよ」

私はそれを知っていた。二年前に、彼について、モレレ神父(1)が書いた『ブーヴィルの偉人小辞典』を調べたのだ。私はその項目を写しておいた(2)。


「ブレヴィーニュ、オリヴィエ＝マルシアル。前項の人物の息子。ブーヴィルで生まれ、同市で死去（一八四九―一九〇八）。パリで法律を学び、一八七二年に法学士号取得。コミューヌの蜂起に強い衝撃を受け、多くのパリジャンと同様に、国民議会の庇護でヴェルサイユへの避難を余儀なくされた彼は、他の若者が快楽しか夢見ない年齢から、《生涯を〈秩序〉の回復に捧げる》べく心に誓った。彼は誓約を守った。われらの町に帰るや、直ちにかの有名な〈秩序クラブ〉を創設し、これは長年にわたり、毎晩ブーヴィルの主だった貿易商と海運業者を一堂に集めた。この貴族的なサークルは、冗談にジョッキー・クラブ以上に閉鎖的と言われたが、一九〇八年までわれらの大商業港の運命に有益な影響を与え続けた。オリヴィエ・ブレヴィーニュは一八八〇年に、貿易商シャルル・パコーム（この名前の項目を参照）の末娘マリー＝ルイーズ・パコームと結婚し、義父の死後、パコーム＝ブレヴィーニュ父子商会を設立した。その後いくばくもなく政治活動に向かい、代議士に立候補した。

彼はある有名な演説でこう言っている。《この国はきわめて深刻な病に苦しんでいる。指導階級がもはや指揮をとろうとしないのだ。諸君、もしも遺伝、教育、経験により、権力の行使に最も適した人びとが、諦めたり嫌気がさしたりして権力に背を向けるならば、いったい誰が指揮をとるのであろうか？　私はこのことをたびたび申し上げた。指揮をとるのはエリートの権利ではない。その主要な義務なのだ。諸君、私は切にお願いする。権威の原則を再建しようではないか！》

一八八五年十月四日の第一回投票で選出されて以来、彼は常に再選されつづけた。精力的な厳しい雄弁を駆使して、彼は多くの華々しい演説を行なった。一八九八年に恐るべきストライキが発生したときはパリにいたが、急遽ブーヴィルにとって返すと、抵抗の推進者となった。彼はスト参加者との交渉のイニシアチヴをとった。この交渉は広汎な協調の精神から発想されたものであったが、ジュクストブーヴィルでの小競り合いで中断された。軍のひそかな介入が人心を安定させたことは、よく知られている。

若くして理工科学校に入学した息子のオクターヴを、オリヴィエ・ブレヴィーニュは《指導者たらしめる》つもりであったが、この息子の夭逝は彼に恐ろしい打撃を与えた。彼はそこから立ち直ることができず、二年後の一九〇八年二月に他界した。

演説集に次のものがある。『道徳力』（一八九四年刊。絶版）、『罰する義務』（一九〇〇年刊。本書の演説はすべてドレーフュス事件にかんして行なわれたもの。絶版[1]）、『意志』（一九〇二年刊。絶版）。死後に、晩年に行なわれた数回の演説と、近親者への書簡が、『Labor improbus（不屈の労働[2]）』の標題で集められている（プロン社、一九一〇年刊）。図像としてはボルデュラン制作の見事な肖像があり、ブーヴィル美術館に所蔵されている」

見事な肖像、そうかもしれない。オリヴィエ・ブレヴィーニュは黒い小さな髭をたくわえており、オリーヴ色がかったその顔はいくぶんモーリス・バレスに似ていた。この二人の人物は確実に知り合いだった。議席をともにしていたからだ。しかしブーヴィル選出の代議士には、愛国者同盟会長[3]のような無頓着なところはなかった。彼は棍棒のようにこちこちになって、まるで箱から出てくる悪魔のように、今にも画布から飛び出しそうだった。目はらんらんと輝いていた。瞳は黒く、角膜は赤みがかっていた。分厚い小さな唇を引き締め、右手を胸に強く押しあてていた。

なんと私を悩ませたことだろう、この肖像画は！　ブレヴィーニュは、ときには大きすぎるように見えたし、ときには小さすぎるように見えた。しかし今日の私は、そのわけを承知している。

私は『ブーヴィルの風刺作家』をめくりながら、真相を知ったのだ。一九〇五年十一月六日号は、全体がブレヴィーニュ特集だった。表紙にはコンブおやじ[4]のたてがみにかじりつくブレヴィーニュの姿がごく小さく描かれていて、「獅子の虱」という説明《キャプション》がつけられている。そして最初のページから、すべてが解明されている。オリヴィエ・ブレヴィーニュは、身長一メートル五十三センチだった。彼の短軀と、一度ならず議場全体を抱腹絶倒させた雨蛙のような声とは、嘲笑に晒されていた。ブーツの底にゴムの中敷きを入れていることもからかわれていた。それに反して、パコーム家出のブレヴィーニュ夫人は、馬のような大女だった。記者はこうつけ加えている、「これぞまさしく、ベター・ハーフが二倍のケースである」(1)と。

一メートル五十三センチ！　そうなのだ。ボルデュランは抜かりなく、絶対に彼を小さく見せる恐れのない物でまわりを取り囲んだ。円筒形のクッション・スツール、低い肘掛け椅子、何冊かの十二折り判の本がおかれた棚、ペルシャふうの小さな円卓。ただし彼はブレヴィーニュに、隣のジャン・パロタンと同じ背を与え、しかも二つの肖像画は同じ大きさだった。その結果、一方の絵の小円卓は、他方の絵の巨大なテーブルとほとんど同じくらいの大きさだったし、クッション・スツールは、パロタンの肩のあたりまで達していただろう。この二つの肖像画を見る目は本能的にそれを見比べる。私の居心地悪さはそこから来ていたのだ。

今や私は笑いたくなった。一メートル五十三センチ！　もし私がブレヴィーニュに話しかけようと思ったら、身を屈めるか、膝を曲げなければならなかっただろう。私はもう彼があれほど昂然と鼻を上に突きだしていることにも驚かなかった。このくらいの背丈の男の運命は、常に彼らの頭より数インチ上で決定されるからだ。

芸術の素晴らしい力よ。甲高い声をしたこの小男からは、ただ威嚇的な顔つきと、尊大な仕草と、牡牛のような血走った目以外に、何も後世に残らないだろう。コミューヌに縮み上がった学生、ちんちくりんで怒りっぽい代議士。これが死の奪ったものだった。ところがボルデュランのおかげで、〈秩序クラブ〉の会長で〈道徳力〉の雄弁家だった彼は、不死の人となったのである。

「まあ！　可哀相な理工科学校の生徒さん！」

婦人が押し殺したような叫び声を上げた。「前者の息子」であるオクターヴ・ブレヴィーニュの肖像の下に、敬虔な手が次の言葉を記していたからだ。

「一九〇四年(1)、理工科学校在学中に死去」

「死んだんですって！　アロンデルの息子さんみたい。なんて利発そうな顔をしてるんでしょう。お母さまはさぞかし悲しまれたでしょうね！　何しろああいった高等専門学校《グランドゼコール》では、ものすごい勉強ですもの。眠っているあいだでさえ、頭は働いてるのよ。あたし、あの二角帽《ビコルヌ》が大好きよ。シックなんですもの。火食鳥《ひくいどり》(2)っていったかしら？」

「ちがうよ。火食鳥は陸軍士官学校さ」

今度は私が夭逝した理工科学校生を見つめた。蠟のような顔色と、いかにも型通りのおとなしい口髭を見ただけで、死が近いことを考えさせるのに充分だったろう。それに彼は自分の運命を予想していた。遠くを眺めているその澄んだ目に、一種の諦めが読みとれたからだ。だがまた同時に、彼は頭を昂然と掲げていた。この制服に包まれて、彼はフランスの軍隊を代表していたのだ。

Tu Marcellus eris! Manibus date lilia plenis……
（そなたこそがマルケルスとなるのだ。この手いっぱいに百合の花をくれ(3)）

折られた一輪の薔薇、死んだ一人の理工科学校生。これ以上に悲しいものがあり得ようか？

私は長いギャラリーをゆっくりと辿りながら、途中で足を止めることなく、薄暗がりから浮かび上がる多くの立派な顔に挨拶を送った。商事裁判所長のボソワール氏、ブーヴィル自治港取締役会会長のファビー氏、貿易商のブーランジュ氏とその家族、ブーヴィル市長のラヌカン氏、ブーヴィル生まれの駐米フランス大使にして詩人のリュシヤン氏、知事の服を着た知らない人、大孤児院の院長だったマザー・サント＝マリー＝ルイーズ、テレゾン夫妻、労働審判所長官のティブー＝グーロン氏、海事局理事長ボボ氏、ブリオン、ミネット、グルロ、ルフェーヴル諸氏、パン博士と夫人、息子のピエール・ボルデュランが描いたボルデュラン自身もいる。数々の澄んだ冷たい視線、繊細な顔立ち、薄い唇。ブーランジュ氏は締まり屋で辛抱強かった。マザー・サント＝マリー＝ルイーズは実務感覚にも長けた信仰心の持ち主だった。ティブー＝グーロン氏は他人に対するときと同様に、自分に対しても厳しかった。テレゾン夫人は挫けることなく激しい痛みと闘った。彼女の疲れきった口許は、その苦痛をはっきり語っていた。しかしこの敬虔な女性は絶対に「痛い」とは言わなかった。彼女は苦痛に打ち克った。そして日程を作り、いくつもの慈善団体を主宰した。ときおり何かを言いかけて、ゆっくりと瞼を閉ざし、顔から生気の失せることがあった。こうした気力の減退はほとんど一秒かそこらで終わる。たちまちテレゾン夫人はふたたび目を開き、言いかけた言葉を続けるのだった。作業所では人びとが囁いていた、「可哀相なテレゾンさんの奥さま！　決して泣き言をおっしゃらない」

私はボルデュラン＝ルノーダ室を端から端まで横切った。そして振り返った。永久におさらばだ、各自の小さな神殿に精巧に描かれた美しい百合どもよ、おさらばだ、美しい百合ども、われらの誇り、われらの存在理由よ、おさらばだ、下種《げす》どもよ。

月曜日

もうロルボンにかんする本は書かない。お終いだ。もうこれを書くことはできない。これからどうやって生きていったらよいだろう？

三時だった。私はテーブルの前に座っていた。横にはモスクワで盗んだ手紙の束をおいていた。そしてこう書いた。

「きわめて不吉な噂が注意深く広められた。ロルボン氏はこの策略に引っ掛かったに違いない。なぜなら彼は甥あてに、九月十三日付けの手紙で、少し前に遺言を認めたと書いているからだ」

侯爵は現にそこにいた。彼を歴史的存在のなかに決定的に据えてしまうまで、私は自分の生を彼に貸し与えていたのだ。私はかすかな熱のように、彼を鳩尾《みぞおち》に感じていた。

不意に私は、必ず言われそうな反論に気がついた。ロルボンは甥に正直に打ち明けているどころか、暗殺計画が失敗したときのために、甥をパーヴェル一世に対する被告人側の証人として利用するつもりだったのだ、という反論である。たしかに彼がおめでたい人間を装うために遺言の話をでっち上げたというのは、大いにあり得ることだった。

これは取るに足りない反論で、とくに目くじらを立てるほどでもない。にもかかわらず、私を陰気な夢想に陥れるのにはそれで充分だった。私はとつぜん「シェ・カミーユ」の肥ったウェイトレスや、アシル氏の怯えた顔や、その店の様子を思い出した。あそこで私は自分が忘れられ、現在という時間のなかに遺棄されていることを、はっきり感じたのだ。私はうんざりしながら、こう自分につぶやいた。

「いったい、自分自身の過去を引き留める力もなかったこの俺が、どうして他人の過去を救い出すことなど期待できようか?」

私はペンを取り上げ、ふたたび仕事に取りかかろうと努めた。過去や現在や世界についてのこうした反省に、飽き飽きしていたのだ。私はたった一つのことしか求めていなかった。何にも邪魔されずに自分の本を仕上げさせてもらいたい、ということだ。

しかし白い紙の束の上に視線が落ちたとき、私はその様子にはっとした。そしてペンを宙に浮かせたまま、この眩しい紙を見つめた。なんとその紙は硬く目立つのだろう。なんとそれは強烈に、現にそこに存在しているのだろう。紙には現在以外に何もなかった。その上に私が記した文字はまだ乾いていなかったが、もはやそれは私のものではなかった。

「きわめて不吉な噂が注意深く広められた……」

この文章は私が考えたもので、初めはいくらか私自身だった。今では紙の上に記されて、私に対抗して結束している。私にはもう見憶えもなくなった。もはやそれをあらためて考えることさえ不可能だ。文章はそこに、目の前にある。その由来を示す痕跡を求めてみても無駄だろう。私以外の誰でもこれを書くことができたのだ。しかし私には、この私には、それを自分が書いたという確信がなかった。今ではもう文字も光っておらず、乾いていた。それもまた消えたのだ。束の間の文字の輝きは、もはや何一つ残っていなかった。

私は周囲に不安な視線を投げた。現在だ、現在以外に何もない。軽い頑丈な家具類も、現在に閉じこめられていた。テーブルも、ベッドも、鏡のついた箪笥も――そして私自身も。現在の真の性質がヴェールを脱いだ。それは存在するものであり、すべて現在でないものは存在していなかった。過去は存在しなかった。まったく存在しなかった。物のなかにも、また私の思考のなかにさえ、存在していなかった。なるほど、ずっと前から、私は自分の過去が逃れ去ってしまったことを理解していた。しかしこれまで私は、過去が単に手の届かないところに退いただけだと思っていた。私にとって、過去は退職しただけだった。つまりそれは別な存在の仕方であり、休暇と活動停止の状態だった。一つひとつの事件は役割を終えると、自分から進んでおとなしく箱のなかに収まり、名誉事件という称号になるのだった。

それほどに、無を想像するのは困難なのだ。いま、私は知っている。物はことごとく外見通りのものであり——そして物の後ろには……何もないということを。

なお数分のあいだ、この考えが私をとらえて放さなかった。それから私は自分を解放するために、肩を激しく揺すると、紙の束を手前に引き寄せた。

「……彼は遺言を認めたところだと……」

とつぜん私はひどくむかむかした気持に襲われた。ペンはインクを散らしながら指から落ちた。何が起こったのか？〈吐き気〉を感じたのか？ 違う、そうではなかった。部屋はいつも通りのやさしい様子を保っている。せいぜいテーブルがいくらか重く、厚く、万年筆がいくらか小さく凝縮したような気がするくらいだ。ただ、今しがたロルボン氏がもう一度死んだのである。

ついさっきまで、彼はまだそこにいた、静かに、熱く、私のなかに。そしてときどき私は彼が動くのを感じていた。彼はとても生き生きしていた。私にとって独学者以上に、あるいは「鉄道員の溜まり場」のマダム以上に、生き生きしていた。なるほど彼は気紛れで、ときには何日も姿を見せないこともあった。けれどもしばしば不思議な晴天の日になると、湿度を示すお天気人形[1]のように外へ鼻を突き出し、私はその蒼白い顔を、青ざめた頰を認めるのだった。それにたとえ姿を見せなくても、彼は重く私の心にのしかかっており、私は彼で満たされていると感じていたのだ。

今ではもう、彼のものは何もなかった。乾いたインクの跡に、新鮮な輝きの思い出が残っていないのと同じことだ。それは私のせいだった。これだけは言うべきでなかった言葉を、私が口にしたためだ。過去は存在しないと言ってしまったのだ。そしてたちまち、音もなく、ロルボン氏は無に帰したのである。

私は彼の手紙を手にとって、一種の絶望的な気持に駆られながらそれを指で確かめた。

「それでもやはり彼だ」と、私は心につぶやいた、「彼がこれらの文字を一つひとつ記したのだ。この紙の上によりかかり、ペンの下で紙が動かないように、指で押さえたのは彼だ」

だが手遅れだった。これらの言葉にもう意味はない。もはや私が手のなかに握りしめている黄ばんだひと束の紙以外に、何も存在してはいなかった。たしかに、次のようなこみ入った話はあった。すなわち、一八一〇年にロルボンの甥が皇帝《ツァー》の警察によって暗殺され、彼の書類は没収されて機密資料部に移管され、ついで百十年後に、権力を奪ったソビエト政府によって国立図書館に収められ、その図書館で一九二三年に私がこれを盗んだ、ということだ。しかし、この話は本当らしくないし、自分が犯したこの盗みにしても、私はいっさい本当の記憶を持っていなかった。この書類が現に私の部屋にある、ということを説明するためには、もっと信じやすい幾通りもの別の話を見つけるのも困難ではなかっただろう。だがそれもことごとく、このざらざらした紙の前では、泡のように空しく軽いものに見えるだろう。ロルボンと連絡をつけるためには、こんな書類に頼るよりも、いっそ直ちに回転テーブル[1]にでもお伺いを立てた方がましではなかろうか。ロルボンはもう存在していなかった。完全に存在していなかった。もし彼の骨が多少残っていても、それはまったく独立に、骨自体で存在しているのであって、もはや塩分と水を含んだ少しばかりの燐酸塩と炭酸石灰にすぎないのだった。

私は最後の試みを行なった。ジャンリス夫人のこの言葉、それでもって——通常は——侯爵を思い浮かべていた言葉を心に繰り返したのだ。「皺の寄った、清潔でくっきりした彼の小さな顔は、疱瘡のあばただらけであるが、そこには独特の意地悪さがあらわれていて、どんなに隠そうとしてもそれがすぐ人目につくのだった」

彼の顔が従順に私の前に現れた、尖った鼻、青ざめた頬、その微笑。私は彼の顔立ちを思いのままに形成することができた。おそらく以前よりもっと容易ですらあったろう。ただ、それはもはや心のなかのイメージ、一つの虚構にすぎなかった。私は溜息をつき、耐え難い欠如感を抱きながら、のけぞって椅子の背に身をもたせかけた。

四時が鳴る。一時間もこうして、私は腕を垂らして椅子に座っていたことになる。暗くなり始めた。それを除けば、この部屋のなかで何一つ変わったものはない。白い紙は相変わらずテーブルの上にある。万年筆とインク瓶の横に……。しかし私はもう絶対に、書きかけたこの紙の上に文字を記すことがないだろう。もう絶対に記録文書を調べるために、ミュティレ街とラ・ルドゥート大通りを通って図書館に行くことはないだろう。

　私はぱっと立ち上がって外出し、気晴らしに何でもいいからやってみたかった。しかし指一本を上げても、完全にじっとしているのでない限り、何が起こるか分かっている。それがまたもや起こるのを、私は欲しないのだ。そいつはいつもあまりに早く来すぎるだろう。私は動かない。そして機械的に、紙の束の上に残した書きかけの一節を読む。

「きわめて不吉な噂が注意深く広められた。ロルボン氏はこの策略に引っ掛かったに違いない。なぜなら彼は甥あてに、九月十三日付けの手紙で、少し前に遺言を認めたと書いているからだ」(1)

　ロルボン大事件は終わった、一大恋愛が終わるように。別なものを見つける必要があるだろう。数年前に上海のメルシエの事務所で(2)、私はとつぜん夢から脱出して目が醒めた。それから私は別な夢を見た。皇帝《ツァー》の宮廷で暮らしたが、そこは古い寒々とした宮殿で、冬には戸口の上に氷柱《つらら》ができるほどだった。

今日、私は白い紙の束を前にして目ざめた。燭台、凍りつくように寒かった祭典、制服、震えている美しい肩、そういったものは消滅した。その代わりに、この生ぬるい部屋のなかに何かが残っている。私の見たくない何かが。

ロルボン氏は私の協力者だった。彼は在るために私を必要としたし、私は自分が在ることを感じないために彼を必要としていた。私は原料を提供していた。私がありあまるほど持っている原料、自分では使い道の分からない原料、つまり存在、私の存在を提供していたのだ。一方、彼の役割は演じることだった。彼は正面から私と向かい合い、彼の生涯を演じるために、私の生を捉えた。私はもう自分が存在していることに気がつかなかった。私はもはや自分のなかでは存在せず、彼のなかで存在していた。私が食べるのは彼のため、息をするのも彼のためだった。一つひとつの私の動作は、外部で、すなわちそこで、私の正面で、彼のなかで意味を持っていた。私はもう、紙の上に字を書く自分の手も、書いた文章さえも見ていなかった――ただ背後に、紙の向こうにいる侯爵を見ていた。侯爵がこの動作を要求したのであり、動作は彼の存在を延長し、それを堅固なものにしていた。私は彼を生かす手段にすぎず、彼は私の存在理由だった。彼は私を、私自身から解放してくれたのだ。では、これから私は何をするのか？

とりわけ動かないこと、動かないことだ。……ああ！

この肩の動き、それを私は止めることができない……。

待ちかまえていた〈物〉が急を察してざわざわし始めた。それは私に襲いかかり、私のなかに流れこみ、私は〈物〉で満たされた。――そんなことは何でもない。〈物〉、それは私だ。存在は解放され、自由になり、私の上に逆流してくる。私は存在する。

私は存在する。それはやわらかい、実にやわらかい、実にゆったりしている。そして軽い。まるで空中にひとりで浮かんでいるみたいだ。それは動いている。至るところにそっと触れるが、すぐに溶けて消えてしまう。とても、とてもやわらかい。私の口のなかには泡立つ水がある。私はそれを呑みこむ。水は喉のなかを滑り、私を撫でて行く――そしてまたしても口のなかにそれが生まれる。私は永遠に、口のなかに白っぽい――わずかばかりの――小さな水たまりを持ち続けており、それが舌に触れる。この水たまり、それも私だ。それから舌。また喉。これも私だ。

私はテーブルの上に広がる自分の手を見る。手は生きている――それは私だ。手は開く。指は伸び、突き出す。手は甲を下にして、脂ぎった腹を見せている。まるで仰向けになった動物のようだ。指は動物の脚だ。私は試みにそれを動かしてみる。うんと速く、甲羅を下にしてひっくり返った蟹の脚のように。蟹は死んだ。脚は縮こまり、私の手の腹の上に引き寄せられる。爪が見える――私のなかで唯一の生きていないものだ。もっともそれもあやしい。手は向きを変えて、うつぶせに広がり、今は背を晒している。銀色の背中が少し光っている――指骨の付け根に赤毛が生えていなければ、魚のように見えるだろう。私は手を感じる。私の腕の先で動いているこの二匹の動物、それは私だ。私の手は、その一本の脚の爪で、別な一本の脚を掻く。私は手の重みをテーブルの上で感じるが、そのテーブルは私ではない。この重さの感覚、それは長く、長く、消えることがない。消える理由はないのだ。ついに、それは耐え難いものになる……。私は手を引っこめて、ポケットに入れる。けれどもすぐさま布地を通して、腿のぬくもりを感じる。たちまち私は手をポケットから勢いよく引き出す。それを椅子の背に添ってぶらんと下げる。今は腕の端にその重さが感じられる。それは少しだけ、ほんの少しだけ引っ張っている。やんわりと、ふんわりと、手は存在している。これ以上しつこくは言うまい、どこへ置こうと手は存在し続けるだろうし、私は手が存在することを感じ続けるだろう。これは抹殺できないし、肉体のそれ以外の部分も抹殺できない。私のシャツを汚す湿っぽい熱も、まるでスプーンでかき回すようにのんびりと身体をめぐっている温かい脂肪も、内部でさまようすべての感覚、行ったり来たりし、横腹から腋の下へと上って行ったりする感覚、または朝から晩まで決まった片隅でおとなしく潜んでいる感覚も、抹殺できないのだ。

　私はぱっと立ち上がる。もし考えることさえやめられれば、それだけでもましなのだが。思考というのは、何よりも味気ないものだ。肉体よりもさらに味気ない。それはどこまでも続いて一向に終わることがなく、妙な味を残していく。おまけに思考の内部には言葉がある。言いかけた言葉、絶えずまたあらわれる不完全な文が。「私は終えなければ……。私は存……。死んだ……。ロルボン氏は死んだ……。私は逆に……。私は存……」。もういい、もういい……こんなふうに、絶対に終わることがない。これが他のもの以上に始末におえないのは、自分に責任があり、自分が共犯者だと感じるからだ。たとえば、私は存在する、といったつらい考察だが、それを続けているのは私である。この私だ。肉体ならば、いったん始まればあとはひとりで生きていく。しかし思考はこの私がそれを継続し、展開するのだ。私は存在する。私は存在すると考える。ああ！　長くくねくねと続くこの存在するという感覚――それを私は展開している、ごくゆっくりと……。もしも考えるのをやめることができるならば！　私は試みる。そして成功する。頭のなかは煙が充満しているようだ……しかしまたぞろそれが始まる。「煙……考えない……。私は考えたくない……。私は考えたくないと考える。私は考えたくないと考えてはならない。なぜならそれもまた一つの思考だからだ」。つまり絶対に終わることがないのだろうか？

　私の思考、それは私だ。だからこそ私はやめることができないのである。私が存在するのは私が考えるからだ……そして私は考えるのをやめられない。今この瞬間でさえ――まったくぞっとするが――私が存在するのは、存在することに嫌気がさしているからだ。私は無に憧れるが、その無から私を引き出すのは私、この私だ。存在することへの憎しみ、存在することへの嫌悪、これもまた私を存在させ、存在のなかに私を追いやる仕方である。思考は私の背後から目眩《めまい》のように生まれる。私は思考が頭の後ろから生まれるのを感じる……私が譲歩すれば、思考は前方に、両目のあいだにやって来るだろう――そして私は必ず譲歩する。思考は大きく、大きくなって、今や巨大なものとなり、私をすっかり満たし、私の存在を更新する。

　唾は甘ったるく、身体はなま温かい。私は自分が味も素っ気もないと感じる。ナイフはテーブルの上にある。私は刃を開く。どうしていけないのか？　いずれにせよ、いくらか変わるだろう。私は左手をメモ用紙の上に置き、自分の手のひらにナイフをぱっと突き刺す。動作があまりに神経質だったのか、刃が滑って傷はごく浅い。血が出る。それで？　何か変わったことがあるのか？　ともあれ私は満足感を覚えながら、少し前に自分で書いた白い紙の上の数行の文字にかかる小さな血の溜まり、ついに私であることをやめたこの血の溜まりを眺める。白い紙の上の四行の文字と、血の染み、これこそ美しい思い出だ。私はその下にこう書くべきだろう、「この日、私はロルボン侯爵にかんする本を書くのを諦めた」と。

　傷の手当てをしようか？　私は躊躇する。私は少しばかりの血がじわっと出てくるのを見つめる。ちょうどそれが固まり始めたところだ。お終いだ。傷のまわりの皮膚は錆びたように見える。皮膚の下には、他の感覚と似たような微かな感覚しか残っていないが、それはたぶんいっそう味気ないものだ。

　五時半が鳴る。私は立ち上がる。冷たいシャツが肌にはりつく。私は外出する。なぜか？　つまりそうしない理由もないからだ。たとえ部屋にいても、たとえ黙って隅にしゃがみこんでいようとも、自分を忘れることはないだろう。私はそこにいて、床に体重をかけているだろう。私は在るのだ。

通りがかりに新聞を買う。センセーショナルなニュースだ。リュシエンヌちゃんの遺体が発見された！ インクの匂い[1]。紙が指のあいだで皺くちゃになる。破廉恥漢は逃走した。女の子は強姦された。遺体が発見された、泥のなかで痙攣する指。私は新聞を球のようにまるめる、新聞の上で痙攣する私の指、インクの匂い、ああ、今日はなんと物が強烈に存在するのだろう。リュシエンヌちゃんは強姦された。絞め殺された。彼女の身体はまだ存在している、傷つけられた肉体が。彼女はもう存在していない。彼女の手。彼女はもう存在していない。家々。私は家々のあいだを歩く、私は家々のあいだに在って、真っ直ぐに敷石の上を辿る。敷石は足の下に存在する、家々が私に覆いかぶさる、水が私の上に、白鳥の山となった紙の上に、押し寄せるように、私は在る。私は在る、私は存在する、我れ思う故に我れ在り。私は在る、なぜなら私は考えるからだ、なぜまた私は考えるのか？ 私はもう考えたくない、私は在る、なぜなら私はもう在りたくないと考えているからだ、私は考える……なぜなら……たくさんだ！ 私は逃げる、破廉恥漢は逃走した、彼女の強姦された身体。彼女は自分の肉体に別な肉体が入りこんで来るのを感じた。私は……いま私は……。強姦された少女。強姦という血まみれの甘美な欲望が私を背後からとらえる、ごく甘美に耳の後ろで、耳は私の後ろに流れる、赤毛の髪、それは頭の上で赤茶色をしている、濡れた草、赤茶けた草、それも私だろうか？ そしてこの新聞は、それも私だろうか？ 新聞をにぎる、存在対存在、物は互いにぴったりくっついて存在する、私は新聞を放す。家が飛び出して来る、私の前に家は存在し、壁に沿って私は進む、長い壁に沿って私は存在する、壁の前だ、一歩で、壁が私の前に存在する、一つ、二つ、私の後ろだ、壁は私の後ろに在る、一本の指が私のズボンのなかで引っ搔いている、引っ搔き、引っ搔いて、泥まみれの少女の指を引っ張る、私の指についた泥、指は泥の溝から出てきたが、静かに静かにふたたび落ちる、力も萎えて、引っ搔くのも弱々しくなった、破廉恥漢め、絞め殺された少女の指は泥を搔いていたが、土を搔く力も衰えた、指は静かに滑って行き、頭を下にして落ち、温かくまるまって私の腿を愛撫する。存在はやわらかい、そして転がり、揺れ動く、私は家々のあいだを揺れ動く、私は在る、私は存在する、私は考える故に揺れる、私は在る、存在は転落だ、落ちた、落ちないだろう、落ちるだろう、指が開口部を搔く、存在は不完全である。男だ。このめかしこんだ男は存在する。男は自分が存在するのを感じている。いや、昼顔のように誇らしげで静かに通り過ぎて行くこの洒落男は、自分が存在していると感じていない。開花するということ。切った手(1)が痛い、存在する、存在する、存在する。洒落男はレジオンドヌール勲章を存在する、口髭を存在する、それだけだ。レジオンドヌール勲章でしかなく、口髭でしかない者は、どんなに幸せだろう、それ以外のものは誰も見ない、彼には鼻の両脇に飛び出している口髭の二つの先端が見える。私は考えない、故に私は口髭である。彼のやせた身体も大きな足も、彼には見えないし、ズボンのなかを探れば、きっと灰色の小さな一対のゴムの固まりが見つかるだろう。彼はレジオンドヌール勲章を持ち、〈下種ども〉は存在する権利を持っている。「私は存在する、なぜならそれが私の権利だから」。私は存在する権利を持つ、故に私は考えない権利を持っている。指が立つ。私はこれから……？　花開く白いシーツのなかで(2)、花開いて静かにふたたび倒れる白い肉体を愛撫し、腋の下の花咲く湿りと肉体の発する薬用酒《エリキシル》とリキュールと開花に触れて、他人の存在のなかに入り、重く甘く甘い存在のかおりのする赤い粘膜に分け入ると、湿った柔らかい唇、うすい血で赤く染まった唇、ぴくぴく動く唇は半ば口を開けて、存在でびっしょり濡れ、透明な膿《うみ》でびっしょり濡れ、まるで目のように涙を浮かべる甘く濡れた唇のあいだに、私は自分が存在するのを感じるのだろうか。私の身体は生きている肉から成り、肉はうごめき、静かにリキュールをかき回し、クリームをかき回し、肉体はかき回し、かき回し、かき回す、私の肉体の快く甘い水、私の手の血、私は傷ついた肉体に快い痛みを感じ、肉体はかき回し、歩き、私は歩き、私は逃れ、私は傷ついた肉体を持つ破廉恥漢で、この壁のそばで存在に傷ついている。寒い、私は一歩進む、寒い、一歩、私は左へ曲がる、彼は左へ曲がる、彼は左へ曲がると彼は考える[1]、狂人、私は狂人か？ 彼は狂人になるのが怖いと言う、存在だ、おい、見たかね？ 存在のなかで彼は立ち止まる、身体は立ち止まる、彼が立ち止まると彼は考える、彼はどこから来たのか？ 何を彼はするのか？ 彼はふたたび歩き出す、彼は怖い、とても怖い、破廉恥漢、欲望は靄のようだ、欲望、嫌悪、彼は存在することに嫌気がさしたと言う、彼は嫌気がさしたのか？ 存在に嫌気がさしたことに疲れたのか？ 彼は走る。何を彼は期待しているのか？ 彼は走って逃げてドックに身を投げるのか？ 彼は走る《クール》、心臓《クール》だ、心臓がどきどきする、お祭りだ。心臓は存在する、足は存在する、息は存在する、それらはみな存在する、走り、息を切らし、どきどきし、ごくやわらかく、ごく甘く、あえいでいる、私があえいでいる、彼があえいでいると彼は言う。存在が私の思考を背後から捉え、ゆっくりとそれを背後から花開かせる。私は背後から捉えられ、背後から思考させられ、つまりは何物かであることを強いられ、存在の軽い泡となって息を切らせる私の背後で、彼は欲望の霧の泡となり、鏡のなかで死者のように蒼白だ、ロルボンは死んだ、アントワーヌ・ロカンタンは死んでいない、気を失うこと。彼は気を失いたいと言う、彼は走る、走る、いたちが走る[2]（背後から）背後から、背後から、リュシルちゃん[3]は背後から襲われ、存在によって背後から強姦され、彼は許しを請い、許しを請うのを恥ずかしく思う、お情けを、助けてくれ、助けてくれ、故に私は存在する、彼は「海軍酒場」[4]に入る、小さな売春宿の小さな鏡、その小さな売春宿の小さな鏡にぼんやり映る彼はのっぽのやわらかな赤毛の男で、腰掛けにどさりと座ると、レコードプレヤーが鳴り始め、存在し、すべてが回り始める、レコードプレヤーは存在し、心臓はどきどきする。回れ、回れ、生命のリキュールよ、回れ、ゼリーよ、わが肉体のシロップよ、優しい言葉だ……レコードプレヤー。

When the mellow moon begins to beam　（やわらかな月が輝き始めるときに
Every night I dream a little dream.　毎晩わたしはちょっとした夢を見る）

低い嗄れた声がとつぜん現れると、世界が消える、存在の世界が。この声を持っていたのは肉体を備えた一人の女だ。彼女は精一杯に着飾って、レコードの前で歌い、その声を人が録音した。女。冗談じゃない！　彼女も私のように、ロルボンのように、存在したのだ。彼女と知り合いになりたいなどとはひとつも思わない。だが、こいつがある。これは存在していると言えないのだ。回るレコードは存在している。声に打たれて震えている空気は存在している。レコードに吹きこまれた声はかつて存在した。聴いているこの私は存在している。すべては充満しており、至るところに存在があり、それは濃密で、重く、やわらかい。しかしそのいっさいのやわらかさの彼方に、これがある、近寄りがたいもの、ごく近くでありながら、何と余りに遠くにあり、若々しく、冷酷で、しかも澄み渡った……この厳しさが。

火曜日

書くことは何もない。存在した。

水曜日

紙のテーブルクロスの上に、太陽の光が輪を作っている。その輪のなかで一匹の蠅がよろよろと這い回り、温まりながら前脚を互いにこすりあわせている。私はこの蠅へのサーヴィスとして、これを押しつぶしてやろう。蠅はまだ、金色の毛が太陽に輝いているこの巨大な人差し指の出現に気づいていない。

「殺さないで下さい！」と独学者が叫ぶ。

蠅は破裂し、白い小さな内臓が腹から飛び出す。私は蠅から存在を厄介払いしたのだ。私は独学者に冷ややかに言う。

「これがこいつへのサーヴィスですよ」

なぜ私はここにいるのか？——またなぜここにいないことがあろうか？　今は正午だ。私は寝る時刻が来るのを待っている。（幸いにも、眠れるのだ）。四日たったらアニーに再会するだろう。今のところ、これが私の唯一の生きる理由だ。それからどうなるか？　アニーが私から去って行ったら？　自分が心ひそかに期待していることは分かっている。彼女がもう決して私から去って行かないことを期待しているのだ。ただし、よく承知していなければならないが、アニーは私の前で老いていくことを絶対に受け入れないだろう。それでも私は弱く、独りきりで、彼女を必要としている。できれば自分に力があるあいだにアニーに再会したかった。彼女は落伍者に対して情け容赦もないからだ。

「いかがですか？　ご気分はよろしいですか？」

独学者は目で笑いながら、私を横目づかいに見る。息を切らした犬のように、口を開けていくぶんはあはあしている。実を言うと、彼に会うというので、今朝の私はほとんど幸福な気分だった。それほど他人《ひと》と話したかったのである。

「おいでいただけたとは、なんて幸せなことでしょう」と彼は言う、「もしお寒ければ、暖房のそばに移動しても構いません。あの人たちは、もうすぐ出て行くでしょう。勘定を頼んでいましたからね」

誰かが私に気を使って、寒くはないかと心配している。私が他人と話をしている。こんなことが起こったのは何年ぶりだろう。

「ほら、出て行きますよ、席を変えましょうか?」

二人の男性客はタバコに火をつけた。彼らは出て行く。今は太陽の当たる澄んだ空気のなかにいる。両手で帽子を持ちながら、大きなガラス窓沿いに進む。そして笑っている。風が二人のオーバーを膨ませる。いや、私には席を変える気持がない。そんなことをして何の役に立つだろう? それにここなら窓を通して、海水浴客用のいくつも並んだ更衣ボックスの白い屋根のあいだに、緑色の海が小さく見えるのだ。

独学者は札入れから、紫色をした長方形の厚紙を二枚取り出した。あとでレジにそれを渡すのだろう。私は逆さまの方向から、その一枚に書かれた次の文字を判読する。

ボタネ軒、美味しい手作りの味。
昼定食八フラン。
お好み前菜。
肉料理と野菜のつけ合わせ。
チーズまたはデザート。

二十回券百四十フラン。

ドアのそばの円いテーブルで食事をしている男が誰だったか、いま思い出した。よくプランタニア・ホテルに泊まる出張のセールスマンだ。彼はときおり私に、注意深く愛想のいい視線を注ぐ。しかし私を見ているわけではない。自分の食べるものを吟味するのにすっかり心を奪われているのだ。レジの反対側では、赤ら顔でずんぐりした二人の男が、白ワインを飲みながらムール貝を味わっている。薄い黄ばんだ口髭をつけている小さい方の男は、何か話をしながら自分で面白がっている。彼は間をおき、真っ白な歯を見せて笑う。相手は笑わない。険しい目をしている。しかしたびたび「なるほど」と頷く。窓のそばには痩せて浅黒い肌をした一人の男、品のいい顔立ちで、美しい白髪を後ろになびかせた人物が、物思わしげに新聞に読みふけっている。かたわらの腰掛けの上には、革の鞄が置かれている。彼はヴィシー水を飲んでいる。間もなくこの人たちはみな出て行くだろう。食べた物で腹はくちくなり、微風にふかれてコートの前をはだけ、いくらか上気してざわついている頭で、彼らは浜にいる子供たちや海に出ている舟を眺めながら、手すり沿いに歩いて行くだろう。仕事に行くのだ。私はどこへも行かない。仕事がないのだから。

独学者は無邪気な笑いを浮かべる。太陽がまばらな彼の髪のなかでちらちらしている。

「召し上がるものをお選び下さい」

彼はメニューを差し出す。私は前菜を一つ選ぶ権利がある。輪切りにしたソーセージ五枚か、ラディッシュか、小えびか、あるいはオードブル用の皿に盛ったセロリのレムラードソースあえだ。ブルゴーニュの蝸牛には割り増し料金がつく。

「ソーセージを下さい」と私はウェイトレスに言う。

独学者はメニューを私の手から引ったくる。

「もっといいものはありませんか？　ほら、ブルゴーニュの蝸牛がある」

「蝸牛はあまり好きじゃないのでね」

「そうですか！　それじゃ牡蠣《かき》は？」

「それは四フラン追加になります」とウェイトレスが言う。

「そんなら牡蠣だ――そうしてぼくにはラディッシュ」

そして顔を赤らめながら説明する。

「ラディッシュがとても好きなものですから」

私もだ。

「で、おあとは？」と彼は訊ねる。

私は肉のリストに目を走らせる。牛のワイン蒸しが美味しそうだ。しかし私はあらかじめ、若鶏のシャスール風(1)を食べることになるのを知っている。これだけが肉料理のなかで追加料金つきなのだ。

「こちらのかたには若鶏のシャスール風を差し上げて下さい」と独学者はウェイトレスに言う、「ぼくには牛のワイン蒸しだ」

彼はメニューを裏返す。ワインのリストは裏面にある。

「ワインを飲みましょう」と彼は、いくらか改まった顔で言う。

「まあ珍しい！」とウェイトレスが言う、「いつもはけっしてお飲みにならないのに」

「なに、場合によるよ。ぼくだってワインの一杯くらい平気さ。アンジューのロゼワインをカラフで持ってきてくれますか？」

　独学者はメニューをおき、パンを細かくちぎり、自分の食器をナプキンでこする。新聞を読んでいる白髪の男にちらりと目をやり、それから私に微笑する。

「いつもはここへ本を一冊持って来るんです。医者にはやめろと言われましたがね。あまり速く食べすぎたり、嚙まなくなるからというんです。でも私の胃袋はとても丈夫でしてね、何でも呑みこめます。一九一七年の冬に、私が捕虜になったとき、食べ物がひどくて皆が病気になったんです。むろん私も他の者と同じに病気ということにしましたが、実は何でもなかったんです」

　彼が戦争で捕虜になった……。その話を聞くのはこれが初めてだ。私は呆気にとられる。彼のことは独学者であるということ以外に想像できない。

「どこで捕虜だったんですか？」

　彼は答えない。フォークをおいて、私の顔を食い入るような目で見つめる。きっとこれから彼の心配事を話そうというのだろう。今になって私は、図書館で何かうまくいかないことがあったのを思い出す。私は全身を耳にして彼の言葉を聴く。私はひたすら他人の心配事に同情することしか望まない。それが私を変えてくれるだろう。私にはいわゆる心配事がない。金利生活者のように金はあるし、上役はいないし、妻も子供もない。私は存在している。ただそれだけだ。そしてこの厄介な問題は、あまりにぼんやりした、あまりに形而上学的なものなので、恥ずかしくなるほどだ。

　独学者はしゃべりたがっているようにも見えない。何と奇妙な視線を私に投げかけているのだろう。それは見るためではなく、むしろ魂の交わりのための視線だ。独学者の魂は、何も見えていないような彼の見事な目の縁までせり上がって来て、そこに姿をあらわす。私の魂が同じことをして、ガラス窓に鼻先をくっつけたら、二つの魂はそこで挨拶を交わすだろう。

私は魂の交わりを望まない。そこまで堕落してはいないのだ。私は身体を後ろに引く。ところが独学者は私から目を離さずに、テーブルの上まで上半身を乗り出してくる。幸いにして、ウェイトレスが彼にラディッシュを持ってくる。彼はふたたび椅子に腰を落とし、魂は目から消える。そして従順に食べ始める。

「あれは解決したんですか、あなたのご心配は?」

彼はぎょっとする。

「心配って、何のことでしょう?」と彼は怯えた様子で訊ねる。

「ほら、このあいだ私に言われたじゃありませんか」

彼はさっと顔を赤らめる。

「ああ!」と彼は無愛想な声で言う、「ああ! そうでした、このあいだはね。実はあのコルシカ人、図書館のコルシカ人のことですよ」

彼はまたしてもためらって、おとなしい羊が頑なになったような表情をする。

「陰口を言うんですよ。でもこんなことでお耳を汚したくはありませんから」

私は無理にとは言わない。彼は、一見そうとは見えないが、異常なスピードで食べる。私に牡蠣が運ばれてきたときには、もうラディッシュを片づけたあとだ。彼の皿には一塊りの緑の茎と、少しばかりの湿った塩しか残っていない。

店の外では二人の若い男女がメニューの前に立ち止まっている。それは、厚紙で作られた料理人が左手で差し出しているメニューだ(右手にはフライパンを握っている)。二人は躊躇している。女は寒がって、毛皮の衿に顎を埋めている。若い男がまず決断してドアを開けると、連れを先に通すために身をよける。

彼女は店に入って来る。にこにこと周囲を見回すと、少し身を震わせる。

「暖かいのね」と低い声で言う。

若い男はふたたびドアを閉める。

「こんにちは、みなさん」と彼は言う。

独学者は振り返って、愛想よく言う。

「やあ、こんにちは」

他の客は答えない。しかし品のいい男性客は少し新聞を下げて、深みのある目つきで新来の客をじっくりと観察する。

「ありがとう、結構ですよ」

手助けに駆けつけたウェイトレスが、何かをする間もあらばこそ、青年はするりとレインコートを脱いでしまう。彼はスーツの代わりに、ジッパーのついた革のジャンパーを着ている。少し拍子抜けしたウェイトレスは、若い女の方を向いたが、青年はまたしても先を越して、優しくきっぱりした動作で、連れがオーバーを脱ぐのを手伝ってやる。彼らは私たちの近くの席に、寄り添って座る。二人はずっと前からの知り合いのようには見えない。若い女の顔は疲れているがすっきりしていて、いくらかふてくされたようなところがある。不意に彼女は帽子をとると、微笑みながら黒い髪をゆする。

独学者は好意をこめて、しげしげと二人を見ている。それから私の方を向くと、感動のこもった目配せをする。まるでこう言いたいかのようだ、「なんて彼らは美しいんでしょう!」

醜くはない。彼らは黙っているが、一緒にいるのが幸せであり、一緒にいるのを見られるのが幸せなのだ。アニーと私も、かつてピカデリーのレストランに入って行ったとき、何度も自分たちが、人びとの共感の目で見られる対象になっているのを感じたものだ。アニーはそれに苛立ったが、私は実を言うと少々得意だった。まず何よりも驚いたのだ。私は目の前の青年によく似合うような小綺麗な恰好をしていたことは決してなかったし、私の醜さは感動的だなどと言われるはずもないからだ。ただ、私たちは若かった。現在の私は、他人の若さに心を動かされる年齢になっている。しかし私は心を動かされない。女は影のある優しい目をしている。青年の皮膚はオレンジ色で、いくらかざらざらしており、意志の強そうな小さくて魅力的な顎をしている。彼らはたしかに私の心を打つ。だがまた、いくらかうんざりもさせるのだ。私は彼らをひどく遠くに感じる。二人は暖かさにけだるくなって、心のなかで同じ夢を、ごく甘く、ごく頼りない夢を追っている。彼らはくつろいで、黄色い壁や他の人びとを信頼をこめて眺める。世界はあるがままで素晴らしい、まさに今あるがままで素晴らしい、と考えているのだ。そして銘々が一時的に、自分の生の意味を相手の生のなかから汲み出している。間もなく彼らは二人でたった一つの生活を形成するだろう。のろのろとした生ぬるい生活、もはや何の意味もない生活だ——しかも彼らはそれに気づきもしないだろう。

彼らはどちらも相手に気後れを感じているように見える。揚げ句の果てに若い男の方が、不器用に、しかし思い切って、指の先で連れの手をとる。女はほっと深く息をつく。それから二人は一緒にメニューの上に屈みこむ。そうだ、彼らは幸せなのだ。そして、それから後は?

独学者は面白がっているような、いくらか曰くありげな顔をする。

「一昨日《おととい》、あなたのことをお見かけしましたよ」

「ほう、どこで？」

「はっ！　はっ！」と彼は敬意をこめながら、からかうように言う。

少し間をとって、それから、

「美術館から出てこられたところを」

「ああ、なるほど」と私は言う、「あれは一昨日じゃない、土曜日ですよ」

一昨日は、もちろん美術館めぐりなどする気分ではなかった。

「有名なオルシーニによる襲撃事件(1)を木彫りで再現したものはご覧になりましたか？」

「そいつは知らないんですが」

「まさか！　入口の右手の小さな部屋にありますよ。コミューヌの蜂起に参加した男の作品で、彼は大赦まで屋根裏に隠れてブーヴィルで暮らしていたんです。アメリカに行く船に乗ろうとしたんですが、この町では港湾警察がよく組織されていましてね。すごい男ですよ。強制的に与えられた余暇を使って、樫の巨大なパネルに彫刻をほどこしたんです。道具といえば、自分のナイフと、一挺の爪鑢《つめやすり》だけ。手とか目といった細かい部分は、鑢で仕上げたんです。パネルは長さが一メートル五十で、幅が一メートル。作品全体が一続きのものです。七十人の人物がいて、一人ひとりの大きさは私の手のひらくらい、ほかに皇帝の馬車を引いている二頭の馬がいます。とくに顔ですよ、鑢で彫られた顔が、みんな表情があって、人間的なんです。敢えて言わせていただければ、これは一見の価値がある作品ですよ」

私はこの話に深入りしたくない。

「私はただ、ボルデュランの絵をもう一度見たいと思っただけですよ」

独学者は急に悲しそうな顔をする。

「あの大広間の肖像画ですか？」と彼は、怯えたような薄笑いを浮かべて言う、「私は絵がさっぱり分からないのです。むろん、ボルデュランが大画家だということは、承知しています。彼には独特のタッチがあることも分かります。腕達者とでも言うんでしょうか？　でも問題は楽しさですよ、審美的な楽しさが私には無縁なのです」

私は同情を覚えて彼に言う。

「私だって彫刻にかんしては似たようなものですよ」

「そうですか！　残念ながら私もです。音楽についても、舞踊についても。ただし私に多少の知識がないわけじゃありません。ところがどうでしょう、まったく信じられない、私の知識の半分も持たない若い連中が、一枚の絵の前に立って、楽しみを味わっているらしいのです」

「きっと、そんな振りをしているんですよ」と私は勇気づけるように言う。

「かもしれません……」

独学者は一瞬、夢見るような様子だ。

「残念なのは、ある種の喜びが奪われていることじゃありません。むしろ、人間の行動の一部門全体が、私には無縁だということなんです……。それでも私は一人の人間だし、こうした絵を描いたのも人間たちなんですがね……」

とつぜん彼は、今までと違った声で続ける。

「実はですね、一度思い切って、美とは好みの問題にすぎない、と考えたことがあるんです。一つひとつの時代ごとに、異なった規則がありはしませんか？　ちょっと失礼」

彼がポケットから黒い革表紙の手帖を取り出すのを見て、私はびっくりする。彼は少しのあいだ、それをめくっている。空白のページがたくさんあるが、ところどころに赤インクで、数行の文字が書かれている。彼の顔は真っ青になった。手帖をテーブルクロスの上に平らにおき、その開いたページに大きな手をのせている。困ったように咳払いをする。

「私にはときどき頭に浮かぶことがあるんです——思想、とはとても言えませんが。実に不思議なんです。私がそこにいて、何かを読んでいる。すると不意に、どこから来るのか知りませんが、啓示のようなものがひらめくのです。初め私は、あまりそれに注意していませんでしたが、そのうちに手帖を買おうと決心したのです」

彼は口をつぐんで私を見つめる。返事を待っているのだ。

「ああ！　なるほど！」と私は言う。

「これから申し上げる箴言は、もちろん仮のものです。私の勉強は終わっていないのですから」

彼は震える手で手帖をつかむ。とても興奮している。

「ちょうどここに絵にかんするものがあります。これを読み上げさせていただけると嬉しいのですが」

「喜んでうかがいましょう」と私は言う。

彼は読み上げる。

「もはや誰一人として、十八世紀が真実としたものを信じる者はいない。しかるにどうして人は、十八世紀が美と見なした作品に、われわれが今なお楽しみを覚えることを望むのか？」

彼は懇願するような顔つきで私を見つめる。

「これをどう考えるべきでしょう？　これはたぶん、いくらか逆説的でしょう？　つまり私は自分の観念に、警句の形を与えられると思ったんです」

「そうですね、私は……とても面白いと思いますよ」

「これをどこかでもう読まれたことがおありですか?」

「まさか、絶対にありませんね」

「本当ですか、一度も、どこでも? そうすると」と彼は顔を曇らせて、「これは真実でないことになる。真実なら、誰かがもう考えているはずですから」

「ちょっと待って下さい」と私は彼に言う、「いま考えてみると、何かこのようなものを読んだような気がしますよ」

独学者の目は輝き始める。彼は鉛筆を取り出す。

「どの作者のものですか?」と、きっぱりした口調で訊ねる。

「ええと……ええと、ルナンです」

彼は大喜びだ。

「すみませんが、正確な文句を引用していただけませんか?」と、鉛筆の先を舐め舐め言う。

「でも、これを読んだのはずっと以前のことですから」

「いや、構いません、ちっとも構いません」

彼は手帖の箴言の下にルナンの名前を書きこむ。

「私はルナンと一致したんだ! いまは鉛筆で名前を書きましたがね」と彼は有頂天になって説明する、「今夜、赤インクで上からなぞりますよ」

彼は少しのあいだ、手帖をうっとりと眺める。私は彼が別の箴言を読むのを待っている。ところが彼は大事そうに手帖を閉じて、ポケットに入れてしまう。おそらく、たったの一回でもう充分な幸運だと判断したのだろう。

彼はいかにも親しげな顔で言う、「こんなふうに、ときどきくつろいでお話できるというのは、なんて楽しいことなんでしょう」

この間の抜けた台詞は、案の定、私たちのだらけた会話を踏みにじる。あとには長い沈黙が続く。若い二人がやって来てから、レストランの雰囲気は変わった。赤ら顔の二人の男はしゃべるのをやめた。彼らはじろじろと、若い女の魅力を仔細に値踏みしている。品のいい男性客は新聞をおいて、カップルを眺めて悦に入っているが、それはほとんど共犯者といった態度である。老年は賢明で、青春は美しい、と考えているのだ。彼は一種の気取りをこめて頭を振る。自分がまだ美しく、見事に若さを保っていること、浅黒い肌とすらりとした身体で、今なお女を誘惑できることを知っているのだ。しかし彼は自分を父親のように感じることを楽しんでいる。ウェイトレスの気持はもっと単純に見える。彼女は二人の若者の前に突っ立って、口をぽかんと開けて彼らを眺めている。

二人は小さい声で話している。前菜が出されているが、それに手もつけない。耳を澄ますと会話の一端が聞こえる。抑揚に富んだかすれ声でしゃべる女の言うことの方が、私には聞き取りやすい。

「だめよ、ジャン、だめよ」

「なぜだめなの？」と若い男は、感情に駆られて勢いよくささやく。

「言ったじゃないの」

「あんなこと理由にならないよ」

聞き取れない言葉が交わされた後に、若い女はうんざりしたといったような可愛いらしい仕草をする。

「あたし何度もやろうとしたのよ。もう人生をやり直せる歳は過ぎたの。あたしはもうお婆さんよ」

若い男は皮肉に笑う。彼女は続ける。

「耐えられそうもないわ……幻滅したら」

「信頼を持つことが必要だよ」と若い男が言う、「いまのきみのような状態じゃ、生きていると言えないよ」

彼女は溜息をつく。

「分かってるわ！」

「ジャネットをご覧よ」

「そうね」と彼女はむっとしたような顔で言う。

「ぼくはね、彼女のしたことはとても素晴らしいことだと思うな。勇気があるよ」

「でもね」と若い女、「あのひとはむしろ、大急ぎでチャンスに飛びついたのよ。言っておくけど、もしそうしようと思ったら、あんなチャンスはあたしにも山ほどあったわ。でもあたしは待つ方がいいと思ったの」

「きみが正しかったよ」と男は優しく言う、「ぼくを待っていてくれたのは正しかった」

今度は彼女が笑う。

「なんてしょってるの！　そんなこと言ってないわ」

私はもう聴いていない。彼らには苛々させられる。彼らはやがて一緒に寝るのだろう。それを二人は知っている。どちらも、相手がそれを知っているということを知っている。しかし、彼らは若く純潔で節度があるし、どちらも自分自身を尊重しながら相手も尊重し続けようと思っているし、また恋愛は傷つけてはならない偉大な詩的事件なので、結局二人は週に何度もダンス・パーティやレストランに行き、そのささやかなお決まりの機械的ダンスという見世物をみなに披露することになるだろう……。

つまるところ、時間は潰さなければならない。彼らは若くて丈夫だから、まだ三十年くらいは時間があるだろう。だから急ぐことなく、ぐずぐずしており、それはべつに間違っているわけでもない。いずれ一緒に寝たときには、彼らの存在の途方もない不条理性を隠すために、別なものを見出す必要が生じるだろう。それにしても……自分に嘘をつきつづけることが絶対に必要なのであろうか？

私は店のなかを見回す。なんという茶番《ファルス》だろう！　この連中はみな真面目な顔をして座って食べている。いや、食べているのではない。彼らは自分に課せられた仕事を立派に遂行するために、体力を回復しているのだ。各人がささやかな個人的こだわりを持っており、それに妨げられて、自分が存在していることに気づかない。自分が誰かのために、または何かのために不可欠である、と思っていない者は一人もいない。このあいだも独学者が、「何者もヌーサピエ以上に、この広汎な総合研究を試みる能力を備えてはいなかった」と私に言ったではないか？　この人たちは銘々が何かささやかなことをしており、それをやるのに何者も彼らにまさる能力を備えてはいないのだ。何者もそこにいるセールスマン以上に、スワン練り歯磨きを売りさばく能力を備えてはいない。何者もこの興味深い若者以上に、隣の女のスカートのなかをごそごそ探る能力を備えてはいない。そして私は彼らのあいだにいる。もし彼らが私を見たら、何者も私以上に、私のやっていることをする能力を備えてはいない、と考えるに違いない。だがこの私は知っている。私は何一つ特別なものを持っているようにも見えないが、しかし自分が存在し、彼らが存在していることを知っているのだ。もしも私が人を説得する技術を心得ていたら、白髪の美貌の男性のそばへ行って座り、存在とは何かを彼に説明するだろう。彼がどんな顔をするかと思うと、私は噴き出してしまう。独学者は驚いて私を眺める。私は何とか笑いをこらえたいのだが、それができない。私は涙が出るほど笑う。

「楽しそうですね」と独学者は、警戒するような態度で言う。

「それはね、こう考えたからですよ」と私は笑いながら彼に言う、「私たちはみんなここにいるかぎり、自分の貴重な存在を維持するために食べたり飲んだりしているけれども、実は存在する理由など何もない、何一つない、何一つないんです」

独学者は深刻な顔つきになって、私の言うことを理解しようと努力している。私はあまり大きな声で笑いすぎた。いくつもの頭が私の方へ振り返るのを見たからだ。それに、ここまで言ってしまったことが悔やまれる。結局のところ、これは誰にも関係がないのだ。

彼はゆっくりと繰り返す。

「存在する理由など何もない……。おそらく、人生には目的がない、とおっしゃりたいのでしょうか？これはいわゆる厭世主義《ペシミスム》ではありませんか？」

彼はなおしばらく考えてから、静かに言う。

「数年前に、あるアメリカ人の著者が書いた本を読みましたが、それは『人生は生きるに値するか？』というのです。あなたがご自分に課されている問題はこれではありませんか？」

もちろん違う。私が自分に課している問題はそのことではない。しかし、何も説明する気にならない。

「著者の結論はですね」と独学者は慰めるような口調で言う、「意志的な楽観主義《オプティミスム》に賛同するものでした。人生は、それに意味を与えようとすれば意味がある。まず行動し、一つの企てのなかに身を投じなければならない。しかる後に反省すれば、すでに賽は投げられており、人は束縛《アンガジェ》されている、というのです。あなたがこれについて、どう考えられるかは分かりませんが」

「べつに何も」と私は言う。

というよりもむしろ、それはまさしくあのセールスマンや、二人の若者や、白髪の男性が、絶えず自分に対してついている類の嘘であると私は考える。

独学者は、少し意地悪そうに、またたいそう勿体ぶった様子で微笑する。

「私もそうは考えません。われわれの人生の意味を、そんなに遠くまで求めに行く必要はないと思いますね」

「というと？」

「一つの目的があるのですよ、一つの目的が……人間がいるのです」

そうだった。私は彼がヒューマニストであるのを忘れていた。彼は一瞬、黙っているが、そのあいだに、半分残っていた牛のワイン蒸しと、まるまる一切れのパンとを、容赦なくぺろりと平らげてしまう。「人間がいるのです……」、この心優しき男は、自分のすべてを描き出した。——そうだ、しかし彼はそれを巧みに言う術を心得ていない。彼の目には魂があふれている。それは異論の余地もない。しかし魂だけでは不充分だ。私はかつてパリのヒューマニストたちと頻繁に会っており、幾度となく彼らが「人間がいるのです」と言うのを聞いたが、それはこんな言い方ではまったくなかった！　とくにヴィルガンはずば抜けていた。彼はまず眼鏡を取るが、それはまるで裸になって、人間の肉体をさらすかのようだった。そして感動的な目、重く疲れた視線で、私をじっと注視する。それは私の人間的本質をとらえるために、私の着ているものを剝ぎ取るかのように見えた。それから彼は音楽的に節《ふし》をつけて、「人間がいるんだよ、きみ、人間がいるんだよ」と呟きながら、その「いるんだよ」に、一種の不器用な力をこめる。まるで人間に対する彼の愛情、絶えず新鮮な驚きを覚えている愛情が、その巨大な翼で身動きもとれなくなったかのように。

独学者の身振りは、それほどの滑らかさを獲得していなかった。人間に対する彼の愛情は、素朴で野蛮なものだ。これは田舎のヒューマニストである。

「人間ですか」と私は言った、「人間……いずれにしても、あなたは余り人間に関心がないように見えますが。いつも独りで、いつも本に鼻を突っこんでおられるのですから」

独学者は手を叩く。そしてからかうように笑い出す。

「あなたは間違えていますよ。やれやれ、こう申しては失礼ですが、とんでもない思い違いです！」

彼はちょっと考えこむ。そして慎ましやかに、食べた物を呑みこんでしまう。彼の顔は暁の空のように輝いている。彼の後ろでは、若い女が小さな笑い声を上げる。連れの男が彼女の方に身を屈めて、耳に何か囁いているのだ。

「思い違いをなさるのも、ごく自然なことです」と独学者は言う、「あなたに申し上げるべきでした、ずっと前に……。でも、この通り気が弱いものですから。機会を探していたのです」

「まさに絶好の機会到来ですね」と私は鄭重に言う。

「私もそう思います。そう思いますとも！　これから申し上げようとすることは……」――彼は顔を赤らめて言葉を切る、「でもひょっとして、ご迷惑ではありませんか？」

私は彼を安心させる。彼はほっと嬉しそうに溜息をつく。

「あなたのように広い視野と洞察力のある知性とをかね備えたかたに、毎日お目にかかるわけじゃありませんからね。私は何カ月も前から、あなたとお話したいと思っていたのです。私が以前はどんなふうで、それからどうなったかをご説明するために……」

彼の皿は、まるで運ばれてきたばかりのように、空っぽできれいになっている。私はとつぜん自分の皿の横に、錫の小さな皿を発見したが、そこには若鶏の腿が褐色のソースのなかに泳いでいる。こいつを食べなければならない。

「先ほど、ドイツで捕虜になったことをお話しました。すべてが始まったのはそこからです。戦前の私は孤立していましたが、そのことに気づいていませんでした。私は両親と一緒に暮らしていました。両親は善良な人たちですが、私とはあまり理解しあえなかったのです。あの時期のことを思い出しますとね……。どうしてあんな生活ができたんでしょう？　私は死んだも同然でした。しかもそれに気づいてもいなかった。私は切手のコレクションをしていたのです」

彼は私を見て、話を中断する。

「お顔の色が悪いですよ。疲れておられるようだ。ひょっとして、私の話が退屈なのじゃありませんか？」

「お話はとても興味深いですよ」

「戦争がやって来ますと、私は自分でもなぜか分からずに志願しました。こうして二年間、私は何も理解しないままでした。というのも、前線の生活には物を考える時間がほとんどありませんし、おまけに兵士たちはあまりに無教養だったからです。一九一七年の末に、私は捕虜になりました。後になって聞かされたのですが、多くの兵士が捕虜になったときに、子供時代の信仰を取りもどしたそうです。と申しましても」と独学者は、熱のこもった瞳を隠すように、目を伏せながら言う、「私は神を信じてはいません。神の存在は〈科学〉によって否定されています。その代わりに捕虜収容所で、私は人間を信じることを学んだのです」

「みなが勇敢に運命に耐えていたのですね?」

「ええ」と彼は曖昧に言う、「それもありました。もっとも、私たち捕虜の受けた扱いは良好なものでした。でも、私が言いたかったのは別なことです。戦争の最後の数カ月、私たちにはもうほとんど労働が課されなくなりました。雨が降ると、板張りの大きな倉庫に入れられたのですが、そこにはぎっしりと、およそ二百人くらいの者が詰めこまれていたのです。ドアは閉められて、私たちはほぼ完全な暗闇に、ぎゅう詰めの状態で残されました」

彼は一瞬ためらう。

「どうご説明したらよいでしょう。すべての捕虜がそこにいました。ほとんど見えないけれども、こちらの身体にぴったりくっついているのが感じられるし、みなの呼吸も聞こえていました……。最初何回かこの倉庫に閉じこめられたときに、あまりすし詰めだったので、初め私は一度、窒息するのかと思ったくらいです。それからとつぜん、強烈な喜びが私の内部にこみ上げて来て、ほとんど失神せんばかりでした。そのとき私は、この人たちを兄弟のように愛しているのだと感じて、一人残らず抱き締めたいくらいでした。それ以来、その場所に戻るたびに、同じ喜びを覚えたのです」

この若鶏を食べなければならない。きっと冷えてしまったにちがいない。独学者はとうに食べ終わっているし、ウェイトレスは皿を取り替えるために待っている。

「この倉庫はそのときから私の目に、神聖な性格を帯びました。ときどき私は見張りの監視の目を欺くことに成功して、一人だけで倉庫に潜りこみました。その暗がりのなかで、そこで味わった喜びの思い出を嚙みしめながら、一種の恍惚感に浸ったのです。何時間も過ぎましたが、そんなことに注意も払いませんでした。嗚咽することさえあったのです」

私は病気に違いない。今しがた私を打ちのめしたこの途方もない怒りは、ほかに説明する方法もない。そうだ、これは病人の怒りだ。手が震えていたし、顔には血が上り、挙げ句の果てに唇まで震えだした。こういったことはみな単に、若鶏が冷たくなっていたためだ。おまけに私も冷えこんでいたし、それはやりきれない苦痛だった。つまり三十六時間前から身体の芯が今と同じ状態で、氷のようにまったく冷え切っていたのだ。怒りは旋風となって身体中を吹き荒れた。それは何か悪寒のようなものであり、この体温の低下に反応してそれと闘うために、私の意識が行なう努力のようなものだった。無駄な努力である。おそらく私は何でもないことで、独学者なりウェイトレスなりに罵倒を浴びせたり、彼らをめった打ちにしたかもしれない。だがまた私が全面的にそこに巻きこまれることはなかっただろう。激しい怒りは表面で暴れ回っていたが、その一方で少しのあいだ、私は自分が火に包まれた氷の塊であり、つまりオムレット・シュルプリーズ[1]であるという、やりきれない感覚を持ったのだ。この表面の動揺が消えたとき、独学者のしゃべる声が聞こえた。

「日曜日ごとに私はミサに行きました。もっとも私は一度も信者だったことはないのです。ただ、ミサの本当の神秘は、人間同士の交わりだとは言えないでしょうか？　片方の腕を失ったフランス人の従軍司祭が、礼拝を執り行ないました。私たちにはオルガンが一台ありました。みなは帽子を脱いで、立って聴いていたんですが、オルガンの音に夢中になりながら、私は周囲のすべての者と一体になっていると感じたのです。ああ！　どんなに私はこのミサが好きだったことでしょう。今でもまだこれを思い出して、日曜日の朝、ときどき教会に行くことがあるくらいです。聖女セシル教会には素晴らしいオルガン奏者がおりますからね」

「きっと、この捕虜生活を懐かしく思うことも多かったでしょうね？」

「はい。一九一九年は私の解放された年です。私は実に苦しい数カ月を過ごしました。何をしたらいいのか分からずに、意気消沈していたんです。どこでも人が集まっているところを見かけると、そのグループに潜りこんで行きました。ときには」と彼は微笑しながらつけ加える、「知らない人の葬列について行ったこともありますよ。ある日、絶望に駆られて、私は切手のコレクションを火にくべてしまいました……。でも、私はとうとう進むべき道を見出したのです」

「本当ですか？」

「ある人に勧められたのです……。あなたのお口が固いことを信じてよろしいでしょうね。——ことによると、お考えとは違うかもしれませんが、あなたは心の広いかただから申しましょう——私は社会党員なのです」

彼は目を伏せた。長い睫毛がぴくぴくしている。

「一九二一年九月から、私は社会党S.F.I.O.(1)の党員なのです。これが申し上げたかったことです」

彼の顔は誇りに輝いている。頭を後ろにのけぞらせ、目を半ば閉じ、口もかすかに開けて、私を見つめている。まるで殉教者のようだ。

「それは結構ですね」と私は言う、「とてもいいことじゃないですか」

「賛同していただけることは分かっていました。それに、自分はこんなふうに人生を過ごしてきた、そして今は完全に幸福である、と言いに来た者を、非難できるものでしょうか？」

彼は腕を左右に広げ、指が下を向く恰好でその手のひらを私に見せる。まるでキリストの聖痕を受けようとするかのようだ。目はガラス球のようにどんよりしている。口のなかには、暗いピンクの塊の転がっているのが見える。

「ああ」と私は言う、「あなたが幸福ならば……」

「幸福ですか?」彼の視線は鬱陶しい。彼は伏せていた目を上げて、険しい顔つきで私を見つめる、

「ご判断いただけると思います。この決心をするまで、私は恐ろしい孤独感を覚えて、自殺を考えたくらいでした。私を思いとどまらせたのは、誰一人、まったく誰一人として、私の死に心を動かされはしないだろうし、自分が生きているときにもまして、死のなかではいっそう独りきりになるだろう、と考えたからです」

彼は胸をはる。頬が膨らむ。

「私はもう独りきりではありません。もう絶対に」

「なるほど、大勢の人と知り合いになったのですね?」と私は言う。

彼は薄笑いを浮かべ、私は直ちに自分のお目出度さに気づく。

「もう自分を独りきりと感じてはいない、という意味です。しかしもちろん、誰かと一緒にいる必要はありません」

「でも、社会党支部では……」と私。

「ああ! あそこの人はみんな知っています。でも大部分は名前だけですが」と彼は悪戯っぽく言う、「いったいそんなに狭いやり方で仲間を選ばなければならないのでしょうか? 私の友人はすべての人間です。朝、事務所に出かけて行くときには、私の前にも後ろにも、それぞれの仕事に行く他の人たちがいます。私は彼らを眺めます。できれば彼らに微笑みかけるところです。そして考えます、自分は社会党員だ、彼らはみんな私の人生や努力の目的であり、それを彼らはまだ知らないのだ、とね。これは

私にとって、お祭ですよ」

彼は目で私に問いかける。私は頷いて賛成するが、彼はやや拍子抜けしたらしく、もっと熱烈な同意を欲していたように感じられる。しかし私に何ができようか？　彼の話のなかであちこちに借り物の思想や引用があるのを認めても、それが私の罪だろうか？　彼がしゃべっているあいだに、かつて知ったすべてのヒューマニストがふたたび現れるのを見たとしても、それは私が悪いのだろうか？　ああ！私は実に多くのヒューマニストを知っていた！　急進派(1)のヒューマニストはとりわけ官僚の友人である。「左派」と言われるヒューマニストは、人間的な価値を守ることに主要な関心がある。彼は人間的なものを裏切りたくないので、どの党にも属さない。しかしその同情は下層庶民に向かう。彼が見事な古典的教養を捧げるのは、下層庶民に対してだ。たいていの場合、それは男やもめで、美しい目をいつも涙で曇らせている。彼は記念日が来るたびに涙を流す。彼はまた猫や犬や、すべての高等哺乳動物を愛している。共産党員の作家は第二次五カ年計画以来(2)、人間を愛している。彼が人をこらしめるのは、人を愛しているからだ(3)。すべての強者と同様に羞恥心のある彼は、自分の感情を隠すことを知っている。だがまた同時に、ちょっとした目つきや声の抑揚で、正義の味方としてのきつい言葉の背後に、仲間に対する厳しくも優しい情熱を感じさせる術も心得ている。カトリックのヒューマニストは遅れてやって来た末っ子で、素晴らしい態度で人間のことを語る。彼は言う、何と美しいお伽噺でしょう、この上もなく貧しい生活、ロンドンの港湾労働者や、半長靴を縫う女子工員の生活は！　と。彼は天使たちのヒューマニズムを選んだのだ。彼は天使たちの教育のために、悲しくも美しい小説を書き、それはしばしばフェミナ賞(4)を獲得する。

この連中は偉大な主役たちだ。けれどもヒューマニストはほかにもいる、うじゃうじゃいる。まるで兄貴分のように仲間の方に屈みこむ責任感旺盛なヒューマニストの哲学者、あるがままの人間を愛するヒューマニスト、かくあるべき人間を愛するヒューマニスト、相手の同意を得て人間を救おうと欲するヒューマニスト、相手の意志に反しても人間を救おうとするヒューマニスト、新たな神話を創造しようとするヒューマニストと、古い神話で満足するヒューマニスト、人間における死を愛しているヒューマニスト、人間における生を愛しているヒューマニスト、いつも冗談ばかり言う陽気なヒューマニスト、とくに葬式で出会う陰気なヒューマニスト。彼らはみな互いに憎みあっている。もちろん個人としてで――人間としてではない。けれども独学者はそういったことを知らない。彼は猫を革袋に入れるように、ヒューマニストたちを自分のなかに閉じこめているが、そこで彼らは独学者に気づかれることなく、互いに罵りあっている。

独学者の私を見る目には、すでに信頼感が大分失われている。

「私のようにはお感じになりませんか?」

「さあ、どうでしょう……」

彼の不安そうな、いくぶん恨めしそうな顔を見て、私は一瞬、がっかりさせたことを後悔する。しかし彼は愛想よく続ける。

「分かっています。あなたにはあなたのご研究や、ご著書がおありなのですから。でもご自分のやり方で同じ理念に奉仕しておられるのですよ」

私の著書、私の研究、馬鹿め。彼はこれ以上にない失言をしたのだ。

「私が書いているのはそのためじゃありませんよ」

たちまち独学者の顔が変貌する。まるで敵を嗅ぎつけたかのようだ。いまだかつて彼のこんな表情を見たことがない。私たちのあいだで何かが死んだのだ。

彼は驚きを装いながら訊ねる。

「でも……ぶしつけで恐縮ですが、それではなぜ書いていらっしゃるのですか?」

「ええと……何と言うか、まあ、書くためですね」

彼はしてやったりと微笑する。私の虚を衝いたと思っているのだ。

「無人島にいてもお書きになりますか? 人は常に読まれるために書くのではないでしょうか?」

自分の言葉を疑問形にするのは彼の癖で、実は決めつけているのだ。やさしく臆病そうな表面のニスは剝げ落ちた。もう普段の彼とも思えない。表情からは、びくともしない頑固さが透けて見える。それは壁のように立ちはだかる尊大さだ。私がまだ驚きから醒めやらないうちに、こんな彼の声が聞こえてくる。

「ある社会的なカテゴリーの人のためとか、友人たちのあるグループのためだとか言う人がいれば、それでも結構です。ことによると、あなたは後世のために書いておられるのかもしれない……。でも、ご自身でどう考えようと、あなたは誰かのために書いているのですよ」

彼は返事を待っている。しかし返事がないので、弱々しく微笑する。

「ことによると、あなたは人間嫌いなのでしょうか?」

このもっともらしい和解の努力が隠しているものは先刻承知だ。結局、彼は私に僅かなものしか求めていない。単に一つのレッテルを受け入れる、ということだ。しかしこれは罠である。もし同意すれば、独学者は勝ち誇る。私はたちまち先回りされ、ふたたび捕まえられ、乗り越えられる。なぜならヒューマニズムは人間のすべての態度を取り上げて、それを一緒に溶かしてしまうからだ。たとえ正面から反対しても、相手の思うつぼにはまることになる。ヒューマニズムは反対者を糧にして生きるからだ。強情で融通のきかない種類の、ごろつきのような人びとがいるが、彼らもヒューマニズムに対抗すると、きまってやられてしまう。ヒューマニズムは、その連中のあらゆる暴力やとんでもない行き過ぎを消化し、それを白く泡だったリンパ液に変えてしまう。反知性主義、マニ教的善悪二元論、神秘主義、厭世主義、無政府主義、自己中心主義、そういったものをヒューマニズムはすべて消化した。それらはもはや単なる中継点であり、不完全な思想にすぎず、ヒューマニズムにおいてのみ初めて正当化される。人間嫌いもこのコンサートのなかに自分の場所を維持している。それは全体のハーモニーに必要な一つの不協和音にすぎない。人間嫌いも人間だ。したがって、ヒューマニストはいくぶんか人間嫌いである必要がある。しかし、それは自分の憎しみの適量を配合できた科学的な人間嫌いだ。彼が初め人間を憎むのは、あとでよりよく人間を愛するためにすぎない。

私は彼らに組みこまれたくないし、自分の立派な赤い血が、あの粘液《リンパ》質な獣を肥やすのはご免こうむりたい。私は自分が「アンチヒューマニスト」であるなどと言う愚は犯さないだろう。私はヒューマニストではない、それだけの話だ。

「私の考えではね」と私は独学者に言う、「誰も人間を憎むことも愛することもできないと思いますよ」

独学者は、保護者然とした、またどこかうわの空といった顔で、私を眺める。そして、自分の言葉などどうでもいいかのように、ぶつぶつと呟く。

「人間を愛さなければなりません、愛さなければ……」

「誰を愛さなければいけないんですか？　ここにいる人たちですか？」

「彼らもです。すべての人をです」

彼は若さに輝くカップルの方を振り向く。これが愛さなければならないものだ。彼はちょっと白髪の男性を眺める。それから私に視線を戻す。彼の顔には、無言の問いかけが読みとれる。私は頭で「違う」という合図をする。彼は私に憐れみを感じているようだ。

「あなただって」と私は苛々しながら言う、「彼らを愛してはいませんよ」

「そうでしょうか？　失礼ながら、別の意見を持つこともご容赦いただきたいのですが」

彼はふたたび、ばか丁寧な口調になったが、その目つきは皮肉でひどく面白がっている人のようだ。私を憎んでいるのである。この偏屈な人物に心を動かされでもしようものなら、とんだお門違いだったことだろう。今度は私が彼に聞き質す番だ。

「それでは、あなたの後ろにいるあの二人の若者を、あなたは愛しているんですか？」

独学者はまた彼らを眺めて、考えこむ。そして疑わしそうに言う。

「つまり、彼らを知らずに愛している、と言わせたいのですね。なるほど、正直に申しまして、私は彼らを知りません……。ただし、愛こそが真に知ることでなければの話ですが」と彼は、思い上がった笑いとともにつけ加える。

「でも、何をあなたは愛するのですか？」

「彼らが若いことはすぐ見てとれます。私が彼らのなかで愛しているのは、何よりもまず若さですよ」

彼は言葉を切って、聞き耳を立てる。

「彼らの言っていることがお分かりになりますか？」

もちろんだ！　若い男は周囲の人たちが共感を示すので大胆になって、しっかりした声でサッカーの試合の話をしている。彼のチームが去年、ル・アーヴルのチームに勝った話だ。

「彼はある物語をしているんですよ」と私は独学者に言う。

「ああ！　私にはよく聞こえません。でも、声は聞こえます。やさしい声と低い声が、かわるがわるに。これは実に……実に感じがいいものです」

「ただ私にはね、残念なことにしゃべっている中味まで聞こえるのです」

「それで、どうなんです？」

「それで、彼らは芝居をしているんですよ」

「本当ですか？　たぶん青春の芝居でしょう？」と彼は皮肉に訊ねる、「失礼ですが、私は芝居もなかなか役に立つと思いますね。いったい青春を演技するだけで、彼らの年齢に戻れるものでしょうか？」

独学者の皮肉は聞かないことにして、私は続ける。

「あなたは彼らに背を向けているし、話していることも聞こえない……。では、若い女の髪は何色ですか？」

相手は狼狽する。

「ええと、私は……――彼は若い二人に目を走らせて、改めて確認する――黒です！」

「ほら、ご覧なさい！」

「何ですって？」

「ご覧の通り、あなたはあの二人を愛してなんかいませんよ。街で会ってもたぶん彼らだと分からないでしょう。あなたにとって、あれは象徴にすぎないんです。あなたが心を動かしているのは、彼らにかんしてじゃありません。〈人間の青春〉、〈男と女の愛〉、〈人間の声〉に感動しているんですよ」

「それで？　そうしたものは存在しないのですか？」

「むろん、そんなものは存在していません。〈青春〉も、〈壮年〉も、〈老年〉も、〈死〉も……」

マルメロの実のように真っ黄色に固くなった独学者の顔は、強い非難のために引きつった。私はお構いなしに続ける。

「あなたの後ろでヴィシー水を飲んでいるあの年取った人物も同様です。おそらく、あなたが彼のうちで愛しているのは〈壮年の男〉でしょう。勇気を持って晩年に向かって行く人、しかも投げやりにならないために身なりにも気を使っている〈壮年の男〉では？」

「おっしゃる通りです」と彼は挑戦的に言う。

「それで、あれが下種野郎だということは分からないのですか？」

彼は笑う。私を軽はずみな男と思っているのだ。彼は白髪に縁取られた美しい顔にちらりと目を走らせる。

「しかし、仮にあなたにそう見えたにしても、どうしてあの人物を顔つきだけで判断できるのですか？休息中の顔は何も語っていませんよ」

見ることを知らないヒューマニストたちよ！　あの顔は実に多くを語っており、実にはっきりしている——しかしヒューマニストたちの優しく抽象的な魂は、決して一つの顔の意味に打たれることがなかったのだ。

「どうしてあなたは」と独学者は言う、「ひとりの人間を固定して、彼がこれであるとか、あれであるとか言えるのでしょう？　誰がひとりの人間を汲み尽くせるのですか？　誰がひとりの人間の持つ可能性を知ることができるのでしょう？」

ひとりの人間を汲み尽くす！　独学者がそれと知らずにこの言い方を借用したカトリックのヒューマニズムに、私は序でながら敬意を表しておく。

「知っていますよ」と私は彼に言う、「知っていますよ、すべての人間は素晴らしいということを。あなたは素晴らしい。私は素晴らしい。むろん神の被造物としてですが」

彼は理解できずに私を見つめ、それから薄笑いを浮かべる。

「たぶん冗談を言ってらっしゃるのでしょう。でも、すべての人間が私たちに称讃される権利があるというのは本当です。いや、難しいものです、難しいものですよ、人間であるということは」

彼はそれと気づかずに、キリストにおける人間への愛を離れた。彼は頭を振る。そして奇妙な無意識の模倣現象で、あの哀れなゲーノ(1)そっくりになる。

「失礼ですが」と私は言う、「そうなると、私は自分が人間であるかどうか確信が持てませんね。一度もそれが難しいと思ったことがないので。ただ成り行きに任せればいいように見えましたが」

独学者は素直に笑うが、目は相変わらず険悪なままだ。

「それは余りに謙虚すぎますよ。あなたの条件、人間の条件に耐えるためには、みなと同じに多くの勇気が必要なんです。次にやって来る瞬間は、死の瞬間かもしれない。それを承知で、あなたはにっこり笑っていることができる。どうです！　これは素晴らしいことじゃありませんか！　どんなとるに足りないあなたの行為にも」と彼は棘のある声でつけ加える、「途方もなく英雄的なものが含まれているんですよ」

「デザートは何になさいます？」とウェイトレスが言う。

独学者の顔には血の気がまったくない。その石のように無表情な目には、瞼がなかば被さっている。

彼は選ぶようにと私に勧めるように、手を弱々しく動かす。

「チーズ」と私は英雄的に言う。

「こちらさまは？」

彼はぎくりとする。

「何だって？　ああ、そうか。私は何も要らない。もうおしまいだ」

「ルイーズ！」

二人の肥った男は、勘定をすませて出ていく。一人は片足をひきずっている。主人は二人を出口まで送って行く。大切な客なのだろう。彼らには、ワインクーラーに入れた葡萄酒が一本供されていた。

私はいくらか後悔しながら独学者を見つめる。彼は、自分の人間愛を誰かに伝えられるかもしれないこの昼食を想像して、まる一週間のあいだ楽しみにしていた。彼が人と話す機会はごく稀なのだ。ところがこうして、私は彼の楽しみを台なしにしてしまった。考えてみれば、彼は私同様に独りきりなのだ。誰一人、彼のことを心配する者はいない。ただ、彼は自分の孤独を理解していない。そうなのだ。しかし彼の目を開かせるのは、私の役割ではなかった。私はひどく居心地が悪い。たしかに、かんかんに怒ってはいるが、それは彼に対してではなく、ヴィルガンのような手合いやその他の連中、この哀れな頭脳を毒したすべてのやつらに対してだ。もし今、彼らを目の前に連れて来られるなら、言ってやることは山ほどある。独学者には何も言うまい。彼に対しては同情しかない。彼はアシル氏と同じ種類のこちら側の人間で、ただ無知と善意のために裏切ったのだ！

独学者が噴き出したので、私は陰気な夢想から引き出される。

「これは失礼しました。ただ、人間に対する私の愛の深さや、人間の方へと私を駆り立てる衝動の強さを考え、しかもこうして私たちが今、議論したり理屈をこねたりしているのを振り返ると……つい笑いたくなるのです」

　私は黙ったまま、仕方なく薄笑いを浮かべる。ウェイトレスが私の前に、ひと切れの白っぽいキャマンベールを載せた皿をおく。私は室内を見回す。そして激しい嫌悪感に襲われる。ここで私は何をしているのだ？　どうしてまたヒューマニズムについての無駄話に巻きこまれたのだ？　なぜこの連中はここにいるのか？　なぜ食べているのだ？　たしかに彼らは、自分が存在していることを知らない。私は出て行きたい、どこか本当に自分にふさわしい場所、自分にぴったりした場所に行ってしまいたい……。だが自分にふさわしい場所など、どこにもない。私は余計な存在だ。

　独学者の顔は穏やかになる。私がもっと抵抗すると恐れていたのだ。彼は、私が言ったことをすべて水に流してしまいたい。そこでひそひそ話をするように、私の方に身を屈める。

「結局、あなたも私と同じに、人間を愛しておられるんでしょう。私たちは言葉の上で離れていただけですよ」

　私はもうしゃべることができない。私は頷く。独学者の顔は、私の顔のすぐそばだ。得々として、顔すれすれのところで薄笑いを浮かべている。まるで悪夢のようだ。私はやっとの思いでひと切れのパンを噛んでいるが、それを呑みこむ決心がつかない。人間。人間を愛さなければならない。人間は素晴らしい。私は吐きたい――そして一気にあれがやって来た、〈吐き気〉が。

　ものすごい発作だ。頭の天辺から足先まで私の全身を揺すぶる。一時間前から私は発作がやって来るのに気づいていた。しかし、そのことを認めたくなかったのだ。この口のなかのチーズの味……。独学者が何かしゃべっており、その声は私の耳許で微かにざわ鳴っている。しかし何の話をしているのか、もはやさっぱり分からない。私は機械的に頷く。私の手はデザート用ナイフの柄の上で引きつっている。私はこの黒い木製の柄を感じる。それを摑んでいるのは私の手だ。私の手。自分では、このナイフをむしろ放っておきたい。常に何かに触っていても、なんの役に立つだろう？　物は人が触れるために出来ているのではない。むしろ可能なかぎり物を避けながら、物と物のあいだをすり抜けて行く方がずっといい。ときにはそのなかの一つを手にとることもあるが、すぐさまそれを手放さなければならない。ナイフが皿の上に落ちる。その音で、白髪の男はぎくりとして私を見つめる。私はナイフをふたたび取り上げ、刃をテーブルに押しつけてそれを撓《たわ》ませる。

つまりそれだったのか、〈吐き気〉は。この明明白白な事実だったのか？　私はさんざん頭を悩ませた！　それを書きもした！　今や私は知っている。〈私〉は存在している——世界は存在している——そして私は世界が存在していることを知っている。それだけの話だ。しかしそんなことは私にとってどうでもいい。すべてがこんなふうにどうでもいいというのは、奇妙なことだ。それが私をたじろがせる。これは水切りをしようとした例の日以来のことだ。投げようとして、私はあの小石を眺めた。そのとき、すべてが始まった。私は小石が存在していると感じたのだ。そのあとでは、別の〈吐き気〉があった。そときどき、物が手のなかで存在し始めるのである。「鉄道員の溜まり場」での〈吐き気〉があった。それから以前には、ある晩、私が窓越しに外を眺めていたときの、別な〈吐き気〉があった。さらにある日曜日に公園でのもの、それからまた別なときのもの。しかし、これが今日ほど強烈だったことは一度もなかった。

「……古代ローマのですか？」

独学者が訊ねているのだ、と思う。彼の方を振り返って私は微笑する。それで？　彼に何が起こったのか？　なぜ彼は椅子の上で縮こまっているのだろう？　すると私は今や人を怖がらせているのか？　所詮こうなるはずだった。もっとも、それは私にとってどうでもいい。彼らが怖がるのは必ずしも間違っていないのだ。私は自分が何でもやりかねないことを強く感じている。たとえばこのチーズ用ナイフを、独学者の目にぐっさり突き刺すといったことだ。そんなことをすれば、ここにいる連中がみんな襲いかかって来て私を踏みつけ、靴で私の歯をへし折るだろう。しかし私が思いとどまったのはそのためではない。口のなかに、このチーズの味のかわりに血の味がしても、たいした違いはない。ただしそのためにはある動作をし、余分な出来事を一つ誕生させなければならない。そんなものは余計だろう、独学者の上げる叫び声も――彼の頬に流れる血も、ここにいるすべての連中の驚愕も。こんなふうに存在する物は、もう充分にあるのだ。

みなが私を見つめている。〈青春〉の二人の代表者は甘い会話を中断した。女は開いた口を突きだしている。もっとも彼らは、私が危害を加えないことをよく見抜いているはずだが。

私は立ち上がる。すべてが周囲で回っている。独学者は、大きな目を見開いて私を凝視するが、私はその目を潰しはしないだろう。

「もうお帰りですか？」と彼は呟く。

「少し疲れていますので。お招き下さって本当にありがとう。それじゃまた」

帰りかけて、私は左の手にデザート用ナイフを持ったままなのに気づく。私がそれを皿の上に投げ出すと、かちんと音がする。私は静まりかえった室内を横切る。彼らはもう食べていない。私を見つめている。彼らは食欲を失ったのだ。もしも私が若い女の方へ進み寄って、「えへん！」と言ったら、彼女はわめき出すだろう。それは確実だ。試みるまでもない。

それでも外へ出る前に私は振り返って、みなが記憶に刻みこめるように、彼らに顔を見せる。

「さようなら、みなさん」

誰も答えない。私は出ていく。今はみなの頬に血の気が戻って、やかましくしゃべり始めるだろう。どこへ行ったらいいのか分からない。私は厚紙で出来た料理人の横に突っ立っている。振り返るまでもなく、彼らがガラス窓越しに私を見ていることは承知だ。彼らは驚きと嫌悪の気持で、私の背中を見ている。彼らは、私も自分たちと同じ人間だと思っていた。そしてまんまと欺かれた。私はとつぜん人間の外観を失った。そして彼らは一匹の蟹が、人間味にあふれるこの室内から後ずさりで逃げていくのを見た。今では、正体の暴かれた闖入者は逃走した。集会は継続する。じろじろ眺める多くの目と、恐れおののく思考とが、背中に注がれていると感じるのは苛立たしい。私は車道を横切る。反対側の歩道は、浜と海水浴客用の更衣ボックスに沿っている。


　多くの者が海岸を散歩している。海の方に向けた彼らの顔は、春のようで詩情豊かだ。それは太陽のためで、みな浮き浮きとしている。明るい服装の女たちがいる。去年の春着を身につけたのだろう。彼女たちは光沢のあるキッドの手袋のように、すらりとした白い姿で通り過ぎる。高等中学《リセ》や商業学校に行く大きな少年たちもいれば、勲章をもらった老人たちもいる。彼らは知り合いではないが、しめしあわせたように互いに見つめ合う。なぜならこんなにいい天気だし、みな人間だからだ。人間たちは知り合いでなくても、宣戦布告の日には抱擁しあう。そして春が来るたびに、微笑みあうのだ。一人の司祭がゆっくりした足どりで、聖務日課書を読みながら進んで来る。彼はときおり顔を上げて、称讃の面持ちで海を眺める。海もまた聖務日課書で、神を語っているのだ。軽やかな色、軽やかな香り、春の魂たち。「いい天気だ。海は緑色だ。私は湿気よりもこの乾いた寒さを好む」。詩人たちめ！　そのなかの誰か一人のオーバーの襟をつかまえて、「俺を救いに来てくれ」と言ってやったら、相手は「いったいこの蟹はなんだ?」と考えるだろう。そしてオーバーを私の手に残したまま逃げて行くだろう。

私は彼らに背を向ける。手すりに両手でよりかかる。本当の海は冷たく、黒く、動物でいっぱいだ。海は、人びとを欺くための薄い緑の皮膜の下で、這いまわっている。私のまわりにいる空気の精《シルフ》(1)たちもそれに騙された。彼らは薄い皮膜しか見ていない。その皮膜こそが神の存在を証明しているのだ。ところが私にはその下が見える！　ニスは溶け、天鵞絨《ビロード》のように滑らかに輝く小さな皮膚、神さまの作った可愛い桃色の肌は、私の視線の下の至るところではじけ、裂けてかすかに割れる。おや、聖《サン》＝テレミール行きの電車が来た。私はぐるりと向きを変える。物も私といっしょにぐるりと向きを変える。牡蠣のように蒼白く緑色の物だ。無駄だった、飛び乗ってみても無駄だった、私はどこへも行きたくないのだから。

窓ガラスの向こうには、ひどく固くて脆い青みがかった物が、ガタンゴトンと次々にあらわれる。人だ、壁だ。一軒の家が、開いた窓から黒い内部の芯を見せている。窓ガラスは、すべての黒い色を薄くし、青くする。黄色い煉瓦の大きな住居も青くする。その住居は、びくびくと躊躇しながら進み出て、不意に前のめりになって止まる。一人の男が乗って来て、私の正面に腰を下ろす。黄色い建物はふたたび出発し、ひと飛びで窓ガラスとすれすれのところまで滑って来るが、近すぎるのでもうその一部分しか見えず、色もすっかり暗くなった。窓ガラスが震動する。建物は圧倒するばかりにそびえ立ち、あまりに高いのでもう目にも入らず、何百もの窓が開かれて内部の黒い芯に通じている。建物は箱に沿って滑り、触《さわ》らんばかりだ。震動する窓ガラスのあいだが闇になった。建物は泥のように黄色く、どこまでも滑って行く。窓ガラスはスカイブルーだ。そしてとつぜん建物はもういなくなる。それは背後にとり残され、灰色の生き生きとした光が箱のなかに侵入し、容赦ない正当さで至るところに広がる。それは空だ。窓ガラスを通して、今なお空の厚みが、かぎりない厚みが見える。というのも、今はエリファール坂を登っているところだし、両側がはっきり見えるからだ。右は海まで、左は飛行場まで。禁煙、ジターヌでさえも(1)。

私は座席に手をつくが、急いでその手を引っこめる。それは存在しているのだ。私が座っているその物、私がそこに手をついた物、それは座席と呼ばれる。彼らは人が座れるように、わざわざこれを拵《こしら》えた。革や、バネや、布を持ってきて、座るものを作ろうと考えて仕事にとりかかった。そして仕事が終わったときに、彼らの作り出したのがこれだ。それを彼らはここに、この箱のなかに持ってきた。そして箱はいま揺れる窓ガラスとともに、ガタゴトと走っている。そして脇腹にはこの赤い物をくっつけている。私はいくらか悪魔祓いのように、「これは座席だ」と呟く。しかし言葉は唇の上に留まっている。物の上に置かれるのを拒んでいるのだ。物は物のままで、その赤いプラッシュの布地には、幾千という赤い小さな脚が突きだしている。すっかりこわばった、小さな死んだ脚だ。仰向けになったこの巨大な腹、血まみれの、膨れあがった腹――この箱、この灰色の空のなかに浮かんでいる、これらの死んだ脚がついた膨らんだ腹、これは座席ではない。それはまたまったく同じように、たとえば水で膨れあがった死んだ驢馬、灰色の大河のなかに、洪水の大河のなかに、腹を上に向けてぷかぷか浮いている死んだ驢馬でもあり得るだろう。そして私は驢馬の腹の上に腰掛けて、足を澄んだ水のなかにつけているのかもしれない。物は名前から解放された。物はそこにある、グロテスクな、頑固な、巨大な物が。それを座席と呼んだり、それについて何かを言ったりするのは、愚かなことに見える。私は名づけようのない〈物〉に囲まれているのだ。独りきりで、言葉もなく、身を守るものもない私を、物が取りまいている、下からも、背後からも、上からも。物は何も求めない、自分を押しつけてもこない。物はただそこにあるのだ。座席のクッションの下には、木製の内壁沿いに、一本の細い影の線がある。ほとんど微笑のように、謎めいた、悪戯好きといった様子の、座席に沿って走っている一本の細く黒い線だ。それが微笑でないことくらい、私はよく知っている。しかし、それは存在し、白っぽい窓ガラス、ガタガタとすさまじい音を立てる窓ガラスの下に走っている。窓ガラスの背後に次々とあらわれては止まり、またふたたび走り出す青いイメージの下で、その線は頑なに続く。一つの微笑のはっきりしない思い出のように、なかば忘れて最初のシラブルしか思い出せない言葉のように、それは頑なに続いていく。せいぜいできる最善のことは、目をそらして別のことを、たとえばそこ、私の正面で座席の上に半ば横になっている男のことを考えるくらいだ。素焼き《テラコッタ》のような頭で、青い目をしている。身体の右半分はだらんとして、右手は胴に貼りついたままだ。右側はほとんど生きていない、やっとのことで、けちけちと、まるで麻痺したように生きている。しかし左側全体には、潰瘍のように、小さな寄生の存在がはびこっている。腕はぶるぶる震え始め、それから徐々に持ち上がった。先端では手が硬くなっている。それから手先もまた震え始めた。それが頭の高さまで来たときに、一本の指が伸び、毛に覆われた皮膚を爪で引っ搔き始めた。一種の官能的なしかめ面が、口の右側にやって来てそこに留まるが、左側は死んだままだ。窓ガラスは揺れる。腕は揺れる。爪は引っ搔く、引っ搔く。じっと動かない目の下で、口は微笑する。そして男はそれと気づくこともなく、この小さな存在に耐えている。その存在は、自分を実現するために、男の右手と、右側の頰を借りたのだ。車掌が私の進む方向を遮る。

「停留所までお待ちください」

しかし私は相手を押しのけて、電車のそとへ飛び降りる。もう我慢できなかった。物がこんな近くにあることに耐えられなかったのだ。私は鉄柵を押して入る。いくつもの軽い存在がわっと飛び上がり、梢に留まる。今や私は我に返り、自分がどこにいるのか分かる。私は公園にいるのだ。黒い大きな幹のあいだ、空に向かって差し出される黒い節くれだった手のあいだのベンチに、私は倒れるように腰を下ろす。足の下では一本の木が、黒い爪で地面を引っ掻いている。私はなるがままになり、自分を忘れて、眠ってしまいたい。だが、できない。息がつまりそうだ。存在は至るところから私のなかに入りこむ、目から、鼻から、口から……。

そして突然、一挙にしてヴェールは裂かれ、私は理解した、私は見た。

午後六時

重荷を下ろしたような感じでもないし、満足したと言うこともできない。逆に私は圧倒されている。ただ、目的は達成された。知りたかったことを知ったのだ。一月以来わが身に起こったすべてのことを、私は理解した。〈吐き気〉は去らなかったし、これがそうすぐ去って行くとは思われない。しかし私はもう〈吐き気〉を耐え忍んでいるわけではない。それはもはや病気でもなければ、一時の気まぐれな発作でもない。私自身なのだ。

つまり、私はさっき公園にいたのである。マロニエの根(1)は、ちょうど私のベンチの下で、地面に食いこんでいた。それが根であるということも、私はもう憶えていなかった。言葉は消え失せ、言葉と一緒に物の意味も、使い方も、人間がその表面に記した微かな目印も消えていた。私は少し背を曲げ、頭を下げ、たった独りで、まったく人の手の加わっていないこの黒い節くれだった塊、私に恐怖を与えるこの塊を前にして腰掛けていた。そのとき私はあのひらめきを得たのである。

私は思わず息を呑んだ。最近の数日まで、ただの一度も私は「存在する」という言葉の意味を予感していなかったのだ。私も他の者たちと同じだった、春物を着て海辺を散歩している人たちと同じことだった。彼ら同様に、私も「海は緑色である。あそこの白い点はカモメである」と言っていた。しかし、それが存在していること、カモメは「存在するカモメ」であることを、感じていなかったのだ。普段、存在は隠れている。しかし存在はそこ、私たちのまわりに、私たちのうちにある。存在は私たちである。口を開けば人は存在について語らずにいられないが、しかし結局、存在に触れようとはしないのだ。私が存在について考えていると思っていたときにも、実は何も考えていなかったと思わなければならない。私の頭は空っぽだった。せいぜい一つの言葉、「ある」という言葉があったくらいだ。ないしはそのとき、私は考えていた……どう言ったらよかろうか? 私は帰属ということを考えて、海は緑色の物の部類《クラス》に属している、緑は海の特徴の一部を成している、と思っていたのだ。たとえ物を眺めているときでさえ、それが存在しているなどとは夢にも思わなかった。物はまるで舞台装置のように見えた。手に取ると、物は道具の役割をした。私は物の抵抗を予想していた。しかしそういったすべてのことは、表面で起こったにすぎない。もしも存在とは何かと訊かれたら、私は本気でこう答えただろう、それは何でもない、せいぜい、外から物につけ加わった空虚な形式にすぎず、物の性質を何一つ変えるものではない、と。それから不意に、存在がそこにあった、それは火を見るよりも明らかだった。存在はとつぜんヴェールを脱いだのである。存在は抽象的な範疇に属する無害な様子を失った。それは物の生地《きじ》そのもので、この根は存在のなかで捏《こ》ねられ形成されたのだった。と言うよりもむしろ、根や、公園の鉄柵や、ベンチや、禿げた芝生などは、ことごとく消えてしまった。物の多様性、物の個別性は、仮象にすぎず、表面を覆うニスにすぎない。そのニスは溶けてしまった。あとには怪物じみた、ぶよぶよした、混乱した塊が残った——むき出しの塊、恐るべき、また猥褻な裸形の塊である。
私はぴくりとも動かないようにしていたが、しかし身体を動かすまでもなく、木々の後ろにある青い柱や野外音楽堂の燭台は目に入ったし、月桂樹の茂みにかこまれたウェレダの像も見えた。これらすべての物は……どう言ったらいいだろう？　私に不快感を与えた。それらがもっと弱く、もっとあっさりと抽象的に、もっと控え目に存在してくれればいいのに、と私は願っていた。マロニエは執拗に私の目に迫ってきた。緑色の錆び病が、幹を半分くらいの高さまで冒している。黒く膨れた樹皮は、煮られた革のようだった。マスクレの噴水の小さな水音がそっと耳に忍びこみ、そこに巣を作って、溜息で耳を満たしていた。鼻孔には、緑の腐ったような匂いが溢れた。すべての物が、静かに、優しく、存在に身を委ねている。ちょうど、とめどもない笑いに身を委ねて、べたべたした声で、「笑うって気持がいいものね」と言う、あの疲れた女たちのように。それらはいずれも互いに他の物の真ん前に身をさらけ出して、おぞましくも各自の存在の秘密を打ち明けあっていた。私は非存在とこの痺れるほどの豊富さとのあいだに、中間などあり得ないことを理解した。もしも存在するのだったら、そこまで存在する必要があった、黴《かび》が生えるまで、膨れ上がるまで、猥褻と言えるまで存在するのだ。別なもう一つの世界では、円や、音楽の調べが、純粋で厳格な線を維持している。しかし存在は撓みである。木々や、濃紺の柱や、噴水の幸福そうなささやきや、生き生きとした匂い、冷たい空気のなかに漂う暖かいほのかな霧、ベンチで食べたものを消化している赤毛の男。うつらうつらしたり消化中だったりするこれらのものをひとまとめに捉えると、それらはどことなく滑稽な様相を呈していた。滑稽……いや、そこまで行ってはいなかった。存在するものはどれ一つとして滑稽ではあり得ない。それは軽喜劇《ヴォードヴィル》にあらわれるある種の場面と、どことなく似ていたが、その類似はほとんど捉えられないくらいだった。私たちは、自分自身を持てあましている多数の当惑した存在者だった。私たちの誰にも、そこにいる理由などこれっぱかりもなかった。存在者の一人ひとりが恐縮して、漠とした不安を抱えながら、他のものに対して自分を余計なものと感じていた。余計だということ。これこそ私が、木々や鉄柵や砂利のあいだに確立することのできた唯一の関係だった。私はマロニエの数を勘定し、これをウェレダ像との関連で位置づけ、マロニエの高さをプラタナスの高さに較べようと試みたが、無駄だった。存在する一つひとつの物は、私が閉じこめようとつとめた関係から逃れて、孤立し、あふれ出ていた。その関係（私が飽くまでそれを維持しようとしたのは、尺度や量や方向を備えた人間世界の崩壊を遅らせるためだったが）、私はその関係が恣意的なものであるのを感じていた。それはもはや物に影響を与えなかった。マロニエは、そこ、私の正面のやや左手にあって、余計だった。ウェレダ像も余計だった……。

そしてこの私――無気力で、憔悴して、猥褻で、食べたものを消化しながら陰気な思考をもてあそんでいるこの私――私もまた余計だった。幸いにして、私はそれを感じたのではなく、むしろ頭で理解したのだ。しかし居心地は悪かった。なぜなら、それを実感するのを恐れていたからだ（今でも依然として恐れている――後ろからそれが首筋を捉えるのではないか、高波のように私を持ち上げるのではないかと心配なのだ）。私はぼんやりと、自分を抹殺することを夢見ていた。余計な存在者を少なくとも一つ減らすためだ。しかし私の死でさえも余計だったろう。私の死体も余計だ、この小石の上、この植物のあいだ、この微笑みかける公園の奥に滴る私の血も余計だ。腐乱した肉体も、それを受ける大地のなかで余計なものだったろう。最後に私の骨も、清められ、皮を剝がれ、歯のように綺麗さっぱりとした骨も、余計だったろう。私は永遠に余計なものだった。

今では〈不条理性〉という言葉が、私のペンの下から生まれる。先ほど公園にいたときには、この言葉が見つからなかったが、これを探していたわけでもない。言葉を必要としていなかったのだ。私は言葉なしで、物の上で、物とともに考えていた。不条理性とは、頭のなかに生じる観念ではなかったし、声となって発せられる息でもなく、私の足許で死んでいたあの長い蛇、あの木の蛇だった。蛇か、鉤爪か、木の根か、禿げ鷹の爪か、何でもよい。私は何一つ明確に表現したわけではないが、自分が〈存在〉の鍵を発見したこと、〈吐き気〉と私自身の生の鍵を発見したことを理解していた。実際、それに続いて私が捉えることのできたすべてのことは、この根源的な不条理性に帰着する。不条理性。またしても言葉だ。私は言葉と格闘する。あそこでは、私は物にじかに触れていた。しかし今ここでは、その不条理性の絶対的な性格を定着したいのだ。人間たちの多彩で小さな世界での動作や出来事は、相対的に、すなわちその動作や出来事に伴う状況との関係において、不条理であるにすぎない。たとえば狂人の行なう演説は、彼のおかれた状況との関係では不条理だが、彼の妄想との関係では不条理でない。けれども私は今しがた、絶対の経験をしたのだ。絶対、ないしは不条理の経験である。あの根が不条理でなくなるような関係のものは、何一つなかった。ああ！　このことをどうやって言葉で定着することができるだろう？　それは不条理だった。砂利や、黄色い草むらや、乾いた泥や、木や、空や、緑色のベンチとの関係でも不条理だった。不条理で、還元不可能なものだった。何物も——自然の深いところから発する秘かな譫言《うわごと》でさえも——これを説明することはできなかった。もちろん私がすべてを知っていたわけではない。芽が伸びてくるのも、木が成長するのも、見たわけではない。しかし、このざらざらした巨大な脚を前にすると、無知も知も重要ではなくなった。説明や理由づけの世界は、存在の世界ではない。一つの円は不条理ではない。円は、一つの線分を、その一端を中心にして回転させるということで、はっきり説明されるからだ。だがまたそれゆえに、円は存在していないのだ。逆にこの根は、私がそれを説明できないかぎり存在していた。節くれだって、じっと動かず、名前もない根は、私を魅了し、私の目を満たし、しきりに自分自身の存在へと私を引き戻すのだった。「これは木の根だ」と繰返し自分に言ってみても、どうにもならない——もうその手は効かなかった。吸い上げポンプという根の機能から、これへ、海豹《あざらし》のように固く引き締まったこの皮膚へ、べとべとして硬い肉刺《まめ》だらけの頑固なこの姿へと移るわけにいかないことは、私にもよく見てとれた。機能は何も説明しなかった。機能は、根とは何かということを大まかに理解させるけれども、この根のことはまったく理解させてくれなかった。この根は、色といい、形といい、硬直した動きといい……どんな説明にも及ばなかった。その性質の一つひとつは、いくらか根から離れて外に流れ出し、半ば凝固して、ほとんど一つの物になった。その一つひとつが根のなかでは余計だった。そして根の全体が今やいくらか自分の外に転げだし、自分を否定して、奇妙な過剰のなかに失われるような印象を与えた。私は靴の踵をこの黒い鉤爪にこすりつけた。その樹皮を少し剝いてみたかったのだ。別に何のためでもなく、挑戦として、鞣《なめ》し革の上にすり傷の不条理なピンクの色を出現させるためだ。世界の不条理性と戯れるためだ。しかし足を引っこめたときに、私の見た樹皮は相変わらず黒かった。

黒かった? 私はこの言葉が空気の抜けるように、異常なスピードで意味を失っていくのを感じた。黒かった? 根は黒くなかった。この木の上にあったのは、黒ではなかった——それは……別な物だった。黒は円と同じに存在していなかった。私は根を見つめた。それは黒以上だったろうか? それともほぼ黒だったのだろうか? しかし私はじきに、そんな自問自答をやめた。なぜなら、自分が見憶えのある国にいるような印象を持ったからだ。そうだ、私はすでに、同じ不安を抱きながら、名づけられない物を穿鑿《せんさく》したことがあった。私はすでに物について何かを考えようと——空しく——試みたことがあった。そして私はすでに、物の冷たくて動かない性質が、崩れて私の指からこぼれ落ちていくのを感じていたのだ。このあいだの晩の、「鉄道員の溜まり場」でのアドルフのサスペンダーがそうだった。あれは紫色ではなかった。ワイシャツの上にあった不思議な二つの染みがふたたび目に浮かんだ。そして小石、このすべての話の発端である例の小石だ。あれは……でなかった。私はもう、小石が何であるのを拒んだのか、正確に思い出すことができなかった。しかし、石の受け身の抵抗を、私は忘れていなかった。それから独学者の手。ある日私は図書館で、その手を握りしめたが、次の瞬間にそれが本当に手ではないような印象を抱いた。私は巨大な白い芋虫を想像したが、しかしそうでもなかった。それからカフェ・マブリでのビールのジョッキのいかがわしい透明さ。いかがわしい。そうなのだ、音や、匂いや、味は、いかがわしいのだ。それらが狩り出された野兎のように、目の前をさっと逃げていき、人がそれにあまり注意を払わないときは、そうしたものがごく単純で安全なものだと思えたし、世界には本当の青、本当の赤、本当のアーモンドないしは菫の匂いがあると思うことができた。けれども一瞬でもそれらの色や匂いを固定しようとすると、この快適で安全な感情は深い不安に場所を譲る。色、味、匂いは、決して真実ではなかった。それらは決して完全に自分自身であることはなく、自分自身以外の何ものでもない、ということがなかった。最も単純で分解不可能な性質も、それ自体の内部に、その中心に、自分自身に対して過剰なものを持っていた。そこに、私のすぐ足許にあるこの黒は、黒のようには見えなかった。むしろそれは、黒を一度も見たことのない人が黒を想像しようとする、混乱した努力のようだった。彼はどこで停止したらいいか分からずに、色を越えた曖昧な存在を想像してしまったのだろう。それは色に似ていたが、同時に……痣とか、分泌物とか、脂滓《あぶらかす》とか——またそれ以外のもの、たとえば匂いにも似ていた。濡れた地面や、生暖かい濡れた木の匂い、この筋張った木の表面を覆うニスのように広がった黒い匂い、嚙みつぶされた甘い繊維の味、そんなもののなかにそれは溶けこんでいた。私は単にその黒を見ていたのではない。人が見たものは抽象的な作り事であり、清潔にされ、単純化された観念、人間の観念である。眼前にある形の定まらない無気力なその黒は、視覚、嗅覚、味覚をはるかにはみ出していた。しかしこの豊かさは混乱に陥り、結局はもはや何物でもなくなった。なぜならそれはあまりに過剰だったからだ。

　これは異常な瞬間だった。私はそこで凍りついたように動けず、恐ろしい陶酔に浸っていた。けれどもこの陶酔のまっただなかに、何か新しいものがあらわれた。私は〈吐き気〉を理解し、それを所有していたのだ。実を言うと、私は自分の発見を明確に言語化したわけではない。しかし今はそれを言葉にするのも容易に思われる。本質的なことは偶然性なのだ。つまり定義すれば、存在は必然ではない。存在するとは単に、そこにあるということなのだ[1]。存在者は出現し、出会いに身を委ねるが、人は絶対にこれを演繹できない。そのことを理解した人もいるだろう。ただし彼らは、必然的な自己原因の存在を作り上げて、この偶然性を乗り越えようと試みたのだ。ところでいかなる必然的なものも、存在を説明することはできない。存在の偶然性は見せかけでもなく、消し去ることのできる仮象でもない。それは絶対であり、したがって完全な無償性である。すべては無償だ、この公園も、この町も、私自身も。それを理解すると胸がむかむかして、すべてはふわふわと漂い始める。このあいだの晩、「鉄道員の溜まり場」でそうだったように。それが〈吐き気〉だ。それこそ不潔なやつらが――〈緑の丘〉に住む連中やその他の連中が――権利という観念で自分に隠そうとしたものだ。何とお粗末な嘘だろう。誰も権利など持っていはしない。彼らもほかの人間と同様にまったく無償であり、自分を余計な者と感じないわけがない。また彼ら自身も口でこそ言わないが、内心ではあまりに過剰な、つまり形の定まらない、曖昧な、悲しい存在なのだ。

この魅せられた状態は、どれだけ続いたのか？　私はマロニエの根だった。と言うよりもむしろ、完全に根の存在の意識になりきっていた。[1] とはいえ――それを意識している以上――私は依然としてその存在からは切り離されているのだが、にもかかわらずそのなかに埋没し、その存在以外の何ものでもなくなっていた。居心地の悪い意識だ。それでも意識はこの動かない木の塊へと、全体重をかけて、ふらふらと引き寄せられて行くのだった。時は停止していた。足許には小さな黒い水たまり。この瞬間の後に何かがやって来るということはあり得なかった。この恐ろしい悦楽から、できれば身を引き離したい。しかしそれが可能だと想像することさえできなかった。私はその内部にいたのである。黒い木の株は過ぎて行かなかった。それはそこに、私の目のなかに留まっていた。大きすぎる食べ物が喉につかえて留まっているように。私はそれを受け入れることも、拒むこともできなかった。いったいどんな努力を払って、私は目を上げたのだろう？　そもそも、私は目を上げたのか？　むしろ一瞬のあいだ消滅し、それから次の瞬間に、頭を仰向け、目を上に向けた姿勢で蘇ったのではないだろうか？　実際、私は移行を意識しなかった。ただ不意に、根の存在を考えることが不可能になったのだ。根は消えており、私がいくら自分に向かって、根は存在しているぞ、まだそこに、ベンチの下に、右足のところにあるぞ、と繰り返し言いきかせても無駄だった。それはもう何も意味しなくなっていた。存在は、遠くの方から考えられる何かではない。とつぜんそれが侵入してきて、自分の上で停止し、動かない大きな動物のように重く心にのしかかることが必要だ――そうでなければ、もうまったく何もないことになる。

事実もうまったく何もなかった。私の目は空っぽで、私は解放されて大喜びだった。ところが不意にそれが目の前で動き始めた。軽い曖昧な運動だ。風が木の梢を揺らしていたのである。

　何かが動くのを見るのは不愉快ではなかった。おかげで私は、まるでじっと目をこらして自分を見つめているようなあのすべての不動の存在から、気を紛らせることができた。私は枝の揺れるのを目で追いながら考えた、運動は決して完全に存在してはいない、それは移行であり、二つの存在の中間であり、音楽で言う弱拍である、と。私は無から存在が生じ、徐々に成熟して花開くのを見ようと身構えていた。こうしていよいよ私は存在の不意を襲って、それが誕生しつつあるところを見ることになるだろう。

　しかしものの三秒とたたないうちに、私のすべての希望は一掃された。自分の周囲を盲目的に探るためらいがちなこれらの枝の上で、私はどうしても存在への「移行」を捉えることができなかったのだ。この移行という観念も人間の作り事で、あまりに明晰すぎる観念だった。このささやかな動きはことごとく孤立しており、そのものだけで自足していた。それは至るところで大枝や小枝からあふれ出ていた。そしてこれらの乾いた手の周囲を旋回し、小さな旋風でその手を包んでいた。もちろん運動は、木とは別物である。しかし、それもやはり一つの絶対だった。一つの物だった。私の目は、充実したものにしか出会わなかった。枝の先端には、存在がうごめいていた。その存在は絶えず更新されていたが、決して新たに誕生するわけではなかった。存在する風がやって来て、大きな蠅のように木に留まる。すると木が震える。しかし震えは一つの性質の誕生ではなかったし、可能態から現実態への移行でもなかった。それは一つの物だった。物である震えが木のなかに忍びこみ、木を捉えて揺らし、そして不意に木を見捨てると、遠くへ立ち去って、くるくる回転していた。すべては充実しており、すべては現実態で、弱拍はなかった。すべては、ごく微かなぴくりとした動きでさえも、存在で成り立っていた。そして木のまわりでせわしく動いているこれらすべての存在者は、どこから来たのでもなく、どこへ行くのでもなかった。不意にそれは存在し、それから不意にもう存在しなくなるのだった。存在は記憶を持っていない。消え去ったものについて、存在は何一つ保存していない――思い出すらない。至るところに、無限に、余計な存在がある、常にどこにでもある。存在は――存在によってしか限定されない。私はこの発端のない存在物の氾濫に呆然と打ちのめされて、崩れるようにベンチに座った。至るところに孵化があり、開花があり、私の耳は存在でぶんぶん耳鳴りがしていた。私の肉体そのものもぴくぴくと痙攣し、半ば口を開け、世界中の発芽に身を任せている。胸が悪くなるような体《てい》たらくだ。「それにしてもなぜだろう」と私は考えた、「なぜこれほど多くの存在があるのだろう？　しかもみな似たり寄ったりだというのに？」どれもこれも同じような木がこんなにあって、何の役に立つのか？　かくも多くの存在が、挫折をしては執拗にやり直し、またふたたび挫折したところで何になる？――まるで仰向けにひっくり返った昆虫の不器用な努力のようだ――（私もそうした努力の一つである）。このような豊富さは、気前のよさがもたらした結果ではなく、その逆だった。それは陰気で、病弱で、自分を持てあましている豊富さだった。これらの木、ぎごちないこれらの大きな肉体……。私は噴き出した。なぜなら不意に、本に書かれている素晴らしい春のことを、至るところではじけ、炸裂し、巨大な開花で充満している春のことを思い出したからだ。権力への意志と生存闘争のことを語った愚か者たちがいた。つまり彼らはただの一度も、一匹の動物や一本の木を眺めたことがなかったのか？　円形脱毛症のような斑のあるこのプラタナス、半ば朽ちかけたこの樫、これらを、空に向かってほとばしる若く激烈な力のように思わせたかったのだろう。それならこの根はどうか？　おそらく、猛禽の貪欲な鉤爪が大地を引き裂き、そこから栄養物をもぎ取るように、これを想像することが必要だったのだろう。

物をそんなふうに見るのは不可能だ。ぶよぶよなもの、虚弱なもの、それなら賛成だ。木々はふわふわと漂っていた。これが空に向かってほとばしっているなどと言えるのか？　むしろぐったりしている、と言うべきだ。今にも幹が疲れた陰茎のように皺になり、縮こまり、襞《ひだ》のある黒く柔らかい塊になって、地面に倒れるのが見られるだろう、と私は予期していた。木は、存在したいとは思っていなかった。ただ、存在をやめるわけにいかなかったのだ。それだけの話である。そこで木はそっと、大して気乗りもせずに、さまざまな小細工を弄した。樹液は心ならずもゆっくりと道管を通って上って行ったし、根はゆっくりと大地に食いこんで行った。しかし木は絶えず、何もかもすぐにほったらかして、消滅しそうに見えた。疲れて老いた木は、不承不承に存在を続けていたが、それは単に死ぬには弱すぎたからであり、死は外部からしか来られないためだ。自分自身の死を内的必然性として誇らしげにおのれのうちに抱えているのは、音楽の調べのみだ。ただし音楽は存在ではない。すべての存在者は理由もなく生まれ、弱さによって生き延び、出会いによって死んでゆく。私は後ろに寄りかかって、瞼を閉じた。けれども直ちに急を告げられたイメージがわっと押し寄せてきて、閉ざされた私の目を存在で満たした。存在は充実であり、人間はそれを離れることができないのである。

　奇妙なイメージだ[1]。それはたくさんの物を表していた。真実の物ではない。それに似た別の物だ。木製の物は、椅子や木靴に似ていた。植物に似た他の物もあった。それから二つの顔。このあいだの日曜日に、ブラッスリー・ヴェズリーズで、私に近い席で食事をしていた夫婦である。脂ぎって、熱く、肉感的で、馬鹿げていて、耳を火照らしていた二人だ。女の肩や胸が目に浮かぶ。むき出しの存在だ。この二人は――そう考えるとつぜん私はぞっとしたが――この二人は依然としてブーヴィルのどこかに存在していた。どこかで――それはどんな匂いに包まれたところだろう？――あの柔らかい胸は、さっぱりした布に愛撫され、レースのなかにうずくまり続けていた。そして女は、相変わらずその胸がコルサージュのなかに存在することを感じながら、こう考えていた、「ああ、わたしのおっぱい。わたしのきれいな果実」。そして成熟した乳房のくすぐったい快感に気をとられながら、謎めいた微笑を浮かべていた。それから私は大声を上げ、ふたたび自分が目を大きく見開いているのに気づいた。

　この途方もなく巨大な現存するもの、それは夢だったのであろうか？　それはそこにあった、公園にいすわり、木々のあいだに転落し、まったくぶよぶよで、すべてをべとつかせ、ぼってりと厚く、ジャムのようだった。そしてこの私も公園全体とともに、そのなかにいたのだろうか？　私は怖かった、だがとりわけ腹が立った。それは実に馬鹿げた、場違いのものに思われた。私はこの汚《きたな》らしいマーマレードが憎かった。しかも、あるわ、あるわ！　空にまで届くほどだし、至るところに散って行き、すべてをそのぐったりしたゼラチン状のもので満たしていた。おまけにそれはどこまでも深く、深く、公園の境界や、家々や、ブーヴィルよりもはるかに遠くまで広がっていた。私はもうブーヴィルにはおらず、どこにもおらずに、ふわふわと漂っていた。不意を衝かれて驚いたのではない。これが〈世界〉だということは、よく承知していた。むき出しの〈世界〉が一挙にあらわれ、私はこの不条理な大きな存在への怒りで息が詰まるほどだった。どこからこうしたものが出てきたのか、どうして何もない状態ではなく、一つの世界が存在することになったのか、それを不思議に思うこともできなかった。それは意味がなかった。世界は前にも後ろにも、至るところに現存していた。世界以前には、何もなかった。何一つなかった。世界が存在しなかったかもしれないような瞬間はなかったのだ。私を苛立たせるのは、まさにそのことだった。もちろん、このどろどろした形も定まらないものが存在するということに、何の理由もありはしなかった。しかし、それが存在しないことは不可能だった。それは考えられなかった。無を想像するためには、すでにそこに、世界の真っ只中にいて、目をかっと見開いて生きていることが必要だった。無は私の頭のなかにある一つの観念にすぎなかった。この広大無辺の世界に漂う一つの存在する観念にすぎなかった。この無は、存在以前にやって来たのではない。それは他のものと同じ一つの存在であり、多くの他の存在の後で現れた存在だった。私は大声を上げた、「汚らわしい、なんて汚らわしいんだ!」と。そしてこのべとつく汚らわしいものを振り落とそうと身体を揺すったが、それはしっかりとしがみついて離れなかったし、それに実に多くの何トンにも及ぶ存在が際限なく続いているのだった。私はこの限りないけだるさの奥底で、息の詰まる思いだった。それから不意に公園は、大きな穴が開いたように空っぽになった。世界も、やって来たときと同じように消え去った。あるいは私が目を醒ましたのだ——いずれにしても、世界はもう見えなかった。私の周囲には黄色の土が残っていて、そこから空中に何本も枯れた枝が突っ立っていた。

私は立ち上がって、公園を出た。鉄柵まで来たときに振り返った。そのとき、公園が私に微笑みかけた。私は鉄柵に寄りかかって、長いあいだ眺めていた。木々の微笑、月桂樹の茂みの微笑、それは何かを意味していた。存在の真の秘密はそれだった。私は思い出した、まだ三週間も経っていないある日曜日に、すでに物の上に一種の共犯者めいた様子が感じられたことを(1)。あれは私に向けられていたのだろうか? それを理解するいかなる手段も自分にはないことを感じて、私は憂鬱だった。いかなる手段もない。にもかかわらず、それはそこにあって、待ち受けていた。それは一つの視線に似ていた。それはそこにあった、マロニエの幹の上に……それはこのマロニエだった。物、それはまるで途中で停止した思考のようだった。自分を忘れ、考えようと思っていたことを忘れ、こんなふうにいつまでも揺れ動きながら、自分たちを越えるある奇妙な小さい意味を持っている、そんな思考である。その小さい意味が私を苛立たせた。たとえいつまで鉄柵に寄りかかっていても、それを理解することはできなかったからだ。私は存在について、知り得るすべてをすでに学んでしまった。私はそこを離れてホテルに帰った。そして以上のことを書いた。

夜

決心はついた。もう本を書かないのだから、ブーヴィルにいる理由もない。私はパリに行って暮らすだろう。金曜日の五時の汽車に乗り、土曜日にはアニーに会うだろう。数日を一緒に過ごすことになると思う。それからここに戻って来て、いくつかの問題を整理し、荷物をまとめるだろう。どんなに遅くても、三月一日には、最終的にパリに落ち着いているだろう。

金曜日

「鉄道員の溜まり場」にて。私が乗る汽車は二十分後に出発する。蓄音器。冒険の強烈な印象。

土曜日

アニーは黒のロングドレスをまとって、私のためにドアを開けに来た。もちろん手は差し出さないし、こんにちはとも言わない。私は右手をコートのポケットに入れたままだった。彼女は形式的なことを片づけるために、ふてくされた口調で、ひどく早口に言う。

「さあどうぞ。どこでも好きなところに掛けて。でも窓のそばの肘掛け椅子だけはだめよ」

これが彼女だ。まさしく彼女だ。両手をぶらんと垂らして、気むずかしい顔をしているが、その顔つきはかつて彼女に思春期の少女のような雰囲気を与えていたものだ。しかし今の彼女はもう少女に似ていない。肥って、大きな胸をしている。

彼女はドアを閉め、考えこむような感じで呟く。

「あたしはベッドに座ろうかしら……」

結局アニーは、敷物をかけた一種の箱のようなものの上に倒れるように腰を下ろす。彼女の立ち居振る舞いは、もう以前と同じではない。いかめしく、どっしりと、それでも優雅さを失わずに動き回る。最近めっきり肥満したので当惑しているように見える。だが何はともあれ、それはまさに彼女だ、アニーである。

アニーはぷっと噴き出す。

「何が可笑しい?」

彼女は例によってすぐには答えない。そして言いがかりをつけるような顔をする。

「言ってごらん、わけを」

「入って来たときから、あなたが精一杯にこにこ顔を振りまいているからよ。まるで娘を結婚させたばかりの父親みたい。さあ、立っていないで、コートをおいてお掛けなさいよ。そう、よかったらそこに」

続いて沈黙。アニーはその沈黙を破ろうとしない。なんとこの部屋はがらんとしているのだろう! 昔のアニーは旅行のたびに、ショールや、ターバンや、マンティーラや、日本のお面や、エピナル版画[1]などをつめこんだ大きなスーツケースを持ち歩いていた。ホテルに着くなり——たとえ一泊しかしない場合でも——彼女の最初の関心事はこのスーツケースを開けて、そこから全財産を取り出すことだった。それを、さまざまに変わる複雑な順序にしたがって、壁に掛けたり、ランプに吊したり、テーブルだの床の上だのに広げたりする。こうして三十分も経たないうちに、このうえもなく平凡だった部屋が、重々しく官能的で、ほとんど耐え難いほどの個性を帯びるのだった。おそらく、スーツケースが行方不明になったのだろう、または一時預けに入れたままなのかもしれない……。この寒々とした部屋は、化粧室へのドアも半開きになっていて、何か不吉なところがある。これはブーヴィルの私の部屋に似ていて、それをもっと豪華に、またもっと陰気にしたかのようだ。

アニーはまだ笑っている。この甲高くて、いくらか鼻にかかったような小さな笑いを、私はとてもよく憶えている。

「ほんとに、あなたって変わらないわね。そんなに肝をつぶしたような顔をして、何を探しているの？」

彼女は微笑する。しかし視線は、ほとんど敵意を含んだような好奇心を浮かべて、私の顔を凝視している。

「ぼくはただ、ここがきみの泊まる部屋らしくないと思っていただけだよ」

「ああ、そう？」と彼女は曖昧に答える。

ふたたび沈黙。今では彼女はベッドに腰掛けているが、黒いドレスに包まれて、顔色はひどく青い。髪は短く切っていなかった。相変わらず落ち着いた様子で、眉をいくらか上げて、私をじっと見ている。すると、別に何も言うことがないのだろうか？　どうして私を呼んだのだろう？　この沈黙は耐えがたい。

私は不意に、哀れっぽい調子で言う。

「きみに会えて嬉しいよ」

最後の言葉は喉につかえてしまう。こんな台詞を口にするくらいなら、黙っていた方がましだった。アニーはきっと腹を立てるだろう。たしかに私はあらかじめ、最初の十五分くらいは辛いものになるだろうと思っていた。以前もアニーの顔をふたたび見るときに、それが二十四時間の不在の後でも、朝の目覚めのときでもそうだったが、私は彼女の待っている台詞、彼女のドレスや、そのときの天気や、前日に交わした最後の言葉などにふさわしい台詞を、一度も見つけることができなかった。それにしても、彼女はなにを望んでいるのだろうか？　私には見当もつかない。

私は目を上げる。アニーは一種の愛情をこめて私を見つめている。

「それじゃ、あなたはまったく変わらなかったの？　相変わらず気がきかないの？」

彼女の顔には満足感が浮かんでいる。それにしても、なんと疲れきったように見えることか。

「あなたは道しるべなのよ」と彼女は言う、「道路沿いにある道しるべ。ムランまでは二十七キロ、モンタルジまでは四十二キロって、平然として説明するし、一生のあいだ説明しつづけるでしょうね。だからあたしには、とてもあなたが必要なのよ」

「ぼくが必要だって？　会わなかったこの四年間も、ぼくが必要だった？　それにしては、なんと遠慮深かったんだろう」

私は微笑しながらしゃべった。アニーを恨んでいると思われかねないからだ。口に浮かべたこの微笑が、まったく偽りのものであるのを感じて、私はどうも居心地が悪い。

「なんて気がきかないんだろう！　もちろん、会う必要なんかないのよ。もしあなたの言うのがそういう意味だったらね。あなたは特に目の保養になるものなんか、何一つ持ってるわけじゃないでしょ。でもあたしにはね、あなたが存在していて、変わらないことが必要なの。あなたはね、パリか近郊のどこかに保存されてるあの白金のメートル原器のようなものよ。誰もこれまで、それを見る必要があったなんて思えないわ」

「それがきみの間違いさ」

「まあ、どうでもいいわ、あたしはそう思うの。ともかくあたしは、それが存在していて、地球の子午線の四分の一の、そのまた一千万分の一を正確に測定していると知れば満足なのよ。どこかのアパルトマンで洋服屋が寸法を測っているときや、メートル単位で布地を切り売りされるときに、あたしは必ずそれを考えるの」

「ああ、そう?」と私は素っ気なく言う。

「でもね、あなたのことをただ抽象的な美徳とか、一種の限界としか考えないことだってできたのよ。そのたびにあなたの顔を思い出しているんだから、あたしに感謝したっていいんだわ」

こうしてまたもやあの七面倒くさい議論が戻って来た。以前の私は、心に単純で平凡な欲望、たとえばきみが好きだと言いたいとか、彼女を両腕で抱き締めたいとかいった欲望を抱きながら、こうした議論をやらなければならなかった。今日の私には何も欲望がない。おそらく唯一の欲望は、黙って彼女を見つめたい、何も言わずに、目の前にアニーがいるというこの異常な出来事の重要さをすべて実感したい、ということだろう。一方、彼女にとって、この日はほかの日と似たようなものなのだろうか? 彼女の手は震えてもいない。私に手紙を書いた日には、何か私に言うことがあったはずだ——またはひょっとすると、単なる気紛れだったのか。今では、もうずっと前からそれは話題にもならない。

アニーは不意に、はっきり目に見えるほどの愛情をこめて私に微笑みかけたので、私の目には涙が浮かんでくる。

「あなたのことは、白金のメートル原器よりもずっとたびたび思い出したのよ。あなたのことを考えない日はなかったくらい。おまけにあなたのこまごましたところまで、はっきり憶えていたわ」

彼女は立ち上がり、近づいてきて両手を私の肩にかける。

「あなたはぶつぶつ言うけれど、あたしの顔を憶えていたと言いきれる?」

「ずるいよ」と私は言う、「ぼくが物憶えの悪いことくらい、よく知ってるじゃないか」

「ほらね。あたしのことなんか、すっかり忘れてたのよ。街で会っても分かったかしら?」

「当たり前さ。そういう問題じゃないんだ」

「せめて、あたしの髪の色くらいは憶えていた?」

「むろんさ!　金髪《ブロンド》だよ」

彼女は笑い出す。

「ひどく得意そうに言うのね。今は目の前に見ているんだから、あまり誉められるほどのことじゃないけれど」

彼女は片手で私の髪をさっとかき上げる。

「それであなたは、赤毛だよ」と、私の口まねをして言う、「最初に会ったとき、絶対に忘れられないけど、あなたは薄紫色《モーヴ》がかったソフト帽を被《かぶ》っていたの。あれはあなたの赤毛とひどく似合わなかった。見ているのがとても辛かったわ。帽子はどこへおいたの?　今も同じように趣味が悪いかどうか、見たいものだわ」

「もう帽子は被らないんだ」

彼女は目を見開いて、軽く口笛を吹く。

「あなたひとりで解決したんじゃないでしょう！　ひとりで？　へえ、それはおめでとう。もちろんよ！　ただ、前からそう考えるべきだったのね。この髪の毛は、何も受けつけないのよ。帽子とも似合わない、肘掛け椅子のクッションとも合わない、壁にかけたタピスリーが背景になっていてさえだめなの。いっそのこと、帽子を耳まで深く被らなくちゃ。あなたがロンドンで買ったイギリスのソフトみたいに。あのときは、髪の毛をすっかり帽子の内側に入れていたから、あなたにまだ髪があるのかどうかも分からなかったわ」

そして、昔の口論にけりをつけるような決然とした口調でつけ加える。

「あの帽子、あなたに全然似合わなかった」

どの帽子のことなのかも、私にはもう分からない。

「すると、ぼくが似合うと言ったのかな？」

「たしか、そう言ったはずよ。あなたはその話しかしなかったくらい。そして、あたしが見ていないと思うと、こっそり鏡に映る自分を眺めていたわ」

過去をこのように知り尽くしているので、私は圧倒される。アニーは思い出を呼び起こしているようにさえ見えない。彼女の口調は、その種の話にふさわしい感動して遠くを眺めるようなニュアンスを帯びていないのだ。まるで今日のことか、せいぜい昨日のことを話しているみたいだ。彼女は以前の意見や強情さや恨みを、そっくりそのまま生き生きと保っていた。私の場合は反対に、すべてはぼんやりとした詩的なもののなかに埋没している。だから何を言われても譲歩するだろう。

だしぬけにアニーが、抑揚のない声で言う。

「ほら、あたし肥ったでしょ。歳をとったわ。からだに気をつける必要があるの」

そうだ。おまけに、なんと疲れているように見えることか！　私が口を開こうとすると、すぐさま彼女は続ける。

「あたし、ロンドンで芝居をしていたの」

「キャンドラーと？」

「まさか、キャンドラーとじゃない。そんなところが、いかにもあなたらしいわ。あたしがキャンドラーと芝居をするって、思いこんでいたのね。キャンドラーはオーケストラの指揮者だって、何度言ったら分かるのかしら。いいえ、ソーホー広場の小さな劇場でよ。『皇帝ジョーンズ』とか、ショーン・オケイシーやシングの戯曲とか、『ブリタニキュス』[1]なんかをやったの」

「『ブリタニキュス』？」と私は驚いて言う。

「そうなのよ。『ブリタニキュス』をやったの。そのために、あたしはあの劇場をやめることになったんだけれど。『ブリタニキュス』を上演するアイディアを出したのはあたしなの。でも、あの連中はあたしにジュニーの役をやらせたがったの」

「それで？」

「つまり、あたしはもちろんアグリピーヌ役しかできなかったのよ[2]」

「で、今は何をしてるんだ？」

これを訊ねたのは間違いだった。彼女の顔からは、すっかり生気が失われてしまう。それでも彼女は直ちに答える。

「もう芝居はやらない。旅をしてるの。養ってくれる男がいるのよ」

彼女は微笑する。

「そんなに気にしてあたしを見ないで。べつに悲劇でもないし。あたし、いつも言ってたでしょ。誰かに養われてもちっとも構わないって。それに歳とっている人だから、そう煩わしくもないし」

「イギリス人？」

「いったい、あなたになんの関係があるの？」と彼女は苛立って言う、「そんな男の話はやめましょう。あなたにとっても、あたしにとっても、どうでもいいことだもの。紅茶、飲む？」

彼女は化粧室に入る。行ったり来たり、鍋を動かしたり、独り言を言ったりしているのが聞こえる。きつい口調で何か呟いているけれども、聞き取れない。ベッドのそばのナイト・テーブルには、例によってミシュレの『フランス史』[1]が一冊おかれている。枕許の壁には、いま初めて気づいたが、一枚の写真を掛けていた。たった一枚だけで、エミリー・ブロンテ[2]の兄による彼女の肖像画の複製である。

アニーは戻ってくると、いきなり言う。

「さあ今度は、あなたのことを話してくれなくちゃ」

それから彼女はふたたび化粧室に姿を消す。このやり方については、記憶力の悪い私でも憶えている。こんなふうに単刀直入に質問をされると、私はひどく気詰まりを覚えたものだが、それはアニーの真剣な関心と同時に、一刻も早く問題を片づけてしまいたいという願望をそこに感じたからだった。いずれにしても、この質問のあとでは、もはや疑いの余地はない。アニーは私に何かを期待しているのだ。今のところは、前置きにすぎない。気詰まりになりそうなものは、あらかじめ厄介払いしておく。副次的な問題には決定的に始末をつけてしまう。それが、「さあ今度は、あなたのことを話してくれなくちゃ」である。やがて彼女は、自分のことを話し始めるだろう。となると、私はもうこれっぱかりも、彼女に何かを話したいという気持にならない。何の役に立つだろう？〈吐き気〉、恐怖、存在……。こういったことは、自分だけでとっておく方がましだ。

「さあ、早くしなさいよ」と彼女は仕切り越しに叫ぶ。

そして、ティーポットを持って戻って来る。

「何をやっているの？　パリにいるの？」

「ブーヴィルにいるんだ」

「ブーヴィル？　でもなぜ？　まさか結婚してはいないんでしょうね？」

「結婚？」と私は驚いて言う。

アニーがそんなことを想像できるとは、ひどく不愉快だ。私はそう彼女に告げる。

「馬鹿げてるよ。そんなものはまったく、昔きみがぼくに非難していた自然主義的空想の類じゃないか。ほら、きみが二人の男の子の母親で、夫に死なれるのをぼくが想像したときのことだよ。それから、ぼくらが将来どうなるかということについて、いろいろと話したこともある。きみはあれが大嫌いだった」

「ところがあなたは、それがとても気に入っていたのよ」と彼女は平然と答える。「あなたは強がってそう言ってたんだわ。それに、口ではそんなふうに怒ってみせるけれども、あなたって、いつかこっそり結婚しかねないほど油断のならない人だもの。一年間も『皇室の菫』[1]なんか絶対に観るものかって、怒って言い張っていたでしょ。でもいつかあたしが病気のときに、場末の小さな映画館にひとりで観に行ったじゃないの」

「ぼくがブーヴィルにいるのはね」と私は威厳をこめて言う、「ロルボン氏にかんする本を準備しているからさ」

アニーは強い好奇心を浮かべて私を見つめる。

「ロルボン氏？　十八世紀の人？」

「そうだよ」

「たしか前にその話をしていたわね」と曖昧に言う、「すると、歴史の本？」

「そう」

「それは、それは！」

もしも彼女がさらに質問するようだったら、すべてを話してやろう。しかし彼女はもう何も訊かない。どうやら私のことは充分に分かったと判断したらしい。アニーは他人の話をきちんと聴くことのできる人間だが、ただしその気になったときだけだ。私は彼女を見つめる。瞼を伏せて、何を言おうか、どんなふうに切り出そうかと、彼女は考えている。今度はこちらが質問すべきだろうか？　彼女がそんなことを待っているとは思えない。話すのがよいと思ったら、そのときに話すだろう。私は心臓がどきどきする。

だしぬけに、彼女は言う。

「あたし、変わったわ」

さあ、始まりだ。しかし彼女はそれ以上言わない。今は黙って、白い陶器のカップに紅茶を注いでいる。私が口をきくのを待っているのだ。何か言わなければならない。何でもいいのではなく、まさに彼女の待っていることを言わなければならない。これは拷問である。彼女は本当に変わったのか？　たしかに肥って、疲れた顔をしている。しかし彼女が言いたいのは、決してそのことではないだろう。

「どうかな、そうは見えないけれど。きみの笑い方とか、立ち上がって、手をぼくの肩においたりするやり方とか、独り言を言うくせとか、みんな普通りだよ。相変わらずミシュレの『フランス史』を読んでいるしね。それからまだいろんなことがある……」

たとえば私の永遠の本質にかんする深い関心とか、生活上で私の身に起こり得るすべてのことにかんする完全な無関心とか──それから衒学的でもあれば同時に魅力的でもある奇妙に勿体ぶった態度とか──さらに初めから、儀礼や友情の型にはまったいっさいの形式、人間同士の関係を容易にするすべてのことを省略して、話し相手に絶えず創意工夫を強いる例のやり方などがそうだ。

彼女は肩をすくめる。

「いいえ、あたしは変わったの」と彼女は冷ややかに言う、「何から何まで変わったのよ。あたしはもう、同じ人間ではないの。あなたならひと目で気づくだろうと思っていたわ。それなのに、ミシュレの『フランス史』のことなんか話すんだから」

彼女は私の真ん前にやって来て突っ立っている。

「さあどうでしょう。この人は、自分で言うほど力があるのかどうか。当ててごらんなさい。あたしの何が変わったか?」

私は躊躇する。彼女は足で床を蹴っている。相変わらず薄笑いを浮かべながらも、本気で苛立っているのだ。

「昔あなたをひどく苦しめたものがあったわね。少なくとも、あなたはそう言ってたわ。でも今はそれが終わった。消えてしまった。そのことに気づいてもいいはずよ。前より居心地がよくなったとは感じない?」

違うと答える勇気はない。私は以前とまったく同じに、椅子に浅く掛けて、落とし穴を避けよう、説明のつかない怒りを回避しようと、気を使っているのだ。

彼女はふたたび腰を下ろした。

「なるほどね」と彼女は、自信ありげに頭を振りながら言う、「分からないとしたら、それはあなたがいろんなことをみんな忘れてしまったからだわ。あたしの想像以上よ。ほら、憶えていないの、昔のあなたの失敗を？　あなたがやって来て、いろいろしゃべって、帰って行く。それはいつも決まって間の悪いときばかりだった。仮に何も変わらなかったと想像してごらんなさい。あなたが入ってくると、壁にはお面やショールが掛かっていたでしょうし、あたしはベッドに腰掛けていて、こう言ったでしょう（彼女は顔をのけぞらし、鼻孔をふくらませ、自分を嘲笑《あざわら》うように、芝居がかった声でしゃべる）、《それで？　何をぐずぐずしてるの？　座りなさいよ》。そしてもちろん、《でも窓のそばの肘掛け椅子だけはだめよ》なんて言うのは細心の注意で避けたでしょうね」

「きみはぼくに罠をかけていたからね」

「罠じゃなかったのよ……。そして、むろんあなたはそのときに、まっすぐ窓のそばの肘掛け椅子に座りに行ったでしょう」

「すると、ぼくに何が起こっただろう？」と私は振り返って、その肘掛け椅子を好奇心にかられて眺めながら言う。

外観はごく普通の椅子で、優しく、座り心地もよさそうに見える。

「悪いことばかりよ」とアニーはぶっきらぼうに答える。

私は言い張らない。アニーはいつもタブーの品物に取り囲まれていたのだった。

「どうやら何か見当がつきそうだぞ」と私は不意に言う、「でも、とんでもない話かもしれない。お待ち、ぼくに当てさせてくれよ。たしかに、この部屋はまったくがらんとしている。それにすぐ気づいたことは、きみも認めてくれるだろう。そこでだ、ぼくが入って来て、たしかに壁に掛かっている例のお面や、ショールや、そういったものを見たとする。ホテルはいつも、きみの部屋のドアのところで終わっていたんだ。きみの部屋は別物だった……。きみは、わざわざぼくのためにドアを開けになんか来なかった。ぼくはきみが部屋の隅にうずくまっているのを見つけただろう。ことによると、いつもきみが持ち歩いていた赤い敷物《モケット》を床に敷いて、その上に座って、ぼくの方をじろじろ見ていたかもしれない……。ぼくがひと言でも発したり、何か動作をしたり、息を吸ったりすると、たちまちきみは眉をひそめ始めて、ぼくは理由も分からずにひどく自分に罪があると感じただろう。そして次から次へとへまを重ねて、ますます間違いにはまりこんだだろう……」

「そういうことが何回くらいあったの？」

「百回くらいは」

「どんなに少なくてもね！　それで、今のあなたはもっと上手に、洗練されたの？」

「そんなことはないよ」

「そうあなたが言うのを聞いて嬉しいわ。だとすると？」

「だとすると、つまりもうなくなった……」

「はっ！　はっ！」と彼女は芝居じみた声で叫ぶ、「なかなか信じられないのね！」

そして穏やかな声で続ける。

「それじゃ言うけど、本当なのよ。もうあれはなくなったの」

「もう完璧な瞬間はないんだって？」

「そうよ、もうないの」

私は呆然として、なおも食い下がる。

「つまり、きみは……。あれは終わったのかな……あの悲劇、あの即席の悲劇は。お面や、ショールや、家具や、ぼく自身も、めいめい小さな役をもらって――きみが主役を演じていたあの悲劇は？」

彼女は微笑する。

「恩知らず！　ときどき、あたしよりも重要な役を上げたのよ。でも、気づきもしなかったのね。つまり、そうなの。あれは終わったわ。驚いた？」

「そりゃあ、驚いたよ！　あれはきみ自身の一部だと思っていたし、あれを取ってしまったら、まるできみが心臓を抜かれたようになると思っていたよ」

「あたしもそう思っていたわ」と彼女は、何の未練もないような顔で言う。

そして、私にはひどく不愉快な印象を与える一種の皮肉《イロニー》をこめて、こうつけ加える。

「でもご覧のように、あれがなくても、あたしは生きられるのよ」

彼女は指を組み合わせて、一方の膝を両手で支える。上を向いて曖昧な微笑を浮かべるが、それは彼女の顔全体を若返らせる。まるで謎のような、満ち足りている、肥った少女といった様子だ。

「そうよ、あたし、あなたが変わらなかったので嬉しいわ。もしも誰かがあなたのことを移動させたり、塗り替えたり、別な道路の脇に立てたりしたら、あたしは自分の方向を決めるのに、もう何も固定したものがなくなってしまう。あなたはあたしにとって、なくてはならないの。あたしは変わる。あなたは決して変わらないことになっているの。あたしは自分がどれだけ変わったかを、あなたとの関係で測定するのよ」

私はやはり、いくぶん気を悪くする。

「それはまるで見当違いだな」と私ははっきり断言する、「ぼくは逆にこのところ、すっかり以前と違ったんだ。結局、ぼくは……」

「おやおや！」と彼女は心から軽蔑しきったような態度で言う、「どうせ知的変化でしょ！　あたしの方はね、身体の隅々まで変わったのよ」

身体の隅々まで……。いったい彼女の声のなかで、何が私を動揺させたのか？　いずれにしても、このとき私ははっとして、不意に決断した！　消えた失せたアニーを探すのはもうやめだ。目の前のこの娘、肥ってうらぶれた様子のこの娘、これこそ私の胸を打ち、私が愛している女なのだ。

「あたしにはね、一種の……肉体的とも言える確信があるの。完璧な瞬間はないって感じるのよ。歩いているときには、足にまでそれを感じる。いつでも感じるわ、眠っているときでさえ。それを忘れることができないの。べつに啓示のようなものなんか、一度もなかったわ。これこれの日の、これこれの時間から、あたしの人生が変化した、と言うことはできないの。でも今はね、いつも少しばかり、それが前の日に唐突に啓示されたような気がする。あたしはくらくらして、居心地が悪くて、どうしてもそれに慣れないの」

彼女はこうした言葉を穏やかな声で言う。そこには、これほど変わったことをいくらか誇るようなものがある。彼女は腰掛けている箱の上で、素晴らしく優雅な仕草で身を揺する。私がこの部屋に入って来てから、彼女が昔のマルセイユ時代のアニーにこれほどそっくりになったことは一度もない。彼女はまたも私の心を捉えた。滑稽さや、勿体ぶった態度や、過度の繊細さを越えて、私は彼女の奇妙な世界にあらためて浸りきった。彼女の前に出ると必ず私を興奮させたあの微かな熱や、口の奥のあの苦い味さえ、私はふたたび見出した。

　アニーは組んでいた手をほどいて、膝を放す。そして口をつぐむ。これは計算された沈黙だ。ちょうどオペラ座で、正確にオーケストラが七小節演奏するあいだ、ステージが空っぽになっているようなものだ。彼女は紅茶を飲む。それからカップをおき、手で箱の縁をぎゅっと握ると、身体をこわばらせる。とつぜん彼女は顔の上に、私がとても好きだったメドゥーサ[1]の見事な顔を登場させる。憎悪で膨れあがり、すっかり歪んで、毒を含んだ顔だ。アニーはほとんど表情を変えるということがない。顔を取り替えるのだ。ちょうど古代の役者が仮面を替えたように、唐突にぱっと取り替える。そして仮面の一つひとつが雰囲気を作り出し、次に起こることの先導役をつとめるべく定められている。一つの仮面があらわれると、それは彼女がしゃべっているあいだ、変わることなく保たれる。それから仮面は落ちて、彼女から離れるのである。

　素振りには出さずに、アニーは私をじっと見ている。いよいよ話し始めるだろう。私は待っている、仮面の威厳にまで高められた悲劇的な言葉、葬送の歌を。

　ところが彼女はぽつりと言うだけだ。

「あたしは余生を送っているの」

　声の調子はまるで顔に似合わない。それは悲劇的なものではない。むしろ……ぞっとするようなものだ。それは乾ききった絶望を表している。涙ひとつこぼさない冷酷な絶望だ。そうだ、アニーには、何かどうしようもなく干涸らびたものがある。

　仮面は落ち、アニーは微笑する。

「あたしはぜんぜん悲しくないの。そのことにたびたび驚いたけれど、でも、驚くのは間違っていた。

どうして悲しがることがあるの？　あたしは以前に、とても素晴らしい情熱を持つことができた。あたしは心から母を憎んだわ。それからあなただって」と彼女は挑戦的に言う、「あたしは情熱的にあなたを愛したわ」

彼女は返答を待っている。私は何も言わない。

「こういったことは、もちろん終わったの」

「どうしてそれが分かる？」

「あたしには分かるのよ。情熱を吹きこむようなものには、もう絶対に、何一つ、誰一人、出会うことがないと分かっているの。ね、誰かを愛し始めるっていうのは、一つの企てでしょ。そのためには、エネルギーが要るわ。寛大さも要るし、無分別になることも必要よ……。最初のうちには、断崖を思い切って飛び越さなければならない瞬間だってあるわ。もし考えこんだら、そんなことはやらなくなるでしょう。あたしは、自分がもう絶対に飛ばないことを知っているのよ」

「なぜさ？」

アニーは皮肉な視線を私に注ぐが、答えようとしない。

「今ではね」と彼女は言う、「あたしは死んだ情熱に取り囲まれて生きているの。十二歳のときのある日に、母から鞭で打たれて、あたしは四階から飛び降りたけれど、あんなことをさせた素晴らしい怒りをもう一度見つけようとしているの」

そして彼女は放心したような様子で、一見無関係なことをつけ加える。

「あまり長いこと物をじっと見ているのもよくないわ。それが何なのか知ろうと思って、あたしは物を眺めるけれども、それから大急ぎで目をそらさなければならないの」

「でも、なぜさ?」

「気持が悪くなるのよ」

似ているようには見えないだろうか?……いずれにしても、確実に類似のものがある。以前にも一度ロンドンで、こういうことが起こった。私たちは別々に同じ問題について、同じことを、ほぼ同時に考えたのだ。できることなら私は……。だがアニーの思考は数々の回り道をする。だからそれを完全に理解したという確信は絶対に得られない。はっきり見極めることが必要だ。

「ねえ、どうだろう、ぼくはこれまで、完璧な瞬間がどんなものなのか、どうしてもよく分からなかったんだよ。きみも、一度も説明してくれなかったし」

「ええ、知ってるわ。あなたはぜんぜん分かろうと努力しなかった。あたしの横で、棒杭みたいに突っ立っていたわ」

「ああ!　それがどんなに辛かったことか」

「すべて自業自得よ。あなたにすごく責任があったわ。微動だにしないといったあなたの態度には、とても苛々したから。まるで、《俺は正常だ》って言ってるみたいだった。ひたすら健康に輝いていたし、精神的な健康に満ちあふれていたわ」

「でも、ぼくだって何度も頼んだじゃないか、どういうことなのか説明してくれって……」

「ええ、でもいったいどういう口調だったと思うの」と彼女は腹を立てて言う、「ひとつ調べてやろうか、という態度だった。これが真相よ。あなたはさも親切そうに、でも上の空で訊《たず》ねていたわ。ちょうどあたしが小さかった頃に、何をして遊んでいるのって訊ねた年寄りのご婦人たちみたい。考えてみると」と彼女は夢見るように言う、「あたしがいちばん憎んでいたのはあなたかもしれない」

彼女は何とか自制して、気を取り直すと、まだ頬を紅潮させたまま微笑する。その彼女はとても美しい。

「じゃあ、それがどういうものだったか説明してあげるわ。今はあたしも歳を取ったから、あなたみたいに人のいいお婆さんたちに、腹も立てずに子供時代の遊びの話ができるのよ。さあ、言ってごらんなさい、何が知りたいの？」

「それがどういうものだったかだよ」

「特権的状況の話はしたわね？」

「しなかったと思うけど」

「したわよ」と彼女は確信をこめて言う、「あれはエクス[1]の、もう名前は思い出せないけど、あの広場でだったわ。あたしたちは日盛りに、あるカフェの庭のなかで、オレンジ色のパラソルの陰にいたの。憶えていない？　あたしたちはレモネードを飲んでいた。粉の砂糖のなかに、あたしは死んだ蝿を見つけたわ」

「ああ！　そうだったかもしれない……」

「それでね、このカフェにいたときにその話をしたのよ。あたしが小さいときに持っていたミシュレの『フランス史』の大型版のことがきっかけだったわ。ここにあるのよりずっと大きな版でね、紙は茸《きのこ》の内側みたいに青みがかっていて、匂いも茸みたいだった。父が死んだときに、叔父のジョゼフがそれを見つけて、全巻とも持って行ってしまったの。その日のことよ、あたしが叔父を老いぼれ豚って呼んで、母に鞭で打たれて、窓から飛び降りちゃったのは」

「ああ、そうだ……たしかにその『フランス史』の話をしていたよ……。屋根裏部屋で読んだんじゃなかったっけ？　ほらね、憶えているだろう？　さっききみが、何もかも忘れたってぼくを非難したのは、不当だったことが分かるだろう」

「お黙りなさい。そんなわけで、あなたもちゃんと憶えていたように、あたしはその大きな本を屋根裏部屋に持って行ったの。その本には挿絵がとても少なかったわ。たぶん一冊ごとに三枚か四枚かしら。でも、それぞれ挿絵だけで大きな一ページをそっくり占めていて、裏のページは白いままだったわ。ほかのページは、場所をとらないように、二段組で本文が組まれていたから、それだけにいっそう印象的だったの。あたしはその版画の挿絵が異常なくらい好きだったわ。みんな空で憶えていて、ミシュレの本を読むときは、五十ページも前から挿絵の出てくるのを待っていたの。それを見つけると、そのたびにまるで奇跡みたいな気がしたわ。しかも凝ったことがしてあってね、挿絵の表している場面は、前後のページの本文と関係のあった試しがないの。その事件は、三十ページも先まで探しに行かなければならなかったのよ」

「お願いだから、完璧な瞬間のことを話してくれよ」

「今は特権的な状況の話をしているのよ。その挿絵で表しているのが特権的な状況だったの。それを特権的と呼んだのはあたしよ。こんなに挿絵が少ないんだから、その主題と認められるためには、とびきり重要な場面だったに違いないって考えたの。すべての場面のなかから、それが選ばれたんですもの。しかも、造形的にもっと価値の高い別な挿話はいっぱいあったし、歴史的にもっと興味深い挿話もあったのにね。たとえば十六世紀全体に、たった三枚の挿絵しかなかったのよ。一つはアンリ二世の死、一つはギーズ公の暗殺、一つはアンリ四世のパリ入城[1]よ。だからあたしは、この出来事が特別な性質のものだと想像したのね。それに、挿絵もあたしのこうした考えを強めたの。デッサンはあか抜けしないし、腕や足は決して胴体にぴったりついていなかったわ。それでも、偉大さに満ちあふれていたのよ。たとえばギーズ公暗殺のときだけれど、その場に居合わせた人たちが、一人残らず手のひらを前に突き出して、顔を背けて、驚愕と怒りを表しているの。とても綺麗で、まるで合唱隊みたい。しかも、細部の可笑しなことや些末なものにもちゃんと目が配られているのよ。小姓が床に倒れていたり、小さな犬が逃げ出したり、道化が玉座の階段に腰掛けていたりするのが見えるの。でもこうした細部がみんな、とても偉大で、しかもひどく不器用に扱われているので、絵のほかの部分と完全に調和していたわ。あたしは、これほどの厳密な統一を持った絵にお目にかかったことがないような気がする。というわけでね、実はそこから来ているのよ」

「特権的な状況が？」

「つまり、それについてあたしの作った観念がね。その状況は本当に稀に見るほどの貴重な性質を備えていたし、風格があった、と言ってもいいわ。たとえば、あたしが八歳のとき、王様であるというのは特権的な状況に見えたの。または、死ぬということがね。あなたは笑うけど、死の瞬間を描かれている人はいっぱいいたし、なかの大勢の人はその瞬間に崇高な言葉を吐いていたから、あたしは本気で信じたの……つまり、こう思ったのよ。臨終のときになると、人は自分以上のところに引き上げられるんだって。それに、死んだ人のいる部屋に入って行くだけでも充分だったわ。死は特権的な状況だから、何かが死から発散して、そこにいるすべての人に伝わって行ったのよ。一種の偉大さがね。父が死んだとき、あたしは最後の対面のために、父の部屋まで連れられて行ったの。階段を上がりながら、とても惨めだったけれど、同時に一種の宗教的な喜びで酔ったような気持だったわ。いよいよ特権的な状況に入るんですもの。それであたしは壁に寄りかかって、しかるべき仕草をやろうとしたのよ。ところが叔母と母がベッドの縁で跪いていてね、啜り泣きで何もかも台なしにしてしまったの」

アニーは、終わりの方の言葉を不機嫌な顔で言う。今でもこの思い出がぎりぎりと胸を痛めつけているかのようだ。そして口を閉ざす。眉を吊り上げて何かをじっと見つめ、この機会を利用して、もう一度その場面を蘇らせようとしている。

「後になって、あたしはそういったことを拡大したの。まずそこに新たな状況、つまり恋愛を（セックスの行為という意味での恋愛を）つけ加えたのよ。そうそう、なぜあたしが、ときどきあなたの……要求を拒んだか、これまでその理由が分からなかったら、それを理解するいい機会だわ。あたしにとっては、そのとき何か救わなければならないものがあったのよ。それからこう考えたの、自分で勘定するよりも、ずっと多くの特権的な状況があるに違いないって。そして結局、それを無限に認めることになったのよ」

「なるほど、でも要するに、それは何だったんだ？」

「まあ呆れた、言ったじゃないの」と彼女は驚き顔で、「さっきから十五分もそれを説明してきたのに」

「つまり何よりも必要なのは、たとえば憎しみや愛で、人が夢中になったり情熱にかられたりすることなのかな。それとも、出来事の外面、人の目に見えるものという意味だけれど、それが偉大である必要があったのかな……」

「両方よ……場合によるわ」と彼女は不承不承に答える。

「それで、完璧な瞬間は？　そこでどんな役割をするんだ？」

「それは後から来るのよ。まず、予告の合図があるの。それから特権的な状況が、ゆっくりと、おごそかに、人びとの生活に入りこんで来る。そのときに、それを完璧な瞬間にしたいと思うかどうか、それを知ることが問題になるのよ」

「なるほど、分かったよ。一つひとつの特権的な状況のなかには、何らかのなすべき行為、取るべき態度、言うべき言葉がある——そして、それ以外の態度やそれ以外の言葉は、厳しく禁止されている。そういうことかな?」

「まあね……」

「要するに、状況は素材で、処理されることを求めているんだね」

「そうなの」とアニーは言う、「まず何か例外的なことのなかに浸りきって、それをきちんと整えたと感じる必要があったの。もしすべての条件が実現されたら、その瞬間は完璧なものになっていたでしょう」

「要するに、それは一種の芸術作品だったんだ」

「あなたは前にもそう言ったわ」と彼女は苛立って言う、「でもそうじゃない。それはね……義務だったの。特権的な状況を、完璧な瞬間に変えなければならなかった。それは道徳の問題だったの。そうね、あなたは笑うかもしれないけれど、道徳の問題なの」

私はちっとも笑っていない。

「いいかい」と私は素直に言う、「ぼくも、自分の悪かったことは認めるよ。一度もきみをちゃんと理解したことがないし、本気になってきみを助けようとしたこともなかった。でも、もしも知っていたら……」

「ありがとう、どうもありがとう」と彼女は皮肉に言う、「まさか、こうした遅まきの後悔をしたからといって、感謝なんか期待してはいないでしょうね。それに、あたしはあなたを恨んでいないわ。だって何一つ、一度もはっきりあなたに説明したことがなかったんだもの。あたしは金縛りになっていたの。誰にも話すことができなかったわ。あなたにもよ――とくにあなたには話せなかった。こういう瞬間には、いつも何か空々しく響くものがあったの。それであたしは、まるで迷子になったようだった。それでも、できるだけのことはやったような気がするんだけど」

「でも、何をすべきだったのかな？　どんな行動を？」

「なんてお馬鹿さんなの。例なんか挙げられないわ。場合によるのよ」

「でも、きみが何をしようとしたのか、話しておくれよ」

「いいえ、話したくない。でも、なんだったら、学校に通っていた頃に、とても心を打たれた話があるわ。戦争に負けて捕虜になった王様がいたの[1]。彼は勝者の陣営で、隅っこの方にいたのね。そのとき鎖に繋がれた自分の息子と娘が通って行くのが目に入った。でも彼は涙をこぼさなかったし、何も言わなかったの。次に、やはり鎖に繋がれて、彼の召使いの一人が通って行くのが見えた。すると王様はうめき声を上げて、髪の毛を掻きむしり始めたの。あなただっていくらでも例をこしらえることができるわ。分かるでしょ、涙をこぼしてはならない場合があるのよ――そのとき泣くのは下劣な奴だわ。でも、もし足の上に薪を落としたら、うめくなり、泣くなり、片足でぴょんぴょん跳ぶなり、何をしてもいいの。いつも禁欲的《ストイック》であろうとするのは馬鹿げてるわ。無駄に疲れ果てるだけよ」

彼女は微笑する。

「でも別なときには、禁欲的であるだけでなく、それ以上でなければならなかったの。むろんあなたは憶えていないでしょう、最初にキスしたときのことを」

「いや、とてもよく憶えているよ」と私は得意げに言う、「あれはテムズ川のほとりのキュー植物園だった」

「でもあなたが絶対に知らなかったのは、あたしがイラクサの上に座っていたことよ。ドレスがまくれて、あたしの腿全体がちくちくしていた。そして、ちょっとでも動くと、また別のちくちくが始まるの。こうなると、禁欲主義《ストイシズム》だけでは間に合わなかったでしょう。あなたのためにも心が乱されていたわけではまったくないし、あなたの唇がとくに欲しかったわけでもなかったわ。あなたに上げようとしているこのキスの方が、そんなことよりずっと重要だったの。あれは一つの契約、一つの協定だったのよ。だから分かるでしょう、この痛さは不届きなものだったわ。こんな瞬間に腿のことを考えるのは、許されなかったの。痛さを表に出さないだけでは不充分だったわ。痛みを感じないことが必要だったの」

アニーは自分のしたことに今なおすっかり驚いて、誇らしげに私を見つめる。

「あたしは初めからあのキスを上げるつもりだったけれど、あなたがしきりにそれを求めているあいだじゅう、そしてあたしがなかなかうんと言わなかった二十分以上のあいだに――だってこれは形式に則って上げる必要があったからよ――あたしはとうとう完全に麻酔にかけられたような状態になったの。実を言うと、あたしの皮膚はとても敏感なんだけれど。こうしてあたしたちが立ち上がるまで、あたしは何も感じなかったのよ」

そうなのだ、まさにそうなのだ。冒険はない――完璧な瞬間もない……私たちは同じ幻想を失い、同じ道を辿った。私は残りのことを見抜いている――アニーの代わりにしゃべって、彼女が言い残したことを自分で言うことさえできる。

「それできみは理解したんだね。いつも涙ぐんだ善良なご婦人たちがいたり、赤毛の男がいたり、その他のどうでもいいようなものがあって、きみの準備した効果を台なしにしてしまうということを?」

「そうよ、もちろん」と彼女は気乗りのしない声で言う。

「そうじゃないの?」

「まあ、赤毛の男の不器用さぐらいなら、たぶんしまいには諦めがついたかもしれない。結局あたしは、ほかの人たちの役の演じ方に興味を持つくらいに、お人好しだったのよ……いいえ、問題はむしろ……」

「特権的な状況はないということ?」

「それなのよ。あたしは、憎しみや愛や死が、聖金曜日の炎の舌[1]のように、あたしたちの上に降ってくると思っていたの。憎しみや死で、人は輝くことができると思っていたわ。ひどい思い違いだった! そうよ、本当にあたし、《憎悪》が存在していると考えたの。それが人びとの上にやって来て、実際以上に人を引き上げると考えたんだわ。もちろん、このあたししかいない、憎んでいるあたし、愛しているあたししかいないというのにね。しかもそのあたしはいつも同じで、一つの生地が、どこまでも、どこまでも延びていく……おまけにそれがみんなよく似ているから、どうして人がいろんな名前を発明して、どうして区別ができるのか、不思議になるくらいよ」

彼女は私と同じように考えている。まるでこれまで一度も別れたことがなかったかのようだ。

「ねえ、いいかい」と私は彼女に言う、「少し前からぼくはあることを考えているんだけれど、きみが寛大にもぼくに与えてくれた道しるべの役割より、その方がずっと気に入ってるんだ。つまりぼくたちは一緒に同じような変わり方をしたんだよ。きみがますます遠ざかって行くのをぼんやり眺めていたり、永遠にきみの出発点を示す役割から逃れられなくなるよりも、そっちの方がぼくには好ましいね。きみが話してくれたすべてのことは、実はぼくがきみに話そうと思ってやって来たことなんだ——たしかに言い方は違うけれどね。ぼくらは到着点で出会ったんだよ。それがどれほどぼくにとって嬉しいことか、言葉にならないくらいだけれど」

「そうなの?」と彼女は穏やかに、しかし頑なな様子で言う、「でも、やっぱりあたしは、あなたが変わらない方がよかったわ。その方が便利だったもの。あたしはあなたと違って、誰かが同じことを考えていると思うと、むしろあんまりいい気持がしないの。それに、きっとあなたの思い違いよ」

私は彼女に冒険を語り、存在の話をする——たぶん少し長々と話しすぎたかもしれない。彼女は目を大きく開け、眉を吊り上げて、熱心に耳を傾ける。

私が話し終わると、彼女はほっとした様子だ。

「それじゃあなたは、ちっともあたしと同じことなんか考えていないわ。自分では何一つやろうともせずに、まわりの物が花束みたいに配置されていないからというので、愚痴をこぼしているだけじゃないの。あたしは決してそんなに多くのことは望まなかったわ。あたしは行動したかったの。ほら、あたしたちが冒険家の真似をしていたときに、あなたは冒険が起こる人で、あたしは冒険を起こす人だったでしょ。《あたしは行動的人間だ》って言ってたわね。憶えている? 今なら、ただこう言うだけよ、人は行動的人間ではあり得ない、って」

私が納得したようには見えなかったに違いない。なぜなら、彼女は躍起になって、いっそう強い調子で続けたからだ。

「それからほかにもたくさんあるのよ。あまり説明が長くなるから言わなかったけれど。たとえばね、いざ行動するという瞬間に、自分のやっていることは……宿命的な結果をもたらすだろうって、考えられることが必要だったの。うまく説明できないけど」

「でも、そんなことはまったく無用だよ」と、私はかなり物知り顔で言う、「そういうことも、ぼくは考えたからね」

彼女は疑わしげに私を見つめる。

「あなたの言葉を信じると、何もかもあたしと同じように考えていたことになるわね。まったく驚いたものだわ」

私は彼女を納得させることができない。ただ苛立たせるだけだろう。私は押し黙る。彼女を腕に抱き締めたい。

不意にアニーは、不安そうに私を見つめる。

「それで、あなたがそういったことを考えたとして、いったい何をすることができるの？」

私は顔を伏せる。

「あたしはね……あたしはただ余生を送っているの」と彼女はさっきの言葉を重々しく繰り返す。

彼女に何を言うことができようか？　私は生きる理由を知っているのだろうか？　彼女のように絶望してはいないが、それは大したことを期待していなかったからだ。むしろ……与えられたこの生——無駄に与えられたこの生——を前にして、私は驚いているのだ。私は顔を伏せたままである。この瞬間にアニーの顔を見る気にはなれない。

「あたしは旅をしてるの」とアニーは暗い声で続ける、「スウェーデンから戻ったところよ。ベルリンに一週間いたわ。あたしを養ってくれる例の男がいるの……」

彼女を抱く……。そんなことをして何の役に立つ？　私は彼女のために何もできないのか？　彼女も私と同様に独りきりだ。

彼女は、前より明るい声で言う。

「何をぶつぶつ言ってるのよ……」

私は目を上げる。彼女は優しく私を見つめている。

「何も。ただ、あることを考えていたんだ」

「まあ、不思議な人！　そんなら、話すか、黙るか。どちらかを選ぶのね」

私は彼女に「鉄道員の溜まり場」の話をする。蓄音器でかけさせる古いラグタイムのこと、それが私に与える奇妙な幸福感のことを。

「ぼくは考えていたんだ、この方面で何か発見する、というか、つまり何か探れはしないかって……」

彼女は何も答えない。私が言ったことにあまり関心がなかったのだと思う。

それでも少しして、彼女はまた話し始める――それが自分の思考の継続か、それとも私が言ったことへの返事なのかは、分からない。

「絵、彫刻、どれも使い物にならないわ。あたしの目の前で、美しいだけだもの。音楽は……」

「でも演劇では……」

「何ですって、演劇？　あなたは芸術を一つ残らず数え上げるつもり？」

「以前は言ってたじゃないか、きみが芝居をやりたいのは、舞台で完璧な瞬間が実現できるはずだからだって！」

「そうよ、あたしはそれを実現したわ。でも他人のためにね。あたしは埃まみれで、隙間風に吹かれて、どぎついライトの下で、厚紙の舞台装置に囲まれていたの。たいていは、ソーンダイクが相手役だったわ。たしかあなたもコヴェントガーデン劇場[1]で彼の芝居を観たわね。あたしはいつも彼の鼻先で噴き出しはしないかと心配だったわ」

「それじゃ役になりきったことは一度もなかった？」

「ときどき、ほんの少しだけね。でも本当に役になりきったことは一度もないわ。あたしたち役者の誰にとっても、肝心なのは真っ正面の黒い穴なのよ。その底には、見えないけれども観客たちがいたわ。その人たちに対しては、もちろん、完璧な瞬間を提供していた。でもね、観客はその内部で生きてはいなかったの。完璧な瞬間は、彼らの前で繰り広げられていたのよ。あたしたち俳優だって、そのなかで生きていたと思う？　結局、完璧な瞬間はどこにもなかったのね。フットライトの向こう側にも、こちら側にも、それは存在していなかった。そのくせ、みんなそれを考えていたのよ。だから、ほら、分かるでしょ」と彼女は気が抜けたような、ほとんどやくざめいた口調で言う、「あたし、何もかも投げ出しちゃったの」

「ぼくはあの本を書こうとしていたんだが……」

アニーは私を遮る。

「あたしは過去のなかで生きているのよ。あたしの身に起こったすべてのことをもう一度取り上げて、それを整理しているの。遠くからこんなふうに眺めると、それも悪くはないわ。つい引きこまれそうになるほどよ。あたしたちのことだって、なかなか美しい物語だわ。それにちょっと仕上げをほどこせば、一連の完璧な瞬間が出来上がるのよ。そこであたしは目を閉じて、自分がまだそのなかで生きているように想像しようとするの。まだほかの登場人物もいるし……。ただ、精神を集中できなければいけないの。あたしが何を読んだか分かる？　ロヨラの『霊操』[1]よ。とても役に立ったわ。初めに舞台装置の設定の仕方があって、次に人物を登場させる仕方が書かれているの。こうして本当に見ることができるようになるのよ」と彼女はこだわるようにつけ加える。

「でも、そんなことじゃぼくはまるで満足できないだろうな」と私は言う。

「あたしがそれで満足してると思う？」

私たちはしばらく黙ったままだ。夕闇が落ちてくる。ぼんやりと浮き上がるアニーの顔も、ほとんど見分けがつかない。彼女の黒い服は、部屋中に広がった闇に溶けこんでいる。私は機械的に、まだ少し紅茶の残っているカップを取り上げて唇に運ぶ。紅茶は冷たくなっている。タバコを吸いたいが、思い切ってできない。私たちはもう何も話すことがないような気がして辛くなる。昨日はまだ、アニーにたくさんの質問をするつもりだった。どこにいたのか、何をしたのか、誰に会ったのか？　しかしそれが私の関心を惹くのも、アニーが心の底からそういうことに打ちこんでいたかぎりにおいてだった。今では好奇心もなくなった。アニーが行ったすべての国、すべての町、アニーに言い寄り、彼女からたぶん愛されたであろうすべての男、そういったものも、もう彼女とは関係がなく、結局は彼女にとってまるでどうでもいいものになってしまった。暗く冷たい海の表面に、太陽がちらちら光るようなものだ。アニーは私の目の前にいる。私たちは四年ぶりの再会だが、もはや何も話すことがない。

不意にアニーが言う、「さあ、もう帰って頂戴。あたし、ある人を待ってるの」

「きみが待ってるのは……？」

「いいえ、ドイツ人を待ってるの。画家よ」

彼女は笑い出す。この笑いは、暗い部屋のなかで奇妙に響く。

「そうだわ、ここに一人、あたしたちみたいじゃない人がいる——まだそうじゃない人よ。彼は行動しているの。せっせと努力しているのね」

私は心ならずも立ち上がる。

「いつまた会えるだろう?」

「知らないわ。あたし、明日の晩ロンドンに発つの」

「ディエップから?」

「そうよ。そのあとはたぶんエジプトに行くと思うわ。今度の冬には、たぶんまたパリに寄るから、手紙を書くわね」

「明日ぼくは一日中暇なんだけれど」と私は遠慮がちに言う。

「そう、でもあたしはたくさんやることがあるの」と彼女は素っ気ない口調で答える、「だめよ、あなたには会えないわ。エジプトから手紙を書くわね。住所さえ教えてくれれば」

「ここだよ」

私は薄暗がりで、封筒の切れ端に住所を走り書きする。ブーヴィルを発つときには、プランタニア・ホテルに、手紙を転送するように言わなければならない。だが実を言うと、アニーが手紙など書かないだろうということは、よく分かっている。ことによると、彼女に再会するのは十年後だろう。ことによると、今回が最後かもしれない。私は単に彼女と別れるので打ちひしがれているのではない。ふたたび孤独に戻るのが、ぞっとするほど怖いのだ。

彼女は立ち上がる。ドアのところで、私の口に軽くキスをする。

「あなたの唇を思い出すためよ」と彼女は微笑しながら言う。「思い出を若返らせる必要があるの。あたしの《霊操》のためにね」

私は彼女の腕をつかんで、引き寄せる。彼女は抵抗しないが、頭でいやよという合図をする。

「だめ、もうそんなこと興味がないの。やり直しはないのよ……。それにね、みんながやるようなことは、ちょっと可愛い男だったら誰だってあなたと同じよ」

「でも、これからきみは何をするんだ？」

「言ったでしょ。イギリスに行くのよ」

「いや、ぼくが言う意味は……」

「そのことなら、何もしないわ！」

私は腕を放さなかった。そして静かに言う。

「それじゃぼくは、きみと再会したのに、別れなければならないんだね」

今は彼女の顔がはっきり見える。とつぜんそれが蒼白になり、やつれた顔になる。まったくぞっとするような老婆の顔だ。この顔は確実に、彼女が自分で呼び寄せたものではない。彼女の知らないうちに、ひょっとすると彼女の意に反して、そこにあらわれたのだ。

「いいえ、違うわ」と彼女はゆっくりと言う、「あなたはあたしに再会しなかったのよ」

彼女は腕をほどく。ドアを開ける。廊下には煌々と明かりが点いている。

アニーは笑い始める。

「可哀相な人！　運がないのね。初めてうまく自分の役を演じたというのに、ひとつも感謝されないなんて。さあ、帰って」

私はドアが背後で閉まる音を耳にする。

日曜日

今朝、鉄道の時刻表を調べた。アニーの言葉が嘘でないとすると、彼女は五時三十八分のディエップ行きの汽車で出発するのだろう。しかし、ことによると、男が車で彼女を連れて行くのかもしれない。午前中はずっと、メニルモンタンの界隈をうろついた。それから午後は、セーヌ川の河岸をほっつき歩いた。アニーとは数歩の距離か、壁いくつかで隔てられているだけだった。五時三十八分になったら、私たちの昨日の会話も一つの思い出になるだろう。豊満な女、その唇が私の口に軽くふれた女は、過去のなかで、メクネスやロンドンの痩せた少女に合体するだろう。しかしまだ何も過ぎてはいなかった。なぜなら彼女はそこにいたし、その彼女にふたたび会って説得し、ずっと私と一緒に連れて行くことも、まだ可能だったからだ。私はまだ自分を独りきりだと感じてはいなかった。

私はアニーから思考をそらせたかった。というのも、彼女の身体と顔を想像したために、このうえもない苛立ちに落ちこんだからだ。手は震え、氷のような戦慄が身体を走った。私は古本屋の店先で、そこにある本を、なかでもとりわけ卑猥な出版物をめくった。何はともあれ、それが気を紛らしてくれるからだ。

オルセー駅の大時計が五時を打ったとき、私は『鞭を持つ医師』と題された本の挿絵を眺めていた。いずれも似たり寄ったりで、大部分のものには、むき出しの巨大な尻の上で乗馬用の鞭を揮う髭面の大男が描かれていた。五時になったと気づいたとたんに、私はそれを他の本のあいだに放り出してタクシーに飛び乗った。タクシーは私をサン・ラザール駅に連れて行った。

私は二十分ほど、ホームの上を行ったり来たりした。それから二人を見た。彼女は毛皮の分厚いコートに身を包んで、貴婦人のようだった。帽子にはヴェールをつけている。相手の男は駱駝の毛のコートを着ていた。日焼けしたような赤銅色の肌で、まだ若く、とても背が高く、とても美貌の男だった。きっと外国人だろうが、イギリス人ではない。たぶんエジプト人だろう。二人は私に気づかずに汽車に乗った。話はしていなかった。それから男がふたたび降りてきて、新聞を買った。アニーは、彼女の入ったコンパートメントの窓ガラスを下げた。彼女は私を見た。怒りもなく、無表情な目で、長いこと私を見つめていた。それから男がふたたび客車に乗ると、汽車は出発した。そのとき私はありありと、かつてアニーと昼の食事をしたピカデリーのレストランを思い浮かべた。ついですべてが崩れた。私は歩いた。疲れを覚えたときに、このカフェに入り、そこで眠ってしまった。今しがたボーイに起こされて、うつらうつらしながらこれを書いている。

明日は正午の汽車でブーヴィルに帰るだろう。荷物の支度をし、銀行の手続きをすませるには、向こうに二日もいれば充分だろう。プランタニア・ホテルでは、私が予告していなかったから、二週間分を余計に払ってくれと言うだろう。それから借り出していた本を図書館へ返さなければならない。いずれにしても、週末にはパリに戻っているだろう。

パリに戻るとどんな得があるのだろう？　ここもやはり都会である。パリは川で二分されており、ブーヴィルは海に面しているが、それを除けばどちらも似たようなものだ。人が選ぶのは皮をむかれた不毛の土地だ。そこに人は、空洞の大きな数々の石を転がす。その石のなかには匂いが閉じこめられている。空気よりも重い匂いだ。ときどき人は、その匂いを窓から通りに捨てるが、匂いは風で散り散りに吹き裂かれるまでそこに留まっている。よく晴れた日には、物音が町の一方の端から入って来て、すべての壁を通り抜けた後に、もう一方の端から出ていく。別なときには、太陽に焼かれ、寒気にひび割れた石のあいだで、物音はぐるぐる回っている。

私は都会が怖い。しかし都会から出て行ってはならないのだ。もしあまり遠くまで足を伸ばして危険を冒すと、〈植物〉の領域に出くわす。〈植物〉は何キロメートルにもわたって、町の方へと這ってきた。そして待っている。町が死んだら、〈植物〉が町に侵入し、石の上によじ登り、石を締めつけ、掘り起こし、黒く長いペンチで粉々に砕くだろう。〈植物〉は穴をふさぎ、至るところに緑の脚をぶら下げるだろう。町が生きているかぎり、町に留まっていなければならない。町の入口に押し寄せるあの広大な草むらに独りで入りこんで行ってはならない。その草むらを、目撃者もなしに、波打ったり崩れたりさせておかねばならない。町では、もしもうまく折り合いをつけて、動物どもが各自の穴のなかや堆積する有機物の残骸のうしろで食べたものを消化したり眠ったりしている時間を選ぶ術を心得ていれば、存在物のなかではいちばん怖くない鉱物以外にほとんど何にも出会わないですむのだ。

私はブーヴィルに戻ろうとしている。〈植物〉は、三方からしかブーヴィルに攻め寄せては来ない。四番目の方向には巨大な穴があり、そこには溢れるばかりの黒い水がひとりで動いている。風が家々のあいだで鳴っている。匂いもほかよりは長く留まっていない。風で海に追いやられた匂いは、あちこちに漂う小さな霧の塊のように、黒い水すれすれに逃げていく。雨が降る。人びとは、四方を囲んだ鉄柵のあいだに植物を生やした。去勢され、飼い慣らされ、すっかり脂ぎって肥満した無害な植物だ。巨大な白っぽい葉をつけており、それが耳のように垂れ下がっている。触ってみると軟骨のようだ。ブーヴィルでは、空から落ちてくるあの水のために、すべてが脂ぎって白い。私はブーヴィルに戻ろうとしている。ああ、ぞっとする！

私ははっと目を醒ます。夜中の十二時だ。アニーがパリを離れてから六時間になる。船は港を出た。

彼女は船室で眠っている。そして甲板では、赤銅色の肌の美貌の男がタバコを吸っている。

火曜日　ブーヴィルにて

これなのか、自由というのは？　私の下の方には、いくつもの庭がゆったりと町に向かって下って行き、その一つひとつの庭には一軒の家が建っている。私はどっしりと動かない海を見る、ブーヴィルの町を見る。素晴らしい天気だ。

私は自由だ。つまりもう生きる理由はいっさいない。私の試みたすべての生きる理由は瓦解した。それ以外の理由はもはや想像することもできない。私はまだ若く、やり直すのに充分な力を持っている。しかし何をやり直すべきなのか？　恐怖と嘔吐感の最もひどかったときに、自分を救ってくれるものとして、どれほどアニーに期待をかけたことだろう。それが今になってやっと分かった。私の過去は死んだ。ロルボン氏は死んだ。アニーが戻って来たのは、私からすべての希望を奪うためにすぎなかった。そして私は、いくつもの庭のあいだを走るこの白い道の上で独りきりだ。独りきりで自由だ。しかしこの自由はいくぶん死に似ている。

今日でここの生活は終わる。明日になると、足下に広がる町、あれほど長く暮らしてきたこの町を、私は離れているだろう。ブーヴィルはやがて、私の記憶に残る一つの名前にすぎなくなるだろう、ずんぐりした、ブルジョワ的な、いかにもフランス的で、フィレンツェやバグダットほど豪華ではない一つの名前だ。やがてある時期になると、私は不思議に思うだろう、「それにしても、ブーヴィルにいたときは、いったい一日中何をしていたのか？」と。そして今日のこの太陽、この午後については、何一つ、思い出さえも残りはしないだろう。

私の全生涯は背後にある。それがそっくり見える。その形や、私をここまで引っ張って来たゆるやかな動きが目に映る。これについて言うべきことはほとんどない。私の負けだった、そのひと言に尽きている。三年前、私は粛々とブーヴィルに乗りこんできた。そのときは、すでに一回戦に敗れていたのだ。しかし二回戦を試みようと思い、ふたたび負けた。つまり勝負に敗れたのだ。同時に私は、人が常に敗れるものであることを知ったのである。勝つと思っているのは〈下種ども〉だけだ。今となっては、私もアニーのようにするだろう、私は余生を送るだろう。食べて、眠る。眠って、食べる。そしてゆっくりと、静かに、存在するのだ、あの木々のように、水たまりのように、電車の赤い座席のように。

〈吐き気〉は私に短い猶予をくれた。しかし、またやって来ることは分かっている。それが私の正常な状態なのだ。ただし今日は、身体があまりに疲れきっていて、それに耐えられそうもない。病人にも幸いにして、数時間のあいだ痛みの意識を取り去ってくれる衰弱した状態があるものだ。私は退屈している。それだけだ。ときどき大きな欠伸をするので、涙が頰にまで流れる。それは深い、深い、倦怠であり、存在の深い核心であり、私を作る素材そのものだ。私は自分のことを構わないわけではない。正反対だ。今朝は風呂に入って、髭も剃った。しかし、こまごまと気を使うこうした行為をあらためて思い返すと、どうして自分にそんなことがやれたのか理解できない。なんと空しい行為だろう。たぶん私のためにそれをやってくれたのは習慣である。習慣は死んではいない。相変わらず忙しく立ち働き、ごく静かにこっそりとその横糸を織り、まるで乳母のように、私を洗ったり、拭いたり、着物を着せたりしてくれる。私をこの丘の上にまで導いて来たのも習慣だろうか？　どうやってここへ来たのか、私はもう思い出すことができない。おそらくドートリー階段を通ったのだろう。しかし本当に私は一段一段と、あの百十の階段を上ったのだろうか？　たぶんそれ以上に想像困難なのは、じきにふたたびそれを降りて行くということだ。しかし私には分かっている。少ししたら、私は〈緑の丘〉の下にいるだろう。目を上げて、今はこんなに近くにあるこの家々の窓が、遠くで輝くのを見ることができるだろう。遠くで。私の頭の上でだ。そして現在のこの瞬間、そこから出ることもできない私を閉じこめて四方八方から限定しているこの瞬間、私がそれによって作られているこの瞬間は、もはやぼんやりと霞んだ夢にすぎなくなるだろう。

私は足下に、ブーヴィルの町が灰色にきらめくのを見る。まるで太陽に照らされた貝殻か、鱗か、骨片か、砂利の堆積のようだ。こうした破片のあいだに紛れて、ごく小さなガラスか雲母のかけらが、ときおりささやかな火花を発している。貝殻のあいだを走っている溝や、堀や、細い畝は、一時間後に道になるだろうし、私は壁に挟まれてその道を歩いているだろう。ブーリベ街には小さく黒い人びとが見えるが、一時間後には私も彼らの一人になっているだろう。

この丘の頂から眺めると、何と彼らから遠くにいると感じることだろう。まるで自分が別な種族に属しているようだ。彼らは一日の仕事を終えると事務所を出て、満足げに家々や辻公園を眺め、これが自分たちの町だ、「立派なブルジョワ都市だ」と考える。彼らは怖がらない。わが家にいるように感じているのだ。彼らが見るのは、蛇口から出る飼い慣らされた水や、スイッチを押すと電球からほとばしり出る光や、支柱で支えられている交配された雑種の木々ばかりである。すべては機械的に行なわれ、世界は一定不動の法則に従っており、彼らは毎日数えきれないほどその証拠を見ている。空中に捨てられた物体はみな同じ速度で落下するし、公園は来る日も来る日も、冬は午後四時、夏は午後六時に閉められる。鉛は三百三十五度で熔け、最終の電車は市役所前を二十三時五分に出発する。彼らは平穏無事で、いくらかもの悲しい。彼らは〈明日〉を考えている。つまり単なる新しいもう一つの今日を。町にとって自由に使えるのは、毎朝同じように戻って来るたった一つの日しかない。日曜日になると、人びとはほんの少しだけめかしこむ。馬鹿者め。彼らの分厚い安心しきった顔をまた見るのだと思うと、うんざりする。彼らは規則を定め、民衆主義《ポピュリスム》の小説を書き、結婚し、子供を作るなどという極め付きの愚行までやってのける。しかしそのあいだに、つかみどころのない大きな自然が彼らの町に滑りこみ、至るところに浸透している。彼らの家に、彼らの事務所に、彼ら自身のなかにさえ。自然は動かず、じっとしている。そして彼らはどっぷりそのなかに浸って、自然を呼吸しているが、それが見えてはおらず、自然は外部に、町から八十キロも離れたところにあると想像しているのだ。私には自然が見える。この自然を、私は見ている……。自然が服従しているのは怠惰さからであり、自然に法則などないことを、私は知っている。ところが彼らは、自然を変わらないものと見なしている……。実は自然は習慣しか持っていないし、明日にもその習慣を変えることができるのだ。

　もしも何かが起こったら？　もしとつぜんに自然がぴくぴく痙攣し始めたら？　そのときは、彼らも自然があることに気づくだろうし、自分たちの心臓が破裂するような気がするだろう。そのとき、彼らの作った堤防や、城壁や、発電所や、熔鉱炉や、ドロップハンマーは、何の役に立つだろうか？　これはいつでも起こり得るし、ことによると今すぐ起こるかもしれない。前兆はすでにそこにある。たとえば散歩中の一家の父親は、風に吹き飛ばされたような一枚の赤いぼろ切れが、通りを横切って自分の方にやって来るのを見るだろう。そのぼろ切れがすぐそばまで来たときに、彼にはそれが一片の腐った肉で、這ったり跳ねたりしながら、埃まみれになってずるずると進んで来るのが分かるだろう。それは痛めつけられた肉の切れ端で、痙攣するように血を噴き出しながら、側溝を転げ回っている。あるいはまた一人の母親が、わが子の頬を眺めて訊ねるだろう、「お前、そこはどうしたの、おできかい？」そして彼女は、肉が少しばかり膨れあがって、ひび割れ、やや口を開けるのを見るだろう。そして割れ目の奥には第三の目、笑っている目があらわれるだろう。あるいはまた彼らは身体全体に、何かが軽く触るのを感じるだろう。ちょうど川で泳いでいる者が、藺草《いぐさ》の触るのを感じるように。そして彼らは、自分の服が生きものになったのを知るだろう。また別な者は口のなかに何か引っ掻くものがあるのに気づくだろう。彼は鏡に近づいて、口を開けてみる。すると彼の舌は巨大な生きた百足《むかで》になっていて、脚を動かして口の裏を削り取っている。彼は百足を吐き出そうと思うが、それは彼の一部になっていて、手でもぎ取らなければならないだろう。それからまたさまざまなものがあらわれて、それに新しい名前を見つける必要が起こるだろう。たとえば石の目、長腕三角帽、足指―松葉杖、蜘蛛―顎、などだ。また、暖かく快適な寝室のなかの気持のよい自分のベッドで眠った者が、目覚めてみると、素っ裸の姿で、青みがかった土の上に寝ているだろう。まわりはざわざわと鳴る陰茎の林で、ジュクストブーヴィルの煙突のように、赤や白のものが空に向かってそそり立っており、地面からは毛むくじゃらな球根状の玉葱のように巨大な睾丸が、半ば顔を出している。鳥が何羽もこの陰茎の周囲を飛び回って、嘴でそれをつついては血を出させると、傷口から精液がゆっくりと静かに流れるだろう。血の混じった、半透明で生暖かい、細かな泡を浮かべた精液だ。あるいはまた、そのようなことは何一つ起こらず、目につく変化は何も発生しないだろう。しかし人びとはある朝、鎧戸を開けると、物の上に一種の恐ろしい意味が重々しくおかれていて、何かを待ち受けている様子なのに驚くだろう。それだけである。しかし、それが少しでも続くと、何百という自殺者が出るだろう。そうなのだ！　ためしにそれが少し変わること、それ以上のことを私は望まない。そうなれば、他にもとつぜん孤独のなかに落ちこむ者が見られるだろう。天涯孤独な人たち、ぞっとするような畸形の完全に孤立した人たちが、自分の災難を逃れようとしながらその災難をどこまでも引きずって、目を据え、口を開けて、通りを駆け回り、私の前をどかどかと通って行くだろう。その口には昆虫―舌が、羽をばたばたさせているだろう。そのとき私は、たとえ自分の身体があやしげな汚い瘡蓋《かさぶた》で覆われ、それが肉の花となり、菫となり、キンポウゲとなって開こうとも、ぷっと噴き出して笑うだろう。私は壁に背をもたれて、通り過ぎる彼らに大声で言うだろう、「いったいお前たちの〈学問〉はどうしたんだ？　お前たちのヒューマニズムはどうしたんだ？　考える葦の威厳はどこにあるんだ？」私は恐怖を覚えないだろう――少なくとも、今より以上には。これは相も変わらぬ存在ではないだろうか、存在変奏曲ではなかろうか？　ゆっくりと一つの顔を食い荒らしていくすべての目は、なるほど余計なものだろう。しかしそれも最初の二つの目以上に余計ではないだろう。私が恐怖を抱くのは、存在に対してなのだ。

夕闇が落ちてくる。町では最初の電灯が点される。何ということだ！　町はそのさまざまな幾何学にもかかわらず、どんなに自然に見えることだろう。どんなに夕闇によって押し潰されたように見えることか。ここから眺めれば、それはこれほどまで……明らかだ。それをこの私しか見ていない、などということがあり得ようか？　一つの丘の頂から、自然のなかに呑み込まれていく町を足下に眺めている別のカッサンドラ(1)は、どこにもいないのだろうか？　もっとも、そんなことはどうでもいい。たとえいたところで、私は彼女に何を言うことができようか？

私の身体は、静かに東に向きを変え、少しばかり揺れて、歩行を始める。

水曜日　ブーヴィルにおける私の最後の日

独学者を見つけるために、私は町中を走り回った。きっと彼は自宅に帰らなかったはずだ。もはや人びとに受け容れてもらえないこの哀れなヒューマニストは、屈辱と恐怖に打ちひしがれて、当てずっぽうに歩き回っているに違いない。実を言うと事件が起こったとき、私はほとんど驚かなかった。ずっと前から、優しくおどおどした彼の顔が、醜聞《スキャンダル》を呼び寄せていると感じていたのだ。彼の場合は罪と言ってもたかが知れている。少年たちを眺める彼の慎ましい愛情は、ほとんど官能とすら言えないくらいだ――むしろヒューマニズムの一形式だろう。しかし、いつかは彼も独りきりの自分に戻らなければならなかった。アシル氏のように、私のように。彼は私と同じ種族であり、善意を持っている。今や彼は孤独に落ちこんだ――永久にそうなった。すべては一気に崩壊した、彼の教養の夢も、人間たちと理解しあえるという夢も。初めのうちは、恐怖と嫌悪と眠れない夜があるだろう。それからそのあとには長い追放の日々の連続が来るだろう。夜になると、彼は登記所の中庭に戻って来てほっつき歩くだろう。はるか遠方にきらめく図書館の窓を眺めるだろう。そして幾列にも並べられた本や、その革の装幀や、ページの匂いなどを思い出すと、気も遠くなるだろう。彼について行ってやらなかったことが悔やまれるが、しかし彼がそれを望まなかったのだ。独りにしてくれと頼んだのは彼である。彼は孤独の修業を始めたのだ。私はこれをカフェ・マブリで書いている。私は儀式のように、勿体ぶってここに入って来た。マスターやレジ係の女を観察して、彼らに会うのもこれが最後だということを強く感じたいと思ったのだ。しかし私は独学者から考えをそらせることができない。常に眼前に彼の歪んだ恨めしげな顔と、血だらけの高い襟が浮かんでくる。そこで私は紙を求めて、これから彼の身に起こったことを物語ることにしたのである。

私は午後の二時頃に図書館に出かけて行った。こう考えていた、「図書館。ここに入るのもこれが最後だ」と。

閲覧室にはほとんど人がいなかった。自分がもう二度と戻って来ないと分かっていたので、私にはこれが閲覧室だと容易に認められなかった。部屋は蒸気のように軽くふわふわして、ほとんど非現実のものに見え、すっかり赤褐色になっていた。夕陽が女性閲覧者専用の机や、ドアや、本の背を、赤褐色に染めていたのだ。一瞬、金色の葉が一面に茂る下草のなかに入りこんで行くような心地よい印象を覚えて、私は微笑んだ。そして考えた、「なんて長いこと笑わなかったんだろう」と。コルシカ人は両手を背のうしろで組んで、窓から外を眺めていた。何を見ているのだろう？　アンペトラの脳天だろうか？「俺はもう、アンペトラの脳天も、彼のシルクハットも、フロックコートも、見ることはないだろう。六時間後には、ブーヴィルを発っているだろう」。私は副司書の机に、先月借りた二冊の本をおいた。彼は緑のカードを千切って、私にその断片を差し出した。

「はい、ロカンタンさん」

「ありがとう」

私は考えた、「今はもう、何も彼らに借りはない。ここの誰にも、何一つ借りはない。あとで《鉄道員の溜まり場》のマダムに別れの挨拶をしに行こう。俺は自由なのだ」と。私はしばらく躊躇した。このブーヴィル最後の時間を使って、町をゆっくり歩き回り、ヴィクトール＝ノワール大通りや、ガルヴァニ通りや、トゥールヌブリド街をもう一度見に行こうか？　しかしここの下草は実に静かで、実に清々しかった。それはほとんど存在ではなく、〈吐き気〉にも見逃されているように思われた。私はストーブのそばに行って座った。『ブーヴィル新聞』が机の上に放置されている。私は手を伸ばしてそれを取り上げた[1]。

「犬に救われる。

昨夜、ルミルドンの資産家デュボスク氏は、ノージスの定期市から自転車で帰る途中……」

一人の肥った婦人が私の右側に来て座った。彼女はフェルトの帽子をわきにおいた。その顔に生えた鼻は、まるでリンゴにナイフを突き刺したようだ。鼻の下では小さな卑猥な穴が、人を小馬鹿にしたようにすぼめられている。彼女はバッグから装幀された本を取り出すと、机に両肘をのせて、ぶよぶよした手で頬杖をついた。私の正面では、年取った男が居眠りをしている。彼には見憶えがあった。私がひどい恐怖を覚えた晩に、図書館にいた人物だ。彼もきっと怖かったことだろう。「ああいったことが、今ではなんて遠くなったのだろう」と私は考えた。

四時半に独学者が入って来た。私は彼と握手して、別れを告げたかった。しかし、私たちの最後の出会いが、彼に不愉快な思い出を残したと考えなければならない。彼は私によそよそしく会釈すると、かなり離れたところに行って小さな白い包みをおいた。なかにはいつものように、ひと切れのパンと一枚のチョコレートが入っているに違いない。少しして、彼は一冊の挿絵入りの本を持って戻って来ると、それを包みのそばにおいた。私は考えた、「彼を見るのもこれが最後だろう」と。明日の晩も、明後日の晩も、それに続くすべての晩も、彼はこの机に戻って来て、いつものパンとチョコレートを食べながら本を読むだろう。こうして辛抱強く、本の虫の仕事を続けるだろう。ナドー、ノードー、ノディエ、ニスの著作を読み進めながら、ときどき中断してその小さな手帖に箴言を書き留めるだろう。一方私はパリで、さまざまな通りを歩き、新たな人びとに会っているだろう。彼がここにいて、その思慮深い大きな顔を電灯が照らしているあいだに、いったい私の身には何が起こっているだろうか？　そのとき私はタイミングよく、自分がまたも危うく冒険の幻想に捕らわれそうになっているのに気がついた。私は肩をすくめて、ふたたび新聞を読み始めた。

「ブーヴィルとその近郊。

モニスティエ

憲兵隊分隊の一九三一年度年間活動。モニスティエ分隊長ガスパール軍曹と部下の四人の憲兵、ラグート、ニザン、ピエルポン、ギル諸氏は、一九三一年を通じてほとんど休む間もなかった。事実、憲兵隊は、七件の犯罪、八十二件の軽犯罪、百五十九件の違反、六件の自殺、そして三件の死亡事故を含む十五件の自動車事故を検証しなければならなかった。

ジュクストブーヴィル

ジュクストブーヴィル・トランペット愛好会。

本日総稽古。年間演奏会用入場カード交付。

コンポステル

市長にレジオンドヌール勲章授与。

ブーヴィル観光協会(ブーヴィル・ボーイスカウト財団、一九二四年創設)。

本日二十時四十五分より、本部にて月例会。フェルディナン＝バイロン街一〇番地A室。議事日程――前回議事録承認。投書紹介。年次懇親会、一九三二年度会費、三月の遠足計画。雑件。新規入会者。

動物愛護(ブーヴィル協会)

来る木曜日、十五時より十七時まで。ブーヴィル、フェルディナン＝バイロン街一〇番地、C室、常時受付。連絡は会長宛、本部、またはガルヴァニ通り一五四番地へ。

ブーヴィル護衛犬クラブ……ブーヴィル戦病者協会……タクシー経営者組合……高等師範学校友の会ブーヴィル支部……」


鞄をかかえて、二人の少年が入って来た。高等中学《リセ》の生徒である。コルシカ人は高等中学《リセ》の生徒が好きだ。父親のように、彼らに監督の目を光らせることができるからだ。彼らが椅子の上で騒いだり、しゃべったりしているのを、コルシカ人はよく面白がって、放っておく。それから抜き足差し足で近づくと、彼らのうしろに立って不意に叱りつける、「それが立派な若者の態度かね？　もし改めるつもりがないんだったら、図書館の司書さんも腹を決めて校長先生に文句を言うことになるよ」。生徒が口答えでもすると、恐ろしい目でにらみつける、「名前を言いなさい」。彼はまた生徒たちの読書指導もする。図書館では、いくつかの書物に赤い十字のマークがついている。禁書のしるしだ。ジッド、ディドロ、ボードレールの著作、医学概論などがそれである。中学生がそうした本のどれかの閲覧申し込みをすると、コルシカ人は彼に合図して隅の方に引っ張って行き、詰問する。じきに彼は怒りを爆発させ、その声は閲覧室中に響きわたる、「それにしても、きみの年齢なら、もっと面白い本があるじゃないか。有益な本がね。だいいち、宿題はもう終えたのか？　いったい何年生だ？　第二学級だって？　それなのにきみは四時以後、何もすることがないのか？　きみの先生はよくここに来られるから、言いつけてしまうぞ」

二人の少年はストーブのそばに突っ立ったままだった。年下の方は褐色の美しい髪を持ち、肌はほとんどきめが細かすぎるくらい、いかにも手に負えない高慢ちきそうな、ひどく小さな口をしている。相棒はうっすらとひげの生えかかった肥って体格のいい少年だが、相手の肘をついて、二言三言ささやいた。年下の褐色の髪の少年は答えなかったが、微かに浮かべた薄笑いはいかにも尊大で思い上がったものだった。それから二人はのんびりした態度で、ある書棚から一冊の辞書を選ぶと、独学者の方に近づいた。独学者はくたびれた視線をじっと彼らに注いでいた。二人はまるで独学者の存在に気づいていないように見えたが、しかしそのすぐ横に座った。褐色の髪の少年が独学者の左側に、肥って体格のいい少年が褐色の髪の少年のさらに左側に。[1]二人はすぐに辞書のページをめくり始めた。独学者は、閲覧室のあちこちに視線をさまよわせてから、ふたたび自分の読書に戻った。図書館の部屋が、これほど安心感を与える光景を呈したことは一度もない。肥った婦人の忙《せわ》しい呼吸を除けば、物音ひとつ聞こえなかった。私の目に映るのは、八つ折り判の本の上に屈みこんだ頭ばかりである。しかしすでにこのときから、私には不快な出来事が起こるだろうという予感があった。いかにも熱心そうに目を伏せたすべての人が、演技をしているように見えた。その少し前に、私は残酷な息吹きのようなものが私たちの上に過ぎていくのを感じていたのである。

　私は新聞を読み終えたが、そこを出て行く決心はつかなかった。それで新聞を読む振りをしながら待っていた。私の好奇心と気詰まりを助長したのは、他の人たちも待っているということだった。隣の婦人は、前よりもせかせかと本のページをめくっているように思われた。こうして数分が過ぎた。すると、ひそひそ囁く声が聞こえた。私は用心深く頭を上げた。二人の悪童はもう辞書を閉じていた。しゃべっているのは褐色の髪の少年ではなかった。彼は尊敬と関心の表れた顔を右の方に向けていた。彼の肩の陰になかば隠れている金髪の少年は、耳をそばだてて、声には出さずに笑っていた。「いったい、誰がしゃべっているんだろう?」と私は考えた。

それは独学者だった。隣の少年の方に上から屈みこみ、目と目を見合わせて相手に微笑みかけていたのだ。彼の唇の動くのが見えた。ときどきその長い睫毛がぴくぴくした。彼にこれほど若々しく見えるときがあるとは知らなかった。ほとんど魅力的と言ってもよかった。しかしときどき彼は話を中断して、背後に不安そうな視線を投げるのだった。男の子は、夢中になってその言葉を聴いているように見えた。このささやかな情景には、何も異常なことがなかったので、私はふたたび新聞を読み始めたが、そのとき年下の少年が手を背後に伸ばして、ゆっくりと机の縁に滑らせて行くのが見えた。こんなふうに独学者の目から隠された手は、ちょっとのあいだ進んでから周囲を探り始めたが、次に肥った金髪の少年の腕にぶつかると、それを強くつねった。相手の少年は、黙って独学者の言葉を味わうのに心を奪われていたので、その手が近づいて来るのを見ていなかった。彼はびっくりして跳び上がると、驚嘆のあまり、口をあんぐりと大きく開けた。褐色の髪の少年は、相変わらず敬意のこもった関心を示す表情を浮かべている。だからあの悪戯な手が彼のものなのかどうか、疑わしくなるくらいだった。「この子たちは彼に何をしようというのだろう？」と私は考えた。何か汚らわしいことが起ころうとしているのはよく理解できたし、同時に、今ならまだそれが起こるのを阻止できることも充分に見てとれた。しかし、何を阻止すべきなのか。それが私には見抜けなかった。一瞬、私は立ち上がって、独学者のところへ行って肩を叩き、言葉を交わそうかと考えた。しかしその瞬間に、彼は私の視線を捉えた。彼はぴたりと話をやめると、苛々したように唇を固く結んだ。気勢をそがれた私は、すぐに目をそらし、素知らぬ顔でまた新聞を取り上げた。一方そのあいだに肥った婦人は、本を脇へ押しやって顔を上げていた。彼女は何かに魅せられたようだった。私ははっきりと、事件《ドラマ》が起ころうとしているのを感じた。そこにいるすべての者は、それが起こるのを望んでいたのだ。私に何ができるだろう？　私はちらりとコルシカ人の方に目を走らせた。彼はもう窓から外を眺めてはおらず、半ば私たちの方に向いていた。

十五分ほど過ぎた。独学者はまたひそひそと囁き始めた。私にはもう彼を眺める勇気がなかったが、その若々しく優しい顔つきと、独学者の知らないうちに彼の上にのしかかってくる重苦しい何人もの視線は、充分に想像できた。彼の笑い声が聞こえたときもあった。フルートのような、いたずらっ子のような微かな笑い声だ。それが私の胸を締めつけた。薄汚れた腕白どもが、一匹の猫を溺れ死にさせようとしているように思われたのだ。それから不意に囁きが止まった。この沈黙は悲劇的なものに思われた。これは最期であり、死刑の執行だった。私は新聞の上に顔を伏せて、読んでいる振りをした。しかし読んではいなかった。この沈黙のなかで、自分の正面に起こっていることを見ようと、私は眉を吊り上げ、できるだけ上目遣いをした。少し頭をめぐらせると、ようやく目の端に何かが見えた。それは手だった。さっき机に沿って滑って行った白い小さな手である。今やそれはくつろいで、優しく、官能的に、仰向けに横たわっていた。まるで太陽に身を温めている水浴する女のしどけない裸体のようだ。それに褐色の毛むくじゃらな物が、ためらいながら近づいた。タバコで黄色くなった太い指だった。その指はこの手のすぐそばで、男の性器のような不格好さを備えていた。指は一瞬止まり、固くなり、ひ弱な手のひらに狙いを定め、それからとつぜん、恐る恐るそれを愛撫し始めた。私は驚かなかった。むしろ、独学者に腹を立てていた。いったい彼は自制できなかったのか、馬鹿め。自分の冒している危険が理解できないのか？　彼にはたった一つのチャンス、わずかなチャンスしか残っていない。両手を机の上にある本の両側におき、ただひたすらじっとしていれば、ことによると今回だけは運命を免れるかもしれない。しかし私は、彼がこのチャンスを逃すことになるのを知っていた。指はゆっくりと、控え目に、動かない肉の上に進み、敢えてのしかかることはせずに、ごく軽くそれに触れていた。まるで自分の醜さを意識しているようだった。私はだしぬけに顔を上げた。この執拗な小さい往復運動が、もはや見るに耐えなかったのだ。私は独学者の目を求め、彼に警告するために強く咳払いをした。しかし彼は瞼を閉じて、微笑んでいた。彼のもう一方の手は机の下に消えていた。少年たちはもう笑っておらず、真っ青になっていた。褐色の髪の少年は唇を引き締めていた。怖がっているのだ。まるで出来事の進行について行けないと感じているかのようだった。それでも手を引っこめようとはせず、その動かない手、ほんのわずかに痙攣している手を、机の上においたままにしていた。連れの友人は、惚《ほう》けたような怯えた様子で、口をぽかんと開けていた。

そのとき、コルシカ人がどなり始めた。彼は知らないうちに、独学者の椅子の背後に来ていたのだ。彼は真っ赤になっていた。まるで笑っているようだが、目は爛々と輝いていた。私は椅子の上で跳び上がらんばかりだったが、しかしほとんど救われたような気持だった。それほどに、待っているのは苦痛だった。それができるだけ早く終わって欲しかった。場合によっては独学者をつまみ出してもいいが、とにかく終わって欲しかった。二人の少年は真っ青になって、あっという間に自分たちの鞄をつかむと消え去った。

「見ていたぞ」とコルシカ人は、怒り狂って叫んだ、「今度という今度は見ていたぞ。嘘だなんて言わせないぞ。それでもお前は、今度も嘘だとぬかすのか？　どうなんだ？　お前のやり口を見てないと思ってるんだろう？　俺の目は伊達についちゃいないのさ。辛抱だ、と俺は自分に言いきかせていたんだ、辛抱だ！　尻尾を摑んだら、ただじゃおかないぞ、とな。ああ！　そうだとも、ただじゃおかないぞ。貴様の名前も知っている、住所も知っている。ちゃあんと調べたんだぞ。貴様のパトロンのことも知っている、シュイリエさんだ。あの人は明日の朝、図書館の司書さんから手紙をもらって、さぞかしびっくりするだろう。どうだね？　黙りなさい」と彼は目をぎょろつかせながら言う、「まず、この程度で済むなんて思っちゃいけない。フランスには、貴様みたいな奴のために、裁判所があるんだからな。やれ学問をなさる、教養を完成なさる、などとぬかしやがって！　資料だ、本だと、しょっちゅうこの俺に迷惑をかけていたが、貴様なんかに絶対にだまされやしなかったんだからな」

独学者は驚いた様子でもなかった。こうした結末が来るのを何年も前から予期していたに違いない。いずれある日コルシカ人が忍び足で彼の背後にやって来て、怒り狂った声がとつぜん耳に響きわたるときにどんなことが起こるか、それを彼は何回となく想像したはずである。それでも彼は毎晩のように戻って来て熱心に読書を続けたし、またときどきは泥棒のように、少年の白い手か、ことによると足を愛撫していたのだ。私が彼の顔に認めたのは、むしろ諦めの表情だった。

「何を言いたいのか分かりませんね」と独学者は口ごもった、「私は何年も前からここに来ているし……」

彼は憤慨して驚いたふりをしたが、自信はなさそうだった。出来事はもう起こってしまったし、もはや何物もそれを止めることはできず、その出来事の一刻一刻を生きなければならないことを、彼はよく承知していたのだ。

「嘘よ、あたしは見たんですから」と隣の女が言った。彼女は重たそうに立ち上がっていた。「そうですとも！　見たのは今日が最初じゃありません。ついこの前の月曜だって、見たんです。あたし、何も言いたくありませんでした。だって、自分の目が信じられなかったし、図書館みたいな真面目な場所、みんなが勉強しに来るところで、まさか顔の赤くなるようなことが起こっているなんて、思いたくなかったから。あたしは子供がいないけれど、ここへ子供を勉強によこすお母さんたちがお気の毒だわ。ここなら子供がおとなしくしていて、安全だと思っているのに、何でもしでかす怪物がいて、宿題をやるのも邪魔するんですから」

コルシカ人は独学者に詰め寄った。

「聞いたか、奥さんの言ったことを?」と面と向かってどなった、「芝居なんかする必要はないんだ。みんな見てたんだぞ、この汚らしい助平めが!」

「あなたに礼儀正しく振る舞うことを命令します」と独学者は厳かに告げた。これが彼の演じる役の台詞だった。おそらく彼は白状して逃げ出したかっただろう。しかし、その役を最後まで演じなければならなかったのだ。彼はコルシカ人を見ていなかった。目はほとんど閉じられていた。手は下げたままで、恐ろしいほど蒼白になっていた。それから不意に、さっと顔に血が上った。

コルシカ人は怒りで息もつまるほどだった。

「礼儀正しくだと? 卑劣な奴め! 俺が見なかったとでも思ってるんだろう。貴様のことはちゃんと見張っていたんだぞ。何カ月も見張っていたんだぞ」

独学者は肩をすくめて、ふたたび読書に没頭する振りをした。顔を真っ赤にして、目にはいっぱい涙を浮かべながら、いかにも興味をそそられた様子で、ビザンチンのモザイクの複製を注意深く眺めた。

「まだ読んでるわ。図々しいったらありゃしない」と婦人がコルシカ人を見ながら言った。

コルシカ人は迷っていた。そのとき、臆病で体制派でいつもコルシカ人にびくびくしている若い副司書が、事務机からゆっくりと立ち上がって叫んだ、「おい、パオリ君、どうしたんだ?」一瞬、動揺があって、事件はこれ以上は進まないだろうと私は期待した。しかし、コルシカ人はわが身を振り返って、自分を滑稽だと感じたに違いない。苛立って、この無言の犠牲者に何を言ったらよいかも分からなくなった彼は、身体全体で精いっぱい伸び上がって、空中で大きく拳固を振り回した。独学者はぎょっとして振り向いた。口を開けて、コルシカ人を見ている。その目には激しい恐怖が浮かんでいた。

「手を出したら訴えますよ」と彼はやっとのことで言った、「ぼくは自分の意思で、帰りたいときに帰ります」

私も立ち上がったが、遅すぎた。コルシカ人は微かに官能的なうめき声をもらしながら、不意に独学者の鼻に拳の一撃を見舞った。一瞬、私には独学者の目しか見えなくなった。服の袖と褐色の拳の上で、苦痛と屈辱に大きく見開かれた見事な目である。コルシカ人が拳を引くと、独学者の鼻から血が噴き出し始めた。彼が手を顔に持っていこうとしたとき、コルシカ人がふたたび唇の端を殴った。独学者は椅子にくずおれると、おどおどした優しい目で前方を見つめた。血は鼻から服へと流れている。彼は手探りで自分の包みを見つけようと右手を伸ばしながら、左手では血の流れ続けている鼻孔を拭こうとしきりにつとめていた。

「ぼくは帰る」と彼は独り言のように言った。

私の横にいた女は蒼白になっていたが、その目はきらきら輝いていた。

「嫌な奴、いい気味だわ」と彼女は言った。

私は怒りでわなわな震えていた。机をぐるりと回って、ちびのコルシカ人の首根っこをつかまえると、じたばたする彼を吊し上げた。机に叩きつけることもできただろう。彼は青くなってもがき、私を引っ掻こうとした。しかし彼の短い腕では、私の顔に届かなかった。私はひと言も口にしなかったが、彼の鼻を殴りつけて顔を歪めてやろうかと思った。それに気づいた相手は、肘を挙げて顔面を守った。彼が怖がったのを見たので、私は満足だった。すると不意に彼がぜいぜいした声で怒り始めた。

「放せよ、この野郎、貴様もおかまか?」

なぜ彼を放したのかいまだに不思議である。面倒なことになるのを恐れたのか? ブーヴィルで怠惰に過ごした歳月が、私を鈍らせたのか? 以前だったら、彼の歯をへし折らずに許すことはなかっただろう。私は独学者の方を向いた。彼はようやく立ち上がったところだった。しかし私の視線を避けて、頭を伏せ、コート掛けから自分のオーバーをはずしに行った。彼はまるで出血を止めようとするように、絶えず左手を鼻にあてていた。しかし血は相変わらず噴き出し続けているので、気分が悪くなるのではないかと私は心配だった。彼は誰の顔も見ようとせずに呟いた。

「何年もここへ来ているのに……」

しかし、ちびのコルシカ人は、床に足が着くや否やふたたび状況を支配し始めた……。

「出ていけ」と独学者に言った、「二度とここへ足を入れるなよ。さもないと、今度は警察につまみ出させるぞ」

私は階段の下で独学者に追いついた。彼の恥が私も恥ずかしく、気詰まりで、言うべき言葉も知らなかった。彼は私がいるのに気づかない様子だった。ようやく彼はハンカチを取り出して、何かを吐き出した。鼻血はいくらか少なくなった。

「一緒に薬屋へ来たまえ」と私はぎごちなく言った。

彼は答えなかった。閲覧室からは強いざわめきが聞こえてきた。みなが一斉にしゃべっているに違いない。女がけたたましく笑った。

「ぼくはもう絶対にここへは戻って来られない」と独学者は言った。彼は振り返って、途方に暮れたように階段や閲覧室の入口を見た。この動作のために、付けカラーと首のあいだに血が流れこんだ。口や頬は血まみれだった。

「来たまえ」と私は彼の腕をつかんで言った。

彼はぞくっと身震いして乱暴に振りほどいた。

「ほっといて下さい！」

「だって、一人ではいられないよ。顔を洗ったり、手当てをしてもらわないと」

彼は繰り返した。

「ほっといて下さい、お願いです、ほっといて下さい」

彼は今にも神経の発作を起こしそうな様子だった。私は遠ざかって行く彼を見送った。夕陽が一時、前屈みになった彼の背を照らした。それから彼の姿は消えた。入口のドアの框《かまち》には、星のような形の一滴の血が残っていた。

一時間後

空は暗く、陽は沈む。二時間後には汽車が出る。私はこれを最後の見納めにと公園を横切り、ブーリべ街を散歩する。ここがブーリべ街だということを私は知っているが、見憶えがない。普段ならこの道に足を踏み入れると、良識の深い厚みを横切るような気がしたものだ。鈍重で角張ったブーリべ街は、不格好そのものの生真面目な雰囲気と、真ん中が盛り上がったアスファルトの車道のために、豊かな集落を横切る国道に似ていた。一キロ以上ものあいだ、両側を三階建ての大きな家に囲まれて続く国道である。私はブーリべ街を農夫通りと呼んでいたが、この道が私を喜ばせたのは、商業港にとってまるで場違いで、型破りのものだったからだ。今日も家々はそこにあるが、いつもの鄙《ひな》びた感じは失われていた。それはただ、建物である、というだけだった。さっき公園でも、同じような印象を味わった。植物や、芝生や、オリヴィエ・マスクレの噴水が、あまりに無表情なので頑なに見えたのだ。理由は理解できる。町の方が先に私を見限ったのだ。私はまだブーヴィルを離れていないが、もはやそこにいないのである。ブーヴィルは沈黙している。まだ二時間もこの町にいなければならないのが奇妙に思われるくらいに、町はもう私に構おうとせず、家具を片づけてその上に覆いをかけてしまった。こうして今夜か明日か、新たにここへやって来る人たちのために、覆いをはずして新鮮そのものの家具を見せようというのだ。私は今ほど忘れられたと感じたことはない。

私は何歩か足を運んで立ち止まる。自分の落ちこんだこの完全な忘却を味わう。私は二つの町のあいだにいるのだ。一方はまだ私を知らず、他方はもう私のことを憶えていない町である。誰が私を思い出すのだろう? たぶん、ロンドンにいるでっぷりした若い女だろう……。いや、それも覚束ない、彼女の考えるのは果たしてこの私だろうか? おまけに例の男、あのエジプト人がいる。おそらく彼はたった今、彼女の寝室に入って、たぶん彼女を両腕に抱いたところだろう。私は嫉妬しているのではない。彼女が余生を送っているのは、よく知っている。たとえ彼女が心から相手を愛していたところで、それはやはり死んだ女の愛だろう。彼女の最後の生きた愛を得たのはこの私だ。だがそれでも、男が与えることのできるもの、快楽というものがある。もしも彼女が今まさに気も遠くなり、錯乱に落ちこんでいく最中であれば、彼女を私に結びつけるものは、もはや何一つ彼女のうちにはない。彼女は快楽を味わっている。そして私は彼女にとって、一度も会ったことがなかった場合と同じようなものにすぎない。私は一気に彼女の心から消えた。そして世界のすべての意識からも、私は消えている。奇妙な感じだ。にもかかわらず、私は自分が存在していること、私がここにいることを知っている。

今では、「私」と言うときに、それが空っぽに思われる。私はもう自分をはっきり感じることができない。それほどに私は忘れられている。私のなかに依然として残る現実的なものは、自分が存在していると感じる存在だけだ。私はゆっくりと、長々と、欠伸をする。誰もいない。誰にとっても、アントワーヌ・ロカンタンは存在していない。それが私には面白い。しかもこのアントワーヌ・ロカンタンとはいったい何か？　それは抽象的だ。私についての僅かばかりの微かな思い出が、私の意識のなかで揺らめいている。アントワーヌ・ロカンタン……。そして不意に〈私〉が薄れる。どこまでも薄れて、ついに万事休す。それは消えた。

明晰で、不動の、人のいない意識[1]が、壁のあいだに置かれている。意識はいつまでも続く。もう誰もその意識に住んではいない。少し前にはまだ誰かが私と言い、私の意識と言っていた。誰だったのだろう？　外部には、まだ馴染みの色彩や匂いを持った何本もの通りがあって、こちらに話しかけていた。ところが今ではいくつもの無名の壁と、一つの無名の意識だけが残っている。そこにあるのは次のものだ。まずいくつかの壁、そしてその壁のあいだに、生きている非人称の小さい透明なもの。意識は一本の木のように、一本の茎のように、存在している。意識はうとうとする。退屈する。小鳥が枝のあいだに群れるように、束の間の小さな存在が意識を満たす。満たして、消えていく。忘れられた意識、この壁のあいだの曇り空の下に遺棄された意識。その存在の意味は、自分が余計なものであるのを意識している、ということだ。意識は希薄になり、散らばり、茶色の壁の上や、街灯に沿って、あるいは向こうの夕靄のなかに自らを見失おうとする。しかし意識は決して自分を忘れることがない。それは、自分を忘れる意識である、という意識なのだ。これがその定めである。抑えつけられたような声[2]があり、「汽車は二時間後に出発する」と言う。その声の意識がある。一つの顔の意識もある。すっかり血だらけになったその顔は、のろのろと過ぎ、大きな目が涙を流している。その顔は、壁のあいだにはない。それはどこにもない。顔は消える。血まみれの頭で前屈みになった一つの身体が、顔に取って代わり、それがゆっくりした足どりで遠ざかって行く。ひと足ごとに止まりそうに見えるが、決して止まらない。暗い通りをのろのろと歩くこの身体についての意識がある。身体は歩く。しかし遠ざからない。暗い通りも終わらない。それは無のなかに失われる。その通りは壁のあいだにはない。それはどこにもない。そして抑えつけられたような声の意識があり、その声が言う、「独学者は町をさまよっている」と。

同じ町の、この無気力な壁のあいだをさまよっているのではない。独学者は、彼のことを忘れない凶暴な町のなかを歩いているのだ。彼のことを考える人たちがいる。コルシカ人、肥った女。おそらく、町のすべての人がそうだろう。彼はまだその自我を失っていないし、失うことができない、この責めさいなまれた自我、血まみれになりながら、彼らがとどめを刺そうとしなかった自我を。唇や鼻孔が痛む。彼は「痛い」と考える。彼は歩く、歩かなければならない。ちょっとでも立ち止まれば、図書館の高い壁がとつぜんまわりにそびえ立って、彼を閉じこめるだろう。コルシカ人が彼の横にあらわれて、あらゆる細部に至るまでまったく同じような光景がふたたび始まるだろう。そして女がせせら笑うだろう、「監獄送りにすればいいんだ、こういう汚らしい奴は」。彼は歩く。自分の家には帰りたくない。コルシカ人が部屋で待っている、それから女と、二人の少年も。「違うと言っても無駄だぞ、見たんだから」。そして同じ場面が繰り返されるだろう。彼は考える、「ああ、もしあんなことをやらなかったら、もしやる前に戻れるのだったら、もしあれが真実でなかったら！」

不安な顔が、意識の前を何度も通り過ぎる。「ひょっとして、彼は自殺するんじゃないか」。とんでもない。優しい、追いつめられたこの魂が、死を考えることはあり得ない。

意識についての認識がある。意識は端から端まですっかり見通せる。壁のあいだの意識は、穏やかで、空っぽで、そこに住みついていた人から解放され、もはや誰でもないために化け物のようだ。声が言う、「トランクはチッキにして出した。汽車は二時間後に出る」。壁が右と左で滑って行く。マカダム式舗道路の意識がある。金物屋の、兵営の銃眼の意識がある。そして声が言う、「これが最後の見納めだ」。

アニーの意識、ホテルの部屋にいる肥ったアニー、年取ったアニーの意識。苦悩の意識がある。苦悩は長い壁のあいだで意識され、壁は去って行って、二度と戻って来ないだろう。「すると、こいつに決着はつけられないのか?」壁のあいだで、声がジャズを歌っている。Some of these days（いつか近いうちに）。すると、これは終わらないのか？　そして曲は静かに背後からこっそりと戻って来て、ふたたび声をとらえ、声は止まることができずに歌う。そして身体は歩く。そして、そうしたすべてのものの意識がある。また、なんと！　意識の意識がある。しかし、誰もそこで苦しんではいないし、誰も両手をよじったり、自分を哀れに思ったりする者はない。誰一人いない。それは街角の純粋な苦悩、忘れられた苦悩――しかし自分を忘れることはできない苦悩だ。そして声が言う、「ほら、《鉄道員の溜まり場》だ」。そして意識のなかにとつぜん〈私〉が姿をあらわす。それは私、アントワーヌ・ロカンタンだ。私はもうすぐパリに発つので、マダムに別れを言いに来たのだ。

「お別れを言いに来たんですよ」

「行ってしまうの、アントワーヌさん？」

「パリに落ち着くことにしたんです、気分転換に」

「運がいいかたね！」

この大きな顔に、どうして唇を押しつけることができたのだろう？　彼女の身体はもう私のものではない。昨日ならまだ、黒いウールの服の下にある身体を見透かすこともできただろう。今日はもう、服が入りこめないものになっている。皮膚すれすれに静脈が浮いて見えたあの白い身体は、夢だったのだろうか?

「寂しくなるわね」とマダムが言う、「何か召し上がらない？　おごりますよ」

私たちは腰を下ろし、盃を合わせる。マダムは少し声を低める。

「せっかくお馴染みでしたのに」と彼女は鄭重に心残りをにじませて言う、「相性もよかったし」

「また会いに来ますよ」

「そうですとも、アントワーヌさん。ブーヴィルを通るときがあったら、ちょっとあたしたちに会いにいらしてね。《マダム・ジャンヌ[1]に挨拶に行こう。喜んでくれるだろう》って考えて下さるのよ。ほんとに、皆さんがどうなったか、ぜひ知りたいものだわ。もっともここでは、皆さん必ず戻っていらっしゃるのよ。お客さんには船員さんだっているわ、ほんとよ、大西洋航路会社にお勤めのね。ときにはそのかたたちに二年も会わないことがあるわ。ぱっとブラジルやニューヨークに行ってしまったり、さもなければボルドーで郵船会社の船に乗っていたりするときにはね。それでも、いつかまたぶらりと顔を出すんです。《こんにちは、マダム・ジャンヌ》ってね。それで一緒に一杯飲むんです。嘘だと思うかもしれないけれど、そのかたたちがいつも何を飲んでいたか、ちゃんと憶えているんですよ。二年もたっているのにねえ！　だからマドレーヌに言うんです、《ピエールさんにはドライ・ヴェルモットをお出しするのよ、レオンさんにはノイリー・チンザノをね》って。皆さんはおっしゃるわ、《どうしてママは、そいつを憶えてるんだ?》って。《商売ですもの》ってお答えするんですよ」

奥の方には、ごく最近に彼女と寝るようになった肥った男がいる。その男が呼ぶ。

「おおい、ママさん！」

マダムは立ち上がる。

「ご免なさいね、アントワーヌさん」

ウェイトレスが近づいて来る。

「それじゃ、行っておしまいになるの？」

「パリに行くんだよ」

「あたし、パリにいたことがあるわ」と彼女は得意そうに言う、「二年間。シメオンのところで働いていたの。でも、ホームシックになっちゃった」

彼女は一瞬躊躇するが、もう何も言うことがないのに気づく。

「それじゃさよなら、アントワーヌさん」

彼女はエプロンで手を拭いて、その手を私に差し出す。

「さよなら、マドレーヌ」

彼女は去って行く。私は『ブーヴィル新聞』を引き寄せるが、それをふたたび押し戻す。さっき図書館で、隅々まで読んだばかりだ。

マダムは戻って来ない。ぽってりした手を新しい愛人に委ねており、それを相手は情熱的にこねまわしている。

汽車は四十五分後に出る。

私は気晴らしに金の計算をする。

ひと月に千二百フランというのは大した額ではない。しかし少し切りつめれば、それで足りるだろう。

部屋代が三百フラン、食事に毎日十五フラン。残りの四百五十フランが、クリーニング代と、細かな出費や、映画代だ。肌着や洋服類は、当分必要ないだろう。二着のスーツは肘がいくぶん光っているが、まだ綺麗だ。大切に着れば、三、四年は保《も》つだろう。

なんということか！　この茸のような生活を送ろうとしているのが私なのか？　いったい昼間は何をするのだろう？　散歩をする。チュイルリー公園の鉄製の有料椅子に座りに行く――いやむしろ節約して無料のベンチだ。図書館に本を読みに行く。それから？　週に一度映画を観る。それから？　日曜日には、葉巻のヴォルティジュール[1]でも一本自分におごろうか？　リュクサンブール公園の定年退職した人たちと、クロッケー[2]をやりに行くのだろうか？　三十歳でだ！　自分が哀れになる。ときには、残っている三十万フランを一年で使い果たした方がよくはないかと思うこともある――そしてそのあとは……。だがそれが何を私にもたらすだろう？　新調のスーツ？　女たち？　旅行？　そんなことはみんなやってしまった。今ではお終いだ。もうやりたくない。そこから何が残るというのか！　一年たったら、現在と同じように空っぽで、一つの思い出とてなく、死を前にして尻込みしている自分を見出すだろう。

三十歳だ！　それで一万四千四百フランの金利収入。毎月支払いを受ける利札《クーポン》。しかし私は老人ではないのだ！　何か仕事を与えて欲しい、何でもいい……。だがむしろほかのことを考えた方がいいだろう。というのも、今の私は自分に演技をしている最中だからだ。私は自分が何もしたくないことをよく知っている。何かをするというのは、存在を作り出すことだし――そんな存在はもう充分にあるからだ。

真実を言えば、私はペンを手放すことができないのだ。私は〈吐き気〉をもよおすだろうと思うが、書いていればそれを遅らせることができそうな気がする。そこで私は、頭に浮かぶことを書いているのだ。

マドレーヌは私を喜ばせようと思って、一枚のレコードを指しながら遠くから叫ぶ。

「あなたのレコードよ、アントワーヌさん、あなたのお好きな曲。最後にもう一度お聴きになる？」

「お願いします」

私は相手の気を悪くさせないためにそう言ったのだが、是非ジャズを聴こうという気分ではない。それでも注意を向ける気になったのは、マドレーヌが言うように、このレコードはこれが聴き納めだからだ。とても古いレコードだ。地方であっても古すぎる。パリでは探しても無駄だろう。マドレーヌはそれを蓄音器の回転盤に載せようとしている。やがてレコードは回り始めるだろう。鋼鉄の針は溝のなかで跳ねたり、軋んだりするだろう。それから、溝が針を螺旋状にレコードの中心まで導いたときに、それは終わるだろう。Some of these days（いつか近いうちに）を歌う嗄れた声は永遠に沈黙するだろう。

さあ、始まりだ。

芸術から慰めを引き出そうとする馬鹿者がいる。ビジョワ叔母のように。「お前の叔父さんが亡くなったとき、ショパンのプレリュードはあたしにとって、とても救いになったのよ」。コンサートのホールは、辱められた者、傷ついた者で溢れている。彼らは目を閉じ、蒼白い顔を受信アンテナに変えようと努めている。とらえた音が、優しく滋養豊かに自分たちの内部に流れこみ、若きウェルテルの苦悩のように、自分たちの苦悩が音楽になるだろうと想像しているのだ。美が彼らに同情すると思っているのだ。間抜けな奴らめ。

その連中に、この音楽を同情的だと思うかどうか、言わせたいものだ。さっきまでの私は明らかに、至福のなかに浸るのとはかけ離れた状態だった。いちばん表面では機械的に、金の計算をしていた。その下には、言葉にならない問いや、沈黙の驚きといった形をとって、昼も夜も私から離れない不快なあらゆる思考が淀んでいた。たとえばアニーについての、台なしになった私の人生についての、さまざまな思考である。それからさらにその下には、暁のようにおずおずと、〈吐き気〉が潜んでいた。けれどもあのときには、音楽はなかったし、私は陰気で、平静だった。私を取りまくすべての物が、私と同じ素材、つまり一種の粗悪な苦悩で出来ていたのだ。私の外部にある世界はひどく醜かった。テーブルの上のこの汚いグラス、鏡についた茶色の染み、マドレーヌのエプロン、マダムの肥った愛人の親切そうな様子は、みなひどく醜かった。世界の存在自体があまりに醜かった。だからこそ私はかえって家庭でくつろぐように気楽だったのだ。

ところが今は、このサクソフォンの歌がある。そして私は恥じている。輝かしい小さな苦悩、典型的な苦悩が生まれたのだ。サクソフォンの四つの音。それが行ったり来たりする。まるでこう言っているようだ、「私たちのようにすべきだ、リズムに合わせて苦しむべきだ」。その通りだ！　もちろん私もこんなふうに苦しみたい。リズムに合わせて、自分自身への媚びも憐れみもなく、乾燥した純粋さを伴って苦しみたい。しかし、ジョッキの底のビールが生ぬるかったり、鏡に茶色の染みがついていたりするのは、私が悪いのだろうか？　私が余計な者であり、このうえもなく誠実で乾ききった私の苦悩が、ずるずると重たくなって、潤んだほろりとさせる大きな目、しかし醜悪そのものの目をしたゾウアザラシのように、だぶだぶの肉とだだっ広い皮膚を同時に備えるようになったとしても、それは私のせいだろうか？　そうだ、レコードの上でぐるぐる回りながら私を魅惑するこのダイヤモンドのような小さな苦しみ、それが同情的だなどとは明らかに言えない。それは皮肉ですらない。それは自分自身に没頭して軽快に回っている。それは鎌のように、世界のありきたりな親密さを断ち切った。そして今、それは回っている。そして私たちみんなは、マドレーヌや、肥った男や、マダムや、私自身や、またテーブルや、腰掛けや、染みのついた鏡や、ジョッキや、要するに、自分たちだけで、ただ自分たちだけでいたために、存在に身を委ねきっていた私たちみんなは、だらしない日々の投げやりな状態のなかで、このダイヤモンドのような小さな苦しみに不意を衝かれたのだ。私は恥ずかしい、自分自身のために、またその苦しみの前で存在しているもののために。

その苦しみは存在していない。そのことは苛立たしくさえある。もしも私が立ち上がって、レコードの載っている回転盤からレコードを引きはがし、これを二つに割ったとしても、私はそれに、その苦しみに、届かないだろう。それは、その向こうにある——常に何かの向こうに、一つの声の向こうに、ヴァイオリンの調べの向こうにある。存在の分厚さ、このうえもない分厚さを通して、それはほっそりした、また凛とした姿をあらわすが、それを捉えようとしても、出会うのは存在するものばかりで、人は意味のない存在者にぶつかるだけだ。それはその存在者の背後にある。私の耳に聞こえるのは、その苦しみでさえない。私はただ、そのヴェールをはぎ取る音を、空気の震動を、聞いているだけだ。それは存在しない。なぜなら、余計なものを何一つ持っていないからだ。その苦しみに比べて余計なのは、すべてそれ以外のものだ。それは、ただ在る。(1)

そして私もただ在ることを望んだ。それしか望まなかったほどだ。これが事の真相である。一見ばらばらな自分の生活のなかで、私にははっきり見えるのだ。まるで繋がりを欠いているように思われたすべての試みの底に、私は同じ欲望を発見する。存在を私の外へ追放したい、各瞬間から脂肪を取り除きたい、それを絞り上げて、からからにしたい、自分を純粋で、硬質のものにしたい、という欲望で、それは結局、サクソフォンの調べのくっきりと明確な音を出すためだった。それは一篇の寓話にもなり得るだろう。すなわち世界を間違えた哀れな男がいたという話だ。彼はほかの人びとと同様に、公園や、居酒屋《ビストロ》や、商業都市の世界のなかに存在していた。ところが、自分は別なところで生きているのだと思いこもうとしたのだ。絵のカンヴァスの背後で、ティントレット(1)の描いた総督たちとともに、ゴッツォリ(2)の描いた厳かなフィレンツェの人びととともに、本のページの背後で、ファブリス・デル・ドンゴやジュリヤン・ソレル(3)とともに、レコードの背後で、ジャズの乾いた長い嘆き声とともに生きているのだ、と。それから、さんざん馬鹿な真似をした後に、彼は理解した。目を開けて、カードの配り損ないがあったことに気がついた。それはちょうどある居酒屋《ビストロ》で、生ぬるいビールのジョッキを前にしているときだった。彼は腰掛けの上で打ちひしがれていた。彼は考えた、なんて俺は馬鹿なんだろう、と。まさにその瞬間に、存在の反対側、遠くから見ることはできるが決して近寄れないあの別世界で、一つの小さなメロディが踊り出し、歌い出した、「私のようにあるべきだ。リズムに合わせて苦しむべきだ」と。

声は歌う。

Some of these days
You'll miss me honey.

（いつか近いうちに、いとしい人よ、
わたしの不在を寂しく思うでしょう）

レコードのこの箇所に疵がついているに違いない。妙な音がするからだ。それでも何か胸を締めつけるようなものがある。というのも、レコードの上の針が小さくかすれた音をたてても、メロディはまったく影響を受けないからだ。メロディははるかに遠く——はるかに遠くその背後にある。そのこともまた私は理解できる。レコードは疵がつき、摩滅し、女性の歌手はおそらく死んでしまった。この私もそこを立ち去り、汽車に乗ろうとしている。しかし、過去もなく、未来もなく、一つの現在から別な現在へと落ちていく存在者の背後で、また日々に解体され、剝げ落ち、死に向かって滑っていくこれらの音の背後で、メロディは常に変わらず、若々しく凛としている。まるで情け容赦もない証人のように。
声は消えた。レコードは少しばかり掻くような音を立てて止まる。煩わしい夢から解放されて、カフェは存在する楽しみを反芻し、それをふたたび嚙み始める。マダムの顔は紅潮している。彼女は新しい愛人の白く大きな頰に平手打ちを加えるが、それを赤くするほどではない。死者の頰だ。私はその場でぐずぐずと、半ば眠りこんでいる。十五分後には汽車に乗っているだろう。しかし、そのことを考えているわけではない。一人のアメリカ人のことを考えているのだ。髭はなく、太く黒い眉を持った彼は、ニューヨークのあるビルの二十階で暑さにふうふう言っている。ニューヨークの上では空が焼けている。青空は燃え上がり、巨大な黄色の炎が屋根を舐めにやって来る。ブルックリンの悪童どもは、海水パンツ姿で、撒水ホースのノズルの下にやって来る。二十階の薄暗い部屋は強火で焼かれる。黒い眉毛のアメリカ人は溜息をつき、はあはあと喘ぐ。そして汗がその頰に流れる。彼はワイシャツ姿で、ピアノの前に腰掛けている。口のなかにはタバコの味が残っており、頭にはぼんやりと、ごくぼんやりと、メロディの幻影が顔を出す。Some of these days. 一時間したら、尻に平たい水筒をつけてトムがやって来る。そうしたら二人とも革の肘掛け椅子に倒れこんで、なみなみとアルコールを呷《あお》るだろう。空の火は降りてきて喉を焼き、二人は巨大な灼熱の眠りの重さを感じるだろう。だがまずこのメロディを書き留めなければならない。Some of these days. 汗ばんだ手が、ピアノの上の鉛筆を摑む。Some of these days, you'll miss me honey.
こんなふうに事は進行したのだ。こんなふうか、または別なふうに。しかしそれはどうでもよい。ともかくメロディはこんなふうに生まれたのだ。それが生まれるために選んだのは、炭のように真っ黒な眉毛のユダヤ人のやつれた身体だった。ユダヤ人は気だるそうに鉛筆を持ち、指輪をはめたその指からは、紙の上に汗が滴り落ちた。それにしても、なぜ私でなかったのか？　この奇跡が成就されるのに、なぜ汚らしいビールとアルコールで充満したこの大きな図体の薄のろが必要だったのか？

「マドレーヌ、もう一度レコードをかけてくれるかい？　出発前にあと一度だけ」

マドレーヌは笑い出す。彼女はハンドルをまわす。さあ、また始まるぞ。しかし私はもう自分のことを考えてはいない。七月のある日に、自分の部屋のどうしようもない暑さのなかでこの音楽を作った遠方の男のことを考えているのだ。私はメロディを通して、サクソフォンの白い刺すような音を通して、彼のことを考えようとしている。彼はこれを作った。彼にも悩みがあったし、すべてのことが彼にとって、申し分ない形で進行したわけではない。支払うべき勘定が溜まっていた——それからどこかにきっと一人の女がいて、望ましい形では彼のことを考えてくれなかったに違いない——さらに、人間をどろどろに溶けた脂肪の溜まりに変えてしまうこの恐ろしい熱波があった。そういったことはみな、決してきれいごとでもなければ、輝かしいことでもなかった。けれども歌を聴いて、これを作ったのはこの男だと考えるとき、私は彼の苦悩と汗を……感動的だと思うのだ。彼は運がよかった。もっとも、本人はきっとそれに気づかなかっただろう。彼はこう考えたに違いない、ちょいと運さえよければ、こいつで五十ドルくらいは儲かるな！　と。ところで、一人の男が私に感動的に見えたのは、数年来これが初めてのことである。私はこの男について何かを知りたいと思う。どんな種類の悩みを持っていたのか、女がいたのか、または独り暮らしだったのか、それを知るのは興味深いことだろう。ヒューマニズムからではまったくない。その逆である。ただ、彼がこれを作ったからだ。私は格別彼と知り合いになりたいとは思わない――第一、もう死んでいるかもしれない。ただ彼について多少の情報を得て、このレコードを聴きながらときどき彼のことを考えられれば、それで充分なのだ。たとえ誰かがこの男に向かって、フランスで七番目の町の駅の近くで、ある人があなたのことを考えていると言ったところで、彼には痛くも痒くもないだろうと私は想像する。しかし私が彼の立場だったら、嬉しく思うだろう。私には彼が羨ましい。だが行かなければならない。私は立ち上がる。けれども一瞬、躊躇する。黒人の女歌手が歌うのを聴きたいのだ。最後にもう一度だけ。

彼女は歌う。これで二人が救われた。ユダヤ人と黒人の女が(1)。救われた二人。ことによると彼らは、自分たちが存在のなかに埋没して、とことんまでだめになったと思っていたかもしれない。にもかかわらず、私が彼らのことを考えるような優しい気持で、私のことを考えられる者は誰一人いないのだ。誰一人、アニーでさえも。この二人は私にとって、いくらか死者のようだし、いくらか小説の主人公のようだ。彼らは存在するという罪から洗われた。もちろん、完全に洗われたわけではない――しかし、一人の人間に可能な限りで洗われたのだ。この観念がとつぜん私の気持を動転させる。なぜなら、もうそんなことを期待していなかったからだ。何かがおずおずと私に軽くふれるのを感じる。それが行ってしまうのではないかと心配で、私は身体を動かすこともできない。それはもう私には見憶えもなくなっていた何か、一種の喜びである。

黒人の女は歌っている。してみると、人は自分の存在を正当化できるのだろうか？　ほんの少しだけでも正当化できるのか？　私は異常なくらいびくびくしている自分を感じる。私がたくさんの期待を持つからではない。しかし私は、雪のなかの旅を続けたあとで、すっかり凍えきった身体で不意に生暖かい部屋に入った男のようなものだ。おそらく彼は入口のそばで、まだ冷えきったまま、動かずにいるだろう、そしてゆっくりとした戦慄が、彼の身体中を駆けめぐるだろう。

Some of these days　（いつか近いうちに、いとしい人よ、
You'll miss me honey.　わたしの不在を寂しく思うでしょう）

私も試みることができないだろうか……もちろんそれは音楽の調べではないだろう……そうではなく、別のジャンルで試みることはできないだろうか？……それは一冊の書物でなければなるまい。私にはほかに何もできないからだ。しかし、歴史の書物ではない。歴史、これは存在したものについて語る――しかし存在者は絶対に、他の存在者の存在を正当化できない。私の誤りは、ロルボン氏を蘇らせようとしたことだ。ほかの種類の本。どんな種類かは判然としない――しかし印刷された言葉の背後に、ページの背後に、存在しない何か、存在を越える何かを見抜くようなものであるべきだろう。たとえば、起こり得ないような物語、一つの冒険だ。それは鋼鉄のように美しく、また硬く、人びとに存在を恥ずかしく思わせるものでなければなるまい。

出かけよう。私には自分が曖昧に感じられる。なかなか決心がつかない。せめて才能があると確信できれば……。しかし、これまでただの一度も――ただの一度も、私はこの種のものを書いたことがない。歴史にかんする論文なら書いた――それもたかが知れている。しかし一冊の本。一篇の小説だ。この小説を読んで、こんなふうに言う人たちがいるだろう、「これを書いたのはアントワーヌ・ロカンタンだ。赤毛の男で、カフェをうろついていた奴だ」。そして彼らは、私がこの黒人の女の生涯を考えるように、私の生涯に思いを馳せるだろう。ちょうど、何か貴重なもの、半ば伝説的になったものを考えるように。

一冊の本。むろんそれは最初、退屈で疲れる仕事でしかないだろう。それは私が存在すること、存在すると感じることを、妨げるものではないだろう。しかし本が書かれ、それが私の背後に残る瞬間が必ずやって来る。そして本の多少の光明が、私の過去の上に落ちるだろうと思う。そのときおそらく私は本を通して、嫌悪感なしに私の生涯を思い出すことができるだろう。おそらくはある日、汽車に乗る時が来るのを背を丸くして待っているこの陰鬱な時間、まさしくこの時間のことを考えながら、私は心臓の鼓動がいつもより早まるのを感じて、自分にこう言いきかせるだろう、「あの日だった、あの時だった、すべてが始まったのは」と。そして私は——過去において、ただ過去においてのみ——自分を受け入れることができるだろう。

夜が落ちてくる。プランタニア・ホテルの二階では、二つの窓に明かりが点されたところだ。新駅の工事現場は、湿った材木の匂いを強烈に放っている。明日のブーヴィルは雨だろう。

訳注

三頁（1）カストールに　カストールは、学生時代に友人たちがシモーヌ・ド・ボーヴォワールにつけた綽名。ボーヴォワール Beauvoir という姓の綴りが英語のビーバー（海狸）beaver に似ているところから、ビーバーを指すフランス語のカストール castor が、彼女の愛称になった。

五頁（1）ルイ＝フェルディナン・セリーヌ『教会』　ルイ＝フェルディナン・セリーヌ（一八九四―一九六一）はフランスの作家。小説『夜の果てへの旅』（一九三二）で、文学界に強烈な衝撃を与えた。極端なアナーキスト的感覚や反社会的な姿勢を貫き、とくに戦前の政治パンフレットに展開された激烈な反ユダヤ主義や反資本主義の主張のために、戦後は長く亡命生活を余儀なくされた。特赦により帰国を許されたが、その文学的評価が高まったのは彼の死後である。『教会』は一九二六年から二七年にかけて書かれた戯曲で、最初は刊行を拒まれたが、『夜の果てへの旅』の成功のおかげで、一九三三年にようやく出版されたもの。引用されている言葉は、劇中の国際連盟妥協局局長であるユダヤ人のユーデンツヴェックが、主人公のバルダミュを評した台詞である。なお、サルトルは『嘔吐』出版当時、セリーヌの反ユダヤ主義を知らずにこの文句を引用したという。

六頁（1）刊行者の言葉　十八世紀以来、しばしば用いられてきた手法で、実在した人物によって作品が書かれたように装うトリック。たとえばダニエル・デフォーの『ロビンソン・クルーソーの生涯と不思議な驚くべき冒険』は、最初作者の名前を出さずに、この手法で物語を実話のように見せかけようとしたが、この形式はやがて多くの作家の利用するところとなって、いつか十八、十九世紀の小説につきものの陳腐な枠組みと化した。むろんサルトルには、読者にそのようなことを信じさせるつもりはまったくなく、これは従来の型にはまった小説を皮肉る一種のパロディであろう。

(2) ブーヴィル 架空の町だが、サルトルが一九三一年から数年間を高校教師として過ごしたノルマンディの港町ル・アーヴルが主要なモデルであろうということは、つとに主張されている。また、彼が中学時代を過ごしたラ・ロッシェルや、さらにはボーヴォワールが教鞭を執っていたルーアンなどをも、発想源に数える者がいる。ブーヴィル Bouville という名前が、「泥」boue の「町」ville、あるいは「果て」bout の「町」ville を連想させることも、しばしば指摘された。

七頁(1) 日付のないページ この部分には、空白や、解読できない文字、中断されたままの末尾などがあり、他人の文章にいっさい手を加えずに掲載しているような体裁が取られている。しかしこれも「刊行者の言葉」と同じで、むろんサルトルにはこの断章の実在を信じさせる意図などない。むしろ、このように自筆原稿を尊重して一点一画まで忽《ゆるが》せにしない態度は、当時の学界を風靡していたギュスターヴ・ランソン(一八五七―一九三四)流の実証主義を思わせるので、この部分にそうした研究態度をからかう意図を読みとる人もある。因みにランソンは、サルトルが高等師範学校(エコール・ノルマル・シュペリウール)の学生だった頃に、同校の校長をつとめており、サルトルは学園祭の諷刺劇で、滑稽な扮装でランソンのカリカチュアを演じている。

八頁(1) 小石の縁をつまむように持っていたのだ 一九六六年に来日したさいに、サルトルは自作を語る文学座談会で、ヴァレリーの『エウパリノス』にあるソクラテスの言葉、海に打ち上げられた白い物体にかんするくだりに影響を受けたと語っている(『サルトルとの対話』人文書院)。それがこの小石の挿話である。

二頁(1) 一九三二年一月二十五日 月曜日 従来の版では、この日付が「一九三二年一月二十九日 月曜日」となっていた。これは単純な間違いで、プレイヤード版校訂者は生前のサルトルの諒解を得て、このように訂正した。

三頁(1) 去年ペトルー事件のあとで辞職した、例のフランスの役人である ペトルー事件なるものについても、メルシエや、次に出てくるポルタルについても、ロカンタンは何の説明もしていない。しかし、直後にこれがインドシナの事務所における会話であり、そこにクメールの彫像が飾られていると書かれていることからして、すぐ連想されるのは若いころのアンドレ・マルロー（一九〇一―七六）が起こした事件である。マルローは一九二三年に、クメール文化遺跡の彫像や浮き彫りをフランスに持ち帰ろうとして逮捕され、友人たちの釈放運動のおかげで執行猶予になった。なお、若い時期のサルトルが、マルロー流の「冒険」に深い関心を抱いていたことは、この作品のなかにもあらわれている。

一四頁（1）　一月二十六日　火曜日　これも従来の版では、「一月三十日　火曜日」となっていた。プレイヤード版校訂者の訂正に従う。

一五頁（1）　パーヴェル一世　実在したロシアのロマノフ王朝の皇帝（一七五四―一八〇一）。クーデターで殺害された。

一六頁（1）　私たちは持ちつ持たれつで、性行為が部屋代がわりなのだ　原文は nous faisons l'amour au pair. この au pair という言い方は、住みこみで部屋代や食費を免除されるかわりに、多少の労働を提供するときに使われる。それを性行為に当てはめた極めて皮肉で滑稽な表現である。

（2）　憂愁《メランコリー》　サルトルは一時期この小説に、「メランコリア」というタイトルを考えていた。そのアイディアを彼に与えたのは、アルブレヒト・デューラー（一四七一―一五二八）の同名の作品である（本書カヴァー絵参照）。

一八頁（1）　《シュパーテンブロイ》って書いてある　シュパーテンはシャベル状の鋤、ブロイは醸造を指し、シュパーテンブロイはドイツの大きなビール醸造会社の名前である。ドイツにはこの会社直営のビヤホールも多く、そこでは独自のジョッキを使っている。

一九頁（1）　蟹か海老　サルトルが蟹や海老のような甲殻類や、蛸などの水生動物に対して過剰な反応をすることはよく知られており、作品にもしばしばそのイメージがあらわれる（たとえば戯曲『アルトナの幽閉者』）。この傾向は、一九三〇年代半ばに幻覚体験のためのメスカリン注射を行なって以来、とくに顕著になったらしい。『嘔吐』では、一般人とのコミュニケーションを絶たれた孤独な人間のイメージとして、後段でも蟹があらわれる。

二〇頁（1）　**プランタニア・ホテル**　サルトルは一九三一年にル・アーヴルの高校に赴任したとき、初めの数カ月は「プランタニア・ホテル」という名前のホテルに住んでいた。

二四頁（1）　**木曜日午後**　以下の部分にあらわれる引用は、読みやすさを考えて、前後に原文にはない一行の空白を設けた。

（2）　**ヴォワズノン**　アベ・ド・ヴォワズノンと呼ばれる文筆家（一七〇八—七五）。僧職にあったが、また猥褻なコントや女性の気を惹く詩の作者として知られ、醜男であるにもかかわらず、多彩な女性関係で有名だった。

（3）　**首飾り事件**　一七八五—八六年に起こった詐欺事件。ヴァロワ王朝の末裔にあたるラ・モット夫人（一七五六—九一）が、王妃マリー・アントワネットに取り入りたいと考えていた大司教ド・ロアン（一七三四—一八〇三）をだまして一六〇万リーヴルのダイヤの首飾りを買わせ、それを王妃に献上すると見せかけて横領したもの。暗闇を利用して大司教を贋の王妃に会わせるなど、手のこんだミステリー小説のような事件だった。王妃はただ利用されただけだったが、体面は丸つぶれになり、国民の反感を強める結果となった。

（4）　**酒樽ミラボーおよびネルシア**　酒樽ミラボーは、フランス革命当時の有名な革命政治家ミラボー伯爵（一七四九—九一）の弟であるミラボー子爵を指す（一七五四—九二）。彼もまた政治家だったが、王党派に属し、でっぷり肥ったその体軀から、「酒樽ミラボー」と綽名された。またネルシアは、プレイヤード版注釈者によると、猥褻で不道徳な作品と見なされた多くの小説の著者であるアンドレ・ロベール・アンドレア・ド・ネルシア（一七三九—一八〇一）を指す。

（5）　**アングーレーム公爵夫人**　一七七八—一八五一。ルイ十六世の娘で、少女時代には革命政権により、タンプル牢獄に三年間幽閉された。両親の処刑後に出獄し、アルトワ伯爵（後のフランス国王シャルル十世）の長子で自分の従兄にあたるアングーレーム公爵（一七七五—一八四四）と結婚。王政復古期には、夫や自分の叔父である国王ルイ十八世にも絶大な影響力を発揮して、「マダム・ロワイヤル」と呼ばれた。

二五頁（1）　**ジェルマン・ベルジェ**　このメモや原注は、むろん冒頭の「刊行者の言葉」と同様に、サルトルが作ったものであるが、プレイヤード版注釈者は、ウジェーヌ・ベルジェという人物の書いた『ミラボー子爵酒樽ミラボー、一七五四―一七九二』（アシェット版、一九〇四年）という書物が存在しており、サルトルはおそらくそれにヒントを与えられたと思われることを指摘している。

（2）　マロンム　原語は Marommes。この綴りとは異なるが、北フランスのノルマンディには、ルーアンの近くにマロンム Maromme という小さな町がある。

（3）　マザリーヌ図書館　パリのセーヌ川左岸コンティ河岸にある有名な公立図書館。もともと十七世紀の宰相マザラン枢機卿の個人蔵書を一般に公開したのが始まりであったために、この名前がついている。

二六頁（1）　アレクサンドル　パーヴェル一世の長男（一七七七―一八二五）。父の死後、ロシア皇帝になり、ナポレオンと戦った。

（2）　アルトワ伯爵　一七五七―一八三六。ルイ十五世の孫で、ルイ十六世とルイ十八世の弟。大革命のときはイギリスに逃れていたが、王政復古とともにフランスに帰国。兄ルイ十八世の死後にフランス国王となって、シャルル十世を名乗り、反動的な政治を行なった。一八三〇年の七月革命後はふたたびイギリスに亡命した。

（3）　フーシェ　ジョゼフ・フーシェ（一七五九―一八二〇）。大革命時代はジャコバン派だったが、後にテルミドールのクーデターに参加してジャコバン派を倒し、ナポレオン一世時代には警察大臣その他をつとめてオトラント公爵に叙せられ、王政復古のさいにはブルボン王朝と和解してルイ十八世のために尽力するなど、激動の時代をしぶとく生きぬいた人物。権謀術数に長けた政治家として有名である。

二九頁（1）　チェルコフ　おそらくは架空の伝記作家。

（2）　パーレン伯爵　一七四五―一八二六。サンクト＝ペテルブルクの総督。パーヴェル一世暗殺の首謀者の一人。

（3）　シャリエール夫人　原語は Mme de Charrières。おそらく架空の伝記作家であろう。なお、ボーヴォワールの自伝『女ざかり』には、スコットによるシャリエール夫人 Mme de Charrière の伝記をサルトルとともに読んだという記述があるが、名前の綴りが微妙に異なっている。

三〇頁（1）マブリー神父　歴史家で哲学者でもあるガブリエル・ボノ・ド・マブリー（一七〇九―八五）を指すのか。

（2）セギュール　ナポレオン時代の将軍で、劇作家であり、回想録を残している人物に、セギュール伯爵（一七五三―一八三〇）がいる。またその弟のセギュール子爵（一七五六―一八〇五）も軍人であり、かつエッセイや小説を残している。

（3）ムーラン　フランスの中央部アリエ県の県庁所在地。

（4）ディドロ　一七一三―八四。フランスの作家、哲学者。ダランベールとの共同編集で、『百科全書』を刊行。十八世紀の啓蒙思想を推進した中心人物の一人である。

三三頁（1）ジャンリス夫人　多くの回想記を書いたジャンリス伯爵夫人（一七四六―一八三〇）という人物が存在している。

（2）グリム　ゲルマン文献学で有名なヤーコプ（一七八五―一八六三）とヴィルヘルム（一七八六―一八五九）のグリム兄弟を指すのか。いわゆるグリム童話の作者である。

（3）ダンジュヴィル氏　プレイヤード版注釈者によると、コメディ・フランセーズの俳優で、ダンジュヴィルと呼ばれたシャルル・エティエンヌ・ボトという人物がおり（一七〇七―八七）、サルトルがその存在を念頭においていた可能性もある。

三七頁（1）Some of these days（いつか近いうちに）　この曲は実際に存在しており、作者サルトルの若い頃にはレコードで広く普及していた。プレイヤード版注釈者によれば、この歌詞とメロディは、カナダ生まれの黒人シェルトン・ブルックスによって一九一〇年に作られ、ロシア生まれのユダヤ人女性歌手ソフィ・タッカーによって歌われた。サルトルは後段で、これがユダヤ人作曲家によって作られ、黒人女性歌手によって歌われたと書いているが、ソフィ・タッカーはデビュー当時、顔を黒くしてステージに立ったらしく、ヨーロッパではしばしば黒人歌手と思われたという。

三六頁（1）『カヴァレリア・ルスティカーナ』 イタリアの作曲家マスカーニ（一八六三―一九四五）の一幕オペラ。

三九頁（1）ラグタイム 十九世紀末にアメリカで始まった、シンコペーションをきかせたピアノの演奏形式。ジャズの一要素となり、黒人ピアニストや歌手に広まった。

（2）ラ・ロッシェル フランスの大西洋に面した港町。サルトルは一九一七年から二〇年まで、すなわち十二歳から十五歳までのあいだ、義父および母親とともにこの町に住んでいる。

（3）パテ社 エミールとシャルルのパテ兄弟によって設立されたレコード会社。

四三頁（1）プラ＝カーンのバライの小島で、一本のベンガル菩提樹がナーガの礼拝堂のまわりにその根をはりめぐらせているのを見た ナーガは水の神である蛇。ナーガ信仰は東南アジアに広く行きわたっているが、クメールの彫刻には、しばしば七つの頭を持った巨大な蛇が表現されている。プラ＝カーンは、普通プリア＝カーンと呼ばれ、アンコール遺跡の重要部分で、「聖剣寺院」の意であるという。ここには大樹の根に押さえ込まれたような礼拝堂があり、しばしば写真で紹介されている。またバライは巨大な貯水池で、ここに水をもたらすのもナーガであるとされていた。

（2）マニラ トランプのゲーム。さまざまな違うルールがあるが、通常は四人で行ない、二人ずつ組になり、三十二枚のカードを使う。10は最強の札で、マニラと呼ばれて五点、エースはマニヨンと呼ばれて四点、以下、キングは三点、クイーンは二点、ジャックは一点となっている。最初は八枚ずつのカードを配り、三十二枚目のカードが切り札となる。最後に双方の組の持ち点を競って勝負を決める。

四五頁（1）《purâtre》 形容詞、名詞の語尾にâtreをつけると、「……に近い性質を持つ」の意になる。たとえばblanchâtreと言えば「白っぽい」という意味であるように。また、そこに否定的・侮蔑的なニュアンスの入りこむことが多い。purâtreという言葉はあまり使われないが、強いて言えば完全にpur（純粋、純潔）ではない、という意味になる。

四七頁（1）ベルリンならノイケルンの方か、フリードリヒスハインのあたり――ロンドンならグリニッジ ノイケルンはベルリンの南部、フリードリヒスハインは東部に当たる。グリニッジはロンドンの南東部、テムズ川南岸にあり、経度0度の子午線の通過するところとして有名。一九四六年までグリニッジ天文台があった。

四九頁（1）　ギュスターヴ・アンペトラ　おそらく虚構の人物。

五〇頁（1）　『ロランの教育学』　コレージュ・ド・フランスの教授で、パリ大学の総長をつとめたシャルル・ロラン（一六六一―一七四一）という人物がおり、教育学にかんして重要な著述を残している。これを念頭においているのかもしれない。

五一頁（1）　『ウジェニー・グランデ』　バルザックの作品で、「地方生活情景」を描いた長篇。ソーミュールに邸を構えるグランデは、有名な吝嗇漢の大金持ちで、ウジェニーは彼の一人娘。その財産を狙う結婚話や、従兄シャルルへのウジェニーの恋などが主題。

（2）　ラルバレトリエの『泥炭と泥炭層』　プレイヤード版注によると、ラルバレトリエは実在の人物で、農業関係の著書が多く、本書は一九〇一年マッソン社から刊行された。

（3）　ラステックスの『ヒトーパデーシャまたは有益な教え』　『集英社世界文学大事典』によると、『ヒトーパデーシャ』は十世紀頃にベンガルで制作されたといわれる韻文と散文を交えたサンスクリットで書かれた説話集。「ヒトーパデーシャ」とは「有益な教え」の意味で、全体が教訓的な寓話の形をとっている。作者はナーラーヤナ、とする説が多い。また十九世紀に刊行されたラルースの『世界大百科辞典』によると、一八五五年にすぐれたサンスクリット学者ランスローによるフランス語訳が出ている。なおプレイヤード版注によると、ラステックスは架空の人名であるらしい。

五二頁（1）　ジュリ・ラヴェルニュ嬢の書いたノルマンディ年代記『コードベックの矢』　プレイヤード版注によると、一八八〇年にこの題の小著が刊行されているという。

（2）　ラスティニャック　バルザック作『人間喜劇』の登場人物。そのなかの一篇である『ゴリオ爺さん』の末尾で、彼がペール＝ラシェーズ墓地の高台からパリの街を見下ろしながら、「さあ、これからお前と一騎打ちだ」とつぶやく有名な場面がある。

五四頁（1）ガラ・ピーター　十九世紀のスイスのチョコレート・メーカーであるダニエル・ピーターが、始めてミルク・チョコレートを発明し、ギリシャ語の「乳」という言葉をとってこれを「ガラ・ピーター」と名づけた。それ以来、チョコレートが飛躍的に広まったという。

五六頁（1）マラケシュ　モロッコの町。

（2）釜石の女　ロカンタンは日本の岩手県釜石まで来ていることになるが、作者のサルトルも二十四歳のとき、フランス語教師として日本に行くことを考えて、あるポストに立候補して失敗した経験がある。

（3）ブルゴス　スペインの北部にある町。マドリードの北方約三四〇キロのところ。

（4）テツアン　モロッコの町。

（5）メクネス　モロッコの町。ベルダン回教寺院は、メクネスにある有名寺院。

五七頁（1）バクー　アゼルバイジャンの首都。

（2）ノルヌ　北欧神話の三女神。過去、現在、未来を支配する。

五八頁（1）アランフェスとかカンタベリー　アランフェスはスペインのマドリード南方にある町。カンタベリーはイギリスのロンドン南東一〇〇キロのところにある大聖堂で名高い町。

五九頁（1）サン＝セバスティアン　スペイン北部のコンチャ湾に臨む港市。海水浴場、社交場として知られ、スペイン王室の避暑地でもある。モンテ・イゲルドはコンチャ湾の左端にあり、サン＝セバスティアンを見下ろす海抜三〇〇メートルほどの山である。

六〇頁（1）聖ヒエロニムス　三四七頃—四二〇頃。キリスト教の教父。しばしば荒野で苦行する人として描かれる。

（2）サラゴサ　スペイン北東部にある町。

（3）アルタクセルクセスの贈り物を拒んでいるかのようだ　アルタクセルクセスは前五世紀から四世紀にかけてのペルシャ王。彼の軍隊に疫病が蔓延したときに、「医学の父」といわれたギリシャのヒッポクラテス（前四六〇頃―前三三七頃）に莫大な金品を積んで治療を依頼したが、ヒッポクラテスはギリシャの敵への協力を拒否して、この贈り物を受けとらなかったという。フランスの画家ジロデ＝トリオゾン（一七六七―一八二四）に『アルタクセルクセスの贈り物を拒むヒッポクラテス』と題された作品がある。

六二頁（1）サモイェード人、ニアン・ニアン族、マダガスカル人、フエゴ島民　すべて独学者が読んだ本の内容を指している。サモイェード人はシベリアの一部に住むいくつかの民族の総称。ニアン・ニアン族は、スーダンの黒人のある部族。フエゴ島は南アメリカの最南端にあり、チリとアルゼンチンに二分されているが、おそらくこの島のほとんど絶滅した原住民を指してフエゴ島民と言っているのであろう。

（2）アモク　興奮状態に陥って殺人を犯す一種の精神錯乱。マレー語から来ている。

（3）セゴビア　マドリードの北にある町。ローマ時代の水道橋や、カスティリア王国の王宮で有名。

六三頁（1）ジル・ブラースのサンチラーナ　『ジル・ブラース・ド・サンチラーヌ』はフランスの作家ルサージュ（一六六八―一七四七）の代表作。スペインのサンチラーナ出身のジル・ブラースが主人公。現実のサンチラーナはスペイン北部のサンタンデル州にある鄙びた町である。

六八頁（1）ザンクト・パウリ　テクストにはSan Pauliとなっているが、有名な歓楽街を含むハンブルクのザンクト・パウリ地区のこと。

七三頁（1）小プラード　プラードはマドリッドの美術館名だが、この語には散歩道という意味もあり、たとえばマルセイユの三キロに及ぶ大通りはプラードと呼ばれている。

（2）パリのモンマルトルの丘に教会　サクレ・クール寺院建立のときの逸話。一八七〇年の普仏戦争惨敗と、翌一八七一年のパリ・コミューヌの記憶もまだ新しかった一八七三年に、あたかも保守派とカトリック教会の希望を象徴するかのように、「公益」の名のもとにこの寺院建設が決定されたのである。

七四頁（1）『ケーニヒスマルク』　ピエール・ブノワ（一八八六―一九六二）作の小説。最初は一九一七年から一九一九年にかけて、雑誌『メルキュール・ド・フランス』に連載され、一躍話題になったもの。

（2）**ポール・ドゥーメル**　一八五七―一九三二。フランスの政治家。一九三一年に共和国大統領に選ばれたが、翌年に暗殺された。『わが息子たちへの書』は一九〇六年刊。一九二三年に再刊された。

（3）**「ラ・ボンボニエール」**　ボンボン入れの意味と、洒落たこぎれいなアパルトマンの意味がある。いくらか皮肉なニュアンスの言葉。

（4）**アンリ・ボルドー**　一八七〇―一九六三。フランスの小説家。

八三頁（1）**ドンレミ**　ヴォージュ地方の地名。ジャンヌ・ダルクの生まれたところとして有名。

九〇頁（1）**サランボー、アイシャ**　タバコの銘柄。

九一頁（1）**カイユボット島**　この名前は、フランスの印象派の援助者であった画家ギュスターヴ・カイユボット（一八四八―一九四）を連想させる。美しい「冒険」のように過ぎた日曜日の最後を飾るシーンとして、美的な連想を誘う名前を選んだとも考えられる。

九六頁（1）**彼女がジブチに、私がアデンに**　ジブチとアデンは、アデン湾を挟んだ対岸の都市で、ジブチはアフリカ大陸東端にあり、この物語当時はフランス領だが、現在はジブチ共和国に属している。アデンはアラビア半島南西端にあり、当時はイギリス領、現在はイエメン共和国に属する。

一〇一頁（1）**ウェレダ**　ローマのウェスパシアヌス帝時代（西暦一世紀）に、ライン川の東方にあたるゲルマニアにいた女予言者。ドルイド教の女祭司で、ローマの侵略に抵抗した。

（2）**謝肉の火曜日**　復活祭に先立つ四十日間を「四旬節」と呼び、古代・中世では、その全期間にわたって、信者は肉類を摂らず、粗末な食事でキリストの苦難を偲んだ。その四旬節に入る前の三日間ないしは一週間を「謝肉祭」（カーニバル）と呼び、大いに食べ、賑やかに踊る風習があった。地方によっては、仮装変装なども行なわれた。その「謝肉祭」の最後の日が「謝肉の火曜日」である。

（3）**モーリス・バレス**　一八六二―一九二三。フランスの作家。世紀末から第一次世界大戦にかけてのフランス・ナショナリズムを鼓吹した論客でもある。小説には初期の三部作『自我礼拝』、中期の三部作『国民的エネルギーの小説』などがある。生前のバレスは同時代人にたいへんな影響力を持っていたが、サルトルはこの右派論客に、体質的な嫌悪感を抱いていた。

一〇三頁（1）**デルレード**　ポール・デルレード（一八四六―一九一四）。詩人、劇作家、政治家。愛国者同盟の指導者として、第一次世界大戦までのフランスのナショナリズムを鼓吹し、ドイツへの憎悪をかきたてた人物。

一〇三頁（1）**六年前**　プレイヤード版注は、この直後に「一九二四年」の文字があり、また作品冒頭の記述で、この日記が一九三二年に書かれていることからして、ここは「八年前」とすべきである、と指摘している。

一〇四頁（1）**メクネスやタンジェで**　いずれもモロッコの都会。

一〇五頁（1）**「シェ・カミーユ」**　サルトルがアニーという人物を創造する上で有力なモデルにした人物は、シモーヌ・ジョリヴェという女性だが、サルトルとボーヴォワールは彼女を「カミーユ」と呼んでいた。

（2）**シュークルートかカスレ**　「シュークルート」は酢漬けキャベツ。「カスレ」はベーコンや白インゲン、タマネギなどを煮込んだシチュー。

一〇八頁（1）**ビルー**　アペリティフの一種。

一〇九頁（1）**サイゴンで**　六三ページの記述では、ロカンタンがフランスに帰る決意を固めたのはハノイの事務所でのことになっている。

（2）**ベナレスの宮殿、ライ王のテラス**　ベナレスは、ヴァラナシ、ワーラーナシともいわれるインド北部の都市で、ヒンズー教の一大聖地。ライ王のテラスはカンボジアのアンコール遺跡にある有名なテラス。ハンセン病で死んだと伝えられる王の座像があり、そこからこの名がついたと言われるが、異説もある。

一一三頁（1）**ジョワンヴィル**　パリ東方郊外のジョワンヴィル＝ル＝ポンには、国立体育高等師範学校がある（一九六二年刊『大ラルース百科事典』第六巻に拠る）。

一一六頁（1）**エルゴチン**　イネ科植物の子房に寄生する麦角菌から作る薬で、子宮収縮剤や子宮止血剤に用いられる。

（2）**オーバーアマガウの受難劇**　オーバーアマガウはドイツのミュンヘン南西にあり、アルプスの山々に囲まれた小さな町。十年に一度だけ上演されるキリストの受難劇は有名である。これは一六三四年に始まったものだが、たまたまサルトルがボーヴォワールとともにこの町を訪れた一九三四年は、五十年おきの大祭に当たり、二人はこの上演を感銘深く観た。そのことが、ボーヴォワールの回想記『女ざかり』に語られている。

（3）モラヴィア地方　現チェコ東部の地域。イフラヴァはその主要都市の一つ。

二七頁（1）リモージュ　フランスの中央部にある都市。

二八頁（1）ヌーサピエ　おそらく架空の著者。

（2）コルシカ人　地中海にあるコルシカ島は、十八世紀後半からフランス領になっている。ナポレオンの生地として有名だが、現在でも島民のなかには分離主義を唱える者がかなりあり、中央権力とは異質の秘密結社的な雰囲気も依然として根強い。血縁関係を重んじる伝統的な文化も、この島の特徴である。プロスペル・メリメ（一八〇三―一八七〇）に、『マテオ・ファルコーネ』や『コロンバ』など、コルシカを舞台にした小説があるのはよく知られている。

三〇頁（1）聖ドゥニ　パリ最初の司教で、殉教の聖人。三世紀の人。聖人の意の「サン」をつけて、聖《サン》ドゥニと呼ばれる。この人物については、さまざまな伝説があり、とくにパリのモンマルトルの丘で異教徒により斬首された後に、自分の首を持って、パリの北にある寒村まで歩いたという言い伝えはよく知られている。その寒村が、現在のサン＝ドゥニであるともいわれる。そこから、首を手に持つ彼の姿が、しばしば聖堂の彫刻などに表現された。

三三頁（1）「カフェ・デ・ブルトン」とか、「バー・ド・ラ・マルヌ」などだ　「ブルトン人（ブルターニュの人）のカフェ」、「マルヌ川のバー」の意になる。

三九頁（1）サチュロス　ギリシャ神話の山野の精。しばしば山羊の姿で表現される。長い尾と巨大な男根を持ち、酒と快楽を好む成年男子の精霊で、ローマ神話のファウヌスと同視される。

（2）ベルナール＝パリシー室　ベルナール＝パリシー（一五一〇頃―八九頃）はフランスの陶工。王室御用陶工の名称を与えられ、チュイルリー宮殿に工房を開いた。新教徒であったが、王室の庇護により、いったんは迫害を免れた。しかしあくまでも信仰を捨てなかったために、後にユグノーとして逮捕され、獄死した。

一四〇頁 (1) **奥さま召使い** 原語は servante maîtresse。主人の愛人となって、一家を取り仕切る召使いを指す。イタリアの夭折した作曲家ベルゴレーシ(一七一〇—三六)に、オペラ・ブッファの先駆的作品『奥さまになった召使い』La serva padrona がある。

一四三頁 (1) **ホラティウスのオード** ホラティウスはローマの大詩人(前六五—前八)。オードは同じ行数の詩節から成る叙情詩の形式。古代から存在し、ギリシャでは歌ないし音楽の伴奏つきだった。

(2) **ブールジェ** ポール・ブールジェ(一八五二—一九三五)はフランスの作家、批評家。小説には当時の実証主義的風土を描いた代表作『弟子』(一八八九年)などがある。

一四五頁 (1) **〈経験〉は死に対する砦どころではなかった** ロジェ医師の挿話(本書一一九ページ)を参照。

一四七頁 (1) **ルナン** エルネスト・ルナン(一八二三—九二)は、テーヌと並んで十九世紀フランスの実証主義を代表する思想家であり、また言語学者、宗教史家でもある。大著『キリスト教起源史』は有名な『イエス伝』を含み、その科学的なイエス解釈はたいへんな反響をもたらした。他に『イスラエル民族史』など。

(2) **「魂の助産婦になる」** この表現はソクラテスを念頭においたものであろう。産婆を母に持つソクラテスは、自分の対話の方法を「助産婦」に譬えて、何か産み出したいものを持っている者を助けて、その「精神のお産を看とる」のが自分の仕事だと言っている。たとえばプラトンの『テアイテトス』には、そうしたソクラテスの言葉が紹介されている。

一四八頁 (1) **S.A.B.** プレイヤード版注は、これを「ブーヴィル海運会社」Société des Armateurs bouvillois の略ではないか、と推定している。

一四九頁 (1) **エル・エスコリアル宮殿** 四十年余りにわたりスペイン王として君臨したフェリペ二世(一五二七—九八)の建設させた大建造物。その充実した図書館は有名である。

一五二頁（1）〈人間と市民の権利〉 フランス大革命のときの一七八九年に発せられた「人権宣言」。正式には「人間と市民の権利宣言」という。

一五三頁（1）モレレ神父 プレイヤード版は、『百科全書』にも協力したアンリ・モレレ（一七二七―一八一九）（アンドレ・モレレ?）の名前を注で挙げているが、時代から見てこれには疑問がある。

（2）写しておいた 以下の引用は読みやすさを考えて、前後に原文にはない一行の空白を設けた。

一五五頁（1）『罰する義務』（一九〇〇年刊。本書の演説はすべてドレーフュス事件にかんして行なわれたもの。絶版） この部分はフォリオ版に拠った。プレイヤード版は、草稿に忠実なのであろうが、却って文章が乱れて意味が通じないためである。ドレーフュス事件は、ユダヤ人の大尉ドレーフュス（一八五九―一九三五）が、一八九四年にスパイの汚名を着せられて逮捕され、終身刑に処せられた事件。実はまったくのでっち上げで、作家エミール・ゾラ（一八四〇―一九〇二）を始めとする知識人が当局を弾劾したが、軍部や右翼がこれに反論して、フランスを二分する大事件となった。一九〇六年に、ドレーフュスの無罪が確定した。

（2）『Labor improbus（不屈の労働）』 ウェルギリウスの『農耕詩』第一巻に、「不屈の労働がすべてを克服した」Labor omnia vincit improbus という言葉があり、そこからとられた。なお、日本語は河津千代訳（未來社版）に拠った。

（3）愛国者同盟会長 バレスは、愛国者同盟の指導者デルレード（三〇九ページ注参照）の死後、一九一四年にこの同盟の会長になっている。

（4）コンブおやじ エミール・コンブ（一八三五―一九二一）はフランスの政治家。一九〇二年から一九〇五年まで首相。筋金入りの反教権主義者で、彼の政策が結果として、一九〇五年の政教分離をもたらした。

一五六頁（1）「これぞまさしく、ベター・ハーフが二倍のケースである」 「蚤の夫婦」の意味。原語は il a son double pour moitié で、double は二倍、moitié は半分の意。しかし moitié に所有形容詞をつけて ma moitié「私の半分」と言えば、妻の意にもなる。二倍と半分をかけたからかいである。

一五七頁（1）　一九〇四年　オリヴィエ・ブレヴィーニュは、息子の死の二年後、一九〇八年に他界したのだから、これは一九〇六年とすべきところであろう。

（2）　二角帽《ビコルヌ》……火食鳥《ひくいどり》　二角帽は、ナポレオンの肖像画などによく見られる縁が左右に角のように張り出している帽子。火食鳥は正面に紅白の羽根飾りがついている帽子である。

（3）　Tu Marcellus eris! Manibus date lilia plenis……（そなたこそがマルケルスとなるのだ。この手いっぱいに百合の花をくれ）　ウェルギリウス『アエネーイス』第六歌にある一句。冥界に下ったアエネーアスが、死んだ父アンキーセスから、未来のローマを作る功労者たちを示されるくだりである。初めにアンキーセスは、勇将マルケルス（前二六八―前二〇八）の姿を示す。そのときアエネーアスは、その勇士と一緒に歩いている人が、容姿も立派なのに下を向いているので、あれは何者かと訊ねると、父が答えて、皇帝アウグストゥス（前六三―後一四）の甥で、皇帝の後継者に指名され、娘のユリアを妻にもらって将来を嘱望されながら、わずか十九歳で死ぬもう一人のマルケルス（前四二―前二三）であることを告げる。そのマルケルスの母親は皇帝の姉オクタヴィア（前六九？―前一一）だが、ウェルギリウスが彼女とアウグストゥスとの前でこのくだりを朗読したときに、オクタヴィアは悲しみのあまり失神したという。なお、翻訳は岡道男・高橋宏幸訳（京都大学学術出版会版）に拠ったが、この前後の詩句（アンキーセスの言葉）を参考までに引いておく。

「ああ、惜しまるべき子よ、厳しい運命を少しでも打ち破れればよいのに。そなたこそがマルケルスとなるのだ。この手いっぱいに百合の花をくれ。緋紫の花を撒こうから。」

一六二頁（1）　お天気人形　頭巾をつけた人の形をした湿度計。湿度が高いと頭巾をかぶり、低いと頭巾を脱ぐ仕掛けになっている。

一六三頁（1）　回転テーブル　死者の霊と生きている者が意志を通じさせるいわゆる交霊術、あるいは心霊実験に用いられるもの。三本脚の円卓に複数の者が手をのせて、霊を呼び出すという。十九世紀中葉から二十世紀にかけて、これはアメリカでもヨーロッパでも一部で非常に注目された。たとえばヴィクトル・ユゴー（一八〇二―一八五）は一時期この問題に熱中したし、アンリ・ベルクソン（一八五九―一九四一）にも心霊問題にかんする並々ならぬ関心が窺える。日本で「こっくりさん」と呼ばれるものも、これと関連がある。なお、この問題については、稲垣直樹『ヴィクトル・ユゴーと降霊術』（水声社、一九九三年）、同『フランス〈心霊科学〉考』（人文書院、二〇〇七年）などを参照。

一六三頁（1）一大恋愛が終わるように求めて　プレイヤード版注釈者は、ここでサルトルが、プルーストの『失われた時を求めて』第一篇第二部「スワンの恋」を思い出していると想像しているらしい。この恋愛劇の最後に、高級娼婦オデットとの恋から醒めたスワンが、自分の趣味でない女のために数年を無駄にしたとつぶやく場面があり、サルトルは好んでこのくだりを引いたという。そのように考えれば、前注の回転テーブルも、その前のお天気人形も、プルーストの小説に使われた重要な小道具であることが興味を惹く。

（2）上海のメルシエの事務所で　小説の冒頭および六三ページの記述からすると、ここは上海ではなく、ハノイとすべきところである。

一六八頁（1）インクの匂い　以下の文章は一種の内的独白で、意識が次々ととらえたものをそのまま言語化するという方法が用いられている。文章になっていない部分が多いのはそのためである。

一六九頁（1）洒落男はレジオンドヌール勲章を存在する、口髭を存在する　原語は Le beau monsieur existe Légion d'honneur, existe moustache。文法的にはなはだ不自然な言い方だが、「存在する」exister という言葉を他動詞的に使ったものである。サルトルは後に『存在と無』（一九四三年）のなかで、身体の問題についてふれたときに、他者の身体は意識の超越的対象となりうるが、自分自身の身体は超越的なものでもないし、認識される対象でもないとして、こう書いている。「自発的、非反省的な意識は、もはや、身体についての意識ではない。むしろ《存在する》exister という動詞を他動詞に用いて、こう言わなければならないであろう。《意識はその身体を存在する》。elle existe son corps.」（松浪信三郎訳に拠る）。これは『存在と無』第三部「対他存在」の第二章「身体」のなかの「対自存在としての身体　事実性」の一節である（原書三九四ページ）。『嘔吐』の洒落男にとっては、口髭はもとより、身につけたレジオンドヌール勲章も自分の身体の一部と意識されているので、彼にとっての世界はそのようなものを通じて開示されると、ロカンタンは想像しているのであろう。したがってこの一節は、ロカンタンの意識記述という形で、後に大著のなかで展開される考察を先取りしていると言える。

（2）花開く白いシーツのなかで　プレイヤード版では、このセンテンスの終わりまでいっさい句読点がない。また「私の身体は」で始まる次のセンテンスも同様である。おそらく草稿もそのようになっているのだろう。これに対してフォリオ版では、プレイヤード版刊行後の版も含めて、かなりの句読点がつけられている。この翻訳では読みやすさを考えて、フォリオ版を参照しながら句読点をほどこした。

一七〇頁（1）私は左へ曲がる、彼は左へ曲がる、彼は左へ曲がると彼は考える　私が左へ曲がるということを意識したので、私はほとんど意識の対象として三人称になり、さらにその意識を振り返ったために、意識も三人称になって「彼は考える」と書かれたのだろう。

（2）走る、走る、いたちが走る　フランスには昔から「いたちまわし」というゲームがあり、それを暗示している。長い紐に指輪を通し、円陣を作ってその紐をにぎった者が、次々とこの指輪を移動させ、円陣のなかにいる者が、誰の手にわたったかをあてる遊び。指輪は「いたち」と呼ばれ、紐を持った者は一斉に歌を歌ってはやしたてる。これもプルーストの用いた小道具の一つである。

（3）リュシルちゃん　リュシエンヌちゃんの書き違いか。フォリオ版ではリュシエンヌちゃんとなっている。

（4）「海軍酒場」　原語は bar de la Marine。これは一三三ページに出てきたバー・ド・ラ・マルヌ bar de la Marne を連想させるが、また次にレコードが鳴るところから見て、「鉄道員の溜まり場」へ着いたとも考えられる。

一七五頁（1）若鶏のシャスール風　シャスールとは、もともと狩猟者《ハンター》の意味だが、ソース・シャスールと呼ばれるシャンピニョンやエシャロットを入れた特別なソースがあり、それを用いたさまざまな料理をシャスール風という。

一八〇頁（1）オルシーニによる襲撃事件　イタリアの愛国者オルシーニ（一八一九―五八）らによって企てられたナポレオン三世襲撃事件。一八五八年一月十四日に決行され、八人の死者と多数の負傷者が出たが、ナポレオン三世は無事だった。オルシーニは捕らえられて、三月十三日にパリで処刑された。

一九二頁（1）オムレット・シュルプリーズ　びっくりオムレツの意味で、焦がしたメレンゲのなかにアイスクリームの入っているデザート・オムレツ。

一九三頁（1）社会党 S.F.I.O.　S.F.I.O.（Section Française de l'Internationale Ouvrière）は、「労働者インターナショナル・フランス支部」の略語。この名称の社会党は、一九〇五年に、それまでの社会主義諸派を統一して結成された。一九一七年にロシアに「十月革命」が起こって、ソ連が誕生し、一九一九年にはレーニンらの「共産主義インターナショナル」（第三インター）が結成されると、一九二〇年十二月にトゥールで開かれた党大会で、それに参加しようとする多数派と、反対する少数派とに分裂し、前者はフランス共産党を形成、後者が従来からの社会党の名称を守った。その指導者になったのはレオン・ブルムである。

一九五頁（1）急進派　急進社会党党員の意味。これは正式名称を「急進共和・急進社会党」Parti Républicain Radical et Radical-Socialiste と言い、一九〇一年に結成された。「急進」という名称のために日本では誤解されやすいが、実体は中道左派の政党である。サルトルは自伝『言葉』のなかで、これを「官僚の政党」と呼んでいる。

（2）第二次五カ年計画以来　ソ連では、一九二〇年代にスターリンが反対派を排除して指導権を確立し、一国社会主義建設の体制を整えた後に、大規模な国民経済の発展を図って「五カ年計画」が実行された。第一次五カ年計画は一九二八年から一九三二年まで、第二次五カ年計画は一九三三年から一九三七年までで、それによって重工業と農業の集団化は飛躍的に進んだ。しかしロカンタンの日記は一九三二年一月から二月にかけて書かれたはずだから、ここで「第二次五カ年計画以来」と記されているのは時代的に矛盾している。おそらくサルトルは、第二次五カ年計画の真っ最中であった三〇年代半ばの共産党の変化を念頭において、この皮肉な表現を思いついたのであろう。実際、ソ連では第一次五カ年計画当時の「技術はすべてを決する」というスローガンに対して、第二次当時は「人材はすべてを決する」というスローガンが叫ばれ、労働英雄のスタハノフを讃える運動が展開された。また、第一次当時のフランス共産党では「階級対階級」が叫ばれて、他党との関係を清算しない限り社会党まで階級敵と見なされたのに対して、第二次当時は「人民戦線戦術」がとなえられて、反ファシズム勢力との連携がしきりに模索されていた。もっともこの三〇年代は、またソ連で大粛清の嵐が吹き荒れた時代でもあった。

（3）彼が人をこらしめるのは、人を愛しているからだ　フランスの諺に「深く愛する者は強くこらす」というものがあり、それを踏まえている。

（4）フェミナ賞　一九〇四年にフランスで創設された文学賞で、女性作家ばかりで構成された十二人の選考委員によって受賞作が選ばれる。一九〇五年には、ロマン・ロランの『ジャン・クリストフ』第一巻が受賞した。

二〇三頁（1）ゲーノ　ジャン・ゲーノ（一八九〇―一九七八）はフランスの作家で、第二次大戦前に雑誌『ウーロップ』の編集長をつとめた。

二〇八頁（1）空気の精《シルフ》　ケルト・ゲルマン神話の空気の精だが、ここでは人間たちを指す。

二〇九頁（1）禁煙、ジターヌでさえも　「ジターヌ」とはジプシーを指すが、同時にフランスの紙巻きタバコの銘柄の一つでもある。これはそのタバコの洒落た宣伝文句。どこかに貼られているポスターが、目に飛びこんできたのである。

二一二頁（1）マロニエの根　サルトルは、ル・アーヴルからボーヴォワールに宛てた一九三一年十月九日付の手紙のなかで、一本の木を見たことを語っており、「ぼくが大聖堂《カテドラル》とは何であるかを知ったのはブルゴスにおいてであり、木とは何であるかを知ったのはル・アーヴルにおいてである」と書いている。その木がマロニエだった（邦訳『女たちへの手紙』人文書院）。

二一八頁（1）存在するとは単に、そこにあるということなのだ　おそらくこの一文を書いたときにサルトルは、まだ不充分にしか消化していなかったハイデッガーの哲学を思い浮かべていたのであろう。

二九頁（1）**根の存在の意識になりきっていた**　この一節には、「いかなる意識もある物についての意識である」という、フッサールの現象学の考え方が現れている。サルトルは『嘔吐』執筆の頃に、「フッサールの現象学の根本的理念――志向性――」という文章を書いている（邦訳『哲学・言語論集』人文書院）。

三三頁（1）**奇妙なイメージだ**　この一節は、『嘔吐』執筆当時にサルトルが作り上げた想像力にかんする理論と密接な関係がある。その考え方は、一九三六年刊行の『想像力』、一九四〇年刊行の『想像力の問題』に詳しい。

三四頁（1）**物の上に一種の共犯者めいた様子が感じられたことを**　七〇―七一ページ参照。

三六頁（1）**エピナル版画**　エピナルはロレーヌ地方のヴォージュ県にある町。通俗的な画題の版画で有名である。

三三頁（1）**『皇帝ジョーンズ』とか、ショーン・オケイシーやシングの戯曲とか、『ブリタニキュス』**　『皇帝ジョーンズ』はアメリカの劇作家ユージン・オニール（一八八八―一九五三）の作品。ショーン・オケイシー（一八八〇―一九六四）とシング（一八七一―一九〇九）はいずれもアイルランドの劇作家。『ブリタニキュス』はフランスのラシーヌ（一六三九―九九）の作品。

（2）**アグリピーヌ役しかできなかったのよ**　アグリピーヌはローマ皇帝ネロンの母親。宮廷内の権力争いで権謀術数をたくましくし、自分の再婚相手としてクローディユス帝を獲得する。そのクローディユス帝の息子がブリタニキュスで、ジュニーと相思相愛の仲だが、ネロンはそのジュニーに恋して、ブリタニキュスを毒殺させ、絶望したジュニーは神殿に逃れる。アニーは、この純情無垢のジュニーではなく、したたかな策を弄するアグリピーヌこそ自分にふさわしい役と考えているのである。

三三頁（1）**ミシュレの『フランス史』**　ジュール・ミシュレ（一七九八―一八七四）はロマン派の代表的な歴史家で、『フランス史』、『フランス革命』など、数々の大著を残している。

（2）**エミリー・ブロンテ**　ブロンテ三姉妹の一人（一八一八―四八）で、『嵐が丘』の作者。

三四頁（1）**『皇室の菫』**　プレイヤード版の注によると、これはアンリ・ルーセルにより一九二三年に作られた映画で、一九三二年にはトーキー版が発表され、知識人のあいだでも評価されたらしい。第二帝政時代に、花売り娘が皇后ウージェーヌの親しい友人になる物語であるという。

二四一頁（1）　メドゥーサ　ギリシャ神話の女。もとは美しい娘であったが、アテナと美を競ったために怪物に変えられ、見事な巻き毛はみな蛇になった。その恐ろしい顔をひと目でも見た者は、みな石になったという。

二四四頁（1）　エクス　南仏の町エクス＝アン＝プロヴァンス。

二四五頁（1）　一つはアンリ二世の死、一つはギーズ公の暗殺、一つはアンリ四世のパリ入城よ　アンリ二世（一五一九—五九）はフランス国王で、カトリーヌ・ド・メディシスの夫。騎馬試合で槍を顔面に受けて重傷を負い、十日ほど後に死亡した。ギーズ公爵は、二代目のフランソワ一世（一五一九—六三）も暗殺されているが、これは三代目のアンリ・ド・ギーズ（一五五〇—八八）を指すのであろう。「向こう傷」と綽名された人物で、国王を凌ぐほどの権力を身につけた結果、アンリ三世によりブロワの城に呼び出されて暗殺された。アンリ四世（一五五三—一六一〇）はブルボン王朝の祖。国王はカトリック教徒と定められていたために、新教から旧教に改宗してパリ入城を果たした。ナント勅令を発してフランス国民に信仰の自由を与えたが、狂信的な旧教徒に暗殺された。

二四九頁（1）　王様がいたの　これはおそらく、古代エジプトの王プサンメニトスを指すのであろう。彼は在位わずか六カ月で、カンビュセス二世の率いるペルシャ軍に敗れ、第二十六王朝は滅びる（紀元前五二五年）。捕らえられた後の彼の振る舞いは、ヘロドトスの『歴史』巻三に語られており、そこでは、奴隷の身なりで水汲みをさせられている自分の娘や、首に縄をかけられ猿轡《さるぐつわ》をはめられて刑場に曳かれてゆく息子を見ても、ただ俯《うつむ》くのみだったが、かつては王の宴会の陪食者の一人で、初老も過ぎて資産を奪われ、今は物乞いをしている男が傍を通り過ぎると、大声で泣き悲しんだと記されている（松平千秋訳『歴史　上』岩波文庫に拠る）。十六世紀のモンテーニュや二十世紀のヴァルター・ベンヤミン、エルンスト・ブロッホなど、この挿話に解釈を加えた人は多いが、そこにはサルトルと同様に、もと陪食者の物乞いを「召使い」としている例も見られる。

二五一頁（1）　聖金曜日の炎の舌　これは「五旬祭（または聖霊降臨祭）の炎の舌」と言うべきところである。五旬祭は復活祭後の第七日曜日に当たる。この日に炎のような舌があらわれて人びとの上にとどまり、一同は聖霊に満たされた、という『使徒行伝』第二章の記述がある。

二五五頁（1）**コヴェントガーデン劇場**　ロンドンの中央部にある十八世紀に出来たオペラ劇場。後にロイヤル・オペラ・ハウスと呼ばれる。

二五六頁（1）**ロヨラの『霊操』**　イグナティウス・デ・ロヨラ（一四九一頃―一五五六）はスペイン人で、イエズス会の創立者。『霊操』（または『心霊修業』）は、みずからの体験に基づいた霊性指導の手引き書。

二六七頁（1）**カッサンドラ**　ギリシャ神話の人物。トロイア王プリアモスと、その第一の后ヘカベの娘。アポロンに愛されて、予言の能力を授けられるが、誰からもその言葉を信じてもらえないという運命をも与えられる。彼女はトロイアの滅亡を予言するが、信じられず、トロイアの陥落後は、敵方の将であるアガメムノンの奴隷になる。彼女を愛したアガメムノンはギリシャに連れ帰るが、二人の運命を予言する彼女の言葉を信じなかったために、ともにクリュタイムネストラに殺される。

二六九頁（1）**取り上げた**　以下の部分にあらわれる新聞の引用は、読みやすさを考えて、前後に原文にはない一行の空白を設けた。

二七三頁（1）**肥って体格のいい少年が褐色の髪の少年のさらに左側に**　この独学者と少年たちの位置が、後の記述と矛盾していることは、何度か指摘されている。

二八三頁（1）**明晰で、不動の、人のいない意識**　以下は『自我の超越』その他で哲学的に展開される考え方の文学的表現である。サルトルは、「いかなる意識も或る物についての意識である」というフッサール現象学の基本に従って、純粋な自発的意識は「私の意識」と言う以前に、まず対象についての意識であり、その意味で無人であると考える。自我は意識のなかにあるのではなく、他者の自我と同じく世界の存在者と見なされるか、または対象についての意識に、非措定的に伴っているにすぎない。

（2）**一つの顔の意識もある**　以下は、独学者を思い浮かべるロカンタンの想像意識の記述である。

二六六頁（1）**マダム・ジャンヌ**　前にはフランソワーズと呼ばれていた。プレイヤード版注釈者は、ジャンヌという苗字もあることを指摘しているが、作者が名前を間違えたと考えるのが自然である。

二六八頁（1）**ヴォルティジュール**　フランスの葉巻の銘柄。

（2）**クロッケー**　イギリスから来たスポーツで、ゲート・ボールのように、木製の球を木槌で打ってゴールを競うもの。

二九一頁（1）**ただ在る**　原語はElle *est.*「在る」と訳したのは動詞être の三人称単数形で、これは、「存在する」exister という動詞が偶然にそこにあることを示すのと違って、必然的に動かし難い形であることを示している。

二九二頁（1）**ティントレット**　イタリアのヴェネツィア派の画家（一五一八―九四）。

（2）**ゴッツォリ**　イタリアの画家（一四二〇―九七）。

（3）**ファブリス・デル・ドンゴやジュリヤン・ソレル**　いずれもスタンダールの小説の作中人物で、前者は『パルムの僧院』、後者は『赤と黒』の主人公。

二九五頁（1）**ユダヤ人と黒人の女が**　三〇三ページ訳注で説明したように、実際のこの曲は、歌詞とメロディがカナダ生まれの黒人によって作られ、ロシア生まれのユダヤ人女歌手によって歌われた。サルトルはそれを逆に記憶していたらしい。

あとがき

ジャン＝ポール・サルトル（一九〇五—八〇）は、二十世紀西欧の生んだ思想界・文学界の巨人だった。彼は哲学者でもあれば小説家でもあり、劇作家でもあれば伝記作家でもあり、とくに第二次大戦後は、その発言が世界的に注目された知識人として活躍した人物でもあった。しかもそうした多方面にわたる活動は互いに緊密に繋がりあって、一つの全体像を形成していた。それが彼の際だった特徴である。ここに訳出した『嘔吐』は、そのサルトルの処女作と言ってもいい作品である。

『嘔吐』以前のサルトルは、出版界でも一般読者のあいだでも、ほとんど無名の存在だった。彼にはすでにさまざまな習作があったが、その多くは出版社から拒否され、刊行されたのは『想像力』と『自我の超越』と題された二冊の哲学にかんする小著だけだった。ところが一九三八年に『嘔吐』が刊行され、翌三九年に短編集『壁』の出版がこれに続くと、たちまち彼の評価は定まり、その後の文筆活動を期待される新星として注目を集めることになった。その意味で、『嘔吐』はサルトルの出発点だったが、同時にこれはその後もずっと読み継がれ、数多くの批評家や研究者に取り上げられて、二十世紀前半のフランス文学を代表する傑作の一つとして広く認められたのである。

『嘔吐』には、その後のサルトルの著作や活動を予告する多くの要素もこめられているが、このあとがきでは、彼の生涯や著作の全体を紹介する紙幅はとてもないので、これからこの作品を読む人の参考になると思われる若干の問題のみにしぼって解説を試みたい。

一、「偶然性の理論」から『嘔吐』へ

私はまず一九二九年の時点に遡りたい。この年、二十四歳のサルトルが二十一歳のシモーヌ・ド・ボーヴォワールに出会って、二人の生涯にわたる伝説的な関係が開始されるのだが、ボーヴォワールは当時を回想してこう書いている。

サルトルと話しながら、私は彼が「偶然性の理論」と呼んでいるものの豊かさを垣間見た（中略）。彼はスタンダールとスピノザを同じように愛していたし、哲学を文学から引き離すことを自らに禁じていた。彼にとって〈偶然性〉は抽象的な概念ではなく、世界の現実的な次元だった。（『娘時代』）

『嘔吐』の発端には、哲学と文学が渾然一体となったこの「偶然性の理論」があった。だからサルトルは一九三一年にノルマンディ地方ル・アーヴルの高等中学《リセ》に哲学教授として赴任すると、早速『偶然性にかんする弁駁書』と題された作品にとりかかったのである。このタイトルは、後にデューラーの版画から発想された『メランコリア』に変わり（本書カヴァー絵参照）、さらにガリマール書店からの発行が決まった一九三七年には、おそらくダニエル・デフォーの『ロビンソン・クルーソーの生涯と不思議な驚くべき冒険』から発想したと思われる『アントワーヌ・ロカンタンの驚異の冒険』という標題まで候補に上ったが、最終的にはガストン・ガリマールの提案を容れて、「吐き気」ないしは「嘔吐感」を意味する La Nausée に落ちついた。本書ではこれを「嘔吐」としたが、この訳語については後述する。

しかも出版されたのは一九三八年四月だから、第一稿から刊行までに実に七年を要したことになり、それだけ当時のサルトルが、まだ一冊の小説を出すのも容易でない無名の存在だったことが分かる。

しかしこれほど時間がかかっただけに、作品は当初の形態とまるで違うものになった。最初この原稿を見せられたときのことを、ボーヴォワールは次のように記している。

それは偶然性についての、長い抽象的な省察だった。私は、ロカンタンの発見にロマネスクな次元を与えるべきであり、私たちのとても好きだった推理小説風のサスペンスを物語に少し導入すべきである、と主張した。サルトルもこれに賛成した。(『女ざかり』)

その助言もあって、哲学的エッセイに近かった作品が、より小説的な膨らみを備えることになったのだろう。それとともに重要なのは、一九三三年から翌年にかけて、サルトルがベルリンのフランス学院に留学したことである。この留学期間中に、彼はフッサールを集中的に研究するとともに、後に『嘔吐』となるはずのテクストを書きついだが、その結果、作品には一段と哲学的な厳密さと厚みが加わった。さらに、いよいよガリマール書店から刊行されることになったときに、同書店の出版審査委員であった批評家ブリス・パランの意見に従って、冗長な部分を削除したり、別の箇所に加筆したりしている。こうして難産の末に、ようやく陽の目を見たのだが、このように何度も推敲しただけに、これは極めて完成度の高い作品になった。

サルトルは晩年に『嘔吐』にふれて、「まったく文学的な観点からするとあれは私が書いた一番いいものだろう」と語っている(『シチュアシオンX』所収の「七〇歳の自画像」)。上演を前提とした戯曲を別にすれば、大部分のサルトルの著作が未完で終わっているのに、処女作とも言える作品が、後にみずからこのような評価を下すほど密度の濃い形で完結したことは、すでにこの時点で作者に備わっていた並々でない力量の証しであるとともに、長く読み継がれていく『嘔吐』の将来にとって極めて幸福なことだった。

二、アントワーヌ・ロカンタンと「存在」の発見

この作品にかんしては、これまでさまざまな読解が試みられてきたが、ここでは細かな解釈は省略して、ごく基本的な問題点のみを考えたい。

まず主人公のロカンタンだが、これは奇妙な名前で、普通名詞では、風刺的なシャンソン歌手、ないしは若作りの老人、といった意味になる。ともあれこの主人公は、冒頭の「刊行者の言葉」にある通り、すでに数年間にわたる世界各地の旅行を経験した後に、架空の町ブーヴィルの安ホテルに住みついた三十歳の独身青年である。彼は十八世紀のヨーロッパやロシアの政界で特異な役割を演じたロルボン侯爵（架空の人物）にかんする歴史的な研究を準備しているが、生活のための仕事はいっさいしていない。と言っても、学位論文を書こうとするくらいの極めて豊かな学識を備えており、そのうえ二八七ページの記述にある通り、働かなくても食べていける金利生活者だから、ほとんど高等遊民とも言えるような存在である。『嘔吐』はそのロカンタンの日記という形式で成り立っており、一九三二年一月初め頃に書かれたと推定される最初の短い部分を除くと、同年一月二十五日から約一カ月にわたって起こった出来事や、そのあいだの思想の変化を記したものである。

ロカンタンは、図書館で知り合った〈独学者〉とたまに会ったり、行きつけの居酒屋《ビストロ》の女主人とときどき

おり肉体的な関係を持ったりする以外は、まったく人付き合いのない生活をしている。父母についても言及はなく、ただ子供の頃の叔父の存在や、叔母の言葉にふれているくらいで、天涯孤独な人間と言ってよい。これは若い頃のサルトルが作り上げたイメージで、周囲の社会に何一つ負うものがなく、しかも全面的に自由なこうした存在を、彼は「単独者」、「孤立した人間」l'homme seul と呼んでいた。『嘔吐』は『単独者』の理論の文学的帰結だった」と、サルトルは後に述べている（「七〇歳の自画像」）。

このような単独者は、他人との接触に極めて乏しいが、物には絶えず取り囲まれている。ところがロカンタンにとってあるときから、その物との関係が微妙に変化する。普段は自然に受け入れていた物に、一種の嫌悪感、嘔吐感を覚えるようになったのである。これが発端で、そこからロカンタンの手探りの思索が始まる。その揚げ句に彼は、従来は気にも留めなかったそれらの物が「存在」であること、しかも何の理由もなく偶然に存在していることに気づく。そうした発見のクライマックスが、マロニエの木の根っこの場面である。「本質的なことは偶然性だ」、「存在は必然ではない」というのが、このときロカンタンの到達した確信である。

それればかりではない。物が「存在」であるように、自分を含めた人間もまた「存在」であることにロカンタンは気づく。そうだとすれば、われわれがこの世界に生きているのも偶然で、何の理由もないはずだろう。われわれはみな「余計な者」である。この発見は強烈で、作品全体に一種のアナーキーな空気を漂わせている。後にサルトルは、「『嘔吐』を書いていた当時は、そうと知らずにアナーキストだった」と回想しているが（「七〇歳の自画像」）、これは政治運動としてのアナーキズムの意ではなく、独りきりの孤立した人間が練り上げたラディカルな思想を指している。

それに反してロカンタンの目に映るブーヴィルの人びとは、無邪気に群れて「存在」から目を逸らせているし、とりわけ社会の指導的なエリートたちは、自分たちが予め確実な存在理由を与えられてこの世界に登場したと固く信じて疑わない。ロカンタンは、愚かにも思い上がったこのような人びとを「下種ども」と呼び、これに痛烈な罵倒を浴びせる。とくにブーヴィルの美術館に展示されている町作りに貢献した名士たちの肖像を見る場面は、その対決を鮮明に示しており、極めて激しいブルジョワ批判、俗物批判となっている。

しばしば話題になる『嘔吐』のアンチヒューマニズムも、同じ根から発したものだろう。「存在」の本質に迫ることもなしに、中途半端に人間の価値を認めて作り上げられる通俗的なヒューマニストへの彼の追及は、甚だ尖鋭で小気味よいものがある。

このような『嘔吐』の世界を背後から支えているのが、フッサールの現象学である。『嘔吐』は現象学的小説とも言えるもので、サルトルはこれを完成させるのとほぼ同じ時期に、『自我の超越』を始めとするいくつかの論文を書いているが、そこで展開されているフッサールの理論と、それへの批判とは、『嘔吐』にあらわれるいくつかのテーマ、たとえば「私」や「意識」にかんする考察と共通しており、これらを哲学的に表現したものと言ってよい。

三、「冒険」と「完璧な瞬間」

ところでロカンタンの発見した存在の偶然性の対極にあるのは、彼の言う「冒険」であり、またかつての恋人アニーの言う「完璧な瞬間」である。

ロカンタンは、ブーヴィルに住みつく前に六年間、世界各地を旅行し、さまざまな経験を積んだ。まだ今日のように海外旅行が当たり前のことになっていない時代に、中央ヨーロッパやアフリカ、中近東はおろか、はるかに東南アジアや日本にまで足を伸ばしているし、行く先々で女性関係もあれば、殴り合いの喧嘩もあり、かなり危険な目にも遭ったし、また自ら大胆な行動に出たこともある（たとえばソ連の国立図書館から資料をこっそり盗み出すといったような）。これを彼は振り返って「冒険」と呼び、こうした過去を持っていることに、普段はいささか得意でもあった。「冒険」とは彼にとって、「ある瞬間に自分の人生が、稀に見る貴重な質を帯びること」とも言えるものだった（本書六五ページ）。

サルトルとほぼ同時代の作家で、いち早く「冒険」を主題に作品を書いたのは、アンドレ・マルローである。サルトルが、この物語の始まる前のロカンタンの長い放浪生活をマルローに重ね合わせていたことは、容易に推察できる。そこには『王道』や『征服者』といった作品とともに、マルロー自身の行動も意識されていただろう。しかし、この二人の作家にとって「冒険」の捉え方はまったく異なるものだった。

一方、ロカンタンと数年のあいだ恋人関係にあったアニーは、常に「完璧な瞬間」を作るという観念にとらわれていた女性だった。一つ一つの状況には必ず唯一無二の行為が要請されており、それを行なうことがアニーには道徳的な義務のように思われていたし、彼女はそれを周囲の者にも求めていた。そうした行為が首尾よく行なわれて、各人が完全にその役を果たしたときに、その瞬間は完璧なものになる。そのために、恋人時代のロカンタンは、絶えずへまを犯しては、彼女から「気がきかない」と言われ続けていたのだった。

このような奇癖を持ったアニーという人物には、実在のモデルがいたらしい。サルトルは一九六六年に来日したときの文学座談会でそのことにふれて以来、いろいろなところでアニーのモデルの種明かしをしている。それは彼の最初の恋人だったシモーヌ・ジョリヴェという強烈な個性の人物で、サルトルは十九歳のときに、当時二十二歳だった彼女に出会い、たちまち恋に落ちた。それから二年余りのあいだ、主としてトゥールーズに住む相手のところにパリからサルトルが通うという形で、青春期の大きな恋愛が続くのだが、彼女は「外的な舞台装置を作り出して内的なものに到達しようとしていた」人物だったと、サルトルは来日当時の座談会で語っている（『サルトルとの対話』）。

しかし、生の世界に完璧なものはあり得ない。だから生活を「完璧な瞬間」で満たそうとする試みは必ず挫折するだろう。「完璧な瞬間」を唯一の生き甲斐としていたアニーは、やがてそのようなものを作るのは不可能であることを知って絶望し、肉体まで変化した亡骸のような姿で、ひたすら余生を送る人としてあらわれる。

ロカンタンの場合も同様である。たとえ過去の「冒険」を誇りに思うことがあっても、それは過ぎ去った「冒険」を物語る限りにおいてであって、生きるというのは退屈な日々の積み重ねであることが徐々に判明してくる。「選ばなければならない。生きるか、物語るかだ」というのは、そのことを示している（六八ページ）。だからアニーと同じく、かつては「冒険」を望んでいたロカンタンもまた挫折する運命にある。

四、ラグタイムとプルースト的世界

ロカンタンをとりまく「存在」の世界、嘔吐感を与える「物」の世界のなかで、例外的なのはレコードを聴く時間である。行きつけの「鉄道員の溜まり場」という居酒屋《ビストロ》で、ウェイトレスがかけてくれる古いラグタイムのレコードに耳を傾けるときに、不思議と彼の吐き気は消えていく。

なぜだろうか。音楽の時間には日常生活と違って始まりがあり、終わりがある。発端の音とともに開始された一つの世界は、必然的に自らの死に向かって進んでいく。これは、何の理由もなく物が存在する現実の世界、始まりもなければ終わりもない日常の世界とはかけ離れた、いわば「冒険」の時間である。ロカンタンは音楽を聴きながら、自分もこのように生きたかったのだと気づくが、もちろん生の時間においては、そのような願いの達せられるはずはない。まただからこそ、生きる理由も死ぬ理由も失って、三十歳の若さでただ生き延びるだけの人生を送ることになったロカンタンに、音楽は存在とは違う世界があること、たとえば小説を書く可能性が残されていることを示唆するのである。

音楽の刺激から小説へ、という結末を見ると、プルーストの『失われた時を求めて』を思い浮かべる人も少なくないだろう。『嘔吐』には、当時の文学のさまざまな潮流から受けた影響があらわれており、エピグラフに引かれたセリーヌや、「冒険」を描いたマルローだけでなく、デュジャルダンやジョイスの作品からヒントを与えられたと思われる内的独白の手法や、シュールレアリスト的なイメージで綴られたいくつかの場面も目につくが、またサルトルが若いときに愛読したプルーストの大作もあちこちに影を落としている。

もっともこの時期のサルトルには、自分を熱狂させたプルースト的世界からの脱出を計っていた節も見えるし、そのためにはフッサールが武器になると考えていたことも窺える。それが二〇ページの「内面生活」という言葉に現れているのだろう。というのも、『嘔吐』出版の翌一九三九年に発表された「フッサールの現象学の根本的理念――志向性――」という短い論文の末尾には、「今やわれわれはプルーストから解放された。同時に《内面生活》からも解放された」という言葉が見られるからだ（『哲学・言語論集』）。こうした態度は、第二次大戦後にサルトルを中心にしてスタートした雑誌『現代』の「創刊の辞」におけるプルースト批判まで続いていく。

しかし、それは彼にプルーストがしみついていたことを示す証しでもあるし、自伝『言葉』などで述べているように、常に自分に逆らってものを考えるという彼独特の態度のあらわれでもある。事実、サルトルは一九六六年に来日したとき、「十六歳から二十歳頃にかけて、プルーストは私にとってこのうえもなく重要な作家だった」と言い、さらに「私がとことんまで共感し、深く尊敬していたのはプルーストです」とまで断言している（『サルトルとの対話』）。そこから『嘔吐』全体を貫く極めてプルースト的なテーマが生まれるのであって、もちろんヴァントゥイユの音楽はここでジャズのレコードに変わっているけれども、それをかけるウェイトレスは、なんとマドレーヌという名前なのだ。これは無意識に、『失われた時を求めて』の発端にあるプチット・マドレーヌと紅茶の挿話を暗示しているのかもしれない。そのほか、二、三の訳注でも指摘しておいたように、いくつかの小道具にもプルーストの愛読者ならではの発想が認められるし、故平井啓之氏のように『嘔吐』はプルーストのパロディだと言いきる人もあるくらいで（『テキストと実存』）、この作品への『失われた時を求めて』の影響は圧倒的である。

それでも明らかに異なっているのは、プルーストの作品の最終章に当たる『見出された時』で示されたような文学表現への絶対的な信頼が、『嘔吐』には見られないことだろう。ロカンタンの最後の決意はいくらか唐突だし、彼の書こうとするのは「起こり得ないような物語、一つの冒険」であって、それで彼の存在が変わるわけではない。むしろこの作品全体は、人間まで含んだ「存在」の世界の真実を発見する物語と考えるべきだろう。だから最後の場面においてもロカンタンはこう述懐する。

一冊の本。むろんそれは最初、退屈で疲れる仕事でしかないだろう。それは私が存在すること、存在すると感じることを、妨げるものではないだろう。しかし本が書かれ、それが私の背後に残る瞬間が必ずやって来る。そして本の多少の光明が、私の過去の上に落ちるだろうと思う。（中略）そして私は――過去において、ただ過去においてのみ――自分を受け入れることができるだろう。（二九七ページ）

これは遙かに先の、本が書き上がった後の話であって、現在の存在する世界が変わるわけではない。自分の存在は「過去において、ただ過去においてのみ」受け入れられるのであって、現在の自分が「余計な者」であることにいささかも変わりはないのである。

しかしここには一つの面白い仕掛けがあって、そんなふうに存在の偶然性という不条理の世界について書かれていながら、作品自体は極めて緊密に、いわば必然的に組み立てられた一つの物語を構成している。つまり『嘔吐』は、ある日、海岸の石ころとともに始まり、ブーヴィル最後の一日で完結する一つの見事な「冒険譚」なのだ。これを「鋼鉄のように美しく、また硬く、人びとに存在を恥ずかしく思わせる」（二九六ページ）ような、一篇の小説だと言ってもいい。だからこそ、一時は『アントワーヌ・ロカンタンの驚異の冒険』などというタイトルが浮上したのだろうし、また来日当時の座談会でサルトル自身が言っているように、『嘔吐』はロカンタンの書き得る唯一の小説のようにも見えてくるのであって、それもまたこの作品の極めてプルースト的な性格だと言わなければならない。

五、伝記と小説

『嘔吐』はまた伝記と小説についても、興味深い観点を提出している。

すでに物語の半ばで、ロカンタンがロルボン侯爵の生涯を調べながら、自分はこの人物についての小説を書くべきだったのではないかと反省する場面があるが（一〇〇ページ）、最終的に彼は伝記的研究を抛棄してしまう。「存在者は絶対に、他の存在者の存在を正当化できない」（二九六ページ）という結論は、自分の歴史研究への訣別の言葉でもあるだろう。

一方、作者サルトルは、『嘔吐』刊行の一九三八年頃から、その続篇になるはずの小説を準備し始めて、それを第二次大戦中も倦むことなく継続する。その結果、大作『自由への道』が書かれて、戦争直後から話題作として刊行され、一九四五年にはその第一、二部が、さらに四年後には第三部が出版されるのだが、第四部はついに完成することなく抛棄されてしまう。その代わりにサルトルは、今度は評伝的な文学論にとりかかって、一九四七年に『ボードレール』を、一九五二年には『聖ジュネ』を刊行、その間にマラルメについても厖大な量の文章を書き、さらに一九七一—七二年には、未完のまま終わった浩瀚なフローベール論である『家の馬鹿息子』全三巻が刊行されることになる。いずれもさまざまな方法を駆使して対象となる作家を理解し、その実存に迫ろうとした試みであり、とくに最後の『家の馬鹿息子』については、これを「真実の小説」と呼ぶとともに、その冒頭で、「今日、一個の人間について何を知り得るか」ということが主題だと言明している。つまりこれらは、サルトル自身の作り出した人物であるロカンタンが抛棄した地点を、新たな方法を用いてふたたび掘り起こしたものとも言えるだろう。しかし、それにふれることはこの解説を遙かに逸脱する問題になるので、今は『嘔吐』刊行当時のサルトルも予感していなかったこうした未来が開けていくことを指摘するのみに留めたい。

六、翻訳について

底本として使用したのは、プレイヤード版『小説作品集（Œuvres Romanesques）』に収められたテクストである。これは一九八一年の刊行だが、初版の誤植や注の誤りが増刷版で修正されているので、比較的新しい二〇〇五年版を使用し、同時にフォリオ版（二〇〇七年版）も参照した。また、故白井浩司氏による邦訳、とくに最後に全面的な改訳をほどこされたという人文書院新装版（一九九四年）と、二種類の英訳（ロイド・アレクサンダーによるニュウ・ディレクションズ・ペイパーブック版と、ロバート・ボールディックによるペンギン・ブックス版）を参照した。

最初に難渋したのはタイトルの訳し方である。原題の La Nausée は、ラテン語の nausea（船酔い、吐き気、嫌悪感）を語源とする言葉で、胸がむかむかすること、つまり嘔吐感ではあっても、吐くことではない。だから「嘔吐」という訳語は不適切だという意見が、これまでもときおり表明された。私も初めは正確を期して「吐き気」を訳語として考えていたが、翻訳を進めていくうちに、本文のなかではともかく、標題としてはこれがあまりに軽くてどうも気に入らなくなった。結局さんざん迷った揚げ句に、出版社の希望もあって、原題とのずれは充分に承知の上で、選択は「嘔吐」に落ち着いた。翻訳の言葉はこのように、音や字面をも含めて選ばれるので、そのずれを完全に回避することは難しいし、場合によっては原題と異なる題を選ぶことも許されるだろう（『星の王子さま』のように）。少なくともこのタイトルの訳という点にかんしては、私も白井氏の選択を踏襲したことになる。

本文について、一つだけどうしてもこの場でふれておかなければならないのは、existences、exister という言葉の訳語である。私はその大部分を「存在」、「存在する」と訳し、「実存」、「実存する」という訳語はいっさい使用しなかった。これは何よりも日本語の問題である。

日本語で「実存」という言葉が定着し、明確に「存在」と区別されるようになったのは、一九三〇年前後から、とくに九鬼周造の「実存哲学」（『岩波講座　哲学』一九三三年）以来であろう。それから現在まで、「実存」という語は人間のあり方を指すものとして用いられており、物の存在を示す言葉ではない（たとえば『岩波哲学・思想事典』を参照）。ところで『嘔吐』では、existerという語がまず物の存在を示す言葉として使われていて、人間に使われる場合も、大部分は物と同じように人間も偶然に存在している、という意味で用いられている。だからこれらに共通する訳語として「実存する」という言葉を当てはめるのは不可能である。小石やマロニエの木の根っこが「実存する」などということはあり得ないからだ。せいぜい、後半のマロニエ体験以後になると、ときには「実存」という訳語を与え得る箇所がないではないが、そこも「存在」という訳語で充分に理解できるし、もともと原文では同じ語なのだから、これを訳し分ける必要はまったくない。以上の理由で、私はすべてのexistences、existerに「実存」の訳語を避けたのである。

そのうえ、戦後には実存主義者というレッテルを貼られたサルトルも、『嘔吐』執筆当時は圧倒的にフッサール現象学の影響を受けており、まだその実存哲学を構築していなかった。彼は一九三三―三四年のベルリン留学中にフッサールを学び、そのときにハイデッガーも読もうとしたが、難解で歯が立たなかったという。戦争中の彼の日記を見ると、一九四〇年二月一日の欄に、「このようにして、私はフッサールを汲み尽くすのに、四年かかった」、「結局、私は昨年ハイデッガーを読了したが、それより以前には、ハイデッガーを研究する態勢になかったことがわかる」と書かれている（『奇妙な戦争』）。つまり一九三一年から三六年までに書かれ、一九三七年にガリマール書店で採用され、一九三八年に出版された『嘔吐』は、実存の哲学と呼ばれる思想を構築する以前のサルトルの作品ということになる。だから同じ頃に書かれた『想像力』（一九三六年）、『自我の超越』（一九三七年）、『情動論素描』（一九三九年）、『想像力の問題』（一九四〇年）に通じる発想は随所に見られても、ハイデッガーの影響を受けた後の彼にあらわれるような意味での「実存」の思想、『存在と無』（一九四三年）で展開されることになる思想は、断片的に萌芽状態であらわれているにすぎない。それはたとえば三一四ページの訳注で記した通りである。このような事実から判断しても、「実存」という訳語は避ける方がよいと私は考えた。哲学小説とも見なすことのできる『嘔吐』は、「実存」を発見する道程を描いた作品ではあるが、決して実存主義の思想に基づいて書かれた小説ではないのである。

訳注についてふれておけば、もともと『嘔吐』は「原注」というトリックを除き、いっさい注なしに読まれるものだから、読者が訳注をまったく無視して下さっても一向に構わない。ただ、本文に言及されていたり暗示されていたりする事柄を理解した方が面白さは確実に増すと考えて、私は敢えてなくもがなの訳注をつけた次第である。

フランス語の解釈のうえでは、フランソワーズ・坂井・ブロック氏にいろいろな疑問点についてご教示を仰いだ。該博な知識と柔軟な理解力に裏づけられた同氏の指摘は常に極めて貴重なものだった。ここに深い感謝を捧げる。

七、おわりに

最後にいささか私事にわたることをつけ加えさせていただきたい。

私が最初に『嘔吐』を読んだのは学生時代、一九五〇年代の初めで、当時流布されていた白井訳によってである。そのときはただひたすら難解な小説と思われて、この作品に戦前から注目して翻訳までしていた故白井氏の慧眼に驚くばかりであった。その頃の私の関心はプルーストにあり、明けても暮れても『失われた時を求めて』のフランス語原文と格闘するという毎日だった。

その後、五〇年代の終わりになってからサルトルを本格的に読もうと思い定めて、原書をじっくり検討してみると、これが実は明晰な内容を備えて、細部まで理解できる、極めて厳密に構成された見事な作品であることが分かってきた。それに興味をそそられて、「ジャン＝ポール・サルトル――『嘔吐』とその周辺」（『一橋論叢』一九六二年四月）という文章を書いたのが、サルトルにかんする私の最初の文学論である。それ以来、いったい私は何度『嘔吐』を読んだのであろうか。おそらくは何十度かに及ぶだろうが、読むたびに新たな発見と理解をつけ加えて今日に至っている。今回も、翻訳のために何度も原文を読み直しながら、前世紀の前半に書かれたこの小説がいささかも古びることなく、今日の文学としても立派に通用する刺激的な作品であること、二十世紀の古典であるとともにすぐれて現代的な秀作であることを改めて確認した。

この『嘔吐』を出発点として、私は六〇年代前半をサルトル研究に費やした。また六六年のサルトル来日のとき以来、作者本人にも何度か会い、彼と議論する機会にも恵まれた。六〇年代から七〇年代にかけての世界の激しい動きのなかでは、決してサルトルの立場を全面的に肯定するという意味ではないけれども、それでも絶えず彼の発言に注目し、その態度表明に影響を受けてきた。一九八〇年のサルトル死去のときには、たまたまフランスにいたので、自然発生的デモのような五万人の葬列のなかの一人として、亡骸をのせた車とともにパリの街を歩いた。このようなサルトルの存在は、私にとって実に貴重な同時代人だった。

いま私自身の人生も残り僅かになったときに、自分のサルトル理解の出発点にあったこの作品、プルーストとも縁の深いこの『嘔吐』を翻訳することになったのは、私にとって実に感慨深いことである。このような機会を与えて下さった人文書院の渡辺睦久会長、渡辺博史社長並びに関係者の皆さんに心から感謝するとともに、出版にあたって、原稿準備の段階からいろいろとお世話になった同社の井上裕美さんに御礼を申し上げる次第である。

二〇一〇年三月

鈴木道彦

訳者略歴

鈴木道彦（すずき・みちひこ）

1929年東京生まれ。東京大学文学部仏文学科卒業。一橋大学、獨協大学教授を経て、現在、獨協大学名誉教授。

著書に『サルトルの文学』（紀伊國屋書店）、『プルースト論考』（筑摩書房）、『異郷の季節』（みすず書房）、『プルーストを読む』、『越境の時』（共に集英社新書）、『余白の声　文学・サルトル・在日　鈴木道彦講演集』、『私の1968年』（共に閏月社）など。

訳書にP. ニザン『陰謀』（集英社）、F. ファノン『地に呪われたる者』（共訳、みすず書房）、J－P. サルトル『植民地の問題』、『哲学・言語論集』（共訳、人文書院）など多数。
M. プルースト『失われた時を求めて』（全13巻、集英社）の個人全訳で、2001年度讀賣文学賞、日本翻訳文化賞受賞。

嘔《おう》　吐《と》［新訳］

2010年7月20日　初版第1刷発行
2022年9月20日　初版第11刷発行

著　者　J-P・サルトル
訳　者　鈴木道彦
発行者　渡辺博史
発行所　人文書院
〒612-8447　京都市伏見区竹田西内畑町9
電話　075-603-1344　振替　01000-8-1103
印刷所　創栄図書印刷株式会社
製本所　坂井製本所

落丁・乱丁本は小社送料負担にてお取替えいたします

ISBN 978-4-409-13031-5　C 0097

サルトル手帖 〈CARNET SARTRIEN〉 45

2021
人文書院

未完の魅力

鈴木道彦

サルトルの長大なフローベール論である『家の馬鹿息子』の翻訳も、いよいよ第五巻が刊行されて完結した。最近は話題になることも少なくなったサルトルだが、彼は実に多様な領域で仕事をした人だった。第二次世界大戦前には、今読んでも少しも古びたところのない小説『嘔吐』を書き、戦争中には彼の実存の思想の中核となる大著『存在と無』を刊行したし、戦後は、小説『自由への道』のほかに、数多くの戯曲を発表するとともに、そのさまざまな政治的思想的発言によって二十世紀を代表する知識人と見なされるようになった。その当時、彼の発する言葉は常に世界中から注目を浴びたものである。とくにアルジェリア戦争やハンガリー事件、そして日本では「五月革命」と呼ばれた六八年の「五月危機」などの際には、彼がどんな発言をするかということに、人びとは強い関心を寄せていた。たまたま一九五六年のハンガリー事件のときにフランスにいた私は、ある日、若い友人がサルトルの「スターリンの亡霊」の掲載された新聞を持って訪ねて来て、「サルトルが書いたぞ！」と興奮していたのを思い出す。それほどに、彼の発言は人びとに待たれていたのだった。

そのような彼の多彩な仕事のなかに、伝記文学とも呼ばれ得る一連の作品がある。その最初のものは一九四七年にまとめられた『ボードレール』だろうが、特に重要なのは一九五二年に刊行された『聖ジュネ』と、一九七一年にまず第一巻と第二巻が同時に刊行され、翌一九七二年に第三巻が出版された『家の馬鹿息子』である。

またそのほかに、アルジェリア戦争（一九五四～一九六二）当時にサルトルのアパルトマンが右翼のプラスチック爆弾で破壊されたさいに焼失したといわれる『マラルメ論』もある。これは全体で二〇〇〇ページにも及ぶ大著になる予定であったらしく、きわめて重要な考察を含んでいることは、たまたま別な場所に保管されていたために焼失を免れた部分の文章からも容易に推察されるが、これについてはもし別な機会があればそのときに検討することにして、今はふれない。

さて、この『家の馬鹿息子』の冒頭におかれた「はじめに」という文章で、サルトルはこう書いている。

『家の馬鹿息子』は『方法の問題』の続篇である。その主題とは、今日、一個の人間について何を知りうるか、ということだ。この問題に対しては、ある具体例の研究によってだけ答えることができるように思われた。たとえば、ギュスターヴ・フローベールについて、われわれは何を知っているだろうか。このことは、われわれが彼について使える情報を全体化することに帰してしまう。

ここに言う『方法の問題』とは、初め「実存主義とマルクス主義」という題でポーランドのある雑誌に掲載された論文だが、その後に何度も加筆され、一九六〇年の『弁証法的理性批判』の出版にあたっては、その冒頭に、ただし『批判』とは別の作品として掲載されたものだ。これはサルトルの人間理解の方法をきわめて簡潔に語った論文と言ってよいだろう。

さらに、同じ『家の馬鹿息子』の「はじめに」のなかで、サルトルは次のように続ける。

それは一人の人間とは決して一個人ではないからである。人間を独自的普遍と呼ぶ方がよいだろう。

自分の時代によって全体化され、まさにそのことによって、普遍化されて、彼は時代のなかに自己を独自性として再生産することによって時代を再全体化する。人間の歴史の独自的な普遍性によって普遍的であり、自らの投企の普遍化する独自性によって独自的である彼は、両端から同時に研究されることを要求する。

サルトルの『家の馬鹿息子』は、このような考え方に基づいて、『ボヴァリー夫人』の作者ギュスターヴ・フローベールを、一個の独自的普遍として描き出そうとした作品であると言えよう。つまり彼は、十九世紀の一人の作家を例にとって、自分の考える人間理解の方法を例示したことになるだろう。

「今日、一個の人間について何を知りうるか」。これは考えてみると、非常に大胆な問題提起である。それだけに、その回答とも言うべき『家の馬鹿息子』が、これほどの大冊になったのもやむを得ないことだろう。しかし、この作品によって、すんなりと回答が与えられたわけでは決してない。これは結局、回答不能な問題提起でもあって、だからこそ本巻の最後でも、第三部「エルベノンまたは最後の螺旋」の末尾の部分（邦訳第四巻三九五ページ）とまったく同様に、サルトルは改めて『ボヴァリー夫人』を読み直すことに言及しながら、筆を擱かざるを得なかったのだろう。つまり『家の馬鹿息子』は、原書で三〇〇〇ページ近い分厚い三冊の大作でありながら、結局は未完に終わった作品なのである。そこには、失明という著者の肉体的条件もあったけれども、それ以上にサルトルの思想に固有の問題が含まれていると私は考える。

振り返って見ると、彼の作品のなかには、未完に終わったものが少なくない。その典型的な例は、戦中から戦後にかけて書き継がれた大作『自由への道』だろう。これはある意味で、サルトルの抱えた問題の困難さを象徴するような挫折だった。戦前の刺激的な論文「フランソワ・モーリヤック氏と自由」で、作中人物は自由でなければならないと主張し、小説における「神の視点」を排除したサルトルは、その一方で、一九六〇年にあるインタビューに答えて、「もしも文学が全体（tout）でないならば、それは一時間の労苦にも値しない。そのことをわたしは、『アンガージュマン』という言葉によって言い表したいのです」とも言っている。

これは途方もない野心であり、矛盾した試みだろう。しかも到達された全体は、もはや全体ではないはずだから、これは不可能な目標でもあった。つまり、「全体」を目指した彼のアンガージュマン文学は、初めから挫折を予告されてもいたのである。

しかしサルトルの魅力は、珠玉のように完成した作品を読者に提示するところにあるのではない。むしろ、破綻を恐れずに、不可能な目標に向かって荒々しく突き進んで行くその過程、その方法にこそ、彼の本質があるのではないか。それは小説でも伝記的文学でも同様である。

このことは『方法の問題』において、サルトルが次のように述べた個所にも現れている。

> われわれは実存主義者のアプローチの方法を、遡行的—漸進的且つ分析的—総合的方法、と定義した。それは同時に対象（これは段階づけられた意味づけとして時代すべてを包含している）と時代（これはその全体化作用のなかに対象を包含している）との間の豊饒化の力をもった往復運動である。

『家の馬鹿息子』が『方法の問題』の続篇であるということは、この「豊饒化の力をもった往復運動」にこそ示されている。それは飽くまでも運動であって、決して完成され固定された作品ではない。たとえこの作品がさまざまな点で破綻を示しているとしても、同時に随所に汲み取るべき指摘や考察を残しているのはそのためであろう。大胆不敵な問題提起や、破綻を恐れない解決の試み、サルトルの真骨頂は、こうした方法の豊かさにこそ求められるべきであろう。

再録

サルトルとの一時間

海老坂武

四月にしては風の冷たい日だった。定められた時刻の十二時半きっかりに、モンパルナスのラスパーユ通り二二二番地の建物に入る。エレヴェーターで十階まで。この上には屋根裏部屋しかない。『言葉』の中でも書いているように高い所が好きなようだ。エレヴェーターを降りるとすぐ右手のドアがサルトルの部屋。ベルを押すとすぐに彼が出てきた。

サルトルにゆっくり会いたいという気持は七二年四月にパリに落ち着いて以来ずっと抱いていた。日本での「知識人論」を大幅に修正せざるをえないであろう六八年以後の彼の政治的選択について、知識人における〈自己否定〉なるものについて、その他これまでほとんど知られていない十代の少年サルトルの文学的形成について、散逸してしまった初期の作品について、尋ねてみたいことはいくらもあった。しかし、とにかく忙しい人であり時間を作ってもらえるかどうかもわからない。また七一年に一度倒れて以後、健康状態がすぐれぬということも耳にしていた。そして何よりも当時私は、サルトルがライフワークとしている『フローベール論』二巻（その後三巻目が出た）にはまだほとんど手をつけていなかった。先方がもっとも重要と考えている最新の著作を読みもせず、のこのこと出かけていくのは非礼というものであろう。とにかく『フローベール』を読み終えてから、というのが私の気持で会見の申込みはずっとひかえていた。

今年（七三年）の二月ごろではなかったかと思う。サルトルやボーヴォワールと個人的に親しくしている朝吹登水子氏から、「健康状態は相変らずすっきりしないようだ。今できるときに会っておいたら」という意の好意ある助言を得た。朝吹氏は当時、サルトルの病状が悪化するのを真剣に憂えていた。また他方では、『フローベール論』読了まで、などと言っていたら私のことだから何年先になるかわからない、と見すかされていたのかもしれない。

実際、それまでの一年間、私は読書の時間の大半をこの大著に費していたのだが、三巻で三千頁のようやく三分の二近くを読み終えたにすぎなかった。予定ではあと半年が必要だった。ただそこまで読んできて、全体の輪郭——この本の方法と構造——はほぼ摑みえたように思えていた。一巻と二巻との読書を通じて出てきた問いをぶつけてみても、それほど見当違いのことにはならないであろう……。というわけで朝吹氏にさっそく連絡を取っていただくことにした。

ランデヴははじめ四月三日に予定されたが、気分がすぐれぬとのことで四月九日に延期された。貴重な時間を愚にもつかぬ質問でつぶしてしまっては、と、その日までの四週間、私は『フローベール論』を何度もめくり直して私なりにこの本を整理してみた。整理をしていく途上で宙に浮いていた疑問のあるものは解消され、あるものはそのまま残った。その残った疑問を今度はフランス語で一連の質問の形に練りあげて、頭の中におさめた。

とにかく聞いておけるだけのことを聞き出しておきたいという気持から、私は発音のまずさは忘れて次から次へと質問を繰りだした。それが適切なものであったか、あるいは的はずれのものであったかは今何とも言えない。ただサルトルは、私のどの質問にたいしてもていねいに、率直に、ときには忍耐強く答えてくれた、と思う。答えの中には分かりきったものもあった。それはそうだがしかし、と言いたいものもあった。それではまったく不十分だな、と思うものもあった。しかし誰を相手にした場合でもそうだが、答えの深度は問いの水準によって決定される。私の作りあげた問いの装置からするなら、彼のしてくれた答えに満足すべきであろう。

『フローベール論』にかんしては三つの発言が特に私の注目を惹いた。第一。彼はこの本が彼自身の個人史とのかかわりの中で読まれることを好まない。あくまでもこれが方法の提示とその実験として、客観的な次元で論じられることを欲している。多くの批評家たちは『フローベール論』の中に一種の自己告白を聞き取ろうとした。しかしサルトルはあるインタヴュの中でこうした読み方を斥けている。だが『フローベール論』を書き始めた時期は『言葉』を書いていた時期とほぼ一致している。彼の描くフローベール像の中に少年ジャン－ポールを見るのはあたっていないとしても、『言葉』を書くことは、自分の幼年時代を方法論的に振り返る作業は、フローベールを内側から了解するのに大いに役立ったのではないか？

「かもしれない、ありうることだ。しかしそれはね……」と言葉をにごす。要するに『フローベール論』を『言葉』に近づけることを好まないのだ。この点で面白かったのは、方法を実験するモデルとして、彼は当初フローベールとロベスピエールとを考えたということ。これは初耳である。しかし結局は彼はフローベールを選んだのだ。「幼少期の回想がずっと多く残っていた」ので。もし彼がロベスピエールを選んでいたとしても、方法の提示という点では結果は同じだったろうか？　それは何とも微妙なところだ、と私は思う。

　第二。実存主義的精神分析の適用というかぎりでは、彼はすでに一九五〇年に『聖ジュネ』を書いている。『聖ジュネ』と『フローベール論』との方法上の相異は何点かあるが、その一つに、前者には、フローベールの幼少期を解く上で二本の太い軸となっている、〈素質構成〉constitution と〈個性形成〉personnalisation という二つのモメントが区別されていない。より正確に言えば、ジュネがいかにしてジュネとなったかという〈個性形成〉に力点が置かれ、この形成の条件とその条件の中で幼児がおのれを構成する、意識的生命以前の前史protohistoire が欠落している。その理由は、ジュネの幼少期に関する資料が欠けていたためだけなのか、それともまた、〈素質形成〉という概念《ノシオン》をまだ鍛えあげていなかったためでもあるのか。

この問いにたいしては、その両方である、という答えが返ってきた。でもあるとするなら、その後ジュネがさらにいくつかの作品を書いているということは一応考慮外におくとしても、もしも現在ジュネの幼少期に関して必要な資料があり、『ジュネ論』を書き直すとするなら、つまり〈素質構成〉から出発してジュネの全体像を提出するとするなら、結果は異なるものとなるだろうか？

「まず異なるまい。ただ結果はもっと豊かなものになるだろう。それに、真の綜合ができるだろう」

これは予期した答えである。しかし本質的な点においてはそれほど変わらないとすると……私の問いの意味をすぐ了解してサルトルはすぐにその理由をつけ加えた。

「それほど異なるまい、というのは、ジュネというのは、ある種の作家、とりわけ主観的な作家だからだ。したがってその場合、ジュネのうちにある主観的なものという考え方を残す必要があるだろう、私はそうしたのだが……」

ということは、〈素質構成〉と〈個性形成〉とは同じメタルの表裏の関係にありながらも、前者により多くの照明をあてねばならない作家と、後者をむしろ重視すべき作家とがいる、ということを意味するであろう。これまたよく考えねばならない点である。

第三。私の感じでは、『フローベール論』にはいくつかの概念装置（それ自体重要だが）をのぞけば、これまでに知られているサルトル哲学からの大きな飛躍というものはない。これはやはり一つの達成であり、綜合である。ただここには、〈他者性〉の思想の広大な深まりがある。〈他者性〉altérité（われわれでありながらわれわれの手から逃れ、われわれには属さないという人間存在の条件とでも言おうか）はここでは具体的な〈他人たち〉との関係をはるかに越えて、われわれを規定する物質的諸条件から、われわれ幼年期を経て、さらには歴史全体を包みかねない。

そこで私はおそるおそるではあるが、こういう問いを出してみた。なぜおそるおそるかと言えば、この問いは下手をすれば、マルクス主義者であることに固執するサルトルへの全面的な否認とも受け取られかねないからである。「あなたの場合、〈他者性〉という概念 notion は結局のところ、歴史的人間の物質性をも包括する、と言うことができるのか？」

この問いにたいしてサルトルは実に慎重に、ゆっくり答えた。

「そう、お望みならね。そういうことだ。それでしかないというわけではないが、たしかにそうだ。つまり、実際、歴史が作られるのは他人たちがいるということのためなのだが、その瞬間から〈他者性〉というものが現われてくる。歴史においては、常に他者なのだ、自己との関係においてさえ」

〈他者性〉の思想を押しすすめていくと、そこからは、人間についてのペシミズムが否応なく出てくるであろう。しかし、フランシス・ジャンソンも言うように、近年のサルトルのうちには、徹底化したペシミズムと徹底化したオプチミズムとが奇妙な同居を続けている……この点についてもう少し突っこみたいところだったが、どういう形で問いを立てたらよいのか、言葉が出てこなかった。

『フローベール論』について聞きたいことをほぼ聞き終ってみると、予定された一時間の時間はもうほとんど残っていなかった。準備した問いの半分は知識人をめぐる彼の最近の発言に関するものであったのだが。そこで私は問題を一点に集中した。日本の大学闘争の中でも、自己否定＝自己への異議申し立てということが学生や教師の重要な課題として突き出されたことを手短に説明したあと、ほぼ次の意のことを質した。

「問題は、この自己への異議申し立てをいかに具体化するか、ということにつきるだろう。今度の『シチュアシオンⅧ』の中で、あなたは日本でされた知識人論について若干の留保をつけ、〈実践的知識の技術者〉は今日自分の社会的地位、自分の職業にたいして新たな距離を取らねばならない、という意のことを書き足しておられたが、この距離の具体化をどのような形で考えていられるのか」

　むろんこうした性急な問いに、香具師でないかぎり、明快な答えがあるわけではない。私が知りたかったのは彼の答えの方向である。彼は一つの例として、知的労働にたずさわる者が肉体労働にもたずさわる必要を説いた。観念としか接触を持たぬ存在としての知識人たることの拒否、を私の問いにたいする一つの答えとした。二年前のインタビュ〔『シチュアシオンⅧ』に所収〕の中でも彼は、六十七歳にもなると工場に働きに行くこともできないが……という意のことを自嘲的に語っている。だとすると、三十歳、四十歳の〈知識人〉たちはどういうことになるのか……

「学生たちにたいし、工場に行くべきだ、というふうにあなたはすすめるか」

「そう、すすめるだろう」

「勉学を捨てて？」

「捨ててもよいし、肉体労働との関係の中で勉学を綜合しようとしてもよい……」

　サルトルが「人民の大義《ラ・コーズ・デュ・プープル》」を中心とする毛《マオ》派を支持するのも、彼らが部分的にであれ、この労学統合を実践しているからなのだろう。

　サルトルのアパルトマンは日本流に言うなら二DKというところであろうか。迎え入れられた書斎の中央には仕事机が一つ、左手の壁ぎわには本棚が仕つらえられ、ここに若干の本が雑然と並べられている。その他には木の椅子が三、四脚あるばかりで、装飾品、家具はおろか、ソファー一つない。「一行たりとて書かざる日なし」という生活にとって余分なものがいっさい切り捨てられた、見事な簡素のあふれる部屋だった。

（一九七三年十月記、「サルトル手帖43号」再録）

◇◇◇◇◇ **資料　サルトルがやってきた** ◇◇

1966年（昭和41年）９月、慶應義塾大学と人文書院の招聘で、サルトルとボーヴォワールが初来日を果たした。計３回の講演を行い社会現象ともいえる熱狂をもって迎えられた。半世紀以上たったいま、弊社にのこされた当時の来日スケジュールなどを資料として掲載する。

当時の滞日スケジュール

招へい委員会（慶応大学：人文書院）

９月18日（日）	18時50分東京空港着、空港で記者会見（20〜30分）（ホテルオークラ）
19日（月）	晩餐会（慶応大学）新喜楽（築地）
20日（火）	16時から慶応大学三田校舎で講演（慶応大学） 18時30分から三井クラブでレセプション（慶応大学）
21日（水）	午後、座談会〔世界〕、夜、歌舞伎観劇
22日（木）	13時から日比谷公会堂で講演〈朝日新聞社〉 19時30分からホテルオータニでレセプション〔文芸家協会〕
23日（金）	箱根行（石井好子さんの別荘訪問）
24日（土）	夕刻に箱根から下山して東京着、19時50分から梅若能楽学院で観能の会〈人文書院〉葵上、立食パーティ
25日（日）	
26日（月）	新幹線で京都入り（京都ホテル）
27日（火）	13時から京都会館で講演〈朝日新聞社〉 晩餐会〈人文書院〉祇園十二段家（朝日新聞慰労）
28日（水）	11時から桂離宮見学、嵯峨、西山方面散策の予定 書fromの　吉兆（嵯峨）
29日（木）	11時から修学院離宮見学、13時から昼餐会〈人文書院〉 京都博物館見学　南禅寺瓢亭　伊吹、生島、野田先生
30日（金）	奈良行、奈良博物館、東大寺戒壇院、法隆寺、薬師寺 唐招提寺を見学の予定（奈良ホテル）
10月１日（土）	高野山行、高野山から志摩へ向う（志摩観光ホテル）
２日（日）	伊勢神宮等を見学、夜、京都着（俵屋）
３日（月）	大阪でテレビ対談（NHK）
４日（火）	加藤周一、田中澄江氏（神戸、オリエンタルホテル）
５日（水）	神戸港から別府へ向かう、別府泊り
６日（木）	阿蘇を経て熊本泊り
７日（金）	三角、島原、雲仙を経て長崎泊り
８日（土）	福岡泊り
９日（日）	広島泊り（広島グランドホテル）
10日（月）	倉敷泊り（倉敷国際ホテル）
11日（火）	倉敷を汽車で立ち、夜東京着（ホテルオークラ）
12日（水）	
13日（木）	日光行
14日（金）	座談会〔文芸〕〔婦人公論〕
15日（土）	ベ平連の会へ出席
16日（日）	10時　日航機にて離日 離日の直前にホテルで記者会見（20〜30分）

追記　〈　〉内は当該行事の運営担当を示す。〔　〕内は該当座談会の主催雑誌名を示す。

◇◇

サルトルとボーヴォワールを囲んでの勉強会
ホテルオークラにて（1966.9）
左より朝吹登水子、二人おいて白井浩司、鈴木道彦、平井啓之、海老坂武

奈良で鹿にエサをあげるサルトル

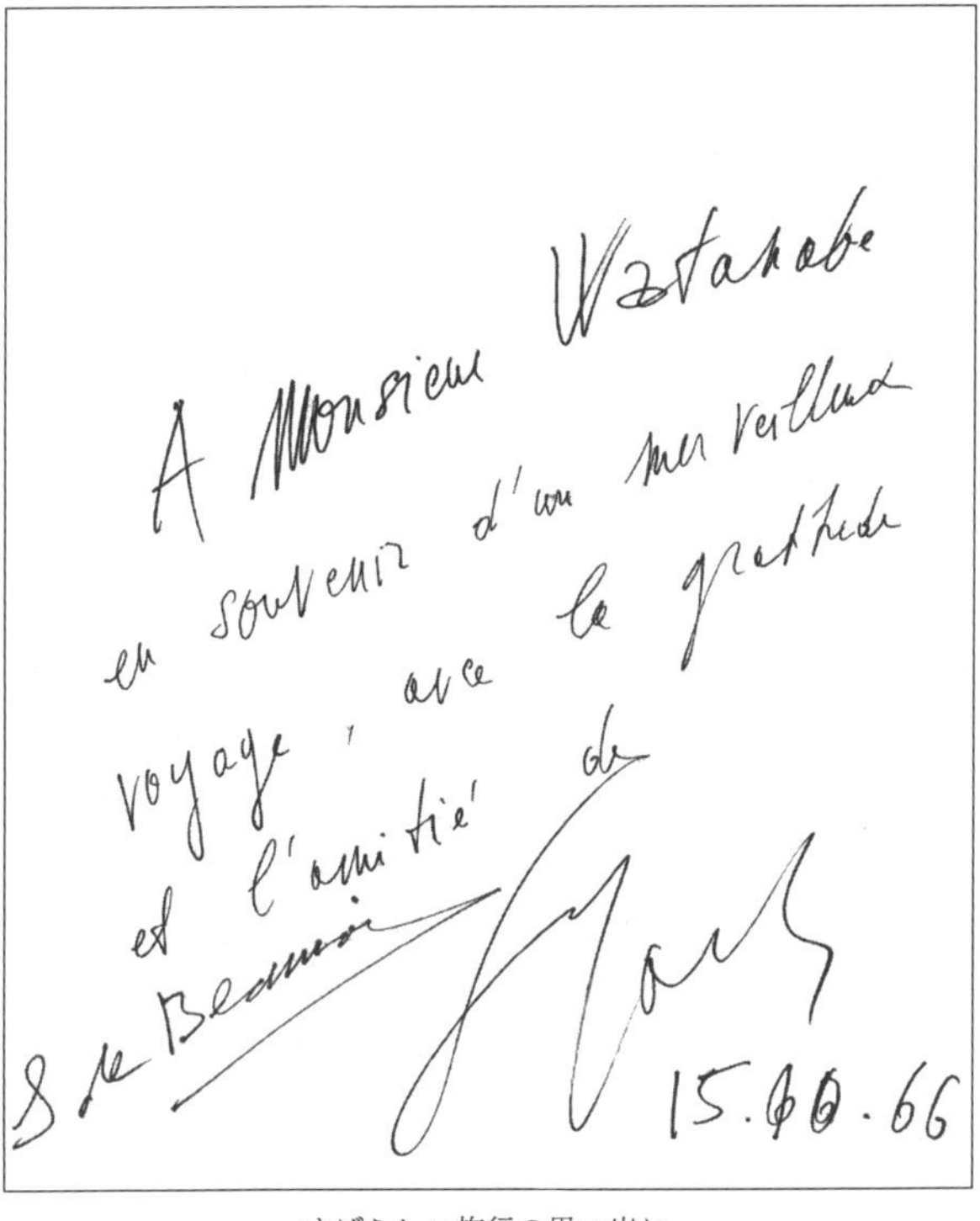
A Monsieur Watanabe
en souvenir d'un merveilleux
voyage, avec la gratitude
et l'amitié de
S de Beauvoir
15.10.66

すばらしい旅行の思い出に
感謝と友情をこめて
1966年10月15日　サルトル　ボーヴォワール

人文書院サルトル著作リスト

1950	自由への道　第Ｉ部 分別ざかり	佐藤朔／ 白井浩司（訳）	（全集1）
1950	壁	伊吹武彦／ 白井浩司（訳）	（全集5）
1951	汚れた手	白井浩司／ 鈴木力衛（訳）	（全集7）
1951	嘔吐	白井浩司（訳）	（全集6）
1951	自由への道　第Ⅱ部 猶予	佐藤朔／ 白井浩司（訳）	（全集2）
1952	悪魔と神	生島遼一／ 山口平四郎（訳）	（全集15）
1952	恭しき娼婦	伊吹武彦／ 加藤道夫（訳）	（全集8）
1952	自由への道　第Ⅲ部 魂の中の死	佐藤朔／ 白井浩司（訳）	（全集3）
1952	唯物論と革命	多田道太郎／ 矢内原伊作（訳）	（全集10 へ収録）
1952	文学とは何か	加藤周一／ 白井健三郎（訳）	（全集9 へ収録）
1953	アメリカ論	渡辺一夫（訳）	（全集10 へ収録）
1954	歯車	中村真一郎（訳）	（全集21 へ収録）
1954	水いらず	伊吹武彦他（訳）	（全集5 へ収録）
1955	実存主義とは何か	伊吹武彦（訳）	（全集13）
1955	想像力の問題	平井啓之（訳）	（全集12）
1956	狂気と天才	鈴木力衛（訳）	（全集14）
1956	ボードレール	佐藤朔（訳）	（全集16）
1956	ネクラソフ	淡徳三郎（訳）	（全集17）
1956	存在と無　Ｉ	松浪信三郎（訳）	（全集18）
1957	スターリンの亡霊	白井浩司（訳）	（全集22 へ収録）
1957	賭はなされた	福永武彦／ 中村真一郎（訳）	（全集21）
1957	哲学論文集	平井啓之／ 竹内芳郎（訳）	（全集23）
1957	アルトナの幽閉者	永戸多喜雄（訳）	（全集24）
1958	存在と無　Ⅱ	松浪信三郎（訳）	（全集19）

1960 存在と無 Ⅲ 松浪信三郎（訳）（全集20）
1962 方法の問題 平井啓之（訳）（全集25）
1962 弁証法的理性批判 Ⅰ 竹内芳郎他（訳）（全集26）
1963 マルクス主義と実存主義 森本和夫（訳）
1964 言葉 白井浩司（訳）（全集29）
1964 シチュアシオン Ⅱ 加藤周一他（訳）（全集9）
1964 シチュアシオン Ⅲ 小林正他（訳）（全集10）
1964 シチュアシオン Ⅳ 矢内原伊作他（訳）（全集30）
1965 弁証法的理性批判 Ⅱ 竹内芳郎他（訳）（全集27）
1965 シチュアシオン Ⅰ 佐藤朔他（訳）（全集11）
1965 シチュアシオン Ⅴ 鈴木道彦他（訳）（全集31）
1966 シチュアシオン Ⅵ 白井健三郎他（訳）（全集22）
1966 シチュアシオン Ⅶ 白井浩司他（訳）（全集32）
1966 トロイアの女たち 芥川比呂志（訳）（全集33）
1966 聖ジュネ Ⅰ 白井浩司他（訳）（全集34）
1966 聖ジュネ Ⅱ 白井浩司他（訳）（全集35）
1967 サルトルとの対話 加藤周一他（訳）
1967 生けるキルケゴール 松浪信三郎他（訳）

1967 知識人の擁護 佐藤朔他（訳）
1973 弁証法的理性批判 Ⅲ 竹内芳郎他（訳）（全集28）
1974 シチュアシオン Ⅷ 鈴木道彦他（訳）（全集36）
1974 シチュアシオン Ⅸ 松浪信三郎他（訳）（全集37）
1975 反逆は正しい Ⅰ 鈴木道彦他（訳）
1975 反逆は正しい Ⅱ 鈴木道彦他（訳）
1977 シチュアシオン Ⅹ 鈴木道彦他（訳）（全集38）
1977 サルトル 自身を語る 海老坂武（訳）
1982 家の馬鹿息子Ⅰ 平井啓之他（訳）
1985 奇妙な戦争 海老坂武他（訳）
1985 女たちへの手紙 朝吹三吉他（訳）
1987 フロイト シナリオ 西永良成（訳）
1988 ボーヴォワールへの手紙 二宮フサ他（訳）
1989 家の馬鹿息子Ⅱ 平井啓之他（訳）
1994 嘔吐（新装改訳版） 白井浩司（訳）
1996 実存主義とは何か 伊吹武彦他（訳）
1998 文学とは何か 加藤周一他（訳）
1999 存在と無 上 松浪信三郎（訳）

1999 存在と無 下 松浪信三郎（訳）
2000 植民地の問題 鈴木道彦他（訳）
2000 自我の超越・情動論素描 竹内芳郎（訳）
2000 真理と実存 澤田直（訳）
2001 哲学・言語論集 鈴木道彦／海老坂武他（訳）
2006 言葉 澤田直（訳）
2006 家の馬鹿息子Ⅲ 平井啓之他（訳）
2010 嘔吐 新訳 鈴木道彦（訳）
2015 家の馬鹿息子Ⅳ 鈴木道彦／海老坂武他（訳）
2021 家の馬鹿息子Ⅴ 鈴木道彦／海老坂武他（訳）